잔 다르크,

프랑스 희곡에서
그녀를 발견하다

잔 다르크,
프랑스 희곡에서
그녀를 발견하다

이용복 지음

장 아누이

폴 클로델

샤를르 페기

모리스 메테르링크

티에리 몰니에

한국학술정보㈜

자크 오디베르티

머리말

잔 다르크(1412~1431)는 영국과 프랑스 간의 백년전쟁 동안 점점 힘을 잃어 가는 프랑스를 구하기 위해 신의 계시를 받았다고 주장하며 여자의 신분으로 전쟁에 참여하였다가 결국은 이단자·마녀로 간주되어 화형장의 불꽃 속에 사라진 역사적이면서도 신화적인 여인이다. 이 잔 다르크를 소재로 한 문학작품은 그녀가 살았던 15세기로부터 현대에 이르기까지 프랑스 문학뿐만 아니라 시, 소설, 희곡 등 다양한 장르에 걸쳐 있다. 또한 프랑스 문학 외에서도 잔을 소재로 작품을 쓴 작가들이 있으며 그중 대표적으로 버나드 쇼, 베르톨트 브레히트, 마크 트웨인 등을 들 수 있다. 다른 예술 분야에서도 잔 다르크는 많은 예술가들에게 영감을 주고 있다. 루벤스나 앵그르와 같은 화가들은 잔의 초상화나 그녀의 행적을 화폭에 담고 있으며, 칼 테오도르 드레이어, 오토 플레밍거, 로베르토 로셀리니, 로베르 브레송, 자크 리베트, 뤽 베송 등은 영화를 통해 이 인물을 재현해 내었다.

그중 프랑스의 현대 희곡작품으로서는 샤를르 페기의 잔 다르크를 주제로 한 일련의 성사극들(Mystères)과 폴 클로델의『화형대의 잔 다르크』(1939), 모리스 메테르링크의『잔 다르크』(1948), 티에리 몰니에의『잔과 재판관들』(1951), 장 아누이의『종달새』(1953) 그리고 자크 오디베르티의 『동정녀』(1950) 등이 있다. 이들 작품들은 잔 다르크라는 역사적이고 신화적인 인물을 각 작가의 관점에 따라 조명하고 있다.

여기에 묶여진 글들은 필자가 잔 다르크를 소재로 한 프랑스 현대 희곡을 분석한 여덟 개의 논문들을 모아 놓은 것이다. 이 논문들은 2002~2005년까지 3년 동안 한국학술진흥재단의 전문연구인력지원사업의 프로젝트로 선정되어 지원금을 받아서 쓴 것으로 모두 전문 학술지에 게재되었던 것들이다. 이 여덟 편의 논문은 각각 페기, 클로델, 아누이, 메테르링크, 몰니에, 오디베르티 등 20세기 프랑스 현대 극작가들의 작품을 분석한 것이다. 이들 작가들의 작품이 흥미로운 것은 비록 같은 인물을 소재로 하고 있으나 작가의 세계관과 종교관 등에 따라 잔이라는 인물이 매우 다양한 모습을 띠고 있다는 점이다. 사회적이고 투쟁적인 잔으로부터 경쾌하고 발랄한 소녀의 모습에 이르기까지 각각의 작가가 묘사하는 잔은 모두 다르다. 그것은 결국 작가들이 자신의 세계관을 이 인물에 투영하고 있기 때문일 것이다. 따라서 이 책의 흥미는 이들 여섯 작가들의 시각을 비교해 볼 수 있다는 데 있으며, 그것은 또한 그들의 세계관을 이해하는 데에도 도움이 될 수 있을 것이다.

이미 발표된 논문들을 단행본으로 엮으면서 약간의 교정과 첨삭이 있었음을 밝히고자 한다. 전체적인 틀은 유지하고 있으나 필요한 부분은 보충하고 단행본의 성격상 불필요하게 느껴지는 부분은 삭제하기도 하였다. 이 책의 도입부에 있는 잔 다르크의 삶과 죽음은 논문의 이해를 돕기 위해 덧붙인 것이다.

마지막으로 이 논문집의 발간을 위해 애써 주신 한국학술정보(주) 대표이사님과 직원 여러분께 심심한 감사를 올린다.

2012년 1월
이 용 복

차 례

여는 글: 잔 다르크의 삶과 죽음

백년전쟁은 영국왕 에드워드 3세가 프랑스 왕위계승권을 주장하면서 촉발되었으며, 1415년경 영국 왕 헨리 5세는 프랑스 부르고뉴 공작(Jean sans Peur)의 지원을 받아 아쟁쿠르 전투에서 승리함으로써 루앙을 포함한 노르망디 지방을 장악하게 된다. 이후 1418년 파리를 점령한 헨리 5세는 1420년 트루아 조약에 의해 프랑스 왕 샤를르 6세의 딸 카트린 드 프랑스와 결혼함으로써 그들의 후손이 영국 왕 및 프랑스 왕이 된다는 약속을 받는다. 이것은 샤를르 6세의 후계자인 왕세자(샤를르 7세)를 배제하려는 것이다.[1] 그러나 헨리 5세와 샤를르 6세가 1422년 두 달 사이로 모두 사망하면서 헨리 5세의 동생인 베드포드 공작이 프랑스의 섭정 자격을 갖게 된다. 그리하여 노르망디, 피카르디, 일 드 프랑스 등 루아르강 북쪽은 영국의 지배 하에 있게 되고, 부르고뉴 지역을 제외한 루아르강 남쪽은 프랑스 왕이 지배하게 된다.

1428년 영국인들은 오를레앙을 공격하기로 결심한다. 왜냐하면 오를레앙이 루아르강 이남의 프랑스 땅으로 진격하기 위한 교두보 역할을 하기 때문이다. 게다가 그들이 그때까지 합법적으로 소유하고

---

[1] 후에 샤를르 7세가 되는 왕세자(dauphin)는 미친 왕 샤를르 6세의 부인 이자보 드 바비에르(Isabeau de Bavière)와 샤를르 6세의 동생 루이 도를레앙(Louis d'Orléans)과의 사이에 난 서자라는 이야기도 있다.

있었던 기엔 지방(보르도를 포함한 아키텐 지방)도 루아르강 남쪽에 있었다. 나아가 그들이 승리하게 되면 루아르강 이남의 부르주나 시농 혹은 로슈 등에 피해 있는 왕세자를 사로잡을 수 있을 것이었다.

잔의 출생

잔 다르크는 1412년경 프랑스 동부지역인 로렌의 동레미라는 시골 마을에서 자크 다르크(Jacques d'Arc)와 이자벨 로메(Isabelle Romée) 사이에서 다섯 자녀 중 넷째로 태어났고 애칭으로 자네트라고 불렸다. 당시는 프랑스와 영국 간의 백년전쟁(1337~1453)이 한창이던 시기이다. 로렌은 영국군의 점령 하에 있었고 사병(私兵)들은 전투가 없을 때에는 보수를 받지 못하므로 마을을 돌아다니며 약탈행위를 일삼고 있었다. 잔은 다른 여자아이들처럼 집안일을 거들었고 때로는 밭일을 하기도 하였다. 1425년, 즉 잔의 나이 13살 무렵 그녀는 처음으로 어떤 목소리를 듣게 된다. 잔은 그 목소리가 미가엘 천사의 목소리였다고 하며 프랑스 왕국에 대한 연민을 표현하고 잔에게 프랑스 왕을 구하러 가라고 권고하였다고 한다. 이 일종의 부름은 일주에 두세 번 더 반복된다. 잔은 이것을 비밀로 간직하고 신에게의 헌신의 표시로 처녀성을 지킬 것을 맹세한다. 잔은 후에 말하기를, "그 목소리는 내가 프랑스로 갈 것이며 나는 더 이상 내가 있던 곳에 머무를 수 없다는 것을, 또 내가 포위된 오를레앙을 해방할 것과, 보쿨뢰르의 요새에 있는 로베르 드 보드리쿠르에게 가면 나와 함께 갈 사람들을 붙여 주리라는 것을 말해 주었다."고 하였다. 보드리쿠르는 동레미에서 20km 정도 떨어진 보쿨뢰르 요새의 수비대장이었으며 프랑스 왕을 지지하고 있었다.

동레미에 있는 잔의 집(1910년경)

미가엘 천사장과 성녀 카트린이 잔에게 현현하는 장면
Hermann Anton Stilke, 19세기

시농으로 가는 길

1428년 잔은 보쿨뢰르에서 4km 정도 떨어져 살고 있는 그녀의 사촌인 뒤랑 락사르 부인의 출산을 도우러 간다는 핑계를 대고 보드리쿠르를 만나러 간다. 그러나 그녀의 요구는 거절당한다. 잔은 6개월 뒤에 다시 보드리쿠르를 만나러 가고 그녀의 집요함에 굴복한 보드리쿠르는 잔에게 시농에 있는 왕을 만나러 갈 수 있도록 수행원을 붙여 준다. 두 명은 장 드 메츠와 베르트랑 풀랑지라고 하는 근방의 영주들로서 스스로 자원을 하였고 각자 하인을 한 명씩 데리고 왔다. 여기에 전령인 콜레 드 비엔느가 있었고 또 다른 한 명 등 모두 여섯 명이었다. 보쿨뢰르 사람들은 잔이 말을 탈 수 있도록 남자 옷을 가져다주었고 말을 주었다. 그리하여 1429년 2월 13일 잔과 여섯 남자들은 보쿨뢰르를 떠났으며 그때 잔의 나이는 17세였다.

보쿨뢰르에서 시농까지는 약 600km 정도로서 11일이 걸렸다. 1427년 왕세자 샤를르는 프랑스에 충성하는 참모들을 모두 시농에 결집시켜 놓고 있었다. 아르마냑이라고 불리는 이들은 부르고뉴 사람들에게 적대적이었다. 왕세자는 로렌지역에서 그곳까지 온 소녀를 맞이해야 할지 주변 사람들의 의견을 묻고는 결국 잔을 맞이하기로 결심한다. 그리하여 잔은 이틀을 기다린 후 3일째 밤에 성의 큰 방으로 들어가게 된다.

잔은 귀족들 사이에 숨어 있던 왕세자를 찾아내어 곧장 그에게 가서 메시지를 전한다. "친절한 왕세자님, 저는 처녀 잔이라고 하며 하늘의 왕께서 당신이 렝스에서 왕위에 오르실 것과 하늘의 왕의 대리인, 즉 프랑스 왕이 되실 것을 저를 통해 명령하십니다." 또 덧붙이기를, "저는 하느님을 대신해서 당신이 프랑스의 진정한 상속자이며 왕의 아들이라는 것과 당신의 대관식을 위해 렝스로 당신을 이끌고 가기 위해 하느님이 절 당신에게 보냈다는 것을 말씀드립니다."라고 하였다.

잔의 말에 이끌렸음에도 불구하고 신중을 기했던 왕세자는 잔을 성직자들과 신학자들이 모여 있던 푸아티에에 보내어 검증을 받게 한다. 잔은 3주 동안 푸아티에에서 심문을 받게 되고 몇 명의 여자들이 그녀의 행동을 은밀하게 감시하도록 지명된다. 그리고 왕세자의 장모의 명에 따라 두 여인이 잔의 처녀성을 검사하게 된다. 모든 심사가 끝나고 신학자들은 잔에게는 오직 선함과 겸손함, 처녀성과 헌신, 정직함과 단순함만이 있음을 인정하게 된다.

왕세자는 잔에게 맞는 갑옷을 지어 주고 또 수행원으로 장 돌롱(Jean d'Aulon)이라고 하는 경리관과 두 명의 하인, 그리고 두 명의 전령을 붙여 주었다. 같은 시기에 루아르강 좌안의 블루아에는 군사들이 모였으며 솔로뉴강을 통해 오를레앙으로 진격할 참이었다.

오를레앙 전투

1428년 10월 12일 솔즈베리(Salisbury) 백작이 지휘하는 영국군대가 오를레앙을 포위하였다. 침략군에게 오를레앙은 보르도나 기엔 지방(영국령)으로 가기 위해 통과해야만 하는 필수적인 도시가 되었고 또 지나가는 길에 '부르주의 작은 왕'이라고 조롱하던 왕세자를 포획할 수도 있었다. 영국군의 포위로 인해 도시는 부르고뉴 문(Porte de Bourgogne)이 있는 동쪽만 빼고는 모든 소통이 단절되었다.

오를레앙의 서자(Jean d'Orléans, 샤를르 6세의 동생 Louis d'Orélans

의 서자, 사촌인 왕세자와는 1살 차이)는 그의 이복형인 샤를르 도를 레앙의 도시를 지키기 위해 오를레앙이 포위되자 곧장 그곳으로 왔다. 샤를르 도를레앙은 아쟁쿠르 전투에서 영국군의 포로가 되어 영국에 수감되어 있었다. 장 도를레앙은 젊은 나이에도 불구하고 매우 노련한 군인이었으나 오를레앙에서는 별 성과를 거두지 못했다. 그는 영국군의 식량공급부대를 공격하기 위해 도시 밖으로 나갔다가 패퇴하기도 하였다(일명 '청어의 날 Journée des harengs'이라고 불림). 그는 후에 뒤누아 백작이라는 작위를 받게 된다.

장 도를레앙을 만날 때 잔은 그가 영국군을 직접 공격하지 않고 블루아와 솔로뉴 그리고 세시(Chécy)를 지나서 우회하는 전략을 못마땅해 하고 화가 나 있었다. 그녀는 영국군을 직접 공격하고 싶어 했던 것이다. 블루아에서 오를레앙으로 배를 타고 가야 하는 상황에서 장 도를레앙은 바람의 방향이 순조롭지 못해 주저했으나 다행히도 바람의 방향이 바뀌어 잔은 부르고뉴 문을 통해 오를레앙에 들어갈 수 있었다. 그녀의 옆에는 라 이르(La Hire)라고 하는 또 다른 사병 대장이 호위하고 있었다. 이때가 1929년 4월 29일 저녁이었으며 많은 사람들이 잔을 마치 그들에게 내려온 하느님을 보듯이 반겼다. 잔은 오를레앙 공작의 재정관리인이었던 자크 부셰의 집에 묵었다.

5월 3일 잔은 그녀의 첫 번째 전투인 생 루 요새 주변에서의 소규모 전투에 참여하여 요새를 차지하고, 그 다음 날인 5월 5일 목요일은 성모승천기념일이었기 때문에 잔은 전투를 하지 않고 대신 세 번째의 경고장을 영국인들에게 보내는 것에 그친다. 푸아티에에서 처음으로 보낸 경고장의 내용은, "당신들 영국인들은 프랑스 왕국에 들어올 권리가 없으며 하늘의 왕께서는 나, 즉 처녀 잔을 통해 당신들이 요새를 떠나 당신네 나라로 돌아갈 것을 명령하신다."는 내용이다. 다음 날인 5월 6일 잔과 프랑스 군대는 오귀스텡 요새를 함락하고 영국군들은 마지막 요새인 투렐 요새로 피난한다. 그 다음 날인 5월 7일 투렐 요새를 공격하던 중 잔은 가슴 위로 화살을 맞고 부상을 당한다. 잔은 사제를 불러 눈물을 흘리며 고해성사를 한 뒤 다시 공격을 감행한다. 잔과 프랑스 군대는 결국 투렐 요새를 차지하고 다리를 건너서 오를레앙으로 들어가게 된다. 5월 8일 일요일 싸움을 포기한 영국국은 오를레앙을 떠나 묑 쉬르 루와르(Meung-sur-Loire)로 퇴각하고 만다. 그리하여 7개월 이상 지속되었던 포위가 풀리고 오를레앙은 자유를 되찾게 되었다. 그 다음 해인 1430년 5월 8일부터 오를레앙 사람들은 그 전 해에 잔이 했듯이 자발적으로 행렬을 지어 성당으로 신께 감사를 드리러 갔으며 오늘날까지 오를레앙에서 이 날은 경축일로 지켜지고 있다.

1428년경 포위 당시의 투렐 요새

투렐 요새를 탈환하는 잔 다르크
Jules Eugène Lenepveu, 1886~1890

렝스로 가는 길

오를레앙의 승리가 있던 바로 다음 날 잔은 서자 장 도를레앙과 함께 왕이 머물고 있는 로슈성으로 간다. 대관식을 위해 렝스로 가기 위한 것이지만 그 길은 많은 위험이 도사리고 있는 곳이었다. 영국군이 점령하고 있는 도시들(묑 쉬르 루아르, 보장시, 자르고 등)과 부르고뉴 사람들이 점령하고 있는 도시들(옥세르, 트루아, 샬롱 등)을 통과해야 했기 때문이다.

루아르 강변을 따라 렝스로 가는 여정은 영국군에 포로가 되었다가 몸값을 주고 풀려난 알랑송 공작이 맡았다. 잔과 알랑송 공작은 1429년 6월 10일 자르조, 묑, 그리고 보장시를 함락했다. 그리고 6월 18일 파테에서의 전투에서 프랑스군은 대승을 거두게 된다. 탤보트(John Talbot)가 이끄는 영국군은 폴스타프(Falstaff)의 지원을 받았음에도 불구하고 패전하여 영국군 이천 명이 죽고 프랑스군은 단지 세 명밖에 희생되지 않았다고 기록되어 있다. 게다가 이 전투에서 영국군의 지휘관인 탤보트는 포로가 되기도 하였다. 다음에는 부르고뉴 사람들의 점령 지역을 지나야 했다. 지엥(Gien)에 있던 영국군이 떠나는 29일까지 기다렸던 잔과 프랑스군은 먼저 옥세르에 도착했고 그들은 순순히 프랑스군을 통과하게 했다. 다음 도시인 트루아와 샬롱 역시 잔과 프랑스군에게 문을 열어 주었다.

흰색 점선: 잔 다르크가 동레미에서 시농으로 가는 여정
검은색 긴 점선: 1415년 아쟁쿠르를 포함한 영국군의
　　　　　　　공격 노선
검은색 짧은 점선: 오를레앙에서 렝스까지 샤를르 7세의
　　　　　　　　대관식 여정

대관식

5세기에 프랑크족을 통합하고 메로빙거 왕조를 열었던 클로비스가 세례를 받았던 렝스의 성당은 이후로 프랑스 국왕의 대관식이 거행되는 곳이었다. 왕세자 샤를르는 1929년 7월 16일 저녁 이 대관식의 도시 렝스에 입성하였다. 이 당시 렝스는 부르고뉴 사람들이 점령하고 있었고 주교는 르노 드 샤르트르(Regnault de Chartres)였다. 그 다음 날인 17일은 대관식이 있는 날이었다. 잔은 그녀의 깃발을 들고 대관식에 참여하였다. 그녀는 후에 재판정에서, "깃발은 많은 수고를 하였으므로 그것이 영광을 받는 것은 당연하다."고 말하기도 하였다. 샤를르 7세의 대관식을 거행함으로 잔이 푸아티에의 법정에서 선포한 사명은 완수되었다. 대관식은 샤를르 7세가 프랑스의 진정한 왕이며 왕국이 그에게 속함을 선포하는 것이었다.

대관식 장면(렝스의 주교 르노 드 샤르트르, 샤를르 7세, 잔 다르크)
Jules Eugène Lenepveu, 1886~1890

파리를 향하여

대관식을 마친 프랑스군의 첫 번째 목표는 파리를 탈환하는 것이었다. 왕이 가는 곳마다 사람들이 "프랑스왕 샤를르 만세"라고 외치며 왕을 만나러 왔다. 피에르 코숑이 주교로 있던 보베의 주민들도 마찬가지였다. 코숑은 샤를르의 왕위계승권을 박탈한 트루아 조약의 주요 협상자로서 분위기의 전환을 느끼자 보베의 주교직을 사임하였다.

그런데 샤를르 7세가 된 뒤 왕은 그를 왕위에 오르게 한 잔을 배제하고 자신의 힘으로 정치를 하려고 하였다. 그는 부르고뉴 공작(Philippe le Bon)과 화해를 시도하였고 15일간의 휴전을 선포하게 된다. 15일은 승전의 열기에 들떠 있는 프랑스 군대를 무기력하게 만들기에 충분한 시간이었다. 왕이 콩피에뉴에서 지체하고 있을 때 잔과 알랑송 공작, 그리고 그들을 따르는 병사들은 생 드니 쪽으로 향했다. 그들은 왕에게 여러 차례 메시지를 보냈으나 왕은 이들의 의견에 반대되는 의견을 들은 것으로 보였다. 그럼에도 불구하고 잔과 알랑송 공작은 1429년 9월 8일 파리 서쪽의 관문인 포르트 생 또노래(Porte Saint-Honoré) 쪽을 공격하였다. 해질 무렵까지 계속된 전투에서 잔은 화살을 맞아 부상을 당했고 그녀의 시종 레이몽드는 죽임을 당했다. 다음 날 왕은 생 드니로 철수하라는 명령을 내렸고 9월 21일에는 지엥(Gien)에서 대관식 군대를 해산하라는 명령을 하였다. 그 역시 루아르 강변에 있는 자신의 성으로 돌아가려고 하였다.

1429년과 1430년에 걸친 겨울에 소규모 공격을 감행하자는 잔의 생각은 아마도 라 트레모이유(Georges de la Trémoille)에게서 온 것으로 보인다. 샤를르 7세의 시종장(grand chambellan)이었던 그는 왕세자에게 오기 전에는 부르고뉴 공작의 시종장이기도 했다. 매우 교활하였던 그는 아르튀르 드 리슈몽과 정적이었고 리슈몽을 옹호하던 잔을 1429년부터 배신하기 시작하여 결국 그녀를 부르고뉴 사람들에게 포로가 되게 한 것으로 여겨진다.

첫 번째 실패

1429년 11월 잔은 이 일련의 소규모 전투에 참여하였다. 첫 번째 공격 도시는 생 피에르 르 무티에였고 어렵게 성공하였다. 그 다음에는 샤리테 쉬르 루와르였으나 이 도시에 대한 포위는 실패로 돌아갔다. 그해에 겨울이 빨리 와서 11월에 이미 혹한이 왔고 약 한 달간 도시를 포위하고 있던 잔과 그녀의 병사들은 후퇴할 수밖에 없었다. 잔은 크리스마스에 자르조로 되돌아왔다.

오를레앙에서 남동쪽으로 25km 떨어진 곳에 있는 쉴리 쉬르 루아르 성에서 샤를르 7세와 잔은 1430년 겨울을 같이 지냈으나 서로를 피했다. 왕은 부르고뉴의 평화 협상을 믿고 있었고 잔은 부르고뉴의 적의에 행동으로 맞서고자 했으며 전년도에 시작한 일을 서둘러 마치고 싶어 했다. 4월 어느 날 더 이상 기다릴 수 없었던 잔은 바르텔레미 바레타라고 하는 사병대장과 피에몽테(북이탈리아에서 온 사람들) 사람들과 함께 성을 떠났다. 그녀의 이전 수행원 중 잔은 경리를 맡았던 장 돌롱과 오빠 피에르를 데리고 갔다. 이제 그녀는 전쟁 지휘관이 아니라 패거리의 두목인 셈이었다.

잔은 일 드 프랑스를 향해 떠났다. 잔의 의도는 부르고뉴 공작이 포위하고 있던 콩피에뉴의 포위를 푸는 것이었다. 5월 23일 아침 잔은 부르고뉴인들의 요새 중 하나를 공격하기 위해 콩피에뉴를 나왔다. 그런데 오후에 감행된 프랑스군의 공격은 승리할 뻔했으나 멀지 않은 곳에 있던 부르고뉴 사람들이 소란스러운 소리를 듣고 지원하러 왔다. 포위되지 않기 위해 프랑스인들은 마을의 문 쪽으로 몰려갔으나 그들이 문에 닿기 전에 누군가가 성문을 닫아 버렸다. 많은 역사가들은 콩피에뉴의 수비대장이던 기욤 드 플라비가 잔이 오는 것을 못 마땅해 해서 성문을 닫은 것이라고 한다.

포로가 된 잔

잔은 장 드 뤽상부르라고 하는 부르고뉴 공작의 가신(家臣)에 의해 포로가 되었다. 부르고뉴 공작이 잔을 만나러 왔으나 둘 사이에 어떤 대화가 오갔는지는 알려져 있지 않다. 루아르강 주변에 있던 샤를르 7세는 잔을 되찾기 위한 어떤 몸값도 제시하지 않았다. 1430년 5월 23일부터 잔은 이제 1년간 감옥에 갇혀 있게 된다. 26일 보리유(Beaulieu-les-Fontaines) 성으로 옮겨졌던 잔은 성에서 작업하던 틈을 이용하여 도주하고자 했으나 실패한다. 6월 초에 그녀는 보리유에서 60km 정도 떨어진 뤽상부르 가문의 보르부아르(Beaurevoir) 성으로 옮겨진다. 매우 견고한 이 성에는 세 명의 여인들이 살고 있었는데 그들은 잔 드 뤽상부르(장 드 뤽상부르의 고모), 잔 드 베튄(장 드 뤽상부르의 처), 잔 드 바르(잔 드 베튄이 첫 번째 결혼에서 낳은 딸)이다.

잔은 이 보르부아르 성에서 넉 달 이상을 지내야 했으며 이 세 여인은 포로가 된 잔에게 인간적인 태도를 보여 주었다. 그녀는 여기서도 또 한 번 도주하려고 하였다. 시트를 묶어서 성벽으로 늘어뜨려

그 줄을 타고 내려가려고 한 것이다. 그러나 끈이 떨어지고 잔은 성
벽 주위에 파놓은 해자에 떨어져 기절하였다. 장 드 뤽상부르는 잔을
영국인들에게 내놓기 전에 피에르 코숑(트루아 조약의 협상자로서
이 조약으로 인해 그는 보베의 주교자리를 차지했다)이 제시한 몸값
에 대해 주저한 것으로 보인다. 그가 주저한 이유 중 하나는 그의 고
모였던 잔 드 뤽상부르 때문으로 보인다. 이 여인은 잔에게 감동을
받아 조카가 잔을 영국인들에게 넘겨주면 그의 상속권을 박탈하겠다
고 위협했던 것이다. 그러나 그녀가 9월 초에 아비뇽에서 사망하면서
그녀의 영향력은 사라지게 된다.

노르망디 징세관 피에르 쉬로는 1430년 12월 6일 투르 화폐로 일
만 파운드를 장 드 뤽상부르에게 지불한다. 잔은 11월 초에 이미 아
라스에서 영국인들에게 넘겨진 것으로 보인다. 12월 21일 파리 대학
은 영국 왕에게 기쁨을 알리는 편지를 쓴다. 그 내용은 영국인들에게
동정녀라고 불리는 이 여인을 넘겨주게 되어 그들의 왕국에 끼친 크
나큰 해를 보수할 수 있어서 매우 기쁘다는 것이었다.

이단 재판

피에르 코숑은 재판을 자기가 이끌어 가려고 했으며 이를 위해 영
국이 자신에게 영지를 위임할 것을 요구한다. 왜냐하면 그는 프랑스
왕에게 반납한 보베의 주교 자리로 되돌아갈 수는 없었기 때문이다.
그는 재판을 위해 필요한 것들을 준비하고 그를 도와서 잔의 이단성
을 인정하게 할 여섯 명의 교수들을 파리에서 오게 하였다. 잔은 재
판을 위해 크리스마스 전에 루앙으로 와야 하였다.

코숑과 파리 대학이 원했던 것은 이단 재판이었다. 이단 재판은 1231년에 설립된 종교재판소에서 행해졌다. 재판의 목적은 무엇보다도 프랑스 왕이 마녀의 계략에 의해 왕위에 오르게 되었다는 것을 입증하는 것이었다. 이단자의 지휘 하에 행해진 대관식은 영국 정부가 인정할 수 없는 것이었다. 트루아 조약은 영국 왕 헨리 5세와 카트린 드 프랑스의 자손에게 프랑스의 왕위를 부여하는 것이었다. 그런데 부르주(Bourges)에 있는 보잘것없는 왕세자가 감히 왕위를 얻고 왕관을 썼다는 것은 참을 수 없는 일이었고, 특히 이것은 프랑스인들의 정신에 깊은 영향을 끼쳤다는 사실이다. 따라서 프랑스인들의 정신에 영향을 끼칠 수 있는 일을 해야 했으며, 왕의 대관식이 이단자에 의해 이루어졌다는 사실을 입증하는 것보다 그 왕의 명예를 실추시키는 것은 없었다.

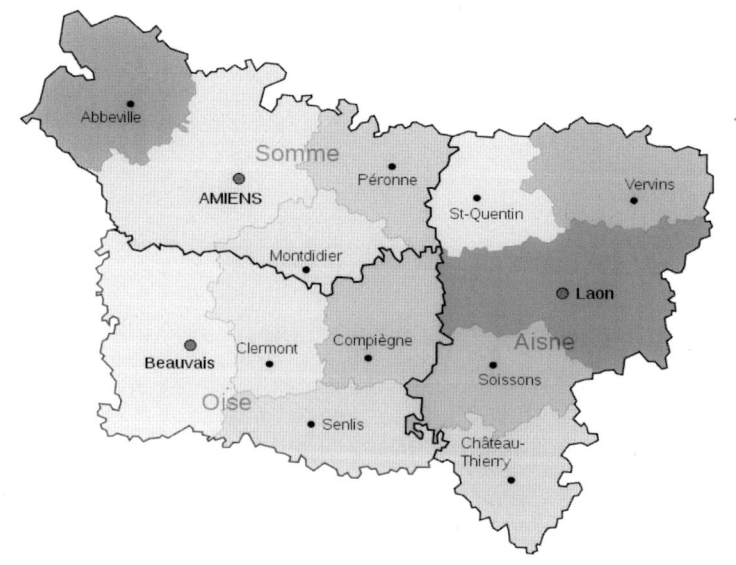

콩피에뉴는 보베의 교구에 속해 있었다.

콩피에뉴에서 포로가 된 잔은 보베의 주교인 코숑에 의해 재판을 받게 된다.

종교재판에는 잘못된 해당행위가 벌어진 지역이 속한 교구의 주교와 종교재판관이 필요했다. 콩피에뉴가 속한 교구는 보베였으며 당시 보베의 주교는 코숑(1420~1432)이었다. 프랑스의 종교재판관은 장 그라브랑(Jean Graverent)이었으며, 이 자는 당시 지식인들의 대부분이 그랬던 것처럼 영국 편이었다. 재판은 1431년 1월 9일 시작되었으나 잔이 법정에 나타난 것은 2월 21일부터였다. 종교재판에는 판사들 외에 여러 명의 배심원들이 있었으나 그들은 단지 발언권만 있었다. 코숑이 소환한 여섯 명의 파리 대학 교수들은 매우 적극적인 역할을 하였고 이들 외에도 노르망디와 영국의 고위 성직자들, 루앙의 주교좌 성당의 참사원들, 교회법원의 변호사들이 있었다.

코숑은 정당한 재판을 했다고 공언했지만 비합법적인 일들이 많았다. 수집된 증거 중에는 잔에게 유리한 증거도 많았지만 그것들은 고려되지 않았다. 그리고 종교재판의 관습과는 반대로 잔은 변호사가 없었고 혼자서 수십 명의 배심원들이 있는 법정에서 홀로 변호를 해야 했다. 또한 이단 재판은 여자 간수들이 피고인을 지키는 종교 감옥에서 행해져야 하지만 잔은 발목이 쇠사슬에 묶인 채 전쟁 포로로서 영국 감옥에 갇혀 있어야 했다. 루앙 성의 작은 기도실에서 공개적으로 행해진 심문은 3월 8일부터는 방청금지가 된 상태에서 감옥 안에서 이루어졌다. 재판 초기에 잔은 부르고뉴 공작의 누이인 베드포드 공작부인의 주관 하에 처녀성 검사를 받아야 했다. 잔은 처녀로 인정되었으나 이상한 것은 이 보고서가 소송 기록에 남아 있지 않다는 점이다. 베드포드 공작부인은 영국인 간수들에게 잔에게 폭력을 행사하지 말 것을 명령했다.

재판관들은 모두 고위직의 대학교수들, 신학 전문가들, 민법과 교회법 전문가들이었다. 코숑은 이러한 전문가들과 함께라면 어린 시골 여자를 쉽게 이단적인 말로 혼돈을 일으키게 한다거나 자기 자신 혹은 교회와 모순되는 말을 하게 할 것이라고 생각했다. 그러나 이것은 오산이었다. 잔의 대답은 가장 노련한 사람조차도 속수무책으로 만들었다. 가장 대표적인 예는 '은총의 상태'에 대한 것이다. "당신은 신의 은총을 받고 있소?"라는 질문에 잔은, "만약 내가 그 상태에 있지 않다면 신께서 은총을 베풀어 주시기를, 또 만약 내가 그 상태에 있다면 신께서 계속 그 상태에 머물게 해 주시기를 바라오, 왜냐하면 신의 은총을 받지 못한다면 난 세상에서 가장 애처로운 자일 것이기 때문이오."라고 대답했다. 이 질문은 함정이었는데 왜냐하면 신의 은총 속에 있지 않다고 대답하면 잔 스스로 죄를 인정하는 것이 되고, 은총 속에 있다고 하면 교회의 판단 영역 밖에 거하는 것이 되어 이것도 문제가 되기 때문이었다.

교회에 대한 충성심을 알아보기 위한 질문인, "당신은 당신의 말과 행동에 대해 교회의 결정에 맡기겠소?"라는 질문에 잔은, "난 나를 보내신 하느님과 성모 마리아, 그리고 낙원의 모든 성자와 성녀들에게 맡기겠소, 또 내 생각에 하느님과 교회는 하나이고 같은 것이오."라고 답했다.

마법에 대한 질문도 잔은 대담하게 물리친다. "만드라고라 가지고 뭘 했지요?"라는 질문에, "난 만드라고라를 가지고 있지 않고 가진 적도 없어요. [……] 사람들은 그것이 돈을 가져다준다고 하지만 난 그걸 믿지 않아요."라고 대답한다. 또한 동레미의 요정 나무에 대해

피에르 코숑과 잔 다르크, 작자·연대 미상

서는, "소녀들이 나뭇가지에 화환을 걸어 놓은 것을 보았고 나도 역시 다른 아이들과 함께 몇 번 그렇게 했어요. [……] 철이 들고 나서도 내가 그 나무 주변에서 춤을 추었는지는 모르겠소. 난 아이들과 함께 춤을 출 수 있었지만 춤보다는 노래를 더 많이 하였소."라고 하였다.

환영에 대한 질문에 잔은 유머 감각을 지니고 대답을 했다. "미가엘 천사는 어떤 모습으로 나타났나요? 발가벗고 있었나요?" – "당신은 하느님이 그에게 입힐 만한 것이 없다고 생각하나요?" – "그에게 머리카락이 있었나요?" – "왜 그걸 잘랐겠어요?" – "당신이 들었던 목소리들은 당신의 소송 결과에 대해 아무 말도 해 주지 않나요?" – "그것은 당신네 소송과는 관계가 없어요. 난 주님의 판단에 맡기고 주님은 그걸 기쁘게 여기실 것이오." 등.

깃발에 대해

깃발과 칼 중에 어떤 것을 더 좋아하느냐는 물음에 잔은 칼보다는 깃발을 몇 십 배 더 좋아 한다고 답한다. 그러고는 "난 사람을 죽이지 않기 위해 공격할 때에도 칼 대신 깃발을 들었소. 또 아무도 죽이지 않았소."라고 대답하기도 하였다. 잔이 사용했던 깃발은 세 가지였으며 오를레앙에 가기 전 블루아에 있을 때 만든 것이다. 깃발을 제작한 사람은 투르의 화가 오브 풀누아르(Hauves Poulnoir)였으며 잔은 성녀 카트린과 마르그리트가 명하는 대로 깃발을 만들게 했다고 한다. 첫 번째 깃발(étendard)은 흰색 바탕 위에 백합이 그려져 있고 구름 위에 지구를 들고 앉아 있는 예수 그리스도의 모습이 있고 그 양쪽에는 두 명의 천사가 있다. 두 천사는 가브리엘과 미가엘이었으며 가브리엘 천사는 백합꽃을, 미가엘 천사는 검을 들고 있다. 그리고 'Jhesus Maria'라는 글귀를 수를 놓아 새겼다. 또 다른 깃발(bannière)은 군종 신부들을 위해 만든 것으로 병사들을 모아 놓고 행실을 올바르게 하며 고해성사를 하도록 권고하기 위한 것이었다. 이 깃발 위에는 십자가에 달린 그리스도가 있다. 그리고 세 번째의 깃발인 작은 삼각기(penon)에는 천사가 아기 예수를 안고 있는 마리아에게 백합꽃을 바치는 모습이 그려져 있다.

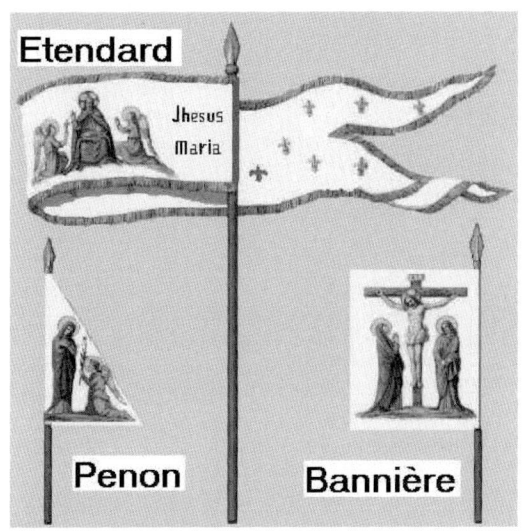

Etendard Jhesus Maria

Penon Bannière

천상의 목소리에 대해

처음 그녀는 자고 있던 중 목소리가 들려 잠을 깨었다고 한다. 그 후 그 소리를 듣지 않은 날이 없었고 이제는 몹시 필요한 것이 되었다고 고백하였다. 이 목소리는 성녀 카트린과 마르그리트의 목소리라고 하며 그들은 잔에게 모든 것을 기꺼이 받아들이고 순교를 두려워하지 말라고 하였고, 잔이 결국 낙원으로 올 것임을 말하였다고 한다.

남자 옷에 대해

남자 옷을 입은 것에 대해 잔은, "이 옷은 내 영혼을 짓누르지 않으며, 그걸 입는 것이 교회의 뜻에 반대되는 것은 아니다."라고 답했다.

그 옷은 원래 보쿨뢰르 주민들이 잔이 말을 탈 수 있도록 만들어 준 것이었다. 하지만 코숑은 이것을 잔이 교회에 불복종하는 증거로 보았다.

포기각서

1431년 4월 잔이 병이 들자 루앙의 총독이었던 워윅 백작은 그녀가 자연사를 하는 것은 영국 왕의 뜻이 아니라고 말하며 베드포드 공작부인의 의사로 하여금 잔을 치료하게 한다. 5월 24일에는 생 투앙 묘지에서 심문이 있었고 멀지 않은 곳에 보란 듯이 화형대를 세워 놓고 잔을 위협했다. 죽음이 두려웠던 잔은 영국왕의 비서가 그녀의 손을 잡고 있는 상태에서 포기각서(abjuration) 증서에 서명을 한다. 그 증서에서 잔은 더 이상 무기를 들지 않을 것과 남자 옷을 입지 않을 것, 머리카락을 짧게 자르지 않을 것을 약속한다. 또 다른 각서에서 잔은 환영을 본 것을 부인하고 하느님과 성자들을 모욕했다는 것을 인정하고 또 미풍양속에 어긋나는 단정치 못한 옷을 입었음을 인정한다. 하지만 그녀는 곧 자신의 행동을 후회하였던 것으로 보인다. 5월 28일 감옥에서의 심문에서 잔은, "하느님은 성녀 카트린과 마르그리트를 통해 내가 목숨을 구하기 위해 이전 주장을 철회하는 배신행위를 한 것에 대해 큰 연민을 느끼신다."는 말을 하였다. 그 후에 잔은 다시 남자 옷을 입는 등 이전의 모습으로 되돌아간 것으로 보인다. 따라서 다시 이단에 빠진 자(relapse)가 된 것이다.

죽음

5월 30일 잔은 루앙의 한 광장 (Place du Vieux Marché)에 설치된 화형대로 호송되었다. 이 자리에서 마르탱 라드브뉘 신부가 잔에게 고해성사를 해 주고 성찬식을 베풀어 주었다. 화형당하는 죄인의 머리에 씌우는 삼각관에는 "이단자, 다시 이단에 빠진 자, 배도자, 우상숭배자"라는 글귀가 쓰여 있었다. 잔은 이장바르 드 라 피에르 신부에게 가장 가까운 교회로 가서 십자가를 가

화형대의 잔 다르크
Jules—Eugène Lenepveu, 19세기

져와 자신이 보이는 곳에 높이 들어 달라고 간절히 부탁하였다고 한다. 화형대의 불길에 휩싸인 잔은 계속 예수의 이름을 부르고 성자들의 도움을 구했다. 그리고 마지막 숨을 거두면서 잔은 다시 한번 예수의 이름을 불렀다.

잔의 복권

1449년 11월 샤를르 7세는 프랑스가 되찾은 노르망디의 루앙으로 입성한다. 1450년 2월 15일 그는 재판의 진실성에 대한 조사를 하라고 지시한다. 이어 1452년, 1453년에도 조사가 이어졌다. 그리하여 잔이 화형당한 지 24년 뒤인 1455년 11월 7일 파리의 노트르담 성당에

서 교황이 보낸 사절단 앞에서 잔의 복권을 위한 재판이 시작되었다. 여기에서 잔의 어머니 이자벨 로메는 딸의 명예 회복을 호소하였다. 이어 아직 살아 있는 증인들을 찾았고 결국 1456년 1월 28일부터 동레미 사람들인 잔의 친구들과 친척들, 농부들, 그리고 오를레앙의 상인들과 부르주아들, 사제들, 군대 동료들 및 왕족들이 재판정에 나와 증거한다. 결국 첫 번째의 재판은 무효였음이 선언되었다.

Part 01

장 아누이의 『종달새L'Alouette』

작가소개 ● ● ●

장 아누이(Jean Anouilh, 1910~1987)

장 아누이(Jean Anouilh, 1910~1987)는 1910년 보르도에서 재단사인 아버지와 음악가인 어머니 사이에서 태어났다. 그의 연극에 대한 사랑은 고등학교 때부터 싹트게 되고, 루이 주베가 연출한 장 지로두의 『지그프리드Siegfried』(1928)는 그에게 깊은 인상을 남긴다. 그는 후에 루이 주베의 비서로 일하기도 한다. 대학에서 법률을 공부한 후 2년 동안 광고회사에 다니며 자크 프레베르, 장 오랑슈 등을 알게 된다. 위세, 마리보, 클로델, 피란델로, 쇼, 몰리에르 등은 아누이의 또 다른 스승이라고 할 수 있다.

1932년 장 오랑슈(Jean Aurenche)와 합작으로 쓴 『벙어리 호물루스 Humulus le muet』를 공연하였으나 실패하고 몇 달 뒤 그의 진정한 첫 번째 작품이라고 할 수 있는 『흰담비L'Hermine』를 발표한다. 그가 처음으로 대중적인 성공을 거둔 것은 『짐 없는 여행자Le Voyageur sans bagage』(1937)로서 피토예프 부부가 출연하고 다리우스 밀로가 음악을 맡았다. 그다음 해인 1938년에는 『도둑들의 무도회Le Bal des voleurs』를 발표하여 또 한 번 대중적인 성공을 거둔다. 아누이의 가장 대표적인 작품이 된 『안티고네Antigone』는 독일 점령기인 1944년에 발표된 것으로 앙드레 바르삭이 연출을 맡았으며 크레온(페텡)에 대해 저항하는 안티고네는 이후 저항의 상징으로 여겨지게 된다.

희극적인 요소를 포함하고 있음에도 불구하고 아누이의 극은 일반적으로 어둡다. 그의 극은 인간의 순수함을 위협하는 모든 것에 대한 반항이라고 할 수 있으나 그 순수함을 지키기 위한 방법은 극단적인 선택, 곧 죽음이 된다. 이 땅에서는 순수함을 지키는 것이 불가능하고 오히려 타협과 굴종을 강요받기 때문이다. 부와 가난, 순수함과 추함, 명예와 타협이 대립하는 가운데 그중 한 가지의 선택은 동시에 다른 것을 배제함으로써 필연적으로 어두운 분위기를 낳는다.

아누이는 자신의 작품을 그 분위기에 따라 장밋빛 극(pièces roses, 자유분방한 판타지로 구성된 희극, 『도둑들의 무도회』, 『레오카디아Léocadia』, 『상리스의 밀회Le Rendez-vous de Senlis』), 검은 극(pièces noires, 짙은 페시미즘을 드러내는 극, 『흰 담비』, 『야성녀La Sauvage』, 『짐 없는 여행자』, 『에우리디케Eurydice』), 신(新) 검은 극(nouvelles pièces noires, 평범한 인물들로 둘러싸인 신화 속의 영웅들을 주인공으로 하는 극, 『제자벨Jézabel』, 『안티고네』, 『로메오와 자네트Roméo et Jeannette』, 『메데아Médée』), 빛나는 극(pièces brillantes, 연극 속의 연극의 형태를 보이는 극, 『성에의 초대 L'Invitation au château』, 『예행연습La Répétition』, 『콜롱브Colombe』, 『세실Cécile』), 삐걱거리는 극 (pièces grinçantes, 풍자적 성격의 희극, 『아르델 혹은 데이지 꽃Ardèle ou la Marguerite』, 『투우사의 왈츠La Valse des toréadors』, 『오르니플Ornifle』, 『불쌍한 비토스Pauvre Bitos』, 『경솔한 사람 L'Hurluberlu』, 『동굴La Grotte』), 가장 극(pièces costumées, 의무라는 이름으로 자신을 희생하는 역사 속의 인물들을 주인공으로 하는 극, 『종달새』, 『베케트 혹은 신의 명예Becket ou l'Honneur de Dieu』, 『아귀다툼하는 곳La Foire d'empoigne』) 등으로 분류하였다.

Chapter 01 | 잔 다르크 이미지[1]

서 론

　아누이가 잔 다르크의 일대기를 그리고 있는 이 극을 쓰게 된 계기
는 동쾨르라고 하는 제쥐트파의 한 신부 때문이다. 이 신부는 아누이
에게 잉그리드 베르그만 주연의 잔 다르크에 대한 영화의 더빙을 지
휘해 달라는 부탁을 하였고, 나중에는 다시 잔에 대한 글을 쓰지 않
겠느냐고 제안한다. 아누이가 자신은 이미 『안티고네』(1944)를 썼다
고 대답하자 동쾨르는 "잔은 바로 기독교인 안티고네"라고 응답한 일
화는 유명하다.[2] 그 후 파리 근교의 몽포르 라모리의 집에서 교회의
삼종기도를 알리는 종소리를 듣고 갑자기 동쾨르의 생각이 난 아누
이는 즉흥적으로, 어린 시절의 기억을 자료 삼아 이 극을 쓰게 된다.

---

1) 『한국프랑스학논집』, 제43집, 2003년 8월, pp.281~302.

2) "Justement Jeanne est l'Antigone chrétienne", Pol Vandromme, *Jean Anouilh, un auteur et ses personnages*, Paris, La Table Ronde, 1965, pp.219~221 ; cité in Giulia Capolino, *Le Personnage de Jeanne d'Arc dans le théâtre de Claudel et d'Anouilh*, mémoire de maîtrise, Roma, Maria Ss. Assunta, 1988/1989, pp.292~294.

탄생의 배경에 이러한 사연을 갖고 있는 『종달새』는 작가의 이전 작품인 『안티고네』와 매우 유사한 점들이 있다. 극의 구조에 있어서 두 작품 모두 극중극의 형태를 띠고 있는 것과, 주인공들이 모두 기존질서에 반항한다는 공통점이 그것이다. 안티고네는 반역자로 취급된 오빠 폴리네이케스의 장례를 금지한 크레온의 명령에 복종하지 않으며, '종달새'로 상징된 잔 다르크는 편협하고 왜곡된 신앙관을 갖고 있는 교회 지도자들과 부딪히게 된다. 안티고네는 인간이 만든 질서나 법보다는 인간의 윤리와 도덕을 우선시하고, 잔 다르크는 인간이 만든 제도보다는 신의 명령에 복종하는 것을 우선시한다.3) 그것을 위해 두 사람은 모두 죽음까지도 거부하지 않는다.

이 극에서 '종달새'는 잔 다르크를 상징하는 것인데 그렇다면 작가는 종달새의 어떤 이미지를 이 인물에 부여하고 있는 것일까? 또한 이 극에 나타나는 잔 다르크는 매우 현대적이며 격의 없고 발랄하여 일반적인 성녀의 경건한 이미지와는 분명 다르다. 그렇다면 이렇게 파격적인 인물로의 묘사는 어떤 의미를 갖는지 알아보고자 한다.

---

3) "안티고네는 국가의 바깥에 위치하고, 잔 다르크는 교회의 바깥에 위치한다. [……] 안티고네와 잔 다르크의 적들은 그녀들로부터 권리 혹은 신을 섬길 것을 요구하는 것이 아니라 국가와 교회를 섬기도록 요구하는 것이다. Antigone se met en marge de l'Etat, Jeanne d'Arc de l'Eglise. [……] Les adversaires d'Antigone et de Jeanne d'Arc n'exigent pas d'elles qu'elles servent le Droit ou Dieu, mais seulement l'Etat et l'Eglise.", Hermann Seilacher, "Individu contre la collectivité", in *Les Critiques de notre temps et Anouilh*, Paris, Garnier, 1977, p.50.

1. 희망의 상징

아누이가 잔 다르크에게 부여한 '종달새'의 이미지는 다분히 상징적이다. 하늘 높이 오르면서 동시에 노래하는 이 새는 우선 삶의 기쁨과 행복, 그리고 충만의 상징으로서 프랑스인들의 조상인 골루아인들(les Gaules)에게는 성스러운 새이기도 하다.

> 게다가 앞에서 지적한 바처럼 종달새는 날면서 노래를 한다. 우리는 그것에서 삶의 기쁨과 행복과 충만의 표현을 보게 되는 것이다. 노래하는 새, 행복과 길조의 새인 종달새는 골루아인들에게는 성스러운 것이었다.4)

프랑스의 역사학자 쥘 미슐레 역시 종달새에게서 골루아인들의 희망을 보았고,

> 희망, 그것은 우리 골루아인들의 오랜 좌우명이기도 하다. 바로 그 때문에 그들은 그토록 볼품없이 입었지만 마음과 노래는 그리도 풍부한 이 보잘것없는 새를 그들의 국조(國鳥)로 삼았던 것이다.5)

바슐라르는 종달새의 수직성의 노래가 인간의 영혼에 큰 영향을 끼치며 기쁨과 희망을 얻게 된다고 말한다.

---

4) Qui plus est, comme nous l'avons déjà indiqué, il chante en plein vol. Et on a vu en cela l'expression de la joie de vivre, du bonheur, de la plénitude. Oiseau chanteur, oiseau du bonheur et de bon augure, l'alouette était sacrée pour les Gaulois.", Didier Colin, *Dictionnaire des symboles, des mythes et des légendes*, Paris, Hachette, 2000, p.25.

5) Espoir, c'est la vieille devise de nos Gaulois, c'est pour cela qu'ils avaient pris comme oiseau national cet humble oiseau, si pauvrement vêtu, mais si riche de coeur et de chant.", Jules Michelet, *L'Oiseau*, 1856 ; cité in Paul Ginestier, *Jean Anouilh*, Paris, Seghers, 1969, p.108.

왜 그 노래의 수직성은 인간의 영혼에 있어 그토록 커다란 힘을 지
니고 있을까? 어떻게 우리는 그토록 커다란 기쁨을, 그토록 커다란
희망을 그로부터 받을 수 있다는 말인가? 그것은 아마도 이 노래가
경쾌하면서도 신비스럽기 때문일 것이다.6)

　　프랑스인들의 상징적인 새인 종달새는 이처럼 희망을 노래하는 새
로 여겨지고 있음을 알 수 있으며, 아누이가 잔 다르크를 '종달새'로
상징화 한 것도 우선은 이러한 의미에서라고 여겨진다. 왜냐하면 극
중 인물인 영국인 워웍 백작의 대사에서 종달새는 프랑스의 희망으
로 묘사되기 때문이다. 영국인들의 요새가 아무리 견고하고 지휘자가
노련하며 군인들에게 풍족한 배급으로 사기를 돋우어도 프랑스군에
계속 패하고 마는 이유를 워웍 백작은 프랑스인들의 머리 위 높은 하
늘에서 노래 부르는 작은 종달새 때문이라고 말한다.

　　워웍: [……] 이 투명한 두 음조는, 우리가 그를 향해 총을 쏠 때
　　에도 태양 속에서 움직이지 않는 이 작은 종달새의 경쾌하고도 부
　　조리한 노래는 바로 그녀지요. [……] 왜냐하면 프랑스는 어리석음
　　과 무능함과 방탕함을 지니고 있지만 때때로 그것들을 지워 주는
　　하늘의 종달새가 있거든요.
　　Warwick: [……] Ces deux notes claires, ce chant joyeux et absurde
　　d'une petite alouette immobile dans le soleil pendant qu'on lui tire
　　dessus, c'est tout elle. [……] Car elle [la France] a aussi sa bonne

---

6) "Pourquoi une *verticale du chant* a-t-elle une si grande puissance sur l'âme humaine? Comment
peut-on en recueillir une si grande joie, une si grande espérance? C'est, peut-être, parce que ce
chant est à la fois vif et mystérieux.", G. Bachelard, "La Poétique des ailes" in *L'Air et les songes.*
Essai sur l'imagination du mouvement, Paris, José Corti, 1943, p.101 ; André François Rombout: "상상
의 세계에서 종달새는 기쁨과 희망의 상징이라는 것을 증명하기 위해 바슐라르는 날개의 시학에 한 장(章)
을 할애하고 있으며 독일, 영국, 이탈리아, 프랑스 문학에서 빌려 온 예문을 우리에게 제시하고 있다.
Bachelard consacre tout un chapitre à la poétique des ailes pour démontrer que dans le monde de
l'imagination l'alouette est symbole de joie et d'espérance et nous donne des exemples empruntés à
la littérature allemande, anglaise, italienne et française.", *La Pureté dans le théâtre de Jean Anouilh*,
Amsterdam, Holland University Press, 1975, p.180.

mesure d'imbéciles, d'incapables et de crapules; mais de temps en temps, il y a une alouette dans son ciel qui les efface. (p.111)[7]

자신에게 총을 겨누고 있을 때에도 공중에서 즐거운 노래를 부르며 움직이지 않는 이 새는 프랑스의 어리석음과 무능함과 방탕함을 지워 주는 존재이다. 워윅 백작이 묘사하듯이 종달새는 어렵고 힘든 상황에서도 사람들에게 희망을 주는 존재이다. 이러한 종달새의 이미지는 프랑스가 위기에 처했을 때에 과감히 깃발을 들고 앞서 나감으로써 전의를 상실한 병사들에게 용기를 주어 다시 일어나 싸우도록 독려했던 잔 다르크의 이미지와 일치하고 있다. 잔은 그들에게 일종의 마스코트 혹은 기수(旗手)와도 같은 존재였던 것이다. 아누이는 그리하여 잔의 절정기를 렝스에서의 대관식으로 여기고 시간적인 순서를 무시한 채 극의 대미를 대관식 장면으로 장식한다. 프랑스의 왕으로 등극한 샤를르는 대관식에 참석하여 영광의 절정에 있는 잔을 하늘 한가운데 있는 종달새에 비유하고 있다.[8]

> 샤를르: 이 사람이 옳아. 잔 이야기의 진정한 결말은, [……] 바로 하늘 한가운데의 종달새, 영광의 한가운데에 있는 렝스에서의 잔이오……. 잔 이야기의 진정한 결말은 유쾌한 것이지. 잔 다르크, 그것은 바로 해피엔딩으로 끝나는 이야기지!
>
> Charles: Cet homme a raison. La vraie fin de l'histoire de Jeanne, [……] c'est l'alouette en plein ciel, c'est Jeanne à Reims dans toute sa gloire……. La vraie fin de l'histoire de Jeanne est joyeuse. Jeanne

---

7) Jean Anouilh, *L'Alouette*, La Table Ronde, 1953. 이하 본문의 쪽수는 동일한 판본에 의거한 것임.

8) 이 점은 클로델의 극 『화형대의 잔 다르크Jeanne d'Arc au bûcher』와는 매우 다른 점이다. 클로델은 렝스의 대관식보다는 화형대에서의 죽음의 순간이 오히려 그의 삶의 가장 절정이라고 생각하고 있기 때문이다: "Le sommet de la vie de Jeanne d'Arc, c'est sa mort, c'est le bûcher de Rouen.", P. Claudel, *O. C.*, t. XIV, Gallimard, 1958, p.275.

d'Arc, c'est une histoire qui finit bien! (p.188)

　그녀는 프랑스 인들에게는 '감당키 어려운 광채를 지닌 작은 불꽃'과도 같아서 그 불빛으로 주변을 밝게 비춰 주었던 존재였던 것이다.

　이처럼 희망을 상징하는 새의 모티브는 잔 다르크를 소재로 영국작가 버나드 쇼가 쓴『성녀 잔Sainte Jeanne』(1924)에서도 발견할 수있다. 루아르 강가에 앉아 있던 오를레앙의 뒤누아와 그의 시동이 발견하는 할미새는 아누이의 '종달새'를 연상케 하기 때문이다. '푸른섬광'9) 같은 이 새는 매우 즐거운 빛을 띠고 있고 이것은 승리의 징조처럼 그들이 기대하던 바대로 바람의 방향이 곧 바뀌게 되어 프랑스군의 도강을 수월하게 하고 결국은 오를레앙에서의 프랑스의 승리를 가져오게 된다. 이처럼 이 두 새는 아누이와 쇼의 작품에서 모두희망의 상징으로 묘사되고 있다. 이외에도 앙드레 말로는 그의『弔辭Oraisons funèbres』에서 잔 다르크를 트루아 조약(1420)으로 주권마저상실할 위기에 처해있던 암울한 프랑스에 희망을 준 존재로 묘사하며,10) 알렝 샤르티에도 오를레앙에서의 승리 후 잔은 프랑스 인들의정신을 희망으로 이끌었다고 말한다.11)

---

9) "이 푸른 섬광은 아주 즐거운 분위기를 띠고 있었다. Il avait l'air sacrément joyeux ce petit éclair bleu.", B. Shaw, *Sainte Jeanne*/texte français de Anika Scherrer, Paris, L'Arche, 1992, p.123.

10) "아무 것도 없었다가 갑자기 희망이 생겼다. Il n'y avait plus rien: soudain, il y eut l'espoir", André Malraux, *Oraisons funèbres*, Paris, Gallimard, 1971, p.90; cité in Marco Markovic, "Jeanne d'Arc dans la littérature française", *L'Astrolabe*, n° 70, 1982, p.27.

11) "그녀는 보다 나은 시기에 대한 희망을 향해 정신을 고양시킨다. Elle a haussé les esprits vers l'espérance des temps meilleurs", cité in Régine Pernoud, *Jeanne d'Arc par elle-même et par ses témoins*, Paris, Seuil, 1962, coll. Livre de vie, p.129.

2. 천상과 지상의 중개자

희망의 상징이라는 것 외에도 『상징사전』에 의하면 지상에서 하늘로 또는 하늘에서 지상으로 빠른 속도로 상승과 하강을 반복하는 종달새는 천상과 지상의 중개자로 소개되기도 한다.

> 종달새는 공중으로 매우 빠르게 상승하는, 혹은 반대로 갑작스럽게 하강하는 방식으로 신의 현현(顯現)의 진화와 퇴화를 상징할 수 있다. 지상에서 하늘로 하늘에서 지상으로의 연속적인 이동은 존재의 두 양극을 이어 준다. 그 새는 마치 중개자와 같다. 그것은 이렇듯 지상적인 것과 천상적인 것의 결합을 대표하기도 하는 것이다.
> L'alouette, par sa façon de s'élever très rapidement dans le ciel, ou au contraire de se laisser brusquement tomber, peut symboliser l'évolution et l'involution de la Manifestation. Ses passages successifs de la Terre au Ciel et du Ciel à la Terre relient les deux pôles de l'existence: elle est comme une médiatrice. Elle représente ainsi l'union du terrestre et du céleste.[12]

종달새가 천상과 지상의 중개자인 것 같이 아누이의 극에서 잔은 천상과 지상의 중개자로, 따라서 천상과 지상의 이미지를 모두 갖고 있는 존재로 묘사되고 있다. 그렇다면 아누이가 묘사하고 있는 잔 다르크에게서 천상과 지상의 이미지는 어떻게 구현되어 있는지 구체적으로 살펴보기로 하자.

---

12) Jean Chevalier & Alain Gheerbrant, *Dictionnaire des symboles*, Robert Laffont/Jupiter, 1982, p.25.

1) 천상의 이미지

하늘을 향해 빠른 속도로 높이 날아오르는 종달새는 분명 천상의 것에 대한 갈구, 신을 향한 인간의 마음, 혹은 경건과 순결의 정신을 표현한다고 할 수 있다. 그래서 종달새를 기쁨과 희망의 상징으로 보았던 바슐라르는 궁극적으로 승화의 상징을 발견하며,13) 신비주의 신학자들에겐 종달새의 노래는 신의 보좌 앞에 드리는 맑고 즐거운 기도를 의미하기도 한다.14)

이와 같은 종달새의 승화된 경건한 이미지는 실제로 잔을 알고 있던 사람들의 증언 속에 나타나고 있다. 그들은 대부분 잔을 선하고 단순하고 경건한 소녀로 이야기하고 있기 때문이다. 잔은 자발적으로 교회에 가고 고해성사를 자주 하였으며, 교회의 종소리를 들으면 무릎을 꿇고 기도하곤 하였다. 또한 가난한 자들에게 먹을 것을 갖다 주고 병든 자들을 보살핀 것으로 알려져 있다. 그녀의 친구들은 잔이 너무 경건하다고 놀릴 정도였다.15) 전쟁터에서도 잔은 매일 미사를 드리고 병사들도 고해성사를 하게 하였으며, 또 그들이 상스런 욕을 하는 것을 참지 못했다. 그녀가 너무 경건하였기 때문에 그와 가까이 있던 남자들조차 아무런 육체적 욕망을 느끼지 못했다고 말하기도 하였다.16)

---

13) "순수한 종달새는 더할 나위 없는 승화의 기호이다 L'alouette pure est donc bien le signe d'une sublimation par excellence". Gaston Bachelard, *L'Air et les songes. Essai sur l'imagination du mouvement, op. cit.*, 1943, p.106.

14) "신비주의적인 신학자들에게 종달새의 노래는 하느님의 보좌 앞에 드려지는 맑고 즐거운 기도를 의미한다. Pour les théologiens mystiques, le chant de l'alouette signifie la prière claire et joyeuse devant le trône de Dieu.", Jean Chevalier & Alain Gheerbrant, *Dictionnaire des symboles, op. cit.*, p.25.

15) Voir Régine Pernoud, *Jeanne d'Arc par elle-même et par ses témoins, op. cit.*, pp.13~24.

16) "잔은 훌륭한 기독교인이었다. 그녀는 매일 자진해서 미사를 드렸으며 종종 영성체를 받았다. 그녀는 욕하는 소리를 들으면 매우 흥분했으며 그것은 좋은 징조였다 [……] 군대에서도 그녀는 항상 병사들과 함

그런데 아누이는 이 극에서 잔 다르크를 기본적으로 인본주의적 시각으로 그리고 있기 때문에 그녀의 성스러운 면은 크게 부각시키지 않고 있다.[17] 그럼에도 불구하고 그녀에 대한 몇 가지 전통적인 이미지는 변질시키지 않고 있다. 등장인물 중 종교재판관은 잔의 고향으로 보낸 사절들을 통해 그녀가 경건한 소녀였다는 것과 죽어 가는 적병의 머리를 자신의 무릎 위에 두고 눈물을 흘리며 위로하거나, 전투에서 죽은 많은 병사들의 시체를 보며 슬퍼했던 사실 등을 이미 알고 있다. 라드브뉘 사제 또한 잔의 고향마을 사람들이 잔을 겸손과 친절, 기독교적 자비로 묘사한다는 것을 알고 있다. 그럼에도 불구하고 종교재판관은 이러한 행위들을 '인간적인 애정'으로 간주하며 위험한 것으로 여긴다. 인간을 사랑하는 자는 신을 사랑하지 않는다는 것이다.[18] 아이들이 자기에게 가까이 오는 것을 금하지 않고 또 간음한 여인도 용서한 예수를 언급하며 잔의 행위를 옹호하는 젊은 라드브뉘 신부에게 종교재판관은 성직자들만이 성경을 해석할 권리가 있으며, 젊음, 관용, 인간적 애정은 바로 그들이 싸워야 할 적이라고 주장한다. 아누이는 이처럼 신앙의 본질에서 벗어나 인간이 만든 제도

께 있었으며 나는 잔과 가깝게 지내는 사람들로부터 병사들이 그녀에 대해 결코 욕망을 가지지 않았다는 말을 들었다. Jeanne était bonne chrétienne. Elle entendait volontiers chaque jour la messe et recevait souvent le sacrement de l'Eucharistie. Elle s'irritait beaucoup quand elle entendait jurer et cela était un bon signe [……] Dans l'armée, elle était toujours avec les soldats, et j'ai entendu dire par plusieurs des familiers de Jeanne que jamais ils n'avaient eu désir d'elle", *ibid.*, p.71.

17) "잔과 그녀의 영성은 아누이가 '장난감 오리'를 가지고 하듯이 분석하거나 분해하기를 원하지 않는 신비들이다. [……] 게다가 아누이는 본질적으로는 인본주의자이지만 시대의 영향에 의해 신비주의자가 된 잔을 구상한 것일 수도 있다. Jeanne et sa spiritualité sont des mystères qu'Anouilh ne veut pas, il le dit, analyser ou démonter comme on le ferait d'un «canard mécanique». [……] Par ailleurs, il est possible qu'Anouilh ait conçu une Jeanne humaniste quant au fond et qui ne serait devenue mystique que sous l'influence de son temps.", Elie de Comminges, *Anouilh, littérature et politique*, Paris, Nizet, 1977, p.43.

18) "Et qui aime l'homme, n'aime pas Dieu."(p.128)

가 모든 것 위에 군림하게 될 때 나타나는 독선과 왜곡을, 그리고 이들 편협한 성직자들을 비판하고 있는 것이다. 인간에 대한 사랑과 신에 대한 사랑이 병행하지 못하다면 그것은 분명 "네 이웃을 네 몸같이 사랑하라."고 한 예수의 가르침과도 어긋나기 때문이다.

극중에서 행동으로 나타나는 잔의 천상의 이미지는 자신의 석방을 위해 아무런 노력도 하지 않는 샤를르에 대해 원망하지 않고 오히려 그를 잘 돌봐 달라고 부탁하는 것이나, 자신을 이단자로 믿고 화형식을 보기 위해 몰려드는 일반대중들 그리고 코숑 주교를 용서하는 것에서도 나타난다. 잔을 화형에 처한 성직자들과 재판관들이 그녀의 마지막 모습을 보며 무릎을 꿇고 기도하는 것은 예수 이름을 부르며 화형장의 불꽃 속에 사라지는 잔에게서 성녀의 모습을 발견하기 때문이다.

그녀의 천상의 이미지는 또한 육체적 순결에서도 찾아볼 수 있다. 그녀가 고향을 떠나고자 할 때 병사들을 따라다니는 문란한 여자가 될까 봐 잔을 폭력까지 휘두르며 야단치는 그의 아버지에게 잔의 어머니는 "잔은 어린애처럼 순결하다."[19]고 말하며 그녀를 옹호한다. 잔은 전장에서도 자기와 함께 있는 남자들이 자신을 여자로 보지 않도록 항상 남자 옷을 입었고, 영국 병사들의 치근거림을 물리치기 위해 감옥에서도 남자 옷을 고집하였다. 하지만 이것은 여자는 남성 복장을 취해서는 안 된다는 구약의 계명(신명기 22:5)을 위반하는 것이어서[20] 그녀가 이단자로 처벌받는 중요한 이유가 되기도 한다.

그런데 잔의 육체적 순결은 정신적 순결과도 일치하고 있다.[21] 잔

---

19) "하지만, 아빠, 당신도 알다시피 잔은 아이처럼 순결해요! Mais, papa, tu sais bien que Jeanne est pure comme l'enfant!"(p.20)

20) 잉에 슈테판/이순예 옮김, 「마녀 아니면 성녀? 잔느 다르끄 이야기와 그동안 문학이 이 이야기를 어떻게 다루어왔는가에 대하여」, 『여성과 사회』, 제6집, 1995, p.235.

이 천상의 음성을 들은 것도 그녀가 기도할 때, 즉 가장 순수하고 가장 신에게 가까이 있을 때였다.[22] 실제로 잔은 그 음성을 처음 들은 날 신이 원하는 한 오랫동안 순결을 지키겠다고 약속한다.[23] 신에게 자신을 온전히 바친다는 표시인[24] 이 순결 서원에서 우리는 신의 뜻에 헌신하고자 하는 잔의 충성된 믿음을 볼 수가 있다. 게다가 당시 사람들은 순결이 마귀와 함께 하지 않는다는 증거라고 믿었기 때문에[25] 잔의 처녀성 검사와 순결 확인은 신의 보내심을 받았다는 그녀의 주장을 정당화해 주는 것이었다. 나아가 처녀 잔은 중세에 그리스도보다 더 숭배의 대상이 되었던 동정녀 마리아와 같은 존재로 여겨지기도 하였다. 그리하여 지상에 내려온 젊고 아름답고 용감한 처녀 잔은 다루기 힘든 병사들을 결집시키는 존재가 되었다.[26]

---

21) "잔의 순수함은 신체적. – 아누이는 그녀를 둘러싸고 있는, 욕망에 의해 더럽혀진 세계 앞에서의 잔의 순결에 대해 여러 번 강조하고 있다 – 정치적, 종교적이다. 순수함은 이처럼 종달새의 본질적인 성격으로 나타난다. La pureté de Jeanne est à la fois physique – Anouilh insiste à plusieurs reprises sur sa virginité face au monde qui l'entoure, sali par le désir – politique et religieuse. Elle apparaît ainsi comme la caractéristique principale de l'Alouette.", Anne Régent, "L'Alouette de Jean Anouilh", Etudes médiévales, 2000, nº 2, p.350.

22) "항상 정오 혹은 저녁때의 삼종기도 시간이었소. 내가 기도를 하고 있을 때, 내가 가장 순수하고 가장 하느님께 가까이 있을 때였소. C'est toujours à l'angélus de midi ou à l'angélus du soir; c'est toujours quand je suis en prières, quand je suis la plus pure et la plus près de Dieu."(p.33)

23) "잔: 내가 처음으로 하늘의 목소리를 들었을 때 난 그것이 하느님을 기쁘게 하는 한 오랫동안 내 처녀성을 지니겠다고 약속하였소. 그리고 그때가 약 13살 무렵이었소. Jeanne: La première fois que j'ai entendu la voix, j'ai promis de conserver ma virginité aussi longtemps qu'il plairait à Dieu, et c'était à l'âge de treize ans ou environ.", Régine Pernoud, Jeanne d'Arc par elle-même et par ses témoins, op. cit., pp.23~24.

24) "만약 그녀가 처녀가 아니었다면 그것은 명백한 사기가 입증되는 것이며, 만약 그녀가 처녀였다면 그것은 그녀가 단언하였듯이 '자신의 처녀성을 바쳤다'는 증거가 된다. 처녀성은 신에게 전적으로 헌신한 자의 표시이므로. Si elle n'en l'était pas, il y avait chez elle une imposture flagrante; si elle l'était, ce pouvait être la preuve que, comme elle le déclarait, elle avait bien «voué sa virginité», la virginité étant le signe de l'être qui se consacre à Dieu sans partage.", ibid., p.64.

25) "사제는 하느님이 그가 인간들에게 감추고 있는 것을 처녀들, 예를 들면 무녀들에게 여러 번 계시해 주었다는 사실을 상기시켰다. 악령은 처녀와 협정을 맺을 수 없었다. Le prélat rappelait que Dieu avait maintes fois révélé à des vierges, par exemple aux sibylles, ce qu'il cachait aux hommes. Le démon ne pouvait faire pacte avec une vierge", Michelet, Jeanne d'Arc, Gallimard, 1974, p.61.

아누이의 다른 극에서와 마찬가지로 이 극에서도 순결은 절대에 대한 추구와 마찬가지로 어린 시절과 죽음 속에서만 가능하다.[27] 극의 주인공들이 어린 소녀들이며(예: 안티고네와 잔 다르크) 그들이 모두 타협과 굴종으로 특징지어지는 성인의 삶을 거부하고 차라리 죽음을 선택하는 것은 바로 이런 이유 때문이다. 잔의 순결에 대한 집착은 절대적인 것에 대한 집착과 상통하는 것으로서 상대적인 것, 일상적인 것과 반대되는 것이다. 그녀가 시간 속에서의 점차적인 죽음을 거부하고 단 한 번의 죽음을 선택하는 것도 바로 이 순결과 절대의 추구로 인한 것이다.[28] 잔과 안티고네는 모두 절대에 대한 추구와 인간 삶의 보잘것없는 행복 사이에서 결국은 전자를 택하는 자들이다.

2) 지상의 이미지

위에서 언급한 잔의 경건하고 자비로우며 순결한 천상의 이미지에

---

26) "야만적이고 길들일 수 없는 이러한 의지들을 약화시키기 위해서는 하느님 자신이 있어야 하였다. 이 시대의 하느님은 바로 지상에 내려온 성모, 젊고 아름답고 온화하고 대담한 민중적인 성모였던 것이다. Pour réduire ces volontés sauvages, indomptables, il fallait Dieu même. Le Dieu de cet âge, c'était la Vierge descendue sur terre, une vierge populaire, jeune, belle, douce, hardie.", ibid, p.64.

27) "그의 연극에서 발견하게 되는 분신의 주제는 같은 존재의 서로 양립할 수 없는 두 부분의 갈등을 보여 주는 것이다. 즉 절대에 대한 욕구와 실존의 보잘것없는 행복, 존재의 진정성과 삶의 희극성이다. 그것은 어린 시절과 죽음 속에서만 존재하는 불가능한 순수에 대한 회한을 보여 주는 것이다. Le thème du double qu'on retrouve dans son théâtre illustre ce conflit entre les deux parts inconciliables d'un même être: l'appétit d'absolu et le bonheur médiocre de l'existence, l'authenticité de l'être et la comédie de la vie. Il traduit le regret de l'impossible pureté qui n'existe que dans l'enfance et la mort.", Rokaia Gabr, La Double vision dans le théâtre de Jean Anouilh, Résumé de la thèse pour le doctorat d'Etat, Université Paris III, 1981, p.5.

28) "진정한 행복은 모든 타협, 순수와 절대에 대한 자신의 이상을 포기하고 상대적이고 일상적인 것에 적응하여 점차 전적으로 거기에 빠지게 되는 영혼의 느린 함몰과 대립한다. Le véritable bonheur s'oppose donc à toute capitulation, au lent enlisement d'une âme qui renonce à son idéal de pureté, d'absolu, pour s'adapter au relatif, au quotidien, et s'y ensevelir peu à peu entièrement.", Anne Régent, "L'Alouette de Jean Anouilh", art, cit, p.351.

도 불구하고 아누이는 이 극『종달새』에서 잔 다르크라는 신화적인
인물을 안티고네처럼 기존질서에 반항하는 매우 인간적인 혹은 인본
주의적인 인물로 묘사하고 있다. 오히려 아누이는 잔 다르크의 신비
스런 이미지보다는 인간적인 면모를 더욱 강조하고 있다고 할 수 있
다.[29] 1953년 초연 당시의 관객은 우선 경망스러울 정도의 가벼움에
놀라게 된다.[30] 그러면 이러한 가벼움은 어디로부터 오는지 그리고
잔의—궁극적으로 작가의—인본주의적 시각은 어떻게 표현되어 있
는지 알아보도록 한다.

(1) 경쾌하고 발랄한 언행

신비스런 면이 많이 제거된 평범한 소녀의 모습은 우선 잔의 언어
에서 나타나고 있다. 이 극에서 잔은 성녀라는 그녀의 전통적인 이미
지에 어울리지 않게 속어나 비어를 자주 사용한다. 그녀는 보쿨뢰르
의 수비대장 보드리쿠르를 '추잡한 돼지vilain pourceau'라 칭하고, 재
판정의 검사를 '비열한 참사원vilain chanoine'이라 칭하며, 워윅 백작
에게 '꼬마 녀석petit gars' 혹은 '당신의 신사 주둥이ta petite gueule de
gentleman'와 같은 매우 파격적이고 격의 없는 언어를 사용한다. 뿐만
아니라 보드리쿠르나 왕을 허물없이 이름으로 부르고, 왕의 얼굴을
가리켜 '낯짝bille'이라는 표현을 쓰기도 한다. 그 외에도 '줄행랑치다

---

29) 아누이는 이 극의 초연 당시(1953.10.14.) 프로그램에서 이 극은 잔의 신비를 설명하는 데는 아무 도움도
   되지 않을 것이라고 하였다: "곧 보게 될 연극은 잔의 신비를 설명하는 데는 아무 도움이 되지 않을 것이
   다. Le jeu de théâtre que l'on va voir n'apporte rien à l'explication du mystère de Jeanne.", cité in
   Elie de Comminges, Anouilh, littérature et politique, op. cit., p.20.
30) "1953년의 관객에게 준 첫 번째 인상은 때로는 건방지다는 느낌을 주기까지 하는 경쾌함이다. La
   première impression qui frappa le public de 1953 fut celle d'une légèreté touchant parfois à la
   désinvolture", Clément Borgal, Anouilh, la peine de vivre, Paris, Centurion, 1966, p.133.

décaniller', '말라깽이|maigrichon', '대가리|caboche', "좋아! 그 약속을 어기면 돼지지? Tope là! Cochon, qui s'en dédit?"와 같은 구어적 표현들을 쉽게 발견할 수 있다.

클레망 보르갈은 이러한 가벼운 어조는 신비를 단순한 인간적 모험의 차원으로 축소시키고자 하는 작가의 의도를 드러내는 것이라고 주장한다.31) 그래서 극중극의 형식에서 잔이 스스로 '천상의 음성' 역할을 하는 것은 그가 들었던 성인들의 음성이 잔 스스로의 느낌 또는 환상이라는 것을 암시한다는 것이다. 그녀가 감옥에 갇혀 있을 때 성자들의 음성을 듣고자 하나 침묵만을 들을 때 그 모든 것을 스스로 만들어 낸 것인지 자문하는 것은 그 증거가 된다.

> 잔(홀로): [……] 좋아. 이 문제에도 또 혼자 대답해야 할 것 같아. [……] 어쨌든 이 모든 것을 만들어 낸 것도 아마 내가 아닐까?
> Jeanne, *seule*.: [……] C'est bien. Il faudra que je réponde toute seule à cette question-là, aussi. [……] Après tout, c'est moi qui ai peut-être tout inventé? (p.173)

그래서 어떤 이는 아누이의 인본주의적 시각이 미슐레의 영향을 받은 것이라고 본다. 미슐레는 잔이 자신의 내면의 목소리를 하늘의 음성으로 혼동하는 열두 살의 어린 소녀라고 보는 것이다.32)

언어뿐만 아니라 그녀의 격의 없는 행동 또한 전통적인 경건한 소

---

31) "농담조의 어조는 또한 성스러운 신비를 그로테스크함과 우스꽝스러움이 없지 않은 단순한 인간적인 모험의 차원으로 축소시키고자 하는 의도를 드러낸다. Mais le ton badin traduisait également une intention, [……] de réduire le mystère sacré aux dimensions d'une simple aventure humaine, non exempte de grotesque et de bouffonnerie.", *ibid.*, p.134.

32) "12살의 어린아이, 자기 내면의 목소리를 하늘의 음성과 혼동하는 어린 소녀 Une enfant de douze ans, une toute jeune fille, confondant la voix de son coeur avec la voix du ciel", Michelet, *Jeanne d'Arc*, *op. cit.*, p.37.

녀의 이미지와는 거리가 멀다. 오빠와 서로 쫓고 쫓기는 장면에서는 장난기 있는 어린 소녀의 모습을, 그리고 보드리쿠르 앞에서 테이블 위에 걸터앉기도 하고 호위병에게 혀를 내밀어 놀리는 시늉을 하거나, 잔의 영향으로 갑자기 용감해진 왕 앞에서 화석처럼 굳어진 라 트레무이유(La Trémouille)와 대주교를 보며 왕과 함께 엉덩이를 두드리며 웃는 장면에서는 우리 주변에서 흔히 볼 수 있는 발랄한 소녀의 모습을 발견하게 된다.

한편 앞에서 언급한 버나드 쇼의 작품에서도 잔은 속어와 비어를 사용하고 있으며[33] 그녀가 보여 주는 거침없는 언행은 아누이의 극에 나오는 경쾌하고 발랄한 소녀의 이미지와 흡사하다. 그 외에도 잔이 왕에게 용기를 주겠다고 하는 것이나,[34] 만일 렝스로 대관식을 하러 가게 되면 왕비 안느가 새 옷을 갖고 싶어 할 텐데 형편이 안 된다고 샤를르가 말하는 것 등은 아누이의 극과 매우 유사한 요소들이다. 그래서 어떤 평자들은 아누이가 쇼의 작품에서 영감을 받았다고 주장하기도 한다.[35]

그런데 작가는 왜 성인의 반열에까지 올라간 이 인물을 이처럼 가볍고 경쾌하게, 그리고 15세기 중세의 여인이라기보다는 현대의 어느 발랄한 소녀처럼 묘사한 것일까? 그것은 무엇보다도 잔 다르크라는

---

33) 예를 들면 잔이 왕에게 'tutoyer'한다거나 La Trémouille를 '투덜대는 늙은 할아버지ce vieux papi grognon'라고 부르는 것 등이다.

34) "Je mettrai le courage en toi.", B. Shaw, *Sainte Jeanne*, op. cit., p.117.

35) "아무도 잔이 샤를르에게 허물없는 말투를 사용하게 한 것을 아누이에게 나무라지 않는다. '버나드 쇼'의 영향이라는 것이 명백해지는데 왜냐하면 「성녀 잔」에서 잔은 왕을 '찰리'라고 부르는데 이것은 불어의 허물없이 말하기를 알지 못하는 영국인에게는 그와 대등한 것이다. D'aucuns ont reproché à Anouilh d'avoir fait tutoyer Charles par Jeanne. Là l'influence «shawienne» se fait jour car dans *Saint Joan*, Jeanne appelle le roi «Charlie» ce qui, pour un Anglais qui ne connaît pas le tutoiement, en est l'équivalent.", Elie de Comminges, *Anouilh, littérature et politique*, op. cit., p.32. Voir aussi pp.33&44.

인물이 성녀이면서 동시에 인간이라는 것을 강조하고자 하는 것으로 보인다.36) 두 번째는 역사의 현재화에 대한 의도 때문으로 보인다.37) 역사는 현재에 그것이 갖는 의미로서 가치를 띠기 때문에 아누이는 과거의 사건을 통해서 현재를 말하고자 하는 것이다. 그가 안티고네와 크레온을 통해서 대독 협력자와 레지스탕스에 대한 이야기를 하고자 한 것처럼, 이 극에서도 잔과 잔에게 호의적인 코숑 신부를 통해 레지스탕스에 가담하지 않은 자는 모두 대독 협력자라는 이분법적 태도를 비판하고 있는 것이다. 점령자의 편에 있으면서 그의 일을 지연시키거나 방해하는 것 역시 직접적인 기여는 아니지만 조국의 이익에 봉사하는 것으로 보는 것이다.38) 폭풍으로 배가 난파 위기에 처했을 때 누군가는 키를 잡고 배를 조종해야 하는 것과 같다.39) 이처럼 아누이는 역사를 우리와 먼 과거로만 생각하는 것이 아니라 그것이 현재 우리에게 주는 교훈을 이야기하기 위해 이 극의 등장인물들을 일부러 우리 시대에 가까운 모습으로 형상화한 것으로 보인다.40)

---

36) "잔 다르크라는 인물의 분열이 있다면 그것은 아누이가 잔이 성녀이면서도 또한 인간이라는 것을 보여 주고 싶어 했기 때문이다. S'il y a donc un dédoublement dans le personnage de Jeanne d'Arc c'est qu'Anouilh a voulu montrer que tout en étant sainte, Jeanne n'est pas moins humaine.", Giulia Capolino, *Le Personnage de Jeanne d'Arc dans le théâtre de Claudel et d'Anouilh*, op. cit., p.332.

37) "[……] 이러한 전설을 경험하면서 극작가는 우리도 또한 그 전설을 체험하기를 원한 것이다. [……] en vivant cette légende, le dramaturge a voulu nous la faire vivre", Paul Ginestier, *Jean Anouilh*, Seghers, 1969, p.112. 저자는 또한 Aurélia Weiss의 다음 글을 인용하고 있다: "극작품의 생명력을 지배하는 것은 현재에 작용하는 힘이다. C'est le pouvoir d'agir dans le présent qui domine la vitalité de l'oeuvre dramatique."

38) "코숑: [……] 우리가 비록, 혼란 속에서, 우리에게 유일한 합리적 해결책으로 보였던 영국 정부의 신실한 협력자였을지라도 [……] 우리는 인간이었으며 살고자 하고 또 동시에 잔을 구하고자 하는 연약함을 지니고 있었다. Cauchon: [……] Quoique nous ayons été des collaborateurs sincères du régime anglais qui nous paraissait alors la seule solution raisonnable, dans le chaos. [……] Nous étions des hommes, nous avions la faiblesse de vouloir vivre et de tenter de sauver Jeanne en même temps." (p.64)

39) "크레온: [……] 하지만 예라고 말하는 사람이 있어야 해. 배를 이끌어 가는 사람이 있어야 하는 것이오. Créon: [……] Il faut pourtant qu'il y en ait qui disent oui. Il faut pourtant qu'il y en ait qui mènent la barque.", Anouilh, *Antigone*, Paris, La Table Ronde, 1946, p.81.

(2) 전투적인 잔

아누이의 극에서 볼 수 있는 잔의 인간적인 면모 중의 하나는 경건하고 자비롭던 소녀가 갑자기 전투적으로 변한다는 것이다. 마음이 여려서 만일 사람을 죽이게 되면 계속 그 생각을 떨쳐 버리지 못할 것이라던 잔은 전투에 참여하면서 호전적으로 변한다. 그녀는 싸움에서는 규칙을 잘 준수하는 것만으로는 충분하지 않고 이겨야 한다고 생각한다. 그래서 기도와 고행의 삶을 바치는 것이 영국인들을 몰아내는 데에 더 적합하지 않겠느냐고 묻는 종교재판관에게 신은 우선 물리적인 공격을 가하기를 원하며 기도는 추가할 수 있는 것이라고 주장한다.

> 종교재판관: [……] 하늘이 영국인들을 쫓아내도록 기도와 고행의 삶을 바치는 것이 어린 소녀라는 당신의 신분에 좀 더 적합하다는 아주 단순한 생각이 들지 않았소?
> 잔: 하느님은 먼저 공격하길 원하세요! 기도는 거기에 추가할 수 있는 것입니다.
> L'Inquisiteur : [……] L'idée toute simple ne t'est pas venue, plus conforme à ta condition de fille, de consacrer une vie de prières et de pénitence à obtenir du ciel qu'il chasse les Anglais?
> Jeanne : Dieu veut qu'on cogne d'abord, Messire! La prière, c'est en plus. (p. 134)

그런데 기도가 먼저 앞서는 것이 아니라 단지 추가적인 사항이라

---

40) Elie de Comminges, *Anouilh, littérature et politique*, *op. cit.*, pp.44~52 참조. 또한 Clément Borgal은 구체적으로 로베르 브라지약의 처형과 관련된다고 언급한다: "만일 이 작품에 어떤 간계가 있다면, 그것은 아누이의 정치적 방향을 결정지은 (독일 점령으로부터) 프랑스가 해방되었을 때의 사건 특히 로베르 브라지약의 처형에 대한 암시에 있다. S'il y a malice dans la pièce [……] elle se trouve bien plutôt dans les allusions aux événements de la Libération qui ont décidé, on le sait – en particulier, l'exécution de Robert Brasillach – de l'orientation politique d'Anouilh.", *Anouilh, la peine de vivre*, *op. cit.*, p.137.

는 말은 매우 인본주의적이고 기독교의 본질에서 벗어나 있다고 할 수 있다. 왜냐하면 기독교의 본질은 "하늘은 스스로 돕는 자를 돕는다. Aide-toi, le ciel t'aidera."가 아니라 먼저 신을 의지하는 자에게 은혜를 베푸는 것이기 때문이다. 이처럼 우리는 이 극에서 작가의 인본주의를 발견하게 된다.

잔은 나아가 전투에서 남성적인 단호함과 잔인함까지도 띠게 된다. 만일 노정(路程)에서 갑자기 영국인들을 만나게 되면 어떻게 하느냐고 묻는 라 이르에게 잔은 다음과 같이 말한다.

> 공격하는 거야, 친구, 그리고 세게 때려야지. 바로 그걸 위해 우린 여기 있는 거야![41]

이러한 잔의 변화는 역사적인 자료에서 보이고 있는 그녀의 변화와도 일치하고 있다. 미슐레의 글에 인용된 잔의 말에 의하면 잔은 참전 초기에는 칼로 사람을 죽이기를 원치 않는다고 하지만 나중에는 자신의 칼이 마구 찌르고 베는 데 훌륭하다고 말하고 있다.[42] 이러한 전투적인 모습의 잔은 미슐레가 지적한 바처럼 사랑과 평화로 묘사되는 성녀의 이미지에 위배되는 것으로 보인다.[43] 미슐레는 잔

---

41) "On fonce dedans, mon petit pote, et on cogne dur. On est là pour ça!" (p.141)

42) "난 내 칼을 누군가를 죽이기 위해 사용하고 싶지 않아요. Je ne veux pas, disait-elle, me servir de mon épée pour tuer personne.", Michelet, *Jeanne d'Arc, op. cit.*, p.62; "후에 그녀는 그녀가 콩피에뉴에서 갖고 있던 칼에 대해 기꺼이 '마구 찌르는데 훌륭하다'고 말한다. 여기에 변화의 징후가 있지 않는가? 성녀가 군인이 된것이다. Plus tard, elle parle avec plaisir de l'épée qu'elle portait à Compiègne, «excellente, dit-elle, pour frapper d'estoc et de taille». N'y a-t-il pas là l'indice d'un changement? la sainte devenait un capitaine.", *ibid.*, p.85.

43) "전쟁, 성녀다움이라는 서로 모순되는 두 단어. 성녀다움이라는 것은 전쟁과 전적으로 대립하는 것으로 보이며 그것은 오히려 사랑과 평화라고 여겨진다. Guerre, sainteté, deux mots contradictoires; il semble que la sainteté soit tout l'opposé de la guerre, qu'elle soit plutôt l'amour et la paix.", *ibid.*, p.85.

의 이러한 변화를 다루기 힘든 병사들로 인하여 끊임없이 마음이 상했기 때문이라고 설명한다. 이 세상의 현실과 접했을 때 성자 같은 영혼도 변할 수밖에 없었으리라고 추측하는 것이다.44)

이처럼 자신의 조국을 지키기 위해서 다른 나라의 병사들을 죽일 수도 있다는 생각은 종교재판관이 지적한 바처럼 매우 인간적인 것으로 보인다. 그것은 가장 인간적인 일, 즉 그들이 태어나고 또 그들에게 속해 있다고 상상하는 땅을 소유하는 일에 있어 형제들을 도와주는 것일 뿐이기 때문이다.

> 종교재판관: 당신 형제들, 즉 인간들을 그들의 가장 인간적인 일을 위해, 즉 그들이 태어나고 또 그들에게 속해 있다고 생각하는 땅을 소유하는 일을 돕기 위해서지.
> L'Inquisiteur: Pour aider tes frères, les hommes, dans leur oeuvre la plus strictement humaine, la possession du sol où ils sont nés et qu'ils s'imaginent leur appartenir. (p.133)

사실 잔이 성녀로 추앙된 것은 그녀의 덕성(vertus théologales) 때문이지 프랑스를 위해 싸웠기 때문은 아니었다.45) 신은 프랑스나 영국 어느 한쪽 편을 들지는 않을 것이기 때문이다. 요컨대 신앙심 깊은 소녀였지만 "프랑스의 피가 흐르는 것을 볼 수 없다. Je ne pouvais pas voir couler le sang français."(p.126)는 말이 단적으로 증명해 주는

---

44) "끊임없이 그들의 무질서로 인해 슬퍼하고 상처를 입는, 길들일 수 없는 병사들의 우두머리로서 그녀는 최소한 그들을 억제하기 위해 거칠고 화를 잘 내는 사람이 된 것이다. Chef de soldats indisciplinables, sans cesse affligée, blessée de leurs désordres, elle devenait rude et colérique, au moins pour les réprimer.", *ibid.*, p.86.

45) "잔은 공식적으로 성녀로 알려져 있지 순교자는 아니다. [⋯⋯] 그리고 하느님이 불가피하게 영국 랭카스터의 헨리 6세의 적이 된 것은 아니다. Jeanne a été reconnue officiellement sainte et non martyre. [⋯⋯] et Dieu n'avait pas forcément pris parti contre Henri VI de Lancastre.", Anouilh, *programme du spectacle*, 1953; cité in Elie de Comminges, *Anouilh, littérature et politique, op. cit.*, p.35.

잔의 애국심은 매우 인간적인 모습을 보여 주고 있다.

(3) 인본주의적 인간관

아누이는 본질적으로 인간을 선악을 모두 갖고 있는 존재로 본다. 한편으로는 악을 행하면서 또 한편으로는 선을 행하는 모습에서 인간의 정체성을 발견하며 이러한 인간의 모순성이 인간성의 본질을 이룬다고 여긴다. 인간은 비록 그가 죄와 실수투성이 일지라도 위기의 순간에는 자신을 희생할 줄 아는 위대성을 가지고 있다는 것이다. 그의 이러한 인본주의적 인간관은 주인공 잔의 대사를 통해 잘 표현되어 있다. 방탕한 하룻밤을 지낸 뒤 거리에서 어린아이를 구하기 위해 폭주하는 말에 뛰어들어 죽는 인간을 잔은 이렇게 표현한다.

> 잔: 아니오, 검사님, 아주 윤이 나고 몹시 깨끗하지요, 그리고 신은 미소를 지으며 그를 기다리고 계시죠. 왜냐하면 그는 악을 행하면서 동시에 선을 행함으로써 인간으로서 두 번 행동한 것이니까요. 그리고 신은 바로 이러한 모순을 위해 인간을 만드신 겁니다.
> Jeanne: Non, Messire, tout luisant, tout propre, et Dieu l'attend en souriant. Car il a agi deux fois comme un homme, en faisant le mal et en faisant le bien. Et Dieu l'avait justement créé pour cette contradiction. (p.122)

아누이에 의하면 비록 매우 모순적인 존재이지만 죄와 실수, 서투름, 무력함을 지니고 있는 인간이야말로 신이 이룩한 진정한 기적인 것이다. 왜냐하면 인간들이 가장 저열하고 추잡한 순간에 그들에게서 힘과 용기와 빛을 발견하게 되기 때문이다.

코숑: [······] 당신은 우리에게 아주 태연하게도 이 땅에서의 신의 진정한 기적은 다름 아니라 인간일 것이라고 말하고 있군. 죄와 실수와 서투름과 무력함일 뿐인 인간 말이오······.

잔: 그래요, 하지만 가장 저열한 순간에도 힘과 용기와 투명함이 있는 그들을 난 전쟁터에서 보았소.

Cauchon: [······] Tu es en train de nous dire tout tranquillement que le vrai miracle de Dieu sur cette terre, ce serait l'homme, pas autre chose. L'homme qui n'est que péché, erreur, maladresse, impuissance ······.

Jeanne: Oui, mais force et courage aussi et clarté au moment où il est le plus vilain. Je les ai vus, moi, à la guerre. (pp.120~121)

그래서 잔은 라 이르에게서 나는 술 냄새, 양파 냄새도 매우 인간적인 것으로 받아들이고, 죽이고 강간하고 약탈하고 욕하는 병사들까지도 인간의 이름으로 옹호한다.

잔(무릎을 꿇고): 라 이르는 죽이고 강간하고 약탈하고 욕하는 내 병사들 개개인처럼 선하지요······. 그는, 하느님, 당신이 순결하게 만드신 늑대들처럼 선하답니다······. 내가 그들을 모두 책임지지요!

Jeanne, à genoux: Il [la Hire] est bon comme chacun de mes soldats qui tue, qui viole, qui pille, qui jure······. Il est bon comme vos loups, mon Dieu, que vous avez faits innocents······. Je réponds d'eux tous!

(pp.142~143)

그녀에게 진실한 것은 죄가 되지 않으며, 천국은 결국 이러한 건달들로 가득 차 있는 곳이다. 이러한 인간의 위대성은 신이 침묵하고 있을 때에도 고난에 맞서 싸우는 것에서도 발견된다.

코숑: [······] 하지만 계속 머리를 꼿꼿이 세우는 인간이 위대한 것은 바로 이 고독 속에서, 신이 사라진 이 침묵 속에서, 이 짐승과

도 같은 초라함과 비참함 속에서지요. 홀로 위대한 자.

Cauchon: [……] Mais c'est dans cette solitude, dans ce silence d'un Dieu disparu, dans ce dénuement et cette misère de bête, que l'homme qui continue à redresser la tête est bien grand. Grand tout seul. (p.66)

따라서 신이 인간을 버리는 것 같고 넘을 수 없을 것 같은 장애물을 놓아두는 것은 그가 인간을 그만큼 신뢰한다는 것을 의미하는 것이다. 그래서 잔은 감옥에서 하늘의 '음성'을 더 이상 들을 수 없을 때 신이 인간으로 하여금 홀로 무언가를 감당하도록 내버려 두는 것은 그가 우리를 가장 신뢰할 때라는 미가엘 천사의 말을 상기한다.[46)

그런데 이러한 인간에 대한 찬양은 종교재판관의 비난에 부딪힌다. 그는 신의 권위를 대신하는 현세의 교회(Eglise militante)에 순종하지 않거나 혹은 인간의 위대함을 찬양하는 것은 신성모독이라고 여기기 때문이다.[47)] 그는 추상적이고 비인간적인 '관념'의 숭배자이다.[48)] 그런데 이 관념은 교회가 만들어 놓은 것이고 결국 인간이 만든 것이라고 볼 때 이 관념에 대한 숭배는 진정한 신에 대한 숭배라기보다는

---

46) "초기에 성 미가엘 천사로 하여금 나에게 말하게 하셨듯이, 당신이 말씀하지 않을 때는 바로 당신이 우리를 가장 신뢰할 때입니다. Mais quand vous vous taisez, vous me l'avez fait dire au début par Monseigneur saint Michel, c'est quand vous nous faites le plus confiance." (p.179)

47) "만일 잔에게 동정적인 코숑 주교가 잔에게서 홀로 머리를 세우는 인간성을 찬양한다면, 종교재판관은 이 완전한 고독의 상태 속에서 자신을 숭배하고 신을 모독하는, 신에게서 버림받은 자의 이미지를 구현하고 또 저주한다. Si l'évêque Cauchon compatissant admire en Jeanne l'humanité relevant toute seule la tête, l'Inquisiteur incarne et maudit en cette déréliction l'image de l'abandonné s'adorant lui-même et blasphémant Dieu.", Jacques Vier, *Le Théâtre de Jean Anouilh*, Paris, SEDES, 1976, p.79.

48) "잔이 나타나는 장면들은 종교재판관이 '패배하지 않는 자의 이미지'라고 부르는 것을 나타낸다. 그리고 그는 거기에 대해 추상적이고 비개성적이며 비인간적이고 또 아누이에게 있어서는 존재하지 않는(우리는 아무런 두려움 없이 그렇게 말할 수 있다) 관념을 대치시킨다. Les scènes où apparaît Jeanne représentent ce que l'Inquisiteur appelle «l'image invaincue de lui-même», à laquelle il opposerait l'Idée-abstraite, impersonnelle, inhumaine et pour Anouilh (nous pouvons sans crainte le dire) non existante.", Leonard C. Pronko, "Le théâtre dans le théâtre", in *Les Critiques de notre temps et Anouilh, op. cit.*, p.53.

인간이 만든 이데올로기에 대한 복종이라고 할 수 있다. 인간이 만든 법칙보다는 신의 명령에 우선적으로 순응했다는 점에서 쇼는 잔을 프로테스탄티즘의 선구자로 여기기도 한다.49)

그런데 재판관의 생각도 극단적이고 편협하지만 신의 도움 없이 혼자서 당당하게 어려움을 극복하는 인간의 위대함에 대한 견해는 기독교적인 신앙관과도 많은 차이가 있다. 기독교의 본질은 인간의 의지를 찬양하는 것이 아니라 인간의 나약함을 인정하고 신의 도움과 간섭을 바라고 의지하는 것이기 때문이다. 따라서 아누이의 종교관은 매우 인간적이고 주관적이라고 할 수 있다. 여기에서 우리는 잔과 같은 인물에서 보이는 신성함을 인간적인 차원에 두고자 하는 작가의 의도를 엿볼 수 있다.50)

한편 이 극에서 포기각서를 번복할 때 잔이 하는 변명 역시 매우 인간적이다. 그녀가 죽음을 받아들이기로 다시 마음을 바꾸는 것은 하늘의 음성이 전해준 소명에 대한 재확신 혹은 포기각서에 서명했던 행위에 대한 회개로서가 아니라 일상의 생활에 젖어 사는 자신의 평범한 모습에 대한 두려움 때문이다. 안티고네가 적당히 때 묻은 타협적인 삶을 거부했듯이, 잔 역시 인간을 추락시키는 시간을 살고자 하지 않는다.

---

49) "비록 그녀가 가톨릭 신앙을 고백하고 매우 헌신적으로 그것을 실천하고 있음에도 불구하고, 또 그녀가 후스파들에 대한 십자군 전쟁을 고려했음에도 불구하고, 그녀는 실제로 프로테스탄트의 첫 순교자들 중 한 명이다. Quoiqu'elle professât et pratiquât fort dévotement la foi catholique, et bien qu'elle ait envisagé une croisade contre les Hussites, elle a de fait été l'un des premiers martyrs protestants.", B. Shaw, *Sainte Jeanne*, *op. cit.*, p.7.

50) "아누이는 잔이 성녀이면서 동시에 인간적이라는 것을 보여 주고자 하였다. 요컨대 그는 성스러움을 보편적인 인간들이 닿을 수 있는 곳에 두었고 이것을 위해 역으로 과장해서 잔을 단순하기만 할 뿐만 아니라 천박하게까지 만들고 있다. Anouilh a voulu montrer que tout en étant sainte, Jeanne n'en est pas moins humaine. En somme, il met la sainteté à la portée du commun des mortels et pour ce faire il exagère dans l'autre sens et il rend Jeanne, non seulement simple mais vulgaire.", Elie de Comminges, *Anouilh, littérature et politique, op. cit*, p.41.

잔(거의 고통스럽게 웃으며): 모든 것을 받아들이는 잔, 배가 나온 잔, 먹는 것을 즐기는 잔……. 분을 바르고, 삼각 모자를 쓰고, 거추장스러운 옷을 입고, 개를 돌보거나 혹은 남자가 그녀의 치맛자락을 붙들고 있는 잔말이오, 누가 알겠소, 결혼한 잔의 모습을?

Jeanne, *qui rit presque, douloureusement.*: Jeanne acceptant tout, Jeanne avec un ventre, Jeanne devenue gourmande……. Vous voyez Jeanne fardée, en hennin, empêtrée dans ses robes, s'occupant de son petit chien ou avec un homme à ses trousses, qui sait, Jeanne mariée?

(p.178)

이것은 쇼의 작품에서 영원히 수인(囚人)의 상태로 있음으로써 햇빛과 들판과 꽃들을 볼 수 없고, 발이 묶여 있어서 말을 탈 수도 없고 언덕을 오를 수도 없으며, 나무를 스치고 지나가는 바람소리와 종달새 소리, 그리고 교회의 종소리를 듣지 못하는 것이 번복의 이유가 되고 있는 것과 유사하다.[51] 차이점이 있다면 쇼의 잔이 보다 서정적이고 목가적인 이유를 들고 있는 반면, 아누이의 잔은 일상적이고 평범한 삶에 대한 거부를 표현한다는 점이다.

죽음을 받아들이는 잔의 이유가 이처럼 인간적인 것은 그녀의 경건했던 어린 시절이나 신이 부여한 소명을 좇아 전투에 앞장섰던 그

---

51) "빵은 나에게 있어 고통이 되지 못하며 물은 슬픔이 되지 못합니다. 하지만 하늘의 빛으로부터 멀리 갇혀 있고 들판과 꽃들을 보지 못하는 것, 내 다리를 묶어서 병사들과 함께 말을 타지도 못하고 언덕을 오르지도 못하는 것 [……] 나무들 속에 부는 바람 소리와 태양 아래의 종달새 소리, 서리 속에서 울고 있는 어린 양들의 소리를, 특히 바람 속에 흩날리는 내 천사들의 목소리를 보내 주는 교회의 성스런 종소리를 아직 들을 수 있는 한 난 트럼펫 소리와 불꽃과 기사들과 병사들이 내 앞에 지나가는 것도, 나와 또 다른 여자들을 데려가지 않는 것도 참을 수 있을 것이오. Le pain n'est pas pour moi une douleur, ni l'eau une affliction. Mais m'enfermer loin de la lumière du ciel, m'empêcher de voir les champs et les fleurs; m'enchaîner les pieds si bien que je ne pourrais jamais plus chevaucher avec les soldats ni gravir les collines [……] Je supporterais que les trompettes, les flammes, les chevaliers et les soldats passent devant moi et ne m'emmènent pas, ainsi que les autres femmes: du moment que je peux encore écouter le vent dans les arbres, les alouettes au soleil, les jeunes agneaux pleurant dans la saine gelée, et surtout, le tintement des saintes cloches bénies de l'Eglise qui m'envoient les voix de mes anges, flottant dans le vent.", B. Shaw, *Sainte Jeanne, op. cit.*, p.195.

녀의 모습과는 매우 대조적이다. 전투에 뛰어든 이유나 그녀가 포로가 되기 전까지 행동한 것은 모두 신의 명령에 충실하고자 한 것이기 때문이다 - 비록 그것이 환상이었을지라도. 그런데 갑자기 일상적인 이유를 대며 죽음을 받아들이는 태도는 모순적이고 인물의 일관성을 잃게 하는 것이다.52) 그녀가 죽음을 받아들이는 이유는 신이 부여한 소명의 성취와 같은 신앙 상의 이유와는 거리가 먼 것이어서 아누이의 잔은 새로운 인물의 창조에 가까운 것이다. 결국 아누이는 자신의 논지를 위해 역사적 사실 및 인물의 성격을 변형시켰다고 할 수 있다.

3) 천상과 지상의 중개자

지상에서 하늘로 하늘에서 지상으로 빠르게 이동하며 날아다니는, 그의 수수한 모습과 맑은 노래로 우리에게 친숙한 느낌과 동시에 승화된 이미지를 함께 지니고 있는 종달새는 아누이가 묘사하고 있는 발랄하며 동시에 신앙심 깊고 자비로운 잔의 이미지와 부합한다고 할 수 있다. 비록 아누이가 이 극에서 잔의 인간적인 모습을 강조하고 있긴 하지만 그것은 잔의 천상의 이미지를 모두 부인해서라기보다는, 그 면을 지나치게 부각시킨 기존의 이미지를 깨뜨리고자 하였

---

52) "첫 번째 파트에서 종달새는, 역사 속의 잔과 마찬가지로 하느님이 그녀와 함께 계시며 천상의 목소리들의 매개로 하느님은 그녀를 구원으로 이끈다고 믿는다. 하지만 두 번째 파트에서 잔은 인간의 근본적인 특성 속에서의 신앙에 매달린다. 그리고 결국 그녀가 포기각서를 다시 취소할 때 영적인 어떤 것도 그녀의 결정에 개입하지 않는다. Dans la première partie l'alouette, de même que la Jeanne de l'Histoire, croit que Dieu est avec elle et que par l'intermédiaire de ses voix il la mènera vers son salut. Mais dans la deuxième partie, c'est à sa foi dans les qualités foncières de l'homme que Jeanne se raccroche. Et à la fin quand elle rétracte son abjuration, rien de spirituel n'entre dans sa décision.", Giulia Capolino, *Le Personnage de Jeanne d'Arc dans le théâtre de Claudel et d'Anouilh*, op. cit., p.332.

기 때문일 것이다. 예를 들면 레옹 블루아(Léon Bloy)와 로베르 브라지약(Robert Brasillach)과 같은 작가들은 잔을 예수 그리스도에 비유하기도 한다. 그들은 잔이 부르고뉴 진영의 장 드 뤽상부르에 의해 영국인들에게 팔린 것과 예수가 가롯 유다에게 팔린 것, 잔이 박사들과 사제들 앞에서 재판을 받고 그리스도가 바리새인들과 서기관들이 있는 빌라도 앞에서 재판을 받은 것, 그리고 성모승천일을 기념하여 잔이 풀려났을 수도 있었던 일과 예수가 유월절 특사로 사면될 수도 있었던 점 등을 그 예로 들고 있다. 이 외에도 예수가 십자가에서, 잔은 화형대 위에서 육신의 삶을 마감한 사실이나 예수의 십자가 위에 '유대인의 왕'이라고 쓰인 팻말이 있던 점, 그리고 잔이 화형장으로 향하는 수레 위에서 '이단자, 다시 이단에 빠진 자, 배도자, 우상 숭배자'라고 쓰인 삼각관을 쓰고 있었던 점 등에서 그리스도와 잔의 유사성을 발견한다.53) 이들은 이처럼 성녀로서의 잔의 이미지를 부각시키고 있는 것이다.

이들이 예수와 비교하고 있는 잔에 비해 아누이가 묘사하는 잔은 분명 보다 세속적이고 인본주의적이지만 자기 자신보다는 타인의 고통을 먼저 생각하고 전쟁터에서 죽어 가는 병사를 안고 위로하며, 자신을 배신한 자들을 용서하는 그녀의 모습에서 성녀의 이미지를 발견하게 된다. 그리고 자신이 들은 하늘의 음성을 스스로 만들어 낸 것이 아닌가라고 자문하면서도 자신의 진정한 아이덴티티를 하늘의 계시를 받은 자로서 여기고, 자신의 삶은 말을 타고 칼을 손에 쥔 채

---

53) Léon Bloy, *Jeanne d'Arc et l'Allemagne*, Paris, Crès, 1915 & Robert Brasillach, *Le Procès de Jeanne d'Arc*, Paris, Gallimard, 1941 ; cité in Marco Markovic, "Jeanne d'Arc dans la littérature française", *L'Astrolabe, op. cit.*, pp.22&26. Voir aussi Michelet, *Jeanne d'Arc, op. cit.*, p.145.

성자들이 명령한 일을 했던 그날들뿐이라고 말하는 잔은54) 신의 명령을 지상에 실천한 천상과 지상의 중개자라고 할 수 있을 것이다. 또한 천상과 지상의 이미지, 즉 승화되어 천사와도 같은 모습과 지극히 인간적인 모습을 동시에 지니고 있는 아누이의 잔은 천상과 지상의 융합을 이루고 있다고 볼 수 있다.

결 론

지금까지 우리는 상징사전에 의거하여 희망의 상징으로서 또 천상과 지상의 중개자로서 묘사되는 종달새의 상징성이 아누이의 작품 속에서 어떻게 형상화되어 있는지 살펴보았다. 이 극에서 아누이는 워윅 백작과 샤를르와 같은 등장인물들의 대사를 통해 종달새, 즉 잔 다르크가 절망에 빠져 있던 프랑스인들에게 용기와 희망을 주었던 존재였음을 암시하고 있다. 또한 비록 잔의 인간적인 면을 더 부각시키고 인간의 위대성을 강조하고 있기는 하지만 잔이 신의 명령을 이 땅에 실천한 천상과 지상의 중개자였던 인물임을 이야기하고 있다.55)

---

54) "잔: 미가엘 천사님! 마르그리트 성녀님! 카트린 성녀님! 당신들이 지금 말하지 않고 있어야 소용이 없어요. 지금 난 당신들이 나에게 말했던 그날에 태어났을 뿐입니다. 난 말을 타고 손에 칼을 쥔 채 당신들이 나에게 하라고 했던 것을 했던 그날만을 살았던 것입니다. 잔은 바로 그 사람일 뿐입니다! Jeanne: Messire saint Michel! Sainte Marguerite! Sainte Catherine! vous avez beau être muets, maintenant, je ne suis née que du jour où vous m'avez parlé. Je n'ai vécu que du jour où j'ai fait ce que vous m'avez dit de faire, à cheval, une épée dans la main! C'est celle-là, ce n'est que celle-là, Jeanne!" (pp.178~179)

55) "분명 미슐레로부터 빌려온 종달새의 이미지는 프랑스의 기적적인 희망을 나타낸다. 그것은 프랑스 역사의 가장 어두운 시절에 이 희망을 구현한 잔 다르크를 상징한다. L'image de l'alouette empruntée presque certainement de Michelet, représente ainsi l'espoir miraculeux de la France: elle symbolise Jeanne d'Arc qui a incarné cet espoir au moment le plus sombre peut-être de l'Histoire de la France.", Giulia Capolino, *Le Personnage de Jeanne d'Arc dans le théâtre de Claudel et d'Anouilh*,

이것은 잔이 스스로에게 부과한 사명과도 일치한다. 즉 깃발을 들고 병사들의 힘을 북돋아 주는 자이며, 신이 그들과 함께 있다는 것을 증명해 주는 자이다.[56]

우리는 또한 천상과 지상의 중개자로서의 잔 다르크가 천상의 이미지와 지상의 이미지라는 이중성 혹은 양면성을 동시에 지니고 있음을 보았다. 잔의 이러한 양면성은 그녀가 찬양했던 인간의 위대함과도 상통하는 것으로서 가장 저열한 순간에도 의로운 행동을 할 수 있는 모순성과 통하는 것이기도 하다. 이러한 모순성은 지극히 호전적인 모습과 함께 자신을 화형에 처하는 자들을 용서하는, 자비와 긍휼을 지닌 성녀의 모습에서 발견할 수 있다. 잔이 주장한 바처럼 선과 악을 모두 가진 존재, 즉 신성과 인성을 동시에 갖고 있는 존재가 인간이라면 그녀 역시 인간이라는 범주를 벗어나지 못하는 것일지도 모른다. 아누이가 잔의 인간적인 면을 보다 강조하고 그녀를 우리와 시대적으로 보다 가까운 존재로, 또한 신비스럽고 성스럽기만 한 존재가 아니라 우리와 비슷한 성정을 가진 인물로서 묘사한 것은 바로 이러한 이유 때문으로 보인다. 잔이 성녀이기 이전에 한 인간이었음을 말하고자 하는 것이다. 미슐레는 호전적인 전사로 변화된 그녀가 성녀의 모습을 간직할 수 있었던 것은 영국인들의 포로가 되어 시련을 당하고 지고의 순화를 경험했기 때문이라고 여긴다.[57] 미슐레 역

---

op. cit., p.295.

56) "잔: [……] 우리 병사들은 대체 뭐가 필요하단 말이오. 무엇보다도 깃발과, 그들의 에너지에 불을 붙이는 누구, 하느님이 그들과 함께 계시다는 것을 증명하는 자가 필요한 것이오. Jeanne: [……] De quoi ont-ils besoin, nos gars, après tout [……] d'un étendard, de quelqu'un qui galvanise leurs énergies, qui leur prouve que Dieu est avec eux." (p.60)

57) "그녀는 고통을 당해야만 하였다. 만일 그녀가 시험과 지고의 순화를 경험하지 않았다면 이 성스런 인물에게는 빛줄기 사이로 의심의 그림자들이 남아 있을 것이고, '오를레앙의 처녀'로 사람들의 기억속에 남

시 잔에게서 전사와 성녀라는 양면성을 발견하고 있는 것이다.

한편 이 극에서 아누이는 역사적 사실을 수정하기도 하였다. 먼저 실제 인물 잔과 등장인물 잔은 많은 차이가 있으며, 호색한으로 묘사된 보드리쿠르와의 면담 장면 역시 작가가 임의로 윤색한 부분이 있다. 특히 보베의 주교 코숑 신부가 잔을 설득하기 위해 애쓰는 것 역시 역사적 사실과는 거리가 있다. 『안티고네』의 크레온과 같은 역할을 하는 코숑 신부는 자신이 죽기 전에 한 어린 소녀를 또 죽이고 싶지 않다며 잔의 감정에 호소하기까지 한다. 그러나 실제로는 주교가 잔을 그렇게까지 설득하진 않았으며 또 잔은 주교가 자신을 교회 감옥으로 보내 주지 않았기 때문에 자신이 죽는 것이라고 생각하여 그를 원망하였던 것이다.58) 이러한 사실의 변형은 작가의 논지를 더 잘 제시하기 위한 것으로 보이며 작가의 창작의 자유로 받아들여질 수 있을 것이다. 아누이가 이 작품을 극중극으로 만든 것도 결국은 이 극이 역사적 사실을 있는 그대로 이야기하는 것이 아니라 허구적인 이야기로 재구성된 것임을 암시하는 것이며, 동시에 성녀로서의 잔의 이미지도 사람들에 의해 미화된 것임을 말하고자 하는 것이다.

아 있지도 않을 것이다. Il fallait qu'elle souffrît. Si elle n'eût pas eu l'épreuve et la purification suprême, il serait resté sur cette sainte figure des ombres douteuses parmi les rayons; elle n'eût pas été dans la mémoire des hommes *La Pucelle d'Orléans*.", Michelet, *Jeanne d'Arc, op. cit.*, p.85.

58) "주교, 난 당신에 의해 죽는 것이오. Evêque, je meurs par vous.", Régine Pernoud, *Jeanne d'Arc par elle-même et par ses témoins, op. cit.*, p. 271.

참고문헌

Jean ANOUILH, *L'Alouette*, Paris, La Table Ronde, 1953, coll. folio.

_____, *Antigone*, Paris, La Table Ronde, 1946.

Gaston BACHELARD, "La Poétique des ailes", in *L'Air et les songes. Essai sur l'imagination du mouvement*, Paris, José Corti, 1943, pp.79~106.

Clément BORGAL, *Anouilh, la peine de vivre*, Paris, éd. du Centurion, 1966.

Giulia CAPOLINO, *Le Personnage de Jeanne d'Arc dans le théâtre de Claudel et d'Anouilh*, mémoire de maîtrise, Roma, Istituto Universitario Fareggiato di Magistero, 1988/1989.

Jean CHEVALIER & Alain GHEERBRANT, *Dictionnaire des symboles*, Paris, Robert Laffont/Jupiter, 1982.

Didier COLIN, *Dictionnaire des symboles, des mythes et des légendes*, Paris, Hachette, 2000.

Elie de COMMINGES, *Anouilh, littérature et politique*, Paris, Nizet, 1977.

Paul GINESTIER, *Jean Anouilh*, Paris, Seghers, 1969.

Rachel JUAN, *Le Thème de l'évasion dans le théâtre de Jean Anouilh*, Paris, Nizet, 1993.

Marco MARKOVIC, "Jeanne d'Arc dans la littérature française", *L'Astrolabe*, n° 70, 1982, pp.14~31.

H.G. McINYTRE, *The Theatre of Jean Anouilh*, London, Harrap, 1981.

Jules MICHELET, *Jeanne d'Arc*, Paris, Gallimard, 1974.

Régine PERNOUD, *J'ai nom Jeanne la Pucelle*, Gallimard, [s.d.], coll. Découverte.

_____, *Jeanne d'Arc par elle-même et par ses témoins*, Paris, Seuil, 1962, coll. Livre de vie.

Anne REGENT, "*L'Alouette* de Jean Anouilh", *Etudes Médiévales*, n° 2, 2000, pp.349~360.

André François ROMBOUT, *La Pureté dans le théâtre de Jean Anouilh*, Amsterdam, Holland University Press, 1975.

Bernard SHAW, *Sainte Jeanne*, Paris, L'Arche, 1992.

Jacques VIER, *Le Théâtre de Jean Anouilh*, Paris, SEDES, 1976.

Mary Ann Frese WITT, "Fascist ideology and theatre under the Occupation: the case of Anouilh", *European Studies*, n° 23, 1993, pp.49~69.

Les Critiques de notre temps et Anouilh, v. 20, Paris, Garnier, 1977.

잉에 슈테판/이순예 옮김, 「마녀 아니면 성녀? 잔느 다르끄 이야기와 그동안 문학이 이 이야기를 어떻게 다루어 왔는가에 대하여」, 『여성과 사회』, 제6집, 1995, pp.225~262.

Chapter 02 | 연극적 구조 - 극중극 형식을 중심으로[1]

『종달새』(1953)는 잔 다르크의 일생을 루앙에서의 재판 장면을 중심으로 재현하는 내용으로서 그 구조에 있어 극 속에서 또 다른 극을 보여 주는 극중극 형식을 취하고 있다. 아누이는 이 극중극 형식을 『안티고네』(1942), 『예행연습La Répétition』(1950), 『동굴La Grotte』(1960) 등과 같은 그의 여러 다른 작품에서도 사용하고 있다. 특히 전후(戰後) 아누이는 사실주의적인 연극보다는 연극임을 드러내는 극 형식을 더 선호하고 연극성의 극대화를 지향하는 방향으로 나아가게 된다.[2] 이러한 특성은 그가 몰리에르나 마리보, 비트락, 피란델로와 같은 작가들의 영향을 받은 것과 무관하지 않다.

일반적으로 극작품은 그것이 연극이 아니라 사실인 양 관객의 환상

---

1) 『불어불문학연구』, 제55집, 2003년 가을, pp.583~604.

2) "전후의 아누이의 힘이 되는 것, 즉 극단적으로 연극화된 연극, 언어와 연출, 환상에 대한 찬미를 가장 잘 나타내고 있는 것이 바로 『도둑들의 무도회』와 『레오카디아』이다. 사실주의를 거부하며, 심리와 성격을 거부하는 연극이며 반대로 가면에 의해 표현된 심오한 현실을 표현하는 연극이다. Ce sont ces deux pièces [Le Bal des voleurs et Léocadia] qui annoncent le plus ce qui sera sa force après la guerre: un théâtre théâtralisé à l'extrême, apologie des mots, de la mise en scène, de l'illusion. Un théâtre qui refusera le réalisme, qui refusera la psychologie et les caractères, mais jouera sur la réalité profonde exprimée par des masques.", Christophe Mercier, *Pour saluer Jean Anouilh*, Bartillat, 1995, p.199.

혹은 착각을 유도하는 것을 목적으로 한다. 하지만 이 극『종달새』의 등장인물들은 오히려 그들이 연극을 하고 있음을 관객에게 알리고 있다. 등장인물들은 입장하면서 이 전의 공연 끝에 무대 위에 남겨 두었던 투구나 소품을 다시 착용하고 의자를 재배치하는 행동을 통해 그들이 연극 놀이를 하고 있으며 또 그 놀이를 반복하고 있음을 암시한다. 즉 이 극은 극중극(théâtre dans le théâtre)의 형식을 띠고 있는 것이다. 연극이론가 파비스(P. Pavis)는 극중극을 다음과 같이 정의하고 있다.

> 작품 혹은 공연의 한 형태로서 그 주제가 극작품의 공연에 있다. 즉 외적 관객은 하나의 공연에 참여하고 그 공연 안에서 배우들로 이루어진 관객 또한 공연에 참여하고 있는 형태이다.[3]

위의 파비스의 정의를 토대로 극중극을 설명하면 극중극은 무대 위에서 일군의 배우가 극 속에서 또 다른 극을 보여 주고 나머지 배우들은 그들의 극을 바라봄으로써 등장인물들 자체가 보는 자(regardants)와 보이는 자(regardés), 즉 관객과 배우로 나뉘는 형태의 극을 의미한다. 우리는 여기서 처음의 극을 '틀극pièce-cadre'이라 부르고, 처음 극 속의 또 다른 극을 '내부극pièce intérieure' 혹은 '극중극'이라고 부르고자 한다.[4] 이러한 극중극 형태의 극은 셰익스피어의『햄릿』,『한여름 밤의 꿈』, 피란델로의『작가를 찾는 여섯 명의 등장인물들』혹은 장

---

3) "Type de pièce ou de représentation qui a pour sujet la représentation d'une pièce de théâtre: le public externe assiste à une représentation à l'intérieur de laquelle un public de comédiens assiste lui aussi à une représentation.", Patrice Pavis, *Dictionnaire du théâtre*, Paris, Dunod, 1996, p.365.

4) 이러한 용어는 Georges Forestier의 *Le Théâtre dans le théâtre* (Genève, Droz, 1996)에 따르고 있음을 밝힌다.

주네의 극들에서 찾아볼 수 있다.

이 극『종달새』가 극중극 형태로 되어 있다는 것은 등장인물들의 대사를 통해 명백하게 표현되고 있다.

> 코숑: 하지만, 각하, 앞으로 연기할 온갖 이야기들이 있습니다. 동레미, 목소리, 보쿨뢰르, 시농, 대관식······.
> 워윅: 가장행렬! 그건 어린애들을 위한 이야기요.
> Cauchon: Mais, Monseigneur, il y a toute l'histoire à jouer. Domremy, les Voix, Vaucouleurs, Chinon, le Sacre······.
> Warwick: Mascarades! Cela, c'est l'histoire pour les enfants. (p.12)[5]

코숑 주교는 '연기하다jouer'라는 노골적인 표현을 쓰고 있으며 그 내용은 잔의 고향 동레미, 천상의 음성, 보쿨뢰르, 시농, 대관식이 될 것임을 말한다. 그리고 뒤이은 영국인 워윅 백작의 '가장 행렬!'이라는 말은 이 극의 성격을 더욱 분명하게 말해 주고 있는 것이다.

이 극의 등장인물들은 배우들로서 틀극 역할을 하는 것은 배우들의 연극연습 장면이다. 그들은 잔 다르크가 부르고뉴 군대에 의해 포로가 된 뒤 영국인들에게 넘겨져 루앙에서 재판 받는 장면을 연습한다. 따라서 잔의 재판장면은 극중극이 되고 포로가 되기 전까지의 잔의 일대기는 일종의 극중극중극으로 재현된다. 먼저 고향 동레미에서 하늘의 계시를 받던 일 그리고 고향을 떠날 때의 부모와의 갈등, 보쿨뢰르에서 보드리쿠르를 만나는 장면, 시농에서 샤를르 7세가 될 왕세자를 만나는 장면 등 여러 에피소드가 배우들의 연극 놀이를 통해 재현되고 있다.[6] 극의 모든 등장인물들이 거의 항상 무대 위에 나와

---

5) 이하 표시된 쪽수는 Jean Anouilh, *L'Alouette*, Paris, La Table Ronde, 1953년 판본에 근거한다.
6) 단 잔이 계시를 받는 장면은 잔의 서술(récit) 형식으로 이루어지며 미가엘 천사의 목소리도 잔 스스로 흉내

있는 상태에서 극중극 혹은 극중극중극이 진행되고 그 상황과 관계 없는 인물들은 무대 가장자리에서 어둠 속에 있게 된다.

하나의 극 속에 또 다른 극이 걸쳐 있는(enchâssé) 형태인 극중극은 사건, 등장인물, 배우와 관객 그리고 시간 및 공간의 양분(dédoublement) 현상을 동반한다.[7] 즉 틀극의 사건과 내부극의 사건으로 나눠지고, 등장인물은 틀극과 내부극에서 전혀 다른 인물로 변하기도 하며, 틀극의 배우와 관객은 내부극의 배우와 관객으로 이분되며, 틀극의 시간 및 공간은 내부극의 시간 및 공간으로 이분화 되는 것이다. 이러한 양분 현상은 극중극 구조의 이중성을 이루는 것이다. 즉 사건의 이중성(틀극/내부극), 등장인물의 이중성(이중 배역 혹은 배우와 관객 혹은 극중 인물과 배우), 시간 및 공간의 이중성(틀극의 시간/내부극의 시간) 등이다. 여기에서는 아누이의 『종달새』의 구조, 특히 극중극이 갖는 이중 구조에 대해 살펴보고자 한다. 먼저 등장인물, 시간 및 공간에 있어서의 이중성에 대해, 마지막으로 극중극 형식이 궁극적으로 연극성(théâtralité)과 어떤 관계를 맺는지 살펴보고자 한다.

1. 등장인물의 이중성

배우들의 연극연습 장면을 보여 주는 이 극에서는 처음부터 마지

내어 재현함으로써 잔 혼자 대화를 주고받는 식으로 진행된다.

7) "극중극은 항상 양분화되는 연극이다. [……] 사건, 배우, 관객, 등장인물의 양분(兩分)이다. Le théâtre dans le théâtre, c'est toujours le théâtre qui se dédouble. [……] Dédoublement de l'action, dédoublement de l'acteur, dédoublement du spectateur, dédoublement du personnage.", G. Forestier, Le Théâtre dans le théâtre, op. cit., p.16.

막까지 등장인물들이 거의 항상 무대 위에 나와 있는 상태에서 진행되기 때문에 등장인물들은 항상 배우와 관객으로 양분되며 또 그 역할은 상황에 따라 계속 바뀌게 된다. 따라서 그들은 배우이자 관객이라는 이중성을 띠게 된다.

1) 배우와 관객

우선 등장인물들은 극중극 혹은 극중극중극을 연기하는 배우와 그것을 구경하는 관객으로 이분된다. 등장인물들 즉 배우들은 극중극에서 잔의 재판을 재현하는 배우가 되거나, 극중극중극에서 잔의 과거를 재현하는 배우가 되는데 이때 해당 배우들은 무대 중앙에 있고 나머지 인물들은 어두운 무대 구석에서 그들의 순서를 기다리며 동료들이 하는 연기를 지켜보는 관객이 된다. 그러고는 자신의 차례가 되면 관객에서 배우가 되고 다시 관객으로 되돌아간다.

그런데 때로는 관객으로 있던 등장인물이 갑자기 극중극이나 극중극중극에 개입하기도 한다. 예를 들면 잔이 극중극을 이루는 재판정에서 심문을 받는 중에 샤를르가 자신이 왕이 되는 데 있어 신의 개입을 부인했다는 말을 듣고 샤를르 쪽을 바라보자 그때까지 관객으로 있던 샤를르가 대화에 끼어든다.

> 코숑(가까이 다가오며): 용의주도한 정치인인 당신의 왕조차도 우리가 당신에게 읽어 준 편지에서 자신의 왕관은 당신이 그 도구가 되었을 신의 개입에 의한 것이기를 절대 바라지 않는다고 하였소. (잔은 불안한 표정으로 샤를르 쪽을 바라본다. 샤를르는 단순히 이렇게 말한다.)

샤를르: 내 입장이 되어 봐, 잔! 내가 프랑스 왕이 되기 위해 어떤 기적이 필요했다면 [……] 내 말 이해해?

잔(부드럽게): 예, 이해합니다.

Cauchon, *s'approche*.: Ton roi même, en avisé politique, a manifesté par les lettres que nous t'avons lues qu'il ne voulait aucune façon être redevable de sa couronne à une intervention divine dont tu aurais été l'instrument.

Jeanne se retourne vers Charles, angoissée. Celui-ci dit simplement:

Charles: Mets-toi à ma place, Jeanne! S'il a fallu un miracle pour que je sois sacré roi de France [……] Tu comprends?

Jeanne, *doucement*.: Oui. Je comprends. (pp.153~154)

사실 샤를르는 재판정에 있는 인물이 아니고 극중극을 바라보는 관객의 입장에 있다. 하지만 이 극에서는 그러한 암묵적인 계약을 깨고 극중극 속의 인물과 틀극 속의 인물이 서로 교류함으로써 그들이 연극 놀이를 한다는 것을 노골적으로 드러내는 것이다. 이것은 또한 무대와 객석의 분리라는 암묵적인 규약을 위반하는 것이기도 하다. 이후에도 이와 같은 장면이 다시 반복된다. 역시 극중극이 되는 재판정에서 왕이 자신을 필요로 하면 무기를 다시 들 수밖에 없지 않느냐는 뜻으로 잔이 코숑 주교에게 반문하자 샤를르가 즉각 개입하여 말한다.

코숑: [……] 영원히 무기를 들지 않겠다고 약속하는가?

잔(신음하며): 만약 왕이 날 또 필요로 한다면?…….

샤를르(급히 끼어들며): 저런!……. 만약 나라면 곧장 예라고 말할 수 있을 텐데. 난 더 이상 당신이 필요치 않아.

Cauchon: [……] Promets-tu de renoncer à jamais à prendre les armes?

Jeanne, *gémit*.: Si mon roi a encore besoin de moi?…….

Charles, *précipitamment*.: Oh! là! là!……. Si c'est pour moi, vous pouvez dire oui tout de suite. Je n'ai plus besoin de vous. (p.158)

반대로 극중극을 연기하던 등장인물이 갑자기 자기의 역할을 중단하고 관객으로 있던 다른 인물들에게 말하는 경우도 있다. 잔의 아버지는 자신이 딸을 지나치게 난폭하게 다룬 것에 대해 약간의 거북함을 느끼며 관객으로 있던 다른 인물들에게 그들이면 어떻게 했을까를 묻는다.

> 아버지: [……] (다른 사람들 쪽으로 약간 거북해하며 돌아본다.)
> 만약 당신의 딸이 저렇게 했다면 당신들은 내 입장에서 어떻게 했겠소, 여러분?
> Le Père: [……] *Il se retourne un peu gêné vers les autres.* Qu'auriez- vous faits, Messieurs, à ma place, si votre fille vous avait dit ça?* (p.38)

이 경우에도 역시 등장인물은 무대와 객석의 분리라는 연극적 관습을 깨뜨리고 무대 위의 관객과 교류하는 셈이다.

이처럼 이 극에서 등장인물들은 상황에 따라 배우가 되기도 하고 관객이 되기도 하는 이중성을 띠고 있다. 뿐만 아니라 그들은 연극놀이를 하는 극중극의 차원에서는 등장인물이자 배우라는 본래의 이중성을 드러내기도 한다.

2) 등장인물과 배우

극중극 혹은 극중극중극을 연기하거나 그것을 구경하는 배우와 관객으로 양분되던 등장인물들은 연극 놀이라는 극중 현실의 차원에서는 등장인물이자 배우라는 이중성을 띠기도 한다. 예를 들면 잔의 과거를 재현하는 극중극중극이 끝났을 때 코숑 주교가 잔에게 이제 "당신의 역할은 끝났다. Ton rôle est joué."(p.158)고 말할 때 이 말은 이 중의 의미를 갖는다. 즉 잔 다르크라는 극중 인물로서 그녀가 할 일 은 이제 없다는 뜻이기도 하고 동시에 극의 종결과 함께 잔 다르크 역을 맡은 배우로서 그녀의 역할이 끝났다는 뜻이기도 하다. 따라서 등장인물들은 극중 인물로서 그리고 그 역을 맡은 배우로서의 이중 성을 띠는 것이다.

극중 인물과 배우의 이와 같은 혼재는 잔의 대사에서도 드러나고 있다. 잔은 감옥에서 미가엘 천사나 성녀들의 음성을 들을 수 없음을 원망하다가 그것이 혹시 스스로 만들어 낸 것은 아닌가 하고 회의하 면서 이러한 역할은 자신에게는 너무 큰 것이라고 말한다.

> 잔: [······] 나에게는 너무 벅찬 것이었을 수도 있어요, 이 이야기 는······.
> Jeanne: [······] Cela devait être un peu trop grand pour moi, cette histoire······. (p.173)

이 말은 잔이라는 등장인물로서 자신이 맡은 사명이 너무 크다는 의미이기도 하고, 잔의 역을 맡은 배우로서 그 역이 너무 벅차다는 뜻으로 들리기도 한다. 또한 잔의 화형식 중에 갑자기 보드리쿠르가 뛰어 들어오며 대관식을 하지 않았다고 할 때 워윅이 하는 말 역시 이중의 의미로 들린다.

> 워윅(깜짝 놀라): 좋아! 이제는 대관식! 나쁜 취향이로군! 이 의 식에 내가 참여하는 것은 어울리지 않을 겁니다, 주교, 전 물러갑 니다. 어쨌든 그 여자가 화형되었으니 나로서는 끝난 것이오. 폐하 의 정부는 그의 정치적 목적을 달성하였소.
> (퇴장한다.)

Warwick, *atterré*: Allons bon! Le sacre, maintenant! C'est d'un mauvais goût! Ma présence à cette cérémonie serait indécente, Monseigneur, je m'éclipse. De toute façon, pour moi c'est fini, elle est brûlée. Le gouvernement de sa Majesté a atteint son objectif politique.

Il sort. (p.187)

자신에게는 이미 끝난 일이라고 하는 이 말은 이미 극 속에서 잔의 화형식이 거행된 이상 워웍이라는 등장인물로서 자신의 임무가 끝났다는 의미이기도 하고, 역사적으로 잔이 이미 화형된 사실을 알고 있는 해설자로서도 자신의 역할이 끝났다는 의미로 들린다. 이때 그는 워웍 백작이라는 등장인물로서 그리고 그 역을 맡은 배우로서 이야기한다고 볼 수 있다.

그런데 이러한 극중극 형태의 연극놀이는 배우들에게조차 현실과 허구의 혼돈을 가져오기도 한다. 라드브뉘 신부는 동레미에서의 잔의 어린 시절을 재현하는 극중극중극에서 잔의 아버지가 잔을 마구 때리는 것을 참지 못하고 이를 저지한다.

라드브뉘(아주 창백해져서 자리에서 일어나): 그만하시오, 제발! 그녀를 아프게 하고 있어요!
코숑(부드럽게): 우린 아무것도 할 수 없소, 라드브뉘 신부. 우린 잔을 재판정에서만 알게 될 것이오. 우리는 우리의 역할만을 할 수 있을 뿐이오, 각자가 자신의 역할을, 선하든 악하든, 각본에 따라, 자신의 차례에.
Ladvenu, *s'est levé, tout blême.*: Arrêtez-le, voyons! Il lui fait mal!
Cauchon, *doucement*: Nous ne pouvons rien, Frère Ladvenu. Nous ne connaîtrons Jeanne qu'au procès. Nous ne pouvons que jouer nos rôles, chacun le sien, bon ou mauvais, tel qu'il est écrit, et à son tour.

(p.37)

라드브뉘 신부는 등장인물이자 배우라는 그들의 이중적인 신분을 혼동하여 잔의 아버지를 저지하고자 한 것이다. 이에 대해 코숑 주교는 『안티고네』의 크레온처럼 그것이 선한 것이든 악한 것이든 각자 각본에 쓰인 대로 자신들이 맡은 역할을 연기하는 것뿐이라고 말하고 있다. 이때 라드브뉘 신부는 등장인물로서가 아니라 연극 놀이를 하고 있는 배우로서 행동한 것이며 코숑 주교 역시 배우로서 말하고 있다. 그러나 이것도 작가에 의해 철저하게 계산된 행동이라고 볼 때 이렇게 연극의 기본적인 규약을 무시하는 배우들의 행동은 그들이 연극 놀이를 하고 있다는 것을 드러내고 연극의 본질이 허구라는 사실을 강조하는 것이 된다. 나아가 코숑 주교의 말은 주어진 운명대로 살아야 하는 인간에 대해 이야기하는 것으로도 들리는 것이다. 결국 작가는 인간의 삶도 한편의 연극과 같은 것임을 이야기하고자 하는 것으로 보인다.

역시 극중극 구조로 되어있는 아누이의 또 다른 희곡 『안티고네』에서도 우리는 이와 같은 생각을 읽을 수가 있다.

> 크레온(그녀의 팔을 붙잡으며): 내 말 잘 들어. 난 악역을 맡은 거야, 알았어, 그리고 넌 선한 역을. [······]
> Créon, *lui serre le bras.*: Ecoute-moi bien. J'ai le mauvais rôle, c'est entendu, et tu as le bon. [······] (*Antigone*, p.75)[8]

이 말은 그들이 크레온이나 안티고네의 역을 맡은 배우들로서 그 역이 선한 역이든 악한 역이든 주어진 대로 연기할 수밖에 없다는 의

---

8) Jean Anouilh, *Antigone*, Paris, La Table Ronde, 1946.

미이기도 하고, 또 크레온이나 안티고네라는 인물로서 그들은 운명적으로 악한 역과 선한 역을 하도록 태어났다는 것, 즉 그들이 스스로 맡은 것이 아니라 그들에게 주어지는─그것이 신에 의해서든 운명에 의해서든─역할을 하는 것뿐이라는 의미로 들리기도 한다.

한편 재판정의 워윅 백작과 코송 주교는 그리스 비극의 코러스처럼 상황을 설명하는 해설자의 역할을 하기도 한다.9) 이때도 역시 그들은 연극 놀이를 하는 배우로서 말하고 있다고 볼 수 있다. 그들은 재판정에서의 잔의 행동을 평가하기도 하고 잔이 사제들과 신학자들 앞에서 재치 있게 대답함으로써 그들을 당황하게 하는 모습을 흥미를 갖고 지켜보는 것이다.

> 워윅(모든 장면을 지켜보고 나서 코송에게): 분명 이 여자애는 뭔가가 있어요! 생각하는 것은 그 자신이라고 믿게 함으로써 이 얼간이의 태도를 바꾸어 놓는 수법을 난 매우 높이 평가하였소.
> 코송: 내 취향으로서는 이 장면이 좀 거칠다고 봅니다.
> Warwick, *qui a suivi toute la scène, amusé, à Cauchon.*: Evidemment, cette fille avait quelque chose! J'ai beaucoup apprécié cette façon de retourner cet imbécile en lui faisant croire que c'était lui qui pensait.
> Cauchon: Pour mon goût, je trouve la scène un peu grosse. (p.63)

워윅은 보드리쿠르와의 면담에서 잔이 이 보쿨뢰르의 수비대장을 잘 생기고 영리하다고 치켜세우며 그야말로 군대에서는 보기 드물게 생각할 줄 하는 사람이라고 여기게 함으로써 자신에게 호의적인 결

---

9) 극중극 형태는 그리스극에 그 기원을 두고 있다: "극중극은 그리스극에서 먼 기원을 발견할 수 있는 기술이다. Le théâtre dans le théâtre est une technique dont on peut trouver la lointaine origine dans le théâtre grec.", G. Forestier, *Le Théâtre dans le théâtre*, *op. cit.*, p.10.

정을 내리게 하는 잔의 재치를 놀라워하고 있는 것이다. 또한 그들은 모든 일의 결말을 알고 있는 자로서 기능하기도 한다. 워윅은 잔이 결국은 화형을 당할 것이며 또 사후에는 그녀의 동상이 세워지리라는 것도 알고 있다.

> 워윅: 거창한 말은 하지 마시오!……. 정치에서는 어떤 것도 돌이킬 수 없는 것은 없소. 우린 런던에 그녀의 멋진 조각상을 세울 것이오, 때가 되면…….
> [……]
> 그럼 오히려 시농에서의 이야기를 들어 봅시다, 주교. 난 이 겁쟁이 샤를르에 대해 깊은 경멸을 품고 있소, 하지만 날 항상 즐겁게 해 준 인물이기도 해요.
> Warwick: Pas de grands mots!……. Rien n'est irréparable en politique. Je vous dis que nous lui élèverons une belle statue à Londres, le temps venu…….
> [……]
> Mais écoutons plutôt Chinon, Monseigneur. J'ai le plus profond mépris pour ce petit lâche de Charles, mais c'est un personnage qui m'a toujours amusé. (p.67)

워윅의 다음과 같은 대사 역시 해설자로서의 그의 역할을 잘 보여 준다.

> 워윅(무대 안쪽에서 웃음을 터트리고는 코숑 쪽으로 다가온다): 분명 실제로는 그렇게 진행되지 않았지. 회의가 열렸고 찬반양론에 대해 오랫동안 토론을 하였소, 그러고는 마침내 잔을 백성들의 소원에 답하기 위한 일종의 기수(旗手)로 이용하기로 결정하였소.
> Warwick, éclate de rire au fond et s'avance vers Cauchon.: Evidemment, dans la réalité cela ne s'est pas exactement passé comme ça. Il y a eu Conseil, on a longuement discuté le pour et le contre et décidé finalement de se servir de Jeanne comme d'une sorte de porte-drapeau pour répondre au voeu populaire. (p.110)

그는 샤를르가 잔과의 단독 면담 후에 군의 통수권을 전격적으로 부여하는 장면을 보고는 실제로는 그렇게 진행된 것이 아니라 위원회에서 오랫동안 숙고한 결과임을 이야기하는 것이다. 이때 그들은 워윅 백작과 코숑 주교라는 등장인물로서 말하는 것이 아니라 연극 놀이를 하는 배우로서 말하고 있는 것이다.

그렇다면 작가가 극중극이라는 형식을 택한 이유는 무엇일까? 그 것은 먼저 이 극은 역사적인 사실을 있는 그대로 재현하는 것이 아니라 작가에 의해 새롭게 창조된 허구임을 알리는 것이다. 등장인물들이 연극 놀이라는 방식을 통해 잔 다르크의 일생을 보여 줌으로써 사실적인 느낌보다는 연극의 유희성 혹은 허구성을 강조하는 것은 역사라는 그 자체도 사람들에 의해 윤색되어지는 것임을 이야기하고자 하는 것이다.[10] 특히 신비스런 인물인 잔 다르크에 대한 이야기는 그녀가 사라진 뒤에도 많은 세월을 거치며 끊임없이 역사학자들뿐만 아니라 정치학자, 작가, 그리고 최근에는 여성학자들의 관심의 대상이 되면서 그녀에 대한 신화의 허와 실을 논해 왔던 것이다. 특히 아누이는 잔 다르크의 전기에서 신화적인 면을 제거하려고 애썼다.[11] 바로 그 이유 때문에 『종달새』의 잔 다르크는 매우 발랄하고 경쾌한 현대적인 소녀로 묘사되어 있으며, 잔이 하늘의 음성을 듣는 장면에

---

10) "게다가 아누이는 본질적으로는 인본주의자이나 시대의 영향에 의해 신비주의자가 되었을 잔을 구상했을 지도 모른다. Par ailleurs, il est possible qu'Anouilh ait conçu une Jeanne humaniste quant au fond et qui ne serait devenue mystique que sous l'influence de son temps.", Elie de Comminges, *Anouilh, littérature et politique*, Paris, Nizet, 1977, p.43.

11) "곧 보게 될 연극 놀이는 잔의 신비를 설명하는 데 아무것도 기여하지는 않을 것이다. Le jeu de théâtre que l'on va voir n'apporte rien à l'explication du mystère de Jeanne.", Jean Anouilh, "L'Alouette", in *Programme du Théâtre Montparnasse*, oct. 1953; recueilli in *En marge du théâtre*, Paris, La Table Ronde, 2000, p.58.

서 자기 스스로 천사의 역할을 하는 것 역시 그 음성이 하늘의 음성
이 아니라 잔의 내면의 목소리임을 이야기하고자 하는 것이다.

2. 시간 및 공간

위에서 언급한 바처럼 극중극이라는 이 극의 특성상 사건이 이중
화되고 등장인물들의 이중화가 이루어지듯이 시간과 공간 역시 이중
성을 지닌다. 즉 틀극의 시간과 내부극의 시간이 교차함으로써 현재
와 과거를 계속 왕복하기 때문이다. 또한 공간 역시 비록 물리적으로
는 거의 변화하지 않지만 그 암묵적 의미는 상황에 따라 연극 연습을
하는 무대라는 극중 현실의 장소와, 재판정이라는 극중극의 장소, 그
리고 잔의 과거와 관련된 극중극중극의 장소들로 변화하기 때문이다.
무대 장치의 변화 없이 진행되는 이 극의 시간과 공간은 무대 중앙에
서 연기하는 등장인물들에 따라 그리고 그들의 대화에 따라 결정된다.

1) 다중적인 시간

이 극의 틀극을 이루는 것은 배우들의 연극놀이이고 이것이 극의
현재 시간에 해당한다. 잔의 재판은 극중극에 해당하며 이것은 1431
년 2월부터 5월까지의 시간에 해당한다. 그런데 재판 과정 중 잔의
일대기가 극중극으로 재현되면서 시간은 다시 과거로 이행한다. 이것
은 마치 영화의 플래시 백(flash-back)과 같은 수법이라고 할 수 있는
데, 잔의 어린 시절, 보드리쿠르와 샤를르와의 면담과 같은 과거의 사

건들이 극중극중극으로 재현된다.

(1) 틀극의 시간

틀극의 시간은 배우들이 연극 연습을 하는 시간으로서 극의 현재 시점에 해당한다. 극이 시작하면 등장인물들, 즉 배우들이 모두 무대 위로 등장하여 각기 자신의 소품을 집어 들고 연극 연습에 임한다.

> 들어오면서 등장인물들은 그들의 투구나 혹은 지난 공연 끝에 무대 위에 놓아두었던 소품들을 집어 들고는 의자들의 배치를 정돈하고 그 위에 앉는다.
> En entrant, les personnages décrochent leurs casques ou certains de leurs accessoires qui avaient été laissés sur scène à la fin de la précédente représentation, ils s'installent sur les bancs dont ils rectifient l'ordonnance. (p.11)

의상이나 소품을 무대 위에 그대로 놓아두었다는 것은 이것이 실제 공연이 아니라 연습이라는 것을 알려 준다. 그들이 준비하고 있는 연극은 잔 다르크의 재판 장면이며 잔의 답변 중 과거사건에 해당하는 부분은 서술이 아닌 배우들의 연기로써 보여 준다. 즉 모든 등장인물들, 즉 배우들이 무대 위에 있는 상태에서 재판 장면을 연기하고 중간 중간 잔의 과거사건을 다른 배우들의 연기로써 보여 준다.

(2) 극중극의 시간

극중극의 시간은 잔이 재판을 받아 화형에 이르기까지의 시간에 해당한다. 이 시간에 포함되는 사건으로서는 잔의 재판과 포기각서 서명 및 번복 그리고 화형식이 있다. 코숑 주교의 대사에 의하면 영국인들이 잔을 넘겨받은 것은 잔이 포로가 된 지 9개월이 지난 뒤임을 알게 된다.

> 코숑: [……] 우린 당신들에게 잔을 넘겨주기 전에 아홉 달 동안 조목조목 따졌소. 모든 이들에게 버림받은 이 소녀에게 "예"라고 말하게 하기 위해서 아홉 달이 걸린 것이오.
> Cauchon: [……] nous avons ergoté neuf mois avant de vous livrer Jeanne. Neuf mois pour faire dire «oui» à une petite fille abandonnée de tous. (p.65)

역사적으로 잔이 포로가 된 것은 1430년 5월 23일이고 재판 시점은 1431년 2월 21일이므로 약 9개월이 걸린 것이다. 극중극에 해당하는 재판 기간은 잔이 화형당한 1431년 5월 30일까지이므로 약 100일로 보아야 할 것이다.

(3) 극중극중극의 시간

극중극중극의 시간은 당연히 포로가 되기 전까지의 잔의 일생이 된다. 이 시간의 특성은 마지막 장면의 대관식을 제외하고는 모두 시간적인 순서대로 진행된다는 것이다. 여기에는 잔이 하늘의 음성을 듣던 어린 시절과 고향을 떠날 때 부모와의 갈등, 보드리쿠르와의 면담 그리고 왕과의 상봉 장면이 포함된다.

그런데 잔의 과거시절을 재현하는 도중 재판관들이 개입함으로써 극은 종종 잔이 재판을 받는 극중극의 상황으로 돌아온다. 예를 들면 잔이 고향에서 천사의 계시를 받던 장면을 회상하며 요정나무 근처에서 몽상에 젖어 있었다는 이야기를 하자 갑자기 재판정의 검사가 개입하여 요정나무를 미신과 마술과 결합시키며 이것이야말로 잔이 하늘이 보낸 자가 아니고 마귀가 보낸 자의 증거라고 외친다.

> 검사(안쪽에 있는 다른 이들에게): 요정나무라고! 잘 기록해 두
> 시오, 여러분. 미신. 마술이 벌써 싹트고 있었던 것이오! 요정나무!
> Le Promoteur, *aux autres au fond*.: L'Arbre aux Fées! Je vous prie
> de noter, Messieurs. Superstition. Sorcellerie déjà en herbe! L'Arbre
> aux Fées! (p.18)

이처럼 재판관들이 개입할 때를 제외하고 잔의 과거시절에 해당되던 시간은 그녀가 포로가 되어 재판을 받는 시점에 도달하고 난 뒤부터는 계속 극중극의 시간으로 진행되다가 갑자기 마지막 장면에서 보드리쿠르의 개입으로 다시 과거로 이동한다. 결국 극중극 내에서도 재판정의 시간과 잔의 과거시절이 서로 교차하는 이중 구조를 이루고 있다.

2) 다중적인 공간

이 극의 공간 역시 시간과 마찬가지로 여러 층위를 갖는다. 비록 처음부터 끝까지 같은 무대 장치를 활용함에도 불구하고 무대가 가지는 암묵적인 의미는 변화하기 때문이다. 공간은 우선 틀극의 공간으로서 배우들의 공간이다. 배우들은 무대 가장자리에서 잔의 재판이라는 연극 놀이를 바라보고 있다. 극중극의 공간은 루앙의 재판정으로서 무대 위의 법정용 의자들과 잔이 앉을 등받이 없는 의자가 암시하고 있다. 그러나 이 무대는 곧 잔의 과거를 연기하는 극중극중극의 공간으로 그 의미가 변화한다. 즉 잔이 포로가 되기 전에 거쳐 간 장소, 즉 잔의 고향으로부터 보쿨뢰르, 시농이 되는 것이다. 그리고 잔

이 포로가 되어 재판받는 시점에 이르러서는 다시 극중극의 공간으로 돌아와 무대는 재판정, 감옥 그리고 화형장이 된다. 하지만 마지막 장면에서 보드리쿠르의 개입으로 다시 과거의 공간인 대관식이 열리는 루앙의 성당이 된다.

구체적이고 사실적인 무대장치의 결여로 인해 관객(혹은 독자)은 등장인물들의 대사를 통해 현재의 장소가 어디인지 가늠하게 된다. 잔이 미가엘 천사를 보게 되는 것은 요정나무 근처의 들판에서이며, 곧이어 시작되는 잔의 아버지와 어머니의 대화는 집에서 저녁 6시경에 이루어진다는 것을 관객은 등장인물들의 대사를 통해 알게 되는 것이다. 따라서 장소는 아무런 무대 장치의 변화 없이 들판에서 잔의 집으로 자연스럽게 이동한 것이다. 변한 것이 있다면 내부극을 연기하는 등장인물이 바뀌었을 뿐이다. 마찬가지로 잔이 오빠와 쫓고 쫓기다가 보드리쿠르의 불룩한 배에 부딪치면서 장소는 갑자기 동레미에서 보쿨뢰르로 이동하게 된다. 여기에서 우리는 작가가 단지 등장인물들의 교체로 인해 시간과 공간을 뛰어넘는 비사실주의적 수법으로 장소를 표현하고 있음을 보게 된다.

예를 들면 잔과 라 이르가 전쟁터에서 함께 있는 장면은 특이하게도 재판정에서 심문을 받던 잔의 호명으로 이루어진다. 그녀가 라 이르의 이름을 언급하자 극 공간은 갑자기 그들이 함께 있었던 전쟁터가 된다.

> 잔: [……] 당신은 단순한 일도 더 이상 이해를 못하시는군요, 하지만 내 병사들의 가장 어리석은 자도 그것을 이해하였습니다. 그렇지 않아요, 라 이르?
> (갑자기 라 이르가 무리에서 불쑥 나타난다. 그는 몸집이 거대하고

갑옷을 입었으며 쾌활하면서도 무시무시하다.)

Jeanne: [……] Vous ne pouvez plus comprendre les choses simples, mais le plus bête de mes soldats comprenait, lui. Pas vrai, La Hire? *La Hire surgit soudain de la foule, énorme, caparaçonné de fer, joyeux, terrible.* (p.135)

이후 잔과 라 이르가 함께 연출하는 장면은 실제적으로는 잔이 포로가 되기 전의 일이었음에도 불구하고 잔의 과거에 해당하는 에피소드들과 연결되어 재현되지 않고 재판과정 중에 도입되고 있다. 마치 꿈속의 한 장면처럼 재판정에서 잔과 라 이르가 함께 있던 전쟁터로 이어지는 이 장면은 영화의 오버랩(fondu enchaîné)과 비교되기도 한다.12)

그렇다면 이 다중적인 시간 및 공간의 의미는 무엇일까? 극중극의 형식에서 파생하는 시간 및 공간의 이중성은 결국 극중극의 특성과 일치하는 것이다. 즉 연극적인 메커니즘을 노골적으로 드러내는 메타연극을 통해 작가는 잔 다르크라는 역사적인 인물의 행적을 사실적으로 묘사하는 것이 아니라 이 인물에 대한 자기 해석과 또 이 인물을 통해 현재의 우리에 대해 이야기하고 나아가 보편적인 인간의 속성을 그리고자 하는 것이다.13) 비록 극 사건은 과거에 속해 있지만

---

12) Elpida Paschalidou, *Espace et temps. L'invention dramaturgique dans deux pièces d'Anouilh: L'Alouette et La Grotte*, mémoire de maîtrise, Paris III, 1991, pp.26~28. 오버랩은 한 장면이 서서히 다른 장면으로 대치되는 것인데 잔이 재판관들과 이야기를 나누던 장면이 라 이르와의 장면으로 자연스럽게 연결되는 것을 이 수법과 비교하고 있는 것이다.

13) "이 시간의 양분에 의해 작가는 그가 이야기하는 것이 잔 다르크의 이야기가 아니라 '자신의' 이야기이며, 주인공의 전설을 자기 식으로 만든 것임을 보여 주고 싶어 한다. Par ce dédoublement du temps l'auteur veut montrer que ce qu'il conte n'est donc pas l'histoire de Jeanne d'Arc mais son histoire, sa version de la légende de l'héroïne.", Giulia Capolino, *Le Personnage de Jeanne d'Arc dans le théâtre de Claudel et d'Anouilh*, mémoire de maîtrise, Maria Ss. Assunta, Roma, 1988/1989, p.301.

결국은 현재를 이야기하기 위한 것이다. 아누이가 신화 속의 인물 안티고네와 크레온을 통해 레지스탕스와 대독협력자의 문제를 이야기하고자 한 것과 같은 것이다. 잔 다르크 역시 신화적인 인물이 되었지만 아누이는 이 인물을 통해서 신이 침묵하는 순간에도 고독하게 시련에 저항할 줄 아는 인간의 위대함을 이야기하고자 하며 그것을 매우 연극적인 방식으로 그리고 있는 것이다.

3. 연극성

극중극 형식으로 인해 파생되는 등장인물의 이중성과 시간 및 공간의 다중성은 결국 이 극의 연극성(théâtralité)을 강조하는 것이 된다. 연극성이라는 말은 모호할 수 있는데 그것은 이 말이 때로는 연극적 환상이 완전하다는 것을 의미하기도 하고, 때로는 그 반대로 극이 지나치게 인위적이어서 연극을 한다는 느낌을 자아낸다는 의미로 쓰이기 때문이다.

> 게다가 우리는 똑같은 모호함을 발견하게 된다. 때로 그것은 환상이 완전하다는 것을 의미하기도 하고 때로는 반대로 연기가 너무 인위적이어서 극장에 있다는 사실을 끊임없이 알리기도 한다. 우리는 우리의 현실보다 더욱 사실적인 다른 세계로 옮겨진 것을 느끼고 싶은데도 말이다.
> On constate d'ailleurs la même ambiguïté: tantôt cela signifie que l'illusion est totale; tantôt, au contraire, que le jeu est trop artificiel et rappelle sans trêve qu'on est au théâtre, alors qu'on aimerait se sentir transporté dans un autre monde encore plus réel que le nôtre.[14]

우리가 여기서 말하는 연극성은 후자의 의미에서이며 이때 연극성은 인위성과 상통하는 것이다. 이러한 극중극 형식에서는 사실주의극에서와는 달리 연극의 인위적인 성격이 강조되고 연극성이 부각됨으로써 관객은 그가 연극을 보고 있다는 사실을 더욱 느끼게 되는 것이다. 이 극의 구조가 극중극으로 되어 있다는 것 자체가 연극성을 드러내는 것이라고 볼 때 결국 이 극 전체가 이것을 향해 나아간다고 볼 수 있다. 연극성은 배우이자 관객이라는 등장인물의 이중성으로 인해 강조되기도 한다. 예를 들면 다른 배우들의 연기를 바라보고 있던 보드리쿠르가 자신이 등장할 차례로 착각하고 일어섰다가 제지당하고 실제 자신이 등장해야 할 때에는 그것을 잊고 있다가 동료들에게 떠밀려서 등장하는 희극적인 장면은 연극성 나아가 연극의 유희적 성격을 드러내는 것이다. 또한 같은 인물이 마지막 장면에서 "대관식 장면을 하지 않았어! On n'a pas joué le sacre!"라고 하면서 뛰어들어오는 것은 시간의 흐름을 되돌려 극을 다시 과거로 돌아가게 할 뿐만 아니라 그들이 연극 놀이를 하고 있음을 명시적으로 드러내는 것이다. 이처럼 극중극 구조는 허구 속의 허구라는 구조를 갖춤으로써 더욱 연극이 허구임을 느끼게 하는 메타연극의 기능을 한다. 따라서 관객은 연극적 환상에 빠지는 것이 아니라 오히려 그가 극장에 있다는 것을 더욱 실감하게 되는 것이다.

한편 극중극의 형태로 되어 있는 이 극에서 몸짓과 조명 그리고 오브제와 같은 비구술 언어는 연극성을 강조하는 데 기여하고 있다. 예를 들면 등장인물들은 몸짓과 같은 신체언어를 통해 가상의 상황을

14) P. Pavis, *Dictionnaire du théâtre, op. cit.*, p.359.

형상화해 보이기도 한다.

> 그들은 상상의 말 위에 걸터앉는다.
> 그들은 나란히 말을 타고 말안장의 움직임에 의해 흔들리고 있다.
> Ils enfourchent des chevaux imaginaires.
> Ils sont à cheval l'un à côté de l'autre, bercés par le mouvement de
> leurs montures. (p.140)

이것은 잔과 라 이르가 전쟁터에서 말을 타고 달리는 모습을 몸짓으로 재현해 보인 것이다. 잔의 회상 혹은 꿈의 한 장면처럼 그려지고 있는 이 장면은 사실적인 무대 장치나 오브제를 사용하지 않고 단지 몸짓 언어로 표현함으로써 연극성의 극대화를 이루고 연극의 허구성을 강조하며 비현실적이고 몽환적인 분위기를 더해 주고 있다. 다시 현실로 돌아올 때에는 조명의 변화가 그것을 암시해 주고 있다.

> (그녀는 기도 속에 빠져 있다. 재판정이 그녀 주위에 다시 만들어
> 지고 조명이 다시 밝아진다. 잔은 머리를 들고 그들을 보고는 꿈에
> 서 깨어나는 듯하더니 외친다.)
> 잔: 나의 라 이르! 나의 크생트라이유! 오! 마지막 말을 하지 않았는데.
> *Elle est abîmée dans sa prière. Le tribunal s'est reformé autour d'elle,*
> *la lumière est revenue. Jeanne relève la tête, les voit, semble sortir*
> *d'un rêve et s'exclame.*
> Jeanne: Mon La Hire! Mon Xaintrailles! Oh! le dernier mot n'est pas dit.
> (p.143)

라 이르와 함께 있던 잔은 조명의 변화와 함께 마치 꿈에서 깨어나듯 극중극, 즉 재판 장면으로 되돌아오는 것이다.

또한 잔이 감옥에 있을 때 시농 사람들, 즉 샤를르와 그의 애첩 아

네스 그리고 샤를르의 장모인 욜랑드 왕비를 꿈속에서 만나는 장면 역시 조명의 변화를 통해 표현된다. 조명이 변하면 시농 사람들이 무대 중앙으로 나와 잔을 만나고 다시 조명이 바뀌면서 잔이 홀로 감옥에 있는 상황을 보여 주고 있다.

> 그녀는 다시 걷기 시작한다. 보초가 그녀를 의자까지 이끌고 간다.
> 조명이 다시 바뀐다. 그녀는 이제 감옥에서 혼자이다.
> Elle se remet en marche. Le garde la conduit jusqu'à son tabouret.
> L'éclairage change encore. Elle est seule maintenant dans sa prison.
> (p.172)

한편 이 극의 무대는 중립적이고 매우 단순한 구조로 되어 있다. 무대 장치를 구성하고 있는 것은 재판정용 긴 의자, 잔을 위한 접이의자, 왕의 보좌 그리고 화형용 나뭇단이 전부이다.

> 중립적인 무대 장치. 재판정을 위한 벤치가 여러 개 있고, 잔을 위한 나지막한 의자와 보좌 그리고 나뭇단이 있다.
> Un décor neutre, des bancs pour le tribunal, un tabouret pour Jeanne,
> un trône, des fagots. (p.11)

이렇게 단순하고 중립적인 무대장치와 소도구들은 앞으로 잔의 일생을 따라 보여 줄 각각의 에피소드에 필요한 것들임을 알게 된다. 중립적인 무대장치는 하나의 무대 장치로 여러 장소를 표현해야 하는 극의 특성에 부합하고 있으며, 동시에 극중극 형태가 갖는 인위성을 더욱 강조하게 된다. 이러한 인위성은 연극적 환상을 추구하는 사실주의 연극으로부터 벗어나는 것이기도 하다.15) 이 비어 있는 무대에서 장소의 변화가 있을 때에는 단지 몇 개의 오브제를 추가하거나 혹은 조명을 바꾸거나 할 뿐이다. 예를 들면 보드리쿠르와의 면담장면에서는 테이블과 술잔이 추가되고, 시농에서 샤를르를 만나는 장면을 연출하기 위해 등장인물들은 간단한 응급수단으로 왕궁을 만든다.

> 그는 수다를 떨며 무대 가장자리에 있는 것들로 왕궁장면을 꾸미면서 무대를 점령하고 있는 시농 사람들 쪽으로 돌아선다.
> Il [Warwick] se tourne vers les gens de Chinon qui ont occupé le plateau, dressant avec les moyens du bord une petite mise en scène du palais, pendant qu'ils bavardaient. (p.67)

그런데 등장인물들이 무대장치를 변형시키며 수다를 떠는 행동은 그들이 지금 연극 놀이를 하고 있음을 노골적으로 드러내는 행위이기도 하다.

의상은 어렴풋하게 중세적이나 특별한 형태나 색깔을 추구하지는 않으며 잔은 극중 내내 운동선수의 웃옷(선수가 근육을 식히지 않기 위해 입는 웃옷)을 걸친 남장차림이라고 묘사되어 있다.

> 의상은 막연하게 중세적이지만 시대적 배경을 나타내는 형태나 색깔 추구하지는 않는다. 잔은 남장을 하고 있으며 극의 처음부터 끝까지 일종의 운동선수의 웃옷을 입고 있다.
> Les costumes sont vaguement médiévaux, mais aucune recherche de forme ou de couleur; Jeanne est habillée en homme, une sorte de survêtement d'athlète, d'un bout à l'autre de la pièce. (p.11)

---

15) "연극적 기법은 거리를 만들어 내고, 이 거리는 환경을 중립화하고 사건을 '사실적인' 우발적인 사건들로부터 해방함으로써 그것을 비개성화한다. L'artifice théâtral crée la distance, et celle-ci a pour effet de neutraliser l'environnement et de dépersonnaliser l'action en la libérant des contingences «réalistes»." Mahmoud El Cherif, *Aspects du langage dramatique chez Anouilh*, Thèse de doctorat, Paris III, 1983, p.282.

'막연하게 중세적'이고 어떤 특별한 양식을 추구하지 않는 것은 이 이야기가 특별히 중세에만 관련되는 것이 아니라 오히려 중세의 인물을 통해서 현재 우리의 이야기를 하고자 하는 작가의 의도를 엿볼 수 있다. 이 점은 아누이가 잔이라는 신화적인 인물을 매우 현대적이고 발랄한 소녀로 묘사하고 있는 이유이기도 하며, 코숑 신부가 자기 자신을 영국의 '협력자'라고 지칭하고 있는 데서도 작가가 이 인물을 통해 지난 세계 대전을 이야기하고 있다는 것을 느끼게 한다. 한편 운동선수의 웃옷 같은 잔의 의상은 잔의 어린 시절이나 보드리쿠르를 만나는 장면에는 어울리지 않는다. 잔이 남자 옷을 입는 것은 보쿨뢰르에서 시농으로 떠날 때부터이기 때문이다. 하지만 그녀의 과거를 재현하는 극이 재판정에서 하나의 진술 형태로 이루어지는 것임을 상기하면 잔의 이 복장을 이해할 수 있을 것이다.

　아누이가 이처럼 연극성을 강조한 이유는 무엇일까? 그것은 그가 사실주의 극은 인간이나 사물의 외관만을 모사(模寫)하는 것이므로 그것들의 진실에 다다르지 못한다고 생각하기 때문이며,16) 오히려 비사실주의를 통해 인간성의 진실에 도달한다고 믿기 때문이다.17) 그리하여 극중극이라는 이중적 구조를 통해 더욱 강조되는 연극성은

---

16) "거짓과 관습으로부터 출발해서 진실이 되는 것이다. 겉모습을 모방하는 데 만족하지만 사물의 본질에는 이르지 못하는 사실주의의 반대이다. Etre vrai à partir du faux et de la convention. Le contraire du réalisme, qui se contente de copier des apparences, mais n'atteint pas le fond des choses.", Christophe Mercier, *Pour saluer Jean Anouilh, op. cit.,* p.212.

17) "아누이는 '연극적 관습과 함께 연기하는 것'이 좋은 연극을 하는 것임을 깨달았다. 관습, 즉 비사실주의 뒤에 숨음으로써 우리는 인간의 진실에 닿을 수 있다. 더이상 외적 사실주의(심리, 무대장치, 일화 등)에 의해 즐거워하지 않는 것이다 Mais Anouilh a compris que c'est en *jouant avec la convention* que l'on fait du bon théâtre; en se dissimulant derrière la convention, le non-réalisme, on peut atteindre des bribes de vérité humaine. Ne plus se laisser distraire par le réalisme extérieur (psychologie, décor, anecdotes, etc.).", *ibid.,* p.206.

비극성과 희극성이 공존하는 아누이 세계의 이중성을 반영하는 것이고, 그것은 결국 선과 악, 천상적인 것과 인간적인 것이 공존하는 인간의 이중성을 반영하는 것이다.

결 론

지금까지 아누이의 『종달새』의 연극적 구조, 특히 이 작품의 기본적인 구조인 극중극 형태에 대해 살펴보았다. 그리고 이 극중극 형태의 극에서는 사건과 인물, 배우와 관객, 그리고 시간과 공간의 이중성 혹은 다중성이 존재한다는 것과 구체적으로 이러한 요소들의 이중 구조가 어떠한지 살펴보았다.

아누이는 이러한 극중극이라는 매우 연극적인 형식으로 잔 다르크라는 역사적이고 신화적인 인물을 다룸으로써 그가 작품을 통해 이야기하는 것은 역사적 사실을 그대로 재현하는 것이 아니라 그의 주관에 따라 재구성하였음을 이야기하고자 한다. 그렇기 때문에 아누이의 잔은 전통적인 잔의 이미지와 매우 다르며, 그 외 보드리쿠르나 코숑 주교와 같은 인물들의 성격도 실제와는 다르게 묘사된 이유이기도 하다. 등장인물들의 연극놀이를 통해 재구성된 잔 다르크 이야기는 작가 아누이가 이 인물에 대해 품고 있는 주관적인 이미지의 산물인 것이다.

이러한 극중극의 이중 구조는 궁극적으로 연극성의 고양에 이르게 되고 사실주의 극에서처럼 극적 환상을 유발하기보다는 오히려 관객으로 하여금 연극을 보고 있다는 것을 인식하게 한다. 브레히트가 소외효과를 통해서 관객의 비판정신이 극이 진행되는 가운데도 항상 살아 있기를 바랐다면, 아누이가 연극성의 극대화를 통해 의도했던 것은 결국 이 세상은 하나의 무대이고 인간들은 배우이며 인생은 한 바탕의 꿈에 불과하다는 이야기를 하려는 것이 아닐까?18) 이렇게 연극의 메커니즘을 의식적으로 인식시키는 수법을 통해 아누이는 인간 역시 각자의 가면을 쓰고 자신의 역할을 한다는 것을 말하고자 하는 것으로 보인다. 극중 코숑 주교가 말한 것처럼 인간은 각자 자신의 역을 '연기'할 뿐인 것이다.

요컨대 이러한 극 구조의 이중성은 아누이의 극에서 종종 발견되는 비극성과 희극성, 그리고 선과 악이 공존하는 인간의 이중성과도 상통하는 것이며, 이러한 인간들의 활동 무대라고 할 수 있는 세계의 이중성과도 일치하는 것이다. 이 작품은 궁극적으로 역사적인 인물 잔을 통해서 아누이의 인간관과 세계관을 반영하는 것이며, 극 구조의 이중성은 인간 및 세계의 이중성에 도달하고 있는 것이다.

---

18) 아누이의 또 다른 작품인 『도둑들의 무도회Le Bal des voleurs』에 대한 크리스토프 메르시에의 관찰은 우리의 생각을 뒷받침해 준다: "이 작품의 의미는 형식 그 자체로부터 온다. Le sens de la pièce vient de sa forme même (vie comme théâtre).", *ibid.*, p.189.

참고문헌

Jean ANOUILH, *L'Alouette*, Paris, La Table Ronde, 1953, coll. folio.

_____, *Antigone*, Paris, La Table Ronde, 1946.

_____, *En Marge du théâtre. Articles, préfaces, etc.* / textes réunis et annotés par Efrin Knight, Paris, La Table Ronde, 2000.

Giulia CAPOLINO, *Le Personnage de Jeanne d'Arc dans le théâtre de Claudel et d'Anouilh*, mémoire de maîtrise, Roma, Istituto Universitario Fareggiato di Magistero, 1988/1989.

Mahmoud El CHERIF, *Aspects du langage dramatique chez Anouilh*, Thèse de doctorat, Paris III, 1983.

Elie de COMMINGES, *Anouilh, littérature et politique*, Paris, Nizet, 1977.

Georges FORESTIER, *Le Théâtre dans le théâtre*, Genève, Droz, 1996.

Hansjürgen LINKE, "L'espace et le temps", in *Les Critiques de notre temps et Anouilh*, v. 20, Paris, Garnier, 1977, pp.46~49.

Christophe MERCIER, *Pour saluer Jean Anouilh*, Bartillat, 1995.

Jules MICHELET, *Jeanne d'Arc*, Paris, Gallimard, 1974.

Elpida PASCHALIDOU, *Espace et temps. L'inventiion dramaturgique dans deux pièces d'Anouilh: L'Alouette et La Grotte*, mémoire de maîtrise, Paris III, 1991.

Patrice PAVIS, *Dictionnaire du théâtre*, Paris, Dunod, 1996.

Régine PERNOUD, *Jeanne d'Arc par elle-même et par ses témoins*, Paris, Seuil, 1962, coll. Livre de vie.

정을미, 「Le thème du Temps chez Anouilh」, 『불어불문학연구』, 제21집, 1986, pp.405~416.

Part 02

폴 클로델의 『화형대의 잔 다르크
Jeanne d'Arc au bûcher』

작가소개 ● ● ●

폴 클로델(Paul Claudel, 1868~1955)

　가톨릭 작가라고 일컬어지는 폴 클로델(1868~1955)은 18살 때 두 가지 결정적인 시험을 겪게 된다. 하나는 랭보의 시를 읽게 된 것이고 다른 하나는 크리스마스 날 파리의 노트르담 성당에서 일종의 계시를 받은 것이다. 이후 4년 동안 그는 신앙인으로서 그리고 극작가로서 고통스럽게 태어나게 된다. 20세에 그는 벌써 그의 첫 대작이라고 할 수 있는 『황금 머리Tête d'or』를 쓰는데 여기에는 시와 폭력이 함께 섞여 있어 메테르링크는 기적이라고 외치며 이 아이의 무서운 천재성에 경의를 표한다. 같은 시기에 클로델은 대사관 시험에 일등으로 합격한다. 그리하여 그는 시인이자 대사가 된다.

　말라르메의 살롱을 드나들며 상징주의의 분위기에 젖어 있었을 뿐만 아니라 아이스킬로스와 셰익스피어에 흠뻑 빠져 있던 클로델은 세 개의 대작, 즉 『황금 머리』, 『소녀 비올렌느La jeune Fille Violaine』, 『도시La Ville』를 쓰고 극작 형태를 확립하게 된다. 즉 상징적인 인물들, 공간적 배경의 고의적인 불명확함, 서사적인 이야기, 역사에 대한 구체적 언급의 부재, 물리적인 현실, 자연과 농부의 삶에 대한 즉각적인 시적 관계 등이다. 이야기는 한 주인공에 집중될 수도 있고 『도시』에서처럼 집단에 분산되어 있을 수도 있다. 클로델은 한 가지 도구를 만들어 내는데 그것은 바로 시구(verset)라고 하는 단어들의 집합체로서 그 끝은 통사적인 휴지가 아니라 의미와 소리의 변주에 의해 특징지어진다. 이것은 또한 배우의 호흡과 밀접하게 연결되어 있다.

　1893년 클로델은 뉴욕의 부영사로 임명되고 이어 보스턴에서 『교환L'Echange』을 쓴다. 이 작품은 경제적, 재정적으로 큰 도약을 하는 19세기 미국에 대한 상징적이고 구체적인 조망이라고 할 수 있다. 1895년 다시 상하이 영사였던 푸 체우(Fou-Chéou)의 부영사로 임명된 그는 역사 깊은 중국의 멋과 서구 식민화의 그로테스크한 공포를 동시에 경험하게 되고, 1900년에는 로즈 베츠(Rose Vetch)라는 여인을 열정적으로 사랑하게 된다. 이 여인이 떠나자 절망에 사로잡힌 클로델은 『정오의 분할』을 쓰게 되는데 이 작품은 이 여인과의 사랑을 옮겨 놓은 자서전적인 작품이다. 그 후 결혼을 한 클로델은 부인과 함께 다시 중국으로 돌아와 한동안 연극에서 손을 뗀다.

　1908년부터 클로델은 다시 연극으로 돌아와 19세기 사회를 그린 삼부작 『포로L'Otage』, 『딱딱한 빵Le Pain dur』, 『모욕당한 아버지Le Père humilié』를 쓴다. 이것은 왕정복고와 7월 왕정 시기에 대해, 늙은 귀족계급과 승승장구하는 부르주아 계급의 결합, 극단적인 이익의 대립, 비기독교화, 식민지화의 모험 등을 잔인할 정도로 사실적으로 그리고 있는 작품들이다. 그는 중심적이고도 풀리지 않는 질문을 던진다. 즉 이 사회에서의 정신적인 것의 생존이다.

이 시기에 그는 『소녀 비올렌느』의 세 번째 버전을 쓰게 되는데 그것이 『마리아에게 고함 L'Annonce faite à Marie』이다. 이것은 처음으로 공연이 된 작품이기도 하다. 1913년 클로델은 그로테스크한 소극 『프로테Protée』를 쓴다.

1917년 클로델은 리오 데 자네이로에 전권공사로 임명된다. 그는 로즈 베츠의 소식을 듣게 되고 전쟁 말기에 그녀를 다시 만나게 된다. 1921년 일본 대사로 임명되고 거기서 그는 전쟁의 경험, 브라질에서 일본에 이르는 범지구적인 경험을 토대로 그의 대표작인 『비단신Le Soulier de satin』을 쓰게 된다. 전작을 공연하는데 12시간이 걸리는 이 극을 비테즈가 1987년 아비뇽에서 공연한 바 있다. 주인공 로드리그는 미국의 정복자이나 일본에서 부상을 당하고 그를 사랑하는 여인을 원하면서 인생을 보낸다. 하지만 이 여인은 그를 의도적으로 피한다. 이 기념비적인 작품은 비극과 그로테스크함을, 상징과 역사를 결합하고 있다.

『비단신』 이후에 클로델은 『크리스토프 콜럼부스의 책Le Livre de Christophe Colombe』, 『지혜의 향연Le Festin de sagesse』, 『화형대의 잔 다르크』, 『토비와 사라 이야기L'Histoire de Tobie et de Sara』와 같이 오라토리오에 가까운 작품만을 쓴다. 후에는 성경의 주석에 몰두한다. 조르주 피토예프가 『교환』(1937)을, 장 루이 바로가 『비단신』(1943), 『정오의 분할』(1947), 『황금 머리』(1962)를 연속적으로 공연하여 클로델에게 있는 20세기 프랑스 연극의 천재성을 보여 주게 된다. 비테즈는 『정오의 분할』(1976), 『교환』(1986), 『비단신』(1987)으로 클로델 작품을 다시 공연한다.

클로델의 연극은 서구의 전통과 관련하여 볼 때 새롭고도 엉뚱하다. 공간의 간소함, 장면의 불연속성, 불가능한 것과 냉소가 깃든 의도적인 연기, 많은 등장인물, 열정적이면서도 동시에 종교적인 숭고에 의거하기, 서정의 힘, 충격적인 무대 이미지라는 특징을 지니고 있기 때문이다. 클로델은 만들어야 할 무대 및 이야기의 서사적인 확대와 주인공의 고독 사이의 커다란 충돌과 모순에 대한 탁월한 감각을 소유하고 있는 작가이다.

서 론[1]

클로델의 음악극[2] 중 하나인『화형대의 잔 다르크Jeanne d'Arc au bûcher』(1934)는 처음 이다 루빈스타인(Ida Rubinstein)[3]의 제안에 의해 탄생하였다. 1933년 귀스타브 코엔(G. Cohen)이 이끄는 소르본 학생들이 중세의 성사극(Mystère)인『아담과 이브 극Le Jeu d'Adam et d'Eve』을 공연하는 것을 본 이다 루빈스타인은 잔 다르크를 소재로 한 성사극을 공연하고 싶다는 생각을 하게 되고 클로델에게 작품을 써 줄 것을 부탁한다. 그러나 클로델은『마리아에게 고함』(1912)에서 이미 잔 다르크에 대해 언급한 사실이 있었음에도 불구하고, "금을 도금하고 백합을 표백할 수 없다."[4]며 이다의 청을 거절한다. 그런데

---

1) 『불어불문학연구』, 제58집, 2004년 여름, pp.265~292.

2) 클로델의 음악극으로는 『비단신』, 『크리스토프 콜럼부스의 책』, 『지혜의 향연』, 『사자들의 춤』, 『토비와 사라 이야기』 등이 있다.

3) 유대계 러시아의 무용수이자 배우로서 1888년 차르코프 태생. 디아길레프가 이끄는 러시아 발레단원이기도 했던 그는 곧 자신의 극단을 설립하여 활동하였다.

브뤼셀로 가는 열차 안에서 묶인 손이 성호를 그리는 환상을 본 뒤 극을 쓰기 시작하여 보름 후에는 완성된 작품을 오네게르(A. Honegger) 에게 읽어 주게 되고 그 후 10개월 뒤인 1935년 말에 오네게르는 음악을 완성하게 된다. 1934년에 초고가 쓰인 이 작품은 10년 뒤인 1944년에 프롤로그가 첨가됨으로써 최종적인 형태를 띠게 된다. 전쟁과 독일 점령기를 경험한 뒤 첨가된 이 프롤로그에는 암울한 시대적 배경이 창세전의 혼돈에 비유되고 있다.

클로델이 극본을 쓰고 오네게르가 음악을 만든 이 음악극(oratorio dramatique)은 음악적인 요소와 극적인 요소를 모두 갖추고 있어서 콘서트홀에서 음악만으로도 공연이 가능하고 무대 위에서의 공연도 가능하다.5) 이 작품의 초연은 1938년 5월 12일 스위스 바알에서 독일어로 공연되었으며 이다 루빈스타인이 잔 다르크 역을 맡고 폴 사쉐(Paul Sacher)가 바알 오케스트라를 지휘하였다. 프랑스에서는 1939년 5월 6일 오를레앙 시립극장에서 초연되었으며 이어 6월에는 파리의 샤이오 극장에서 같은 지휘자와 배우들로 공연되었다. 그리고 1950년 12월 18일에는 파리의 오페라 극장에서 공연되었다.

이 극에서 가톨릭 작가인 클로델은 그가 스스로 고백하고 있듯이 잔 다르크라는 인물의 영웅적인 면보다는 기독교 성녀의 모습을 더 강조하고 있다.6) 클로델의 잔은 신이 부여한 소명에 죽기까지 복종

---

4) "On ne peut pas dorer l'or; on ne peut blanchir les lys", P. Claudel, *Oeuvres complètes*, t. XIV, Gallimard, 1958, Bibliothèque de la Pléiade, p.280; voir aussi Arthur Honegger, "Quand j'écrivais *Jeanne au bûcher*", in *Programme-texte de l'Opéra de Bastille*, 1992, pp.94~98.

5) 이 작품의 공연 목록은 부록 참조.

6) "잔 자신에 대해 말하자면, 내가 그리고자 한 것은 하층민인 농부도 아니고 역사적인 영웅도 아니다. 그것은 영광에 이른 성녀 잔이다. Quant à Jeanne elle-même, ce n'est pas la petite paysanne ni l'héroïne historique que j'ai essayé de représenter. C'est sainte Jeanne parvenue à l'auréole.", P. Claudel,

하는 신앙심 깊은 여성이면서 자신을 화형에 처하는 자들까지 용서하는 사랑의 화신이다. 그래서 이 극에서는 잔의 전투장면은 생략된 반면 미움을 사랑으로 승화시키는 그녀의 덕성이 강조되고 있다. 그외에도 잔은 모든 희망을 잃어버린 시절에 프랑스인들에게 커다란 용기를 주었던 여성으로 구현되어 있다.

이 작품의 구성은 화형대에서 잔이 자신의 과거를 마치 꿈속에서처럼 회상하는 형식으로 되어 있다.[7] 마치 태초에 신이 세상을 창조할 때처럼 극의 첫 장면은 완전한 어둠 속에서 시작한다. 이 어둠 속에서 잔이 화형대에 묶여 있는 가운데 개 짖는 소리와 울음소리 그리고 트리마조를 부르는 노래 소리와 밤꾀꼬리 소리가 들리고 이어 도미니크 신부가 잔을 부르는 소리가 들린다. 신부가 들고 있는 책에는 루앙에서 동레미까지의 잔의 일생이 기록되어 있는데 특이한 점은 그것을 거꾸로 회상하는 형식으로 기록되어있다는 것이다. 즉 루앙의 화형대로부터 잔의 재판 장면, 프랑스와 영국 그리고 부르고뉴 사이의 정치적 게임을 상징하는 카드놀이, 샤를르 7세의 대관식을 상징하는 외르트비즈(Heurtebise)와 주모(la Mère aux tonneaux)의 노래, 잔의 칼에 대한 이야기, 어린 시절 순서로 기록되어 있다. 이처럼 거꾸로 된 구조에 대한 이유를 작가는 죽어 가는 사람들은 자신의 지난 삶이 한순간 스쳐 지나가는 것을 보게 되며, 또 하느님이 하늘나라에 잔을 받아들이기 전 그녀로 하여금 화형대의 높은 곳에서 자신의 삶을 한

Théâtre, t. II, Gallimard, 1965, Bibliothèque de la Pléiade, p.1527.

7) 이것은 클로델의 또 다른 음악극인 『크리스토프 콜럼부스의 책』(1929)의 구조와 유사하다. 이 극에서도 주인공의 과거가 기록된 "책Livre"이 등장하며 그 책의 내용이 극중극처럼 주인공의 눈앞에서 재현된다. 이외에도 이 극이 음악극으로 되어 있는 점, 장기판 위에서 춤을 추는 네 명의 부인들(질투l'Envie, 무지 l'Ignorance, 허영심la Vanité, 인색l'Avarice) 그리고 '사랑의 사슬chaînes de l'amour'이라는 동일한 상징이 등장하는 것 등 유사점을 많이 발견할 수 있다.

페이지씩 뒤돌아보게 할 것이기 때문이라고 설명한다.8) 마지막 장면
은 다시 루앙의 화형대로서 현실로 돌아온 잔은 도미니크 신부가 이
제 더 이상 그곳에 없음을 발견하게 된다. 이처럼 마지막 장면이 다
시 처음 장면으로 돌아감으로써 이 극은 전체적으로 원형의 구조를
이루고 있다.

한편 잔의 일생 중 클로델이 특별히 화형대의 잔을 선택한 이유는
첫째, 마치 그리스도가 그의 십자가와 분리될 수 없는 것처럼 잔 다
르크 역시 그녀의 순교와 성화의 도구인 화형대와 분리될 수 없다고
보기 때문이다.9) 둘째, 클로델은 잔의 인생의 절정을 그녀의 죽음, 즉
루앙에서의 화형대라고 보기 때문이다.10) 그리스도가 죽음을 통해

---

8) "사람들은 죽어 가는 이들이 그들의 선고를 앞둔 이 짧은 순간에 그들의 지난 삶의 모든 사건들의 그림이
    섬광처럼 펼쳐지는 것을 보게 된다고 말한다. On dit que les mourants voient en un éclair, dans cette
    minute qui précède leur sentence, se dérouler le tableau de tous les événements de leur vie passée.",
    P. Claudel, *Théâtre*, t. II, *op. cit.*, p.1518; "우리는 천지의 주재이신 아버지께서 모든 눈물이 닦여지는 이
    장소에 그녀를 받아들이기 전에 그녀에게 화형대의 높은 곳에서 또, 내가 이렇게 말할 수 있다면, 스스로가
    타는 그 빛 속에서 루앙에서 동레미에 이르기까지 자신의 삶의 모든 역사를 한 장씩 한 장씩 거꾸로 다시
    읽는 것을 허락하신다고 상상할 수 있다. 그리고 그녀가 하나의 불꽃인 비명 속에서 지고의 '예'를 발설하
    는 것은 그녀에게 맡겨진 사명을 완수했다는 의식 속에서이다. On peut même imaginer que le souverain
    Père, avant de l'admettre en ce lieu où toutes les larmes sont essuyées, lui permet, du haut du
    bûcher et à la lumière, si je puis dire, de sa propre combustion, de relire page à page et comme à
    rebours toute l'histoire de sa vie, depuis Rouen jusqu'à Domrémy, et c'est dans la conscience
    pleinement réalisée de la mission qui lui était confiée que, dans un cri qui est une flamme, elle exhale
    le oui suprême.", Claudel, «Un dithyrambe: *Jeanne d'Arc au bûcher*», in *Mes idées sur le théâtre*,
    Gallimard, 1966, p.158.

9) "그리스도가 십자가로부터 분리될 수 없는 것처럼 잔 다르크도 그녀의 수난과 순교와 성화의 도구로부터
    분리되어서는 안 되었다. Pas plus que le Christ ne peut être séparé de la croix, il ne fallait pas que
    Jeanne d'Arc fût séparée de l'instrument de sa passion, de son martyre et de sa sanctification,
    c'est-à-dire de son bûcher.", "Conférence sur «Jeanne d'Arc au bûcher»", Claudel, *Théâtre*, t. II, *op.
    cit.*, p.1518; «Un dithyrambe: *Jeanne d'Arc au bûcher*», in Claudel, *Mes idées sur le théâtre*,
    Gallimard, 1966, p.157.

10) "잔의 삶의 정점은 죽음이며 루앙의 화형대이다. 내가 이다 루빈스타인 부인을 위해 오네게르와 합작하여
    쓴 이 극에서 잔이 그녀를 이끈 모든 일련의 사건들을 가장 최근의 것부터 가장 멀리 있는 것에 이르기까
    지, 그녀의 소명과 사명의 완수로부터 그것의 근원에 이르기까지 상고하는 것은 바로 이 정점에서이다.
    [……] 십자가로밖에 서명할 줄을 모르던 이 보잘것없는 무식한 농부는 그럼에도 불구하고 피와 금으로
    된 글씨로 한 권의 책을 썼고 이 책을 그녀가 맨 처음으로 바라본 것은 정당한 일이었다. Le sommet de
    la vie de Jeanne d'Arc, c'est sa mort, c'est le bûcher de Rouen. C'est de ce sommet, dans le

영광을 받은 것처럼 잔 역시 죽음에 의해 그녀의 이름이 영원할 수 있다고 생각하는 것이다.[11] 이것은 아누이가 그의 『종달새』에서 샤를르 7세의 대관식을 극의 대미로 장식한 것과는 대조적이다.

　이 극의 극작법의 또 다른 특징은 그것이 대립적인 구조를 띠고 있다는 것이다. 예를 들면 등장인물에 있어서 '선악'의 구분이 뚜렷하며 목소리들에 있어서도 잔을 비난하는 측과 옹호하는 측으로 나누어진다. 즉 '천상의 목소리'와 '지상의 목소리'가 대립하며, 사랑과 선의 화신이라고 할 수 있는 잔과 그녀를 이단자로 몰아 화형에 처하는 당시의 종교인들 및 신학자들이 대립한다. 이러한 대립구조는 결국 성녀로서의 잔의 모습을 부각시키는 역할을 하고 있다. 마치 어둠이 짙을 때 빛이 더욱 밝게 여겨지는 것과 같다. 이것은 또한 본래 작가의 의도가 성녀로서의 잔을 그리고자 한 것과도 상응하는 것이다. 그리하여 본고에서는 '천상의 목소리와 지상의 목소리' 그리고 '선과 악'이라는 대립구조를 통해서 클로델이 그리고 있는 잔 다르크의 이미지를 연구해 보고자 한다.

---

drame que j'ai écrit pour Mme Ida Rubinstein avec la collaboration de Honegger, qu'elle envisage toute la série des événements qui l'y ont conduite, depuis les plus proches jusqu'aux plus lointains, depuis la consommation jusqu'à l'origine de sa vocation et de sa mission. [……] Cette petite paysanne ignorante qui ne savait signer que d'une croix, tout de même en lettres de sang et d'or, elle a écrit un livre, et ce livre il était juste qu'elle fût la première à y porter les yeux.", P. Claudel, *Théâtre*, t. II, *op. cit.*, pp.1514~1515.

11) 티에리 몰니에(Thierry Maulnier) 역시 잔의 죽음을 그녀의 승리라고 본다: "잔은 갑자기 최상의 분발의 근원을 발견하고, 자신을 전적으로 재발견하고, 되찾고, 그녀가 전에 버린 소중한 것 즉, 그녀의 죽음인 이 승리를 되찾기 위해 불꽃 가운데로 온다. Jeanne découvre soudain les ressources du sursaut suprême, se retrouve tout entière, se reconquiert tout entière, et vient au milieu des flammes reprendre ce bien qu'elle y avait abandonnée, cette victoire qui est sa mort.", *Jeanne et les Juges, Un procès d'abjuration*, Paris, Gallimard, 1951, p.37; cité par Marco Markovic, in *L'Astrolabe*, nº 70, 1982-III, p.26.

1. 천상의 목소리와 지상의 목소리

1) 천상의 목소리

잔 다르크가 평범한 시골 소녀에서 역사적이고 신화적인 인물이 된 시초는 그녀가 13세 때부터 들었다고 주장하는 천상의 목소리 때문이다. 그녀의 주장에 의하면 이 목소리의 주인공들은 미가엘 천사, 마르그리트와 카트린 성녀로서 잔에게 교회에 자주 가라고 하였고 후에는 오를레앙을 구하고 렝스에서 샤를르 7세의 대관식을 거행해야 한다고 말했다고 한다. 이러한 잔의 고백은 그녀의 생존 시부터 지금까지 많은 역사학자나 작가들에 의해 끊임없이 논의되고 있는 것이 사실이며 미슐레와 같은 역사학자는 인본주의적 시각에서 그 목소리를 애국심에 불타는 잔의 환청으로 여겼으며,12) 계몽주의자인 볼테르는 잔을 스스로 영감을 받았다고 생각하는 '멍청이idiote'이며 정치적인 희생물이라고 여긴다.13) 반면 잔은 죽음을 피하기 위해 일시적으로 이 사실을 부인한 때를 제외하고는 계속해서 그녀가 하늘의 음성을 들었다고 주장하였다.

클로델은 천상의 목소리를 들었다는 잔의 주장대로 카트린과 마르

---

12) "자신의 마음의 목소리와 하늘의 목소리를 혼동한 열두 살의 어린아이, 아주 어린 소녀 Une enfant de douze ans, une toute jeune fille, confondant la voix de son coeur avec la voix du ciel", Jules Michelet, *Jeanne d'Arc*, Paris, Gallimard, 1974, p.37.

13) "역사에 대해 말하고자 한다면 역사를 공부해야 하듯이 공부 좀 하시오, 노노트. 더 이상 잔 다르크를 영감을 받은 사람으로 만들지 말고 영감을 받았다고 믿는 대담한 바보로, 그에게 사람들이 큰 역할을 연기하게 한 시골 마을의 영웅, 종교재판관들과 학자들이 가장 비겁한 잔인함으로써 화형시킨 선량한 처녀라고 하시오. Apprends, Nonnotte, comme il faut étudier l'histoire quand on ose en parler. Ne fais plus de Jeanne d'Arc une inspirée, mais une idiote hardie qui se croyait inspirée; une héroïne de village, à qui on fit jouer un grand rôle; une brave fille que des inquisiteurs et des docteurs firent brûler avec la plus lâche cruauté.", cité par François Bessire, "De l'épopée burlesque à l'Histoire: la Jeanne d'Arc de Voltaire", in *Images de Jeanne d'Arc*, Paris, P.U.F., 2000, p.195.

그리트 성녀를 등장시키고 있으며 이 외에도 도미니크 신부와 동정
녀 마리아를 등장시키고 있다. 우선 도미니크 신부는 어둠 속에서 화
형대에 묶여 있는 잔에게 나타나 천사들이 하늘에서 기록한 그녀에
대한 책을 읽어 줌으로써 잔이 자신의 일생을 되돌아보게 하는 역할
을 한다. 카트린과 마르그리트 성녀는 7장에 등장하는데 이 장면은
잔이 자신의 과거를 돌아보다가 잠시 화형대의 현실로 돌아온 상황
이다. 이때 카트린 성녀는 성경의 시편 130편 "깊은 곳으로부터*De
Profundis*"와 시편 22편 "나를 구하소서*Libera me*"를 읊으며 심한 곤
경에 처한 잔의 형편을 대변하고, 마르그리트 성녀는 "아버지 어머니
Papa Maman"를 읊으며 예수와 마리아에 대한 소망을 표현한다. 잔은
이 목소리들이 예전에 고향 동레미에서 들었던 목소리임을 알아보고
그 당시 풀밭에서 놀던 어린 소녀가 너무 놀라 가지고 온 빵을 먹는 것
도 잊어버렸던 것을 기억한다. 자신에게 가라고 외치는("Va! va! va!"),
프랑스 왕을 이끌고 가라고 외치는("Ramène le Roi de France!") 그 목
소리들을 들으며 잔은 마치 그 시절을 다시 사는 듯이 자신이 왕을 데
리고 가고 있다고 현재형으로 대답한다("Je ramène mon gentil Roi!").
이로써 사건은 현재에서 과거로 자연스럽게 오버랩되어 왕의 대관식
장면으로 이어진다. 한편 동정녀 마리아는 마지막 11장에서 곧 화형대
의 불꽃에 스러져 갈 잔을 격려하며 그녀가 혼자가 아님을 말해 준다.
그리고 그녀의 영혼을 해방시킬 그 불꽃에 자신을 맡기라고 권고한다.

2) 지상의 목소리

3장의 서두에서 도미니크 신부가 읽어 주는 책의 내용은 우선 잔

을 이단자, 마녀, 다시 이단에 빠진 자(relapse) 혹은 신과 왕과 백성의 적으로 정죄하는 내용이다. 이것은 다시 코러스에 의해 되풀이되는데 그것은 주로 잔을 재판하던 성직자들과 파리 대학의 학자들 및 그들에 동조했던 대중들을 대변하는 것으로 작가는 이것을 지상의 목소리라고 이름 붙이고 있다. 도미니크 신부가 이들 지상의 목소리를 들어 보라고 잔을 초대하자 코러스의 최저음 베이스 가수는 잔을 신접한 자, 즉 마귀의 사주를 받은 자라고 고발한다.

> Frère Dominique: Tu as entendu les voix du Ciel et Maintenant écoute en bas ce qu'ils ont fait — écoute ce qu'ils en ont retenu. Ecoute les voix de la terre!
> Basse Profonde, *à la Bach*: Mulier spiritum pythonis habens, anima quae declinaverit ad magos et ariolos et fornicata fuerit cum eis……[14]
> Le Choeur, *violemment*: Joanna!
> Basse profonde, *de même*.: Ponam — ponam — ponam faciem meam contra eam et interficiam eam de medio populi mei![15]
> [……]
> Le Choeur: Comburatur igne![16](3장, p.1220)[17]

베이스 가수의 라틴어 대사는 성경의 사무엘상 28장 7절에서 사울이 신접한 여인을 찾아가 자신의 미래를 알고자 하였던 일과 사도행전 16장 16절에서 점으로 그 주인들을 크게 이롭게 한 여종의 이야기

---

14) 라틴어 대사의 의미는 다음과 같다: "점치는 영을 지닌 여자, 그들과 간음하기 위해 박수와 술객들에게 묻는 자들 La femme à l'esprit divinateur, celui qui s'adressera aux magiciens et aux devins pour forniquer avec eux". 참고로 라틴어 번역은 *Programme-texte de l'Opéra de Bastille*(1992)에 실린 Arnaud Rykner의 주석을 인용하였음을 밝힌다.

15) "내가 그에게서 돌이키고 그를 내 백성에서 제하리라. Je me tournerai contre lui et je le retrancherai du milieu de mon peuple."

16) "불이 저 여자를 태워 버리기를! Que le feu la consume!"

17) 인용된 쪽수는 P. Claudel, *Théâtre*, t. II, Gallimard, 1965, Bibliothèque de la Pléiade에 근거한 것임.

에 근거한 것으로서 잔을 이와 같이 신접한 자나 점하는 자와 동일시하고 있다. 베이스 가수의 두 번째 대사는 레위기 20장 6절의 구절, 즉 "음란하듯 신접한 자와 박수를 추종하는 자에게는 내가 진노하여 그를 그 백성 중에서 끊으리니"를 인용하며 신접한 자가 받을 진노에 대하여 말하고 있다. 결국 코러스는 잔을 불에 태워 죽일 것을 요구한다.

이와 같이 이 극에서는 잔에게 하늘의 명을 전하고 또 그녀를 위로하는 성자들의 목소리인 천상의 목소리와 잔을 비난하는 재판관들과 코러스가 구현하는 일반 대중들의 목소리인 지상의 목소리가 대립하고 있다. 이 코러스의 성격은 그러나 고정되어 있지 않고 극의 전개에 따라 잔을 비난하는 목소리가 되기도 하고 옹호하는 목소리가 되기도 한다.

2. 선과 악

이 극에서 클로델은 선의 화신과도 같은 잔과 무고한 자를 죽음에 처하는 재판관들을 짐승으로 대립시키고 있다. 이것은 전형적인 선과 악의 대립으로서 지나치게 이분법적이기까지 하다.[18] 아누이가 그의 『종달새』에서 코숑 주교와 마르텡 라드브뉘(Martin Ladvenu) 신부를 호의적인 시각으로 그리고 있는 것과는 달리 클로델은 잔의 재판에 참여했던 성직자들과 고위 관료들을 모두 잔의 적으로 묘사하고 있다. 이 극에 묘사된 잔과 재판관들의 대조적인 이미지는 다음과 같다.

---

18) 이것은 또한 『마리아에게 고함』에서 비올렌느(Violaine)와 마라(Mara)가 선악의 극단적인 인물로 그려진 것과 같다.

1) 선의 화신으로서의 잔

잔은 항상 긍정적인 이미지로 나타나고 있다. 그것은 성모 마리아
와 같은 성처녀의 이미지로부터 믿음과 소망과 사랑이라는 기독교적
덕성을 실천하는 성녀의 이미지, 프랑스의 희망이 되는 불꽃과도 같
은 존재, 그리고 자신을 희생하여 인류를 구원한 그리스도의 모습에
까지 이르고 있다.

(1) 성처녀의 이미지

잔 다르크는 그녀의 완전한 이름보다는 '동정녀 잔Jeanne la pucelle'
혹은 '오를레앙의 처녀la Pucelle d'Orléans'와 같이 그녀의 순결을 강조
하는 칭호로 불리고 있다. 순결은 신에 대한 전적인 헌신의 표시로서
잔 다르크는 처음으로 하늘의 목소리를 들었을 때 자신의 처녀성을
가능한 한 오랫동안 보존할 것을 약속했다고 한다.[19] 클로델 역시 이
점을 부각시키고 있어서 잔을 동정녀 마리아(la Vierge)와 비교한다.

> 코러스의 반: 성녀 잔! 처녀 잔! 동정녀 잔!
> Demi-Choeur: Jeanne la Sainte! Jeanne la Vierge! Jeanne la Pucelle!

사실 중세에 마리아가 그리스도보다 더 숭배의 대상이었다는 사실
은 처녀 잔에 대한 대중들의 열광을 설명해 주는 것이기도 하다.[20]

---

19) "잔: 내가 처음으로 목소리를 들었을 때 난 그것이 하느님을 기쁘시게 하는 한 오랫동안 처녀성을 간직하
기로 약속했어요. 그것은 내가 약 열 세살 무렵이었어요. Jeanne: La première fois que j'ai entendu la
voix, j'ai promis de conserver ma virginité aussi longtemps qu'il plairait à Dieu, et c'était à l'âge de
treize ans environ.", Régine Pernoud, *Jeanne d'Arc par elle-même et par ses témoins*, Paris, Seuil,
1962, coll. Livre de vie, pp.23~24.

이 극의 마지막 화형장면에 등장하는 마리아는 잔이 순결한 불꽃임을 말하며 자신이 그녀를 받아들인다고 선포한다.

잔의 순결함과 순진한 모습은 친구들과 트리마조를 부르는 어린 소녀의 모습에서도 볼 수 있다. 트리마조(trimazô)는 원래 로렌 지방에서 5월에 어린 소녀들이 흰옷을 입고 집집마다 돌며 부르던 노래로서 소녀들은 이렇게 해서 모은 계란이나 돈으로 성모 마리아의 제단을 장식하였다고 한다. 고향 동레미에서의 잔의 어린 시절을 상기시키는 이 노래는 어린 아이들의 순수함과 평화로움 그리고 마리아에 대한 숭배사상을 전해 주고 있다.

(2) 기독교적 성녀의 이미지

앞에서도 언급한 바 있지만 클로델은 이 극에서 잔을 무엇보다도 기독교적 성녀로 묘사하고 있다. 잔의 성녀다움은 특히 신이 부여한 소명에 죽기까지 충성하는 모습에서 그리고 미움을 사랑으로 승화시키는 행동에서 나타나고 있다. 그런데 주인공의 이러한 이미지는 오브제들의 상징적 의미를 통해 잘 드러나고 있다. 오브제들은 종종 이중의 의미를 띠고 있고 이 이중의 의미는 서로 대립하여 결국 역설적이 된다. 우선 잔이 묶여 있는 화형대는 일차적으로는 그녀를 죽음에 이르게 하는 도구지만, 작가의 설명에 의하면 신앙의 상징이기도 하다.[21]

---

20) "이 시대의 하느님은 그리스도보다도 성모 마리아였다. 지상에 내려온 성모, 민중적이고, 젊고, 아름답고, 온화하며, 대담한 성모가 필요했던 것이다. Le Dieu de cet âge, c'était la vierge bien plus que le Christ. Il fallait la Vierge descendue sur terre, une vierge populaire, jeune, belle, douce, hardie.", J. Michelet, *Jeanne d'Arc, op. cit.*, p.64.

21) 이것은 『비단신』에서 난파당한 예수회 신부가 몸을 의지하고 있는 돛대의 기둥이 십자가를 상징하는 것과 같다. "알리는 자: [……] 커다란 돛대의 한 부분에 당신들이 보다시피 몹시 키가 크고 마른 예수회 신부가 묶여 있습니다. 수단은 찢어져서 맨 어깨를 드러내고 있지요. 그가 이렇게 말합니다: '주여, 절 이렇게 묶어 놓아 주셔서 감사합니다……' 자, 이제 그가 말할 것입니다. 잘 들으세요. 기침도 하지 마시고, 좀 이해하려고

마치 그녀가 화형대에 단단히 묶여 있듯이 잔은 그녀의 신앙에, 부동의 확신 속에 깊게 뿌리박고 있는 것이다. 잔이 화형을 당하는 것도 결국은 그녀가 자신의 신앙에, 신이 부여한 소명에 충실했기 때문이다.

> 잔은 신앙을 나타내는 기둥에 묶여 있다. 그녀는 부동의 확신 속에 깊이 뿌리박고 있다. 잔은 그것과 신앙과 하나가 될 뿐이다.
> Jeanne est attachée à son poteau qui représente la Foi. Elle est enracinée à une certitude immuable. Elle ne fait plus qu'un avec elle.[22]

또한 잔을 묶고 있는 사슬 역시 일차적으로는 그녀를 구속하는 물건이지만 궁극적으로는 사랑의 사슬이다.

> 잔: 사랑의 사슬은 강철로 된 사슬보다 더 강하오! 내 손을 묶고 나로 하여금 서명하지 못하게 하는 것은 바로 사랑이오. 내 손을 묶고 서명하지 못하게 하는 것은 바로 진실이오.
> Jeanne: Plus fortes que les chaînes de fer, les chaînes de l'amour! C'est l'amour qui me lie les mains et qui m'empêche de signer. C'est la vérité qui me lie les mains et qui m'empêche de signer. (sc. 11, p.1241)

즉 이 사랑과 진리의 사슬이 잔의 손을 묶고 있어서 포기각서에 서명하지 못하게 한다는 것이다. 하지만 이것은 실제로 잔이 자신이 들었다

해 보십시오. [……]
예수회 신부: [……] 내가 십자가에 묶여 있는 것은 사실이오. 그러나 내가 묶여 있는 십자가는 아무것에도 묶여 있지 않소. 그것은 바다 위에 떠다니고 있어요.
L'Annoncier: [……] Au tronçon du grand mât est attaché un Père Jésuite, comme vous voyez, extrêmement grand et maigre. La soutane déchirée laisse voir l'épaule nue. Le voici qui parle comme il suit: «Seigneur, je vous remercie de m'avoir ainsi attaché……» Mais c'est lui qui va parler. Ecoutez bien, ne toussez pas et essayez de comprendre un peu. [……]
Le Père Jésuite: [……] Et c'est vrai que je suis attaché à la croix, mais la croix où je suis n'est plus attachée à rien. Elle flotte sur la mer." (Première journée, scène 1)

22) Claudel, «Un dithyrambe: *Jeanne d'Arc au bûcher*», in *Mes idées sur le théâtre, op. cit.*, p.159.

고 주장했던 목소리에 대해 회의를 품었고 또 포기각서에 서명했던 사실과는 다르다. 따라서 클로델은 역사적 사실에 충실하기보다는 잔 다르크에 대한 자신의 주관적인 이미지의 구현에 더 힘썼다고 볼 수 있다.

한편 일차적인 의미에서 잔을 묶고 있는 사슬은 그녀의 육신을 구속할 뿐이며 죽음은 이제 그녀의 영혼을 그 구속으로부터 완전히 자유롭게 만든다. 이것은 그녀가 사슬을 끊어 버리는 행위로 상징적으로 표현되고 있다.

> 잔: 갑니다! 갑니다! 난 깨 버렸어요! 끊어 버렸어요! 가장 강렬한 기쁨이 있어요!
> (그녀는 사슬을 끊는다.)
> Jeanne: Je viens! je viens! j'ai cassé! j'ai rompu! Il y a la joie qui est la plus forte!
> *Elle rompt ses chaînes.* (sc. 11, p.1242)

그녀를 묶고 있던 사슬처럼 잔이 지니고 있던 칼 역시 이 극에서는 역설적으로 사랑의 상징이 되고 있다. 로렌의 어린 소녀라야 그 칼을 이해할 수 있다고 말하는 잔은[23] 자신의 칼이 미움이 아니라 사랑으로 불린다고 말한다.

> 잔(분명하고 의기양양하게): [······] 잔이 칼로 무엇을 하는지 사람들은 보았어요. 당신은 이제 이 칼을 이해해요, 미가엘 성자가 나한테 준 이 칼을? 이 칼! 이 투명한 칼! 그것은 증오라고 불리지

---

[23] "잔: 하지만 칼을 이해하기 위해서는, 머리를 짧게 깎은 형제여, 당신은 로렌의 어린 소녀가 되어야만 할 것이오! 난 당신을 로렌의 소녀로 만들 수는 없어요! 난 당신의 손을 잡을 수는 없어요, 당신의 손을 잡고 오벵과 뤼핀과 함께 트리마조를 부르러 갈 수는 없어요! Jeanne.: Mais pour que tu comprennes l'épée, frère tondu, il faudrait que tu sois une petite fille Lorraine! Je peux pas faire de toi une petite fille Lorraine! Je ne peux pas te prendre la main, prendre la main et t'amener avec nous pour chanter Trimazô avec Aubin et Rufine!" (sc. 9, p.1236)

않고 사랑이라고 불려요!

Jeanne *(clair et triomphal)*: [······] On a vu ce que *Jeanne* peut faire avec une épée. La comprends-tu maintenant, cette épée, que Saint Michel m'a donnée? Cette épée! Cette claire épée! Elle ne s'appelle pas la haine, elle s'appelle l'amour! (sc. 9, p.1238)

이 칼은 실제로 잔이 천상의 목소리에 의해 영감을 받아 피에르부아의 성 카트린 성당(Sainte Catherine de Fierbois)에서 발견했던 것인데 클로델은 동레미 사람들이 잔에게 선사한 것으로 변형시켰다.

도미니크 신부: 나에게 당신의 칼을 설명해 줘요! 당신의 칼을, 그 앞에서는 영국인들과 부르고뉴 사람들이 도망가는 이 무서운 칼을 폐허가 된 작은 예배당에서 발견했다는 게 사실이오?
잔: 아니오, 폐허가 된 작은 예배당이 아니에요! 동레미에서 사람들이 그 칼을 주었어요. 왼쪽 손에는 깃발을, 오른쪽 손에는 칼을 들었죠, 아 누가 나한테 저항했겠어요. / 예수 마리아! 예수 마리아!
Frère Dominique: Explique-moi ton épée! Est-ce vrai que tu as trouvé ton épée, cette terrible épée devant laquelle se sauvaient Anglais et Bourguignons, dans une chapelle en ruines?
Jeanne: Non, ce n'est pas une chapelle en ruines! C'est à Domrémy qu'on me l'a donnée. Ma bannière dans la main gauche, mon épée dans la main droite, ah! qui m'aurait résisté / Jhésus Marie! Jhésus Marie! (pp.1235~1236)

이것은 작가가 살육의 도구인 칼을 어린아이들의 순수함과 평화 그리고 사랑에 연결시키고, 나아가 잔이 비록 전쟁을 할 수밖에 없었지만 그녀의 진심은 결국 사랑과 평화라는 것을 말하고자 하기 때문으로 여겨진다. 하지만 이 점 역시 지나치게 주관적이라는 느낌을 주는데 실제로 이 오를레앙의 처녀는 그 칼이 사람을 찌르고 베는데 매우 효과적이라고 말한 적이 있기 때문이다.[24]

클로델의 잔에게서 발견되는 사랑은 또한 용서를 동반한다. 이 극
에서 잔은 자신을 죽음에 처하게 한 재판관들, 특히 코숑 주교에 대
한 원망도 없으며(실제로는 "주교, 난 당신에 의해 죽는 거요. Evêque,
je meurs par vous."라고 하며 재판 결과의 직접적인 책임이 주교에게
있음을 말하였다), 또 마지막 숨을 거둔 장소인 루앙에 대해서도 안
타까움을 표시하는 대신(실제로는, "오 루앙, 루앙! 내가 그럼 여기서
죽어야 한다는 말인가? O Rouen, Rouen! dois-je donc mourir ici?라고
하며 애통해하였다)25) 오히려 노르망디의 아름다움을 찬양하고 있다.

> 잔: 얼마나 아름다운가 / 이 온통 붉고 장밋빛인 노르망디는,
> [……] 동정녀 잔이 5월에 하늘에 오르는 것은 얼마나 멋진 일인가 /
> 넌 참 아름답구나, 오 나의 아름다운 노르망디 [……]
> Jeanne: Que c'est beau / cette Normandie toute rouge et rose, [……]
> Que c'est beau pour Jeanne la Pucelle de monter au Ciel au mois de
> mai / Que tu es belle, ô ma belle Normandie [……] (sc. 9, p.1235)

이처럼 여러 가지 역사적 사실을 변형시키면서도 클로델은 사랑과
용서를 실천하는 성녀라는 자신의 주관적 이미지에 따라 이 신화적
인물을 그리고 있다.

(3) 불꽃의 이미지

이 극의 마지막 장에서 자신을 삼키는 불꽃을 두려워하는 잔에게

---

24) "그녀가 말하기를, 난 이 칼을 아무라도 죽이기 위해 사용하기를 원치 않아요. Je ne veux pas,
disait-elle, me servir de mon épée pour tuer personne."; "후에 그녀는 콩피에뉴에서 그녀가 지녔던
칼에 대해 '마구 찌르고 베고 하는데 훌륭하다'라고 즐거이 말한다. 변화의 조짐이 있지 않는가? 성녀가
군인이 된 것이다. Plus tard, elle parle avec plaisir de l'épée qu'elle portait à Compiègne, «excellente,
dit-elle, pour frapper d'estoc et de taille». N'y a-t-il pas là l'indice d'un changement? la sainte
devenait un capitaine.", J. Michelet, *Jeanne d'Arc, op. cit.*, pp.62 & 85.

25) *Ibid.*, p.142.

성모 마리아는 잔 자신이 커다란 불꽃이라고 말한다.

　　잔: 이 커다란 불꽃, / 이 커다란 / 끔찍한 불꽃 / 이것이 내 혼인 예복이 될 것인가?
　　동정녀: 잔 자신이 커다란 불꽃이 아닐까?
　　　　　　　　　　　　[……]
　　불, / 불은 타야만 하지 않는가! 이 커다란 불꽃은 / 프랑스의 한가운데에서.
　　코러스: [……] 찬양받으시오 / 불꽃처럼 영원히 / 프랑스의 한가운데에 / 서 있는 / 우리의 자매 잔이여!
　　Jeanne: Cette grande flamme, / cette grande flamme / horrible / c'est cela / qui va être mon vêtement de noces?
　　La Vierge: Mais est-ce que Jeanne n'est pas une grande flamme elle-même?
　　　　　　　　　　　　[……]
　　Le Feu, / est-ce qu'il ne faut pas qu'il brûle! Cette grande flamme / au milieu de la France
　　Le Choeur: [……] Louée soit / notre soeur Jeanne / qui est debout / pour toujours comme une flamme / au milieu de la France! (pp.1241~1242)

　여기서 잔은 불꽃에 희생되는 동시에 그녀 자신이 불꽃이라는 역설적인 의미를 띠게 된다. 이 불꽃으로서의 잔은 어둠 속에 있는 프랑스를 비추는 희망의 상징이다. 그녀를 태우는 불 역시 불꽃과 마찬가지로 이중의 의미를 지닌다. 원래 흙이었던 것을 흙으로 되돌려 보내는 이 불은 잔의 육체를 태우는 것이면서 동시에 그녀의 영혼을 육체로부터 해방시키는 역할을 한다.

　　코러스: 찬양 받으시오 / 영혼을 육체로부터, 영혼을 육체와 정신으로부터 능숙하게 분리시키는 우리의 형제 불이여.
　　Choeur: Loué soit / notre frère le feu qui est savant à séparer l'âme de la chair, l'âme de la chair et de l'esprit (sc. 11, p.1240)

그래서 동정녀 마리아는 잔에게 자신을 해방시키는 그 불에 몸을 맡기라고 말한다.[26] 왜냐하면 이제 육체의 구속으로부터 벗어난 그녀의 영혼은 진정한 안식을 취하게 될 것이기 때문이다. 여기에서 우리는 육신은 비록 흙으로 돌아갈지라도 영혼은 영원히 살아 있다고 생각하는 작가의 기독교적 사상을 읽을 수가 있다.

　　코러스가 각기 그들의 형제와 자매로 표현하고 있는 불과 불꽃은 그것들을 엄격하게 구분하기 어려운 만큼 그 특성 또한 비슷하며 그 특성은 결국 잔의 품성과 일치한다.

　　　　코러스: 찬양받으시오 / 순수한 / 우리의 형제 불이여……
　　　　목소리(사방에서 나오며 간헐적인): 열렬하고 － 살아 있고 － 뚫고 들어가고 － 신랄하며 － 무찌를 수 없고 － 저항할 수 없으며 － 썩지 않는 것이여.
　　　　코러스: 찬양받으시오 / 순수한 / 우리의 자매 불꽃이여 － 강하고 － 살아 있고 － 신랄하며 － 웅변적이고 － 무찌를 수 없으며 － 저항할 수 없는 [……]
　　　　코러스: 찬양받으시오 / 성녀인 / 우리의 자매 잔이여 － 곧고 － 살아 있고 － 열렬하며 － 웅변적이고 － 삼키는 듯하고 － 무찌를 수 없으며 － 눈부신 － !
　　　　Le Choeur: Loué soit / nore frère le feu / qui est pur……
　　　　Voix, *saccadées, partant de tous les côtés*: Ardent － Vivant －

---

26) 이것은 샤를르 페기(Charles Péguy)의 극에 등장하는 잔이 자신의 육신을 지옥의 불꽃에 내어줄지라도 타인의 영혼을 구원하고자 하는 것과도 일맥상통한다. 페기의 『잔 다르크』에서 자네트는 자신의 몸을 불사를지라도 타인들의 영혼을 살릴 수 있기를 염원하고 있다.
"자네트: 오 고통으로 몸부림치는 죽은 자들의 몸을
영원한 불꽃으로부터 구하기 위해
내 몸을 영원한 불꽃에 내어놓아야만 한다면
나의 하느님이여, 내 몸을 영원한 불꽃에 내어주십시오
Jeannette: O s'il faut, pour sauver de la flamme éternelle
Les corps des morts damnés s'affolant de souffrance,
Abandonner mon corps à la flamme éternelle,
Mon Dieu, donnez mon corps à la flamme éternelle"
(Première pièce, première partie, deuxième acte)

Pénétrant — Acéré — Invincible — Irrésistible — Incorruptible. [……]
   Le Choeur: Louée soit / notre soeur la flamme / qui est pure —
forte — vivante — acérée — éloquente — invincible — irrésistible [……]
   Le Choeur: Louée soit / notre soeur Jeanne / qui est Sainte —
Droite — Vivante — Ardente — Eloquente — Dévorante — Invincible
— Eblouissante — ! (sc. 11, pp.1241~1242)

위에서 보는 바와 같이 불과 불꽃은 순수하고 살아 있으며 무찌를
수 없고 저항할 수 없다는 등의 공통된 특성을 지니고 있으며, 이것
은 또한 잔의 성격과 거의 일치하고 있음을 알 수 있다. 결국 작가는
잔이 불 혹은 불꽃의 특성을 지닌 성녀로서 순수하고도 강인하며 영
원히 살아 있는 존재임을 표현하고자 한다.

이처럼 클로델은 역설적인 수법을 종종 사용하고 있다. 위에서 언
급된 칼과 사슬 그리고 이 불꽃은 모두 잔을 구속하거나 혹은 죽음에
이르게 하는 것들이지만 이 극에서는 궁극적으로는 사랑을 의미하고
또 영혼을 해방시키는 도구가 된다는 이중적이고 모순적인 의미를
띠고 있다.

(4) 그리스도의 이미지

잔 다르크의 메시아적 이미지는 19세기 후반에서 20세기 전반에
걸쳐 프랑스 문학에서 자주 다루어진 주제 중의 하나이다.[27] 레옹 블
루아(Léon Bloy)나 로베르 브라지약(Robert Brasillach), 앙드레 쉬아레
스(André Suarès) 등과 같은 작가들은 마지막 순간에 잔과 예수가 각

---

27) "잔 다르크의 메시아적인 모습은 19세기 후반에서부터 20세기 전반에 이르기까지 가장 풍성하게 나타난
   주제이다. L'aspect messianique de Jeanne d'Arc reste le thème le plus abondamment illustré, de la
   moitié du XIXe siècle à celle du XXe siècle.", Blaise Goldenstein, *Trois figures littéraires de Jeanne
   d'Arc, Péguy, Delteil, Ryner*, mémoire de maîtrise, Université Paris Ⅲ, 1997/1998, p.77.

기 성자들과 하늘의 아버지로부터 버림받았다는 느낌을 받은 것, 부르고뉴 사람들이 돈을 받고 영국인들에게 잔을 판 행위와 가롯 유다가 예수를 판 일, 잔이 사제들과 학자들 앞에서 재판을 받은 것과 예수가 서기관들과 바리새인들 앞에서 재판을 받은 것, 잔이 화형대로 행하는 수레 위에서 쓰고 있던 삼각관에 '이단자, 다시 이단에 빠진 자, 배도자, 우상숭배자Hérétique, Relapse, Apostate, Ydolastre'라고 쓰여 있던 점과 예수의 십자가 위에 '유대인의 왕Roi des Juifs'이라고 쓰여 있던 것, 그리고 예수 승천일을 기념하여 잔을 풀어 줄 수도 있었으나 그렇게 하지 않은 것은 유대인의 큰 명절인 초막절을 맞아 예수 대신 강도 바라바를 석방시킨 일 등과 유사하다고 본다.[28]

이들 작가들처럼 클로델 역시 이 극에서 잔과 그리스도와의 유사성을 암시하고자 한다. 잔과 그리스도와의 유사성은 먼저 그리스도의 보혈이 인류의 죄를 씻은 것처럼 도미니크 신부의 옷에 묻은 더러움을 잔의 피가 씻어 주리라고 말하는 것에서 찾아볼 수 있다. 진실의 목소리가 되어야 할 성직자들이 신에게 반항하여 잔의 고소인이 되고 사형집행인이 되어 자신의 흰옷을 더럽혔다고 도미니크 신부가 비난할 때 잔은 그의 옷에 묻은 더러움, 즉 도미니크회의 수사들이 저지른 죄를 하느님의 선하심과 자신의 순결한 피로 씻어 줄 수 있을 것이라고 말한다.

> 도미니크 신부: 파리와 루앙의 내 형제들이 / 가성소다도, 축융시키는 풀도 지울 수 없는 / 그러한 더러움으로 더럽힌 / 내 흰 옷.
> 잔: 도미니크 신부님, 하느님의 선하심이 / 그것을 지우는 데 충

28) Marco Markovic, "Jeanne d'Arc dans la littérature française", *L'Astrolabe*, n° 70, 1982–III, pp.22~27 참조.

분할 것이오 그리고 이 순결한 처녀의 피도.

　　Frère Dominique: Ma robe blanche / que mes frères de Paris et de Rouen / ont souillée d'une telle souillure / Que ni la soude, ni l'herbe à foulon, / ne suffiront à l'effacer.

　　Jeanne: Frère Dominique, la bonté de Dieu / y suffira et le sang de cette fille innocente. (sc. II, p.1218)

또한 샤를르 7세가 렝스에서 프랑스 왕으로 등극하는 것을 그리스도의 탄생과 비유하는 것도 잔과 그리스도와의 연관성을 드러내는 것이다. 샤를르 7세의 대관식은 실제로는 1429년 7월 17일에 거행되었으나 역사적 사실과 달리 작가가 겨울에, 그것도 성탄절 전야에 위치시킨 것은 대관식을 메시아의 탄생에 비유하고자 하기 때문이다.[29) 작가는 유대인들이 메시아를 기다리듯이 프랑스인들은 그들의 왕을 기다린다는 것을 말하고자 한다.

　　서기: 농부들, 촌놈들! 거칠고 투박하고 조잡한 놈들! 우리 주 왕께서 천사들의 손에 의해 왕위에 오르기 위해 렝스에 가는 동안 이 성스런 크리스마스이브에 마치 이방인들처럼 이렇게 즐기는 것이 부끄럽지도 않소?
　　　　　　　　　　　　[⋯⋯]
　　서기: 당신들은 이해하지, 유대인들은 메시아를 기다리고 우리는 우리의 전하 왕을 기다린다는 것을(그는 "멀리 바라보며"를 노래한다.)
　　Le Clerc: Paysans, croquants! rustres agrestes et grossiers! n'avez-vous point vergogne de vous réjouir ainsi comme des païens en cette sainte veille de Noël pendant que le Roi Notre Seigneur se rend à Rheims / pour y être consacré de la Main des Anges?

---

29) "난 7월에 진행되는 장면을 크리스마스에 위치시키는 작은 착오를 허용했다. 하지만 그것은 정신의 진실을 조금도 왜곡시키지는 않는다. Je me permets aussi une petite anicroche en situant à la Noël une scène qui se passe au mois de juillet, mais cela n'altère point la vérité de l'esprit.", "Origines de «Jeanne d'Arc au bûcher»", Claudel, O. C., t. XIV, op. cit., p.280. 샤를르 7세의 대관식을 그리스도의 탄생일에 맞춘 것은 『마리아에게 고함』에서와 같다.

[……]

Le Clerc: Vous comprenez, c'est le peuple juif qui attend le Messie, comme nous le Roi Notre sire (*Il chante: Adspiciens a longe.*)

(sc. 8, pp.1232~1233)

그리고 잔은 그들의 왕을 탄생시키는 데에 결정적인 역할을 한 사람이다. 따라서 프랑스인들에게 메시아와 같은 존재인 샤를르 7세의 등극을 도운 잔의 업적은 더욱 그 가치를 더하게 된다. 한편 이 극에서 샤를르 7세의 대관식은 빵을 생산하는 프랑스의 북쪽지방을 상징하는 외르트비즈와 포도주를 생산하는 남쪽지방을 상징하는 주모의 결합으로 비유된다. 이것은 왕의 등극으로 남북으로 분열되었던 프랑스가 하나가 되는 것을 의미하는 것이다. 그런데 빵과 포도주는 기독교에서 그리스도의 살과 피를 의미한다는 점을 고려하면 프랑스의 남과 북이 하나가 되는 것은 온전한 그리스도의 몸을 이룬다는 뜻이기도 하다. 이것은 샤를르 7세의 등극을 메시아의 탄생에 비유하는 것과 함께 작가의 신앙적 관점을 드러내는 것이다.

이 외에도 십자가와 화형대로 상징되는 그리스도와 잔의 수난, 그리스도의 사랑과 잔의 조국애, 인류를 위하여 자신을 십자가에 내어준 그리스도처럼 잔 다르크도 그녀의 조국 프랑스를 위하여 자신을 희생하였다는 점에서 유사성을 찾아볼 수 있다. 극의 마지막 장면에서 "자신이 사랑하는 자를 위하여 목숨을 내놓는 것보다 더 큰 사랑은 없다."고 하는 하늘의 목소리는 그녀의 사랑을 그리스도의 사랑에 비유하는 것이다.

천상의 목소리: 잔! 잔! 잔! 하느님의 딸! 오라! 오라! 오라! (부

드럽게) [……] 자신이 사랑하는 자를 위하여 목숨을 주는 것보다 더 큰 사랑은 없소.

　　Voix dans le Ciel: Jeanne! Jeanne! Jeanne! Fille de Dieu! Viens! Viens! Viens! (*tendrement*). [……] Personne n'a un plus grand amour que de donner sa vie pour ceux qu'il aime. (sc. 11, p.1242)

이것은 예수가 "사람이 친구를 위하여 자기 목숨을 버리면 이에서 더 큰 사랑이 없나니 Il n'y a pas de plus grand amour que de donner sa vie pour ses amis"(요한복음 15장 13절)라고 한 것과 동일한 울림을 가진다. 이 밖에도 천상의 목소리가 잔을 '하느님의 딸'로 부르는 것은 그리스도가 하느님의 아들인 것과 짝을 이룬다.

2) 악의 화신으로서의 재판관들

이 극에서 선의 화신으로 그려지고 있는 잔과는 대조적으로 그를 심판하는 재판관들은 일률적으로 악의 화신으로서의 짐승으로 그려지고 있다. 극의 서두부터 도미니크 신부는 잔을 심판하는 재판관들이 사제와 정치인들이 아니라 이빨에 거품을 문 야수라고 지칭한다.

　　도미니크: 아니오, 잔, 당신을 심판한 자들은 사제들이 아니오. 이 사제들, 이 정치인들, 이 사나운 짐승들이 심장에는 광기를 이빨에는 거품을 물고 당신 주변에 모였을 때,
　　높다란 저울을 지닌 심판의 천사가
　　그들의 얼굴을 쳐 단번에 / 그들의 머리와 어깨에서 삼각관과 후드와 겉옷을 떨어지게 하였소.
　　Dominique: Non, Jeanne, ce ne sont pas des prêtres qui t'ont jugée. Quand ces bêtes féroces se sont réunies autour de toi, la rage au coeur et l'écume aux crocs, ces prêtres, ces politiques,

L'Ange du Jugement qui tient les hautes balances
D'un soufflet / il a fait tomber de leurs têtes et de leurs épaules la
mitre, le capuchon et le froc. (sc. 3, pp.1220~1221)

도미니크 신부의 말은 성경의 시편 22편에서 다윗이 그를 죽이려
고 하는 사울의 무리들을 사자와 개 혹은 바산의 황소와 비교하고 있
는 것과 같다.[30]

루앙에서의 잔의 재판에 해당하는 이 극의 4장은 짐승들에 의한
재판으로 우화적으로 그려지고 있다. 형식적인 면에서 볼 때 이 장면
은 일종의 가면극 형태로 구성되어 있어 재판정의 사환과 하인들이
가면과 의상 그리고 가발 등을 들고 등장한다. 극중극 형태를 띠는
이 장면에서 등장인물들은 각자 동물의 가면을 쓰고 재판정을 연출
한다.[31] 그들이 구현하는 짐승들 중 양은 배심원 역을, 당나귀는 서
기 역을, 돼지는 재판정의 의장 역을 맡는다. 호랑이와 여우 그리고
뱀이 모두 사양한 뒤에 돼지(Cochon)가 스스로 의장이 되겠다고 나선
것이다. 실제 잔을 재판하던 법정의 의장은 보베의 주교인 코숑
(Cauchon) 신부로서 그의 이름이 돼지를 의미하는 불어 'cochon'과 발
음이 같다는 사실은 이 장면의 희화적인 성격을 잘 반영해 주고 있다.
가면이 형상화하고 있는 동물을 통해 우리는 그것이 상징하는 인
물의 성격을 추론해 볼 수 있다. 양이 배심원 역을 맡은 것은 그들이

---

30) "많은 황소가 나를 에워싸며 바산의 힘센 소들이 나를 둘렀으며, 내게 그 입을 벌림이 찢고 부르짖는 사
자 같으니이다. De nombreux taureaux m'entourent, Des taureaux de Basan m'environnent, Ils ouvrent
contre moi leur gueule, comme un lion qui déchire et rugit."(versets 13~14)

31) "고대의 원형경기장에서 이들 처녀들이 이처럼 짐승에게 넘겨졌던 것이다. 잔 역시 극의 첫 장면에서 짐
승들에게 넘겨진 것이다. Ainsi dans l'amphithéâtre antique ces vierges livrées aux bêtes. Et Jeanne
aussi en effet, à la première scène du drame, est livrée aux bêtes.", Claudel, "Un dithyrambe:
Jeanne d'Arc au bûcher", in Mes idées sur le théâtre, Gallimard, 1966, p.159.

의장의 결정에 순순히 복종한다는 것을 의미한다. 또 서기 역을 맡은
당나귀는 귀가 크고 짐을 많이 지는 용감한 짐승으로 묘사되어 있다.

당나귀의 코러스(마치 중세의 당나귀 축제에서처럼):
Choeur de l'âne, *comme aux fêtes de l'âne au moyen âge*:
Ecce magnis auribus
Adventavit Asinus
Pulcher et fortissimus
Sarcinis aptissimus[32] (sc. 4, p.1222)

위의 코러스에서 무거운 짐을 쉽게 지는 동물로 묘사된 당나귀는
십자가를 진 그리스도를 상기시키기도 한다. 하지만 당나귀가 재판정
의 일원인 서기로서 잔을 박해하는 자의 편에 선 것은 이와 같은 그
리스도의 이미지와는 부합하지 않는다. 따라서 이것은 작가가 극에
명시한 중세의 '당나귀 축제fêtes de l'âne'의 성격을 통해 밝혀야 할
것이다. 12세기경에 생겨난 이 축제는 종교적 의식과 연극을 결합시
킨 것으로서 코숑 신부가 주교로 있던 보베와 잔이 화형당한 루앙 그
리고 상스(Sens)에서만 행해졌으며 13세기에 매우 활발했다고 한다.
이 축제는 1월 1일 혹은 1월 6일에 행해졌고 처음엔 하급 성직자들이
하루 동안 규제를 벗어나 자유를 구가하고자 만들어졌으며 사제들이
가면을 쓰고 여자나 뚜쟁이 혹은 음유시인으로 가장하여 코러스 석에
서 춤을 추고 음란한 노래를 부르기도 하였다고 한다.[33] 따라서 짐을

---

32) "여기 커다란 귀를 갖고 있는 Voici qu'est arrivé
    당나귀가 도착했소 L'Ane aux grandes oreilles
    쉽게 모든 짐을 지는 Magnifiques et courageux
    멋지고 용감한 당나귀가 Qui supporte aisément tous les fardeaux"

33) "성무일과 중에 가면을 쓰고 괴물 같은 모습을 한 사제와 서기들을 볼 수가 있다. 그들은 여자 옷을 입거
    나 뚜쟁이 혹은 중세 음유시인들처럼 입고 성가대 석에서 춤을 추고, 외설스런 노래를 부르고, 미사를 드

많이 지는 당나귀는 인류의 죄를 대신 지는 그리스도의 이미지를 띤 다기보다는 이러한 이미지의 뒤집기 혹은 그것에 대한 조롱에 가까우며 나아가 악마적 속성을 띤 나귀(l'âne satanique)의 성격을 띤다.34)

이처럼 짐승에 비유된 자들은 구체적으로 말브뉘(Malvenu),35) 장미디(Jean Midi),36) 쿠프케느(Coupequesne),37) 투무이예(Toutmouillé)38) 그리고 아나톨 프랑스(Anatole France)와 같은 이들이다. 이들 이름 중에는 마르탱 라드브뉘(Martin Ladvenu)를 Malvenu로 바꾼 것처럼 실제 이름을 상징적으로 변형시킨 것도 있고 혹은 Toutmouillé처럼 그

리는 동안 제단 위에서 검은 순대를 먹기도 한다. On peut voir prêtres et clers porter des masques et des visages monstrueux pendant les offices. Ils dansent dans le choeur habillés en femmes, proxénètes ou ménestrels. Ils chantent des chansons licencieuses. Ils mangent du boudin noir sur l'autel pendant que le célébrant dit la messe. [⋯⋯]", Arnaud Rykner, *Texte-programme de l'Opéra de Bastille, op. cit.,* p.87.

34) Robert Bresson의 영화 『Au hasard Balthazar』에서 당나귀 Balthazar는 사람들의 학대와 배신에 저항하지 않고 자신에게 주어지는 상황을 묵묵히 감수하는 그리스도의 이미지를 지니고 있음과 동시에 그의 성스러움은 단지 인간의 악을 드러내는 역할을 할 뿐으로서 본래의 구원의 이미지에 대한 냉소일 뿐이라고 해석되기도 한다. 다음에 인용된 논문은 이 영화 속의 주인공인 당나귀 발타자르(Balthazar) 속에서 발견되는 이 모순적 이미지에 대해 이야기하고 있다: "만일 뒤레에 의해 표현된 여러 가지 에피소드들, 즉 탄생의 당나귀, 이집트로의 피난 혹은 예루살렘 입성 등과 같은 에피소드들을 다시 연기함으로써 발타자르가 더할 나위 없이 그리스도를 표상하는 동물로 동일시된다면, 그것은 하지만 그의 길과 또 구원자로서의 역할에서 냉소적으로 벗어난 것이 된다. 브레송은 당나귀가 지고 가던 성유물함을 강도짓의 산물로 변형시키고, 동시에 향수, 양말, 담배, 금화와 같은 사치품을 위해 성스런 양식인 빵의 유통을 변질시켰다. On constate bientôt que si Balthazar est identifié à l'animal christique par excellence, rejouant les différents épisodes bibliques représentés par Dürer: âne de la nativité, de la fuite en Egypte ou de l'entrée à Jérusalem, il est cependant ironiquement détourné de son chemin et de son rôle salvateur. Bresson métamorphose par exemple le reliquaire que l'âne portait, en produits de contrebande, pervertissant en même temps la circulation des pains (nourriture sacrée) au profit de produits de luxe: parfum, bas, tabac, pièces d'or.", Chloé Durpoix, *Au hasard Balthazar: le miracle de l'échange ou Robert Bresson et l'esthétique de la rétraction,* mémoire de maîtrise, Université Paris III, 2001, p.19.

35) Martin Ladvenu를 지칭. 도미니크파 신부로서 잔의 재판 시 배심원의 일원이었다. 그는 잔에게 마지막 고해성사와 영성체를 베풀었던 자로 아누이의 『종달새』에서는 잔에게 매우 호의적인 인물로 묘사되어 있다.

36) Nicolas Midi를 지칭. 파리대학 교수로서 루앙에 파견된 자로 재판정의 일원이었으며 잔의 화형식 날 마지막 설교를 하였다.

37) 실제 인물은 아니고 작가가 만들어 낸 허구적 인물이다. 희극적인 이름을 통해 재판관들을 조롱하고자 하는 작가의 의도를 읽을 수 있다.

38) Jean Toutmouillé. 도미니크파의 신부로서 재판정의 일원은 아니고 잔의 화형식 날 라드브뉘 신부를 도와주었다.

이름의 풍자성 때문에 거론된 경우도 있다. 이처럼 이름을 변형시키고 풍자적인 이름을 거론한 것은 잔을 화형에 처한 재판관들을 조롱하고자 하는 작가의 의도를 드러내는 것이다. 그런데 이들 중에 엉뚱하게도 아나톨 프랑스의 이름이 있는 것은 『잔 다르크의 생애Vie de Jeanne d'Arc』(1907)의 저자인 그가 다른 이들과 같이 잔이 잘못했다고 말하고 있기 때문이다. 클로델은 이와 같이 의도적인 시대착오를 종종 범하고 있는데 이것은 역사적인 사실의 정확성보다 그가 말하고자 하는 주제의 표현에 더 집착하기 때문이며, 또한 그것이 정신의 진실(la vérité de l'esprit)을 크게 해친다고는 보지 않기 때문이다. 한편 이들 중 도미니크회 수사들이 두 명이나 있는 것은 파리와 루앙의 형제들이 자신의 흰옷을 더럽혔다고 하는 도미니크 신부의 말을 설명해 준다.

고위 성직자들로 구성된 이들 재판관들은 고상한 학자들의 집단인 소르본 출신들이지만 그들은 사실을 왜곡하는 자들로서 심문에 대한 잔의 대답을 반대로 기록하기도 한다. 그래서 도미니크 신부는 소위 소르본의 지혜라는 것을 다음과 같이 요약한다.

> 도미니크 신부: [……] 마귀, 그것은 현실이오. 천사들, 그것은 어리석은 일이오. 당신이 미워하던 마귀가 당신을 도왔소. 당신이 간구하던 천사들은 아무것도 하지 않았소. 양쪽으로부터 범죄자가 된 당신을 그들은 양손으로 정죄하고 있소. 그것이 바로 소르본의 지혜라는 것이오.
> Frère Dominique: [……] Le diable, c'est une réalité; les Anges, c'est une bêtise. Le diable que tu détestais, il t'a aidée: les Anges que tu invoquais, ils n'ont rien fait. Et criminelle des deux côtés ils te condamnent de l'une et l'autre main. Telle est la sagesse de la Sorbonne.
> (sc. 5, p.1226)

그들의 주장에 의하면 잔이 도움을 청했던 천사들은 아무 것도 하지 않았으며 오히려 잔이 혐오하는 마귀가 그녀를 도왔다는 것이다. 이처럼 그들은 잔이 마귀의 사주를 받은 자라고 비난하지만 오히려 자신들이야말로 마귀의 종노릇하는 자들임을 우발적으로 발설하기도 한다.

> 당나귀: 잔, 당신은 우리의 강한 주이신 마귀의 도움으로…….
> L'Ane: Jeanne, reconnais-tu que c'est par l'aide du Diable très puissant Notre Seigneur……. (sc. 4, p.1224)

　　그래서 도미니크 신부는 이들이 마귀를 믿는 자들이지 하느님을 믿는 자들이 아님을 잔에게 일깨워 준다. 이와 같이 이 극에서는 잔과 그녀를 심판하는 사제들 및 정치인들이 선과 악의 극단적인 인물들로 그려지고 있음을 볼 수 있다.

결 론

　　본고에서 우리는 이 극을 이분법적인 대립 구조 속에서 분석해 보았다. 이 극에서는 잔을 옹호하는 천상의 목소리와 잔을 정죄하는 지상의 목소리가 대립하며, 잔과 재판관들이 일종의 선과 악의 화신처럼 대조적으로 묘사되고 있다. 하지만 잔은 신앙심이 깊고 사랑을 실천하는 성녀로서, 그리고 그녀를 화형에 처하는 재판관들은 모두 짐승과 같은 존재로 희화화함으로써 지나치게 이분법적이라는 느낌을 주고 있다. 재판관들 중에는 실제로 잔에게 호의적인 사람들이 있었음에도 불구하고 그들을 모두 악의 화신으로 한꺼번에 매도하고 있는 것은 지나치게 주관적이고 극단적이다. 이러한 대립구조는 잔 다르크의 수난과 그녀의 성인다움을 부각시키기 위한 것으로서 작가의 신앙이 작품의 기저를 이루고 있음을 느끼게 한다. 독실한 가톨릭 신자인 클로델은 잔 다르크의 수난극을 역사적 사실의 정확성보다는 자신의 신앙에 입각하여 주관적으로 형상화하고 있다고 할 수 있다. 작가는 요컨대 잔 다르크가 자신에게 이단이라든가 마녀라는 그릇된 죄명을 씌워 죽음에 이르게 하는 자들을 용서하고 또 신의 명령을 좇아 조국을 위해 희생하는 모습을 통해 사랑하는 자를 위해 목숨을 버리는 것보다 더 큰 사랑이 없다는 메시지를 전하고자 한다.

하지만 이러한 작가의 의도는 동시에 잔을 지나치게 미화시킨 듯한 느낌을 주는 것을 부인할 수 없다. 작가는 여러 가지 역사적인 사건을 변형시키기도 하였고, 실제 전투에 참여했던 전사(戰士)로서의 잔의 모습은 생략하였으며, 천상의 목소리가 자신을 돕지 않는 것에 대해 회의를 느끼고 포기각서에 서명하였던 일, 그리고 죽음 앞에서의 그녀의 인간적인 연약함은 애써 외면하고 있다. 또한 성녀로서의 잔을 부각시키기 위해 작가는 그녀의 인간적인 고뇌는 거의 표현하지 않고 있으며 따라서 등장인물, 특히 주인공 잔의 심리적 갈등은 부재하고 있다. 그럼에도 불구하고 이 극이 음악가들과 연극인들의 계속적인 사랑을 받는 이유는 클로델과 오네게르라는 두 거장의 만남에 의한 음악극의 완성도 때문으로 여겨진다. 클로델 자신이 잔 다르크의 수난을 이야기하기에는 언어만으로는 충분치 않고 보다 풍부하고 서정적인 요소가 필요하다고 하였듯이39) 음악과 함께 배우들의 대사를 들을 때 이 작품의 진정한 감상이 이루어질 수 있을 것이다.

이 극의 음악적 요소에 대한 분석은 또 다른 접근 방법으로 별도로 이루어질 수 있을 것이다.40)

결국 클로델은 백년전쟁 때의 사건을 통해 현대를 이야기하고자 한다. 그가 1944년에 프롤로그를 첨가한 이유도 세계대전 시 점령지역과 비점령지역으로 나뉘어졌던 프랑스의 모습에서 백년전쟁 때 남과 북으로 나뉘어졌던 프랑스를 재발견하였기 때문이다. 각기 빵과 포도주를 생산하는 프랑스의 북쪽과 남쪽을 상징하는 외르트비즈와 주모가 다시는 서로 헤어지지 말아야 한다고 말하는 것은 중세의 프랑스에만 해당하는 것이 아니라 클로델이 경험한 최근의 프랑스에도 해당되는 것이다. 작가가 아나톨 프랑스를 잔의 재판관 중 한 명으로 거론하며 역사적 사실의 정확성을 특별히 고려하지 않은 이유도 잔 다르크라는 상징적 인물을 통해서 프랑스가 영원히 하나가 될 것을 이야기하고자 하기 때문이다. 요컨대 이 극은 작가의 조국애와 신앙심이 함께 결집되어 만들어진 작품이라고 볼 수 있다.

---

39) "잔 다르크의 이 열정과 상승을 한 번 더 관객에게 보여 주고 인지시키기 위해서는 언어만으로는 충분치 않다고 여겨졌다. 그녀를 이고, 견디고, 옮겨 가기 위해서는 폭넓고 서정적인 요소가 필요하였다. 들려주어야 할 것은 바로 이야기와 사건 아래서의 목소리이다. 그래서 음악을 사용하는 것이 필수불가결한 것이 되었다. Pour représenter, pour rendre une fois de plus intelligibles au public moderne cette passion et cette ascension de Jeanne d'Arc, il m'a semblé que la parole ne suffisait pas. Il fallait, pour la porter, pour le supporter, pour l'emporter, un élément ample et lyrique. C'est la voix, ce sont les *voix* sous l'histoire et sous l'action qu'il s'agissait de faire entendre, et c'est pourquoi il était indispensable d'avoir recours à la musique.", P. Claudel, *Mes idées sur le théâtre, op. cit.*, p.158.

40) 이 극의 음악적 측면에 대한 분석은 Bernard Canredon, *Le Choeur dans Jeanne au bûcher*, mémoire de D.E.S., Université Paris IV, 1966; Jean-Bernard Moraly, *Claudel et la mise en scène: l'emploi du choeur*, thèse, Université Paris III, 1978, pp.413~429; Pierre Brunel, "Théâtre et musique: Jeanne au bûcher", in *La Dramaturgie claudélienne*, colloque de Cerisy (1987), Paris, Klincksieck, 1988, pp.159~167 등을 참조.

『화형대의 잔 다르크』 콘서트 및 공연 목록[41]

연 도	장 소	연출가	지휘자	주 연	오케스트라
1938. 5. 10.	Kunstmuseum, Bâle		Paul Sacher	Ida Rubinstein/ Jean Hervé	Orchestre de Bâle
1939. 5. 6.	Orléans		Louis Fourestier	Ida Rubinstein/ Jean Hervé	Orchestre Philharmonique de Paris
1939. 6. 13.	Palais de Chaillot, Paris		Louis Fourestier	Ida Rubinstein/ Jean Hervé	Orchestre Philharmonique de Paris
1940. 3. 2.	Théâtre Royal d'Anvers, Belgique		Louis de Vocht	Ida Rubinstein	Orchestre National de Belgique et Chorale Caecilia d'Anvers
1941	Opéra de Lyon et en zone non occupé	Pierre Barbier	Hubert d'Auriol	Jacqueline Morane/ Jean Vernier	Le Chantier Orchestral
1943. 1.	Bruxelles		Louis de Vocht	Marthe Dugard/ Raymond Gérome	Orchestre National de Belgique et Chorale Caecilia d'Anvers
1943. 5. 9.	Salle Pleyel		Arthur Honegger	Mary Marquet/ Jean Hervé	
1948	Berlin	Werner Kelch	Robert Heger	Käthe Braun	Städtische Opéra de Berlin
1950. 12. 18. 1953. 1. 23. 1959. 6. 12.	Palais Garnier	Jean Doat	Louis Fourestier	Claude Nollier/ Jean Villar(1950), H, Doublier(1953)	Orchestre de l'Opéra de Paris
1953	Théâtre de la Monnaie, Paris	Dalman	Abbé Abrams	Marthe Dugard/ Claude Etienne	Petit Chantres de Notre Dame de Cureghem
1953. 12. 5.	Théâtre Royal de San-Carlo, Naples	Roberto Rossellini	Louis Fourestier	Ingrid Bergman	
1954. 6. 21~27.	Palais Garnier	Roberto Rossellini	Louis Fourestier	Ingrid Bergman/ R. Vidalin	Orchestre de l'Opéra de Paris

41) 도표에 명시된 공연은 필자가 조사한 자료에 한함을 밝힌다.

1973	Cathédrale d'Orléans		Jean-Pierre Loré	Claude Nollier/ René Farabet	Orchestre des Concerts Lamoureux et Petits Chanteurs de Notre Dame de la Joie
1974. 1.	Opéra de Lyon	Gaston Benhaim	Serge Baudo	Claire Deluca/ Hubert Laurent	Orchestre de Lyon et Choeur de l'Opéra de Lyon
1974 1989	Prague		Serge Baudo	Nelly Borgeaud/ Michel Favory	Czech Philharmanic Orchestra
1976 1984 1988 1992 2002	Nice		Jean-Marc Cochereau	Muriel Chaney Alain Cuny	Orchestre Philharmonique de Nice
1979. 5. 24.	Abbatiale Saint-Ouen	Jean Giraudeau	Paul Ethuin	Anne Fournet	Orchestre symphonique de Rouen et Choeurs du Conservatoire et du Théâtre des Arts
1985. 2. 10.	Salle Pleyel		Seiji Ozawa	Marthe Keller	New Japan Philharmonic
1989. 6. 22~23.	Basilique de Saint-Denis	Georges Wilson	Seiji Ozawa	Marthe Keller/ Georges Wilson	Orchestre National de France et Choeur de Radio France
1992. 9. 18.	Salle Pleyel		Charles Dutoit	Marthe Keller/ François Chaumette	Orchestre Nationale de France et Choeur de Radio France
1992. 10. 9.	Opéra de Bastille	Claude Régy	Myung-Whun Chung	Isabelle Huppert	Orchestre et Choeur de l'Opéra de Bastille
1998	Bienne		François Pantillon	Brigitte Fossey	Choeur Symphonique de Bienne
1999	Bruxelles		Louis de Vocht	Marthe Dugard	Orchestre Nationale de Belgique
1999	La Comédie de Clermont Ferrand	Philippe Chemin	Jean-Claude Amiot	Dominique Michel	Orchestre du Conservatoire National de Région

				Dörte	Orchestre du
2001. 7. 28.	Salzbourg		Hubert Soudant	Lyssewski/	Mozarteum de
				Jeffrey Dowd	Salzbourg
2004. 10. 1.	Lyon		Jun Märkl	Marthe Keller/ Daniel Mesguish	Orchestre National de Lyon
2005. 7. 17.	Montpellier	Jean-Paul Scarpitta	Emmanuel Krivine	Sylvie Testud/ Eric Ruf	Orchestre National de Montpellier
2010. 5. 28.	Nice	Paul-Emile Fourny	Philippe Bender	Kristin Scott-Thomas/ Richard Berry	Orchestre Philharmonique de Nice
2010. 8. 12.	Salzbourg		Bertrand de Billy	Fanny Ardant/ Jean-Philippe Lafont	Orchestre Symphonique de Radio Vienne
2010. 11. 28~29.	Paris		Serge Baudo	Marion Cotillard/ Xavier Gallais	Orchestre Symphonique de Prague
2011. 4. 2~3.	Stuttgart		Helmuth Rilling	Sylvie Rohrer/ Öers Kisfaludy	Orchestre Symphonique de la Radio de Stuttgart

참고문헌

Paul CLAUDEL, *Théâtre*, t. II, Paris, Gallimard, 1965, Bibliothèque de la Pléiade.

_____, *Mes idées sur le théâtre*, Paris, Gallimard, 1966.

Pierre BRUNEL, "Théâtre et musique: Jeanne au bûcher", in *La Dramaturgie claudelienne*, colloque de Cerisy (1987), Paris, Klincksieck, 1988, pp.159~167.

Bernard CANREDON, *Le Choeur dans Jeanne au bûcher*, mémoire de D.E.S., Université Paris IV, 1966.

Giulia CAPOLINO, *Le Personnage de Jeanne d'Arc dans le théâtre de Claudel et d'Anouilh*, mémoire de maîtrise, Roma, Istituto Universitario Fareggiato di Magistero, 1988/1989.

Jean CHEVALIER & Alain GHEERBRANT, *Dictionnaire des symboles*, Paris, Robert Laffont / Jupiter, 1982.

J. L. CROZE, "Jeanne d'Arc au théâtre et en musique", *Spectateur*, le 10 juin 1947.

René DUMESNIL, "Mme Ingrid Bergman dans *Jeanne au bûcher*", *Le Monde*, le 25 juin 1954.

Michel FLORISONNE, Raymond COGNIAT, Yves BONNAT, *Un An de théâtre* (3 vol), Lyon, Les Editions de la France Nouvelle, 1940~1943.

Marguerite HAURADOU, "Autour de «Jeanne au Bûcher»", *La Science historique*, 2e trimestre 1981, pp.30~35.

Arthur HONEGGER, "Collaboration avec Paul Claudel", in *La Nouvelle Revue Française*, 1er septembre 1955, pp.556~559.

Michel JACQUELIN, "A propos des lumières de *Jeanne au bûcher*", *Théâtre/Public*, n° 114, nov.-déc. 1993, pp.29~38.

Sophie-Anne LETERRIER, "Jeanne d'Arc à l'opéra", in *Images de Jeanne d'Arc*, Actes du Colloque de Rouen, les 25-26-27 mai 1999, Paris, P.U.F., 2000, pp.253~258.

Michel LIOURE, "Claudel et la notion de drame", *Revue de la Société d'Histoire du Théâtre*, 1968-3, pp.325~336.

_____, "Claudel et le théâtre à l'état naissant", *Revue de la Société d'Histoire du Théâtre*, nov.-déc. 1977, pp.916~931.

Pierre LOEWEL, "Jeanne au bûcher. Création à l'Opéra", *L'Aurore*, le 21 déc.

1950.

Gilles MACASSAR, "La Passion Honegger", *Télérama*, le 9 sept. 1992.

Marco MARKOVIC, "Jeanne d'Arc dans la littérature française", *L'Astrolabe*, n° 70, 1982-III.

Pierre MICHAUT, "*Jeanne au bûcher* dans la nuit moyenageuse d'Allemagne". *Art*, le 17 mai 1948.

Jean-Bernard MORALY, *Claudel et la mise en scène: l'emploi du choeur* / s.l.d. de Bernard Dort, thèse, Université Paris III, 1978, pp.413~429.

_____, "J'ai deux amours: Claudel, Genet, théoriciens du théâtre", in *La Dramaturgie claudelienne*, colloque de Cerisy, Paris, Klincksieck, 1988, pp.225~238.

Régine PERNOUD, *Jeanne d'Arc par elle-même et par ses témoins*, Paris, Seuil, 1962, coll. Livre de vie.

Bernard RIBÉMONT, *Le Théâtre français du Moyen Âge au XVIe siècle*, Paris, Ellipses, 2003.

Graham A. RUNNALLS, "Le mystère français: un drame romantique?", in *Etudes sur les mystères*, Paris, Honoré Champion, 1998, pp.15~31.

Arnaud RYKNER, "Notes de Jeanne d'Arc au bûcher" in *Texte-programme de l'Opéra de Bastille*, 1992.

Paul TINEL, "*Jeanne d'Arc au bûcher* au Théâtre de la Monnaie", *Le Soir*, le 13 nov. 1953.

Emile VUILLERMOZ, "L'enregistrement de Jeanne d'Arc au bûcher", Bruxelles, La Voix de son Maître, 1943.

Stéphane WOLFF, *L'Opéra au Palais Garnier (1875~1962)*, Paris, L'Entr'acte, 1962.

이환, 「현대 기독교 문학 연구. 뽈 끌로델의 희곡을 중심으로」, 『불어불문학연구』, 제18집, 1983, pp.389~402.

Part 03

샤를르 페기의 『잔 다르크
Jeanne d'Arc』와 『잔 다르크의
사랑의 신비Le Mystère de la
charité de Jeanne d'Arc』

작가소개 ● ● ●

샤를르 페기(Charles Peguy, 1873~1914)

1차 대전 중 마른느 전투에서 사망한 샤를르 페기(1873~1914)는 시인이면서 격렬한 사상가요 논객이었다. 오를레앙의 가난한 직공의 아들로 태어나 의자 밑을 갈아 넣는 품팔이로 생계를 삼는 홀어머니 슬하에서 자라났다. 그는 뛰어난 재능의 소유자로서 장학금을 받아 공부하고 고등사범학교에까지 진학하게 되며 그곳에서 『잔 다르크』로 문학 활동을 시작한다. 이어 드레퓌스 사건을 계기로 열렬한 드레퓌스파이자 동시에 사회주의 혁명의 사도로서 그의 사상을 『마르셀, 조화로운 도시의 대화 초장』에 발표했다.

이때부터 사상가·혁명적 논객으로 정열적인 활동을 계속하는 한편, 시인으로서는 종교적 신비의 계시 전도자로서 모든 새로운 전위적 시운동과 기법을 완고하게 거부하고 규칙적이며 착실하고 완만한 리듬, 연도(連禱)와 같은 되풀이, 웅장한 전통적 12음절 시구의 고수 등으로 페기 특유의 불가항력적인 줄기찬 힘을 이루어 그의 사상을 독자에게 깊이 각인시켰다.

1908년 가톨릭으로의 전향을 표명하고 그 신앙을 노래하지만 그것은 내적인 전향이며 교회와 전통적 교리에 사로잡힌 신앙은 결코 아니어서 이를테면 '페기식 가톨릭'이라 하겠다. 이어 처녀작 『잔 다르크』를 시적 산문으로 개작한 『잔 다르크의 사랑의 신비Le Mystère de la charité de Jeanne d'Arc』, 『제2향주덕의 신비에 이르는 문Le Porche du mystère de la deuxième vertu』, 『성 무죄한 어린이들의 [순교] 신비Le Mystère des saints innocents』를 발표했고 또한 전통적 정형율시를 채택하여 『성 즈느비에브와 잔 다르크의 장식 융단La Tapisserie de Sainte Geneviève et de Jeanne d'Arc』, 『노트르 담의 장식 융단La Tapisserie de Notre-Dame』을 발표했다. 여기서 '장식 융단'이라 함은 장인의 섬세한 수예품인 융단(tapis)과 같이 끈기 있고 확실하고 규칙적으로 엮어 가는 그의 시법 자체를 나타내는 말이다. 끝으로 여성의 사명과 구원을 노래한 4행시로 연속된 총 8,000행의 대작 『이브Eve』를 발표, 이어 천국을 노래하는 『희망의 특성』을 구상 중 출정하여 영웅적인 군인으로 전사하였다.

사상가·논객으로서의 페기의 유례없는 특징은 모든 면에 걸친 정열적이고 야성적인 이단성에 있다. 그는 드레퓌스 사건을 계기로 한때 무신론적 사회주의로 달렸다가 다시 정치적 도그마로 굳어 버린 일반 사회주의와 손을 끊고 독특한 기독교적 사회주의를 정립. 정통적 사회주의에 대하여 이단일 뿐만 아니라 교회에 대하여도 이단적인 자신의 기독교를 신봉한다. 1900년에는 홀로 소르본 대학과 대결하여 잡지 『반월수첩Cahiers de la Quinzaine』을 창설. 소르본의 관허철학에 모멸과 공격을 퍼붓는다. 1914년 전쟁이 일어날 때까지 238호에 달한 이 잡지가 끼친 영향은 막대하다. 『조국Notre Patrie』과 『우리들의 청춘Notre Jeunesse』에서는 열렬한 애국자인 동시에 드레퓌스파이며, 사회정의의 옹호자로서 좌익정당에 대항하는 이상주의를 내걸고 『돈L'Argent』을 통하여 옛 동지들인 사회주의 진영의 영수들의 반군사상을 규탄하고, 옛 스승들인 소르본 교수들의 정치적 색채와 연구방법 및 우익정당과 교회의 반동성을 가차 없이 공격하여 철저한 그의 이단성을 발휘한다. 한편 『베르그송과 데카르트에 관한 주해Note conjointe sur M. Bergson et M. Descartes』에서 그는 합리주의와 과학지 상주의적인 철학과 사회과학을 공격하고 베르그송 철학의 옹호자로 투쟁한다. 그는 철두철미 자주자 율과 무욕무사의 의용병으로서 시비를 가림으로써 만인의 존경을 받았으나 그것이 또한 그의 사상가 로서의 한계이기도 했다.

서 론

매년 5월이면 잔 다르크를 기리는 축제가 열리는 오를레앙에서 태어난 샤를르 페기(1872~1914)가 '오를레앙의 처녀la Pucelle d'Orléans' 잔 다르크에게 관심을 가진 것은 우연이 아닐 것이다. 전부터 이 인물에 대해 연구를 해오던 페기는 1895년 11월 건강을 이유로 고등사범학교를 1년간 휴학하면서 본격적으로 작품을 쓰기 시작한다. 그의 처녀작『잔 다르크』(1897)를 발표한 뒤에도 페기는 길지 않은 그의 생애 동안 이 오를레앙의 처녀를 소재로『잔 다르크의 사랑의 신비』(1910),『잔 다르크의 소명의 신비』(1910),『제2향주덕의 신비에 이르는 문』(1911~1912), 그리고『성 무죄한 어린이들의 [순교] 신비』(1912) 등과 같은 여러 작품을 남기게 된다. 따라서 그의 전 생애는 거의 이 인물에 대한 연구에 바쳐졌다고 해도 과언이 아닐 것이다.

---

1)『불어불문학연구』, 제62집, 2005년 여름, pp.213~240.

그중에서도 본고에서 다루고자 하는 『잔 다르크』는 페기의 처녀작으로서 마르셀 보두엥(M. Baudouin)과 피에르 보두엥(P. Baudouin)의 이름으로 공동 서명이 되어 있다. 페기는 절친한 친구였던 마르셀 보두엥의[2] 이름을 따서 피에르 보두엥이라는 가명을 사용하였지만 이 극은 거의 페기가 쓴 것이라는 주장이 지배적이다.

페기는 친구 레옹 데에르(Léon Deshairs)에게 보내는 편지에서 처음에는 잔 다르크에 대한 역사적인 연구로부터 시작하였으나 이러한 성격의 글은 사건을 서술하고 나열하기에는 적합하나 인물의 내적인 삶, 영혼의 상태를 보여 주기가 어렵다고 판단하여 극 형식을 택하게 되었다고 고백한다.[3]

『잔 다르크』는 그리스 비극처럼 삼부작(trilogie) 형식으로 되어 있다. 각기 <동레미Domrémy>, <전투Les Batailles>, <루앙Rouen>이라는 부제가 붙은 세 개의 'Pièce'와, 여덟 개의 'Partie', 그리고 스물 네 개의 'Acte'로 구성되어 잔 다르크가 고향을 떠나기 전 전쟁으로 인한 인간의 불행과 영혼의 구원 문제에 대해 고민하는 모습으로부터 오를레앙 전투에서의 승리, 파리 함락에 실패한 뒤 포로가 되어 재판을 받고 화형에 처해지는 시기까지 잔의 전 생애를 다루고 있다.

반면 이 극에서는 보쿨뢰르의 수비대장으로서 잔에게 왕을 만나러

---

2) 마르셀 보두엥은 1896년 7월 세상을 뜨고 그 이듬해 페기는 친구의 여동생인 샤를로트 보두엥과 결혼한다.

3) "난 우리가 지금 써야만 하는 그 이야기를 갖고 '내적인 삶의 이야기'로 만드는 것이 결정적으로 불가능하다는 것을 깨달았다. 그래서 한 가지 생각이 나에게 떠올랐고 난 그것을 감히 받아들이게 되었다. 그것은 극과 또 필요하면 시에서 그 모든 자원을 빌리는 것이다. 난 그걸 하는 데 있어 그리 나쁜 장인은 아니라고 확신했다. Je me suis rendu compte aussi qu'il était décidément impossible, avec l'histoire telle qu'on est forcé de l'écrire, de faire «l'histoire de cette vie intérieure». Il m'est venu alors une idée que j'ai fini par avoir l'audace d'accueillir: celle d'emprunter au drame, et au vers s'il y a lieu, toutes ses ressources. Je me suis assuré que je n'y serais peut-être pas trop mauvais ouvrier.", *Lettre de Péguy à Léon Deshairs*, le 15 août 1895; cité in Eugène Van Itterbeek, "Socialisme et poésie chez Péguy. De la «Jeanne d'Arc» à l'affaire Dreyfus", *Cahiers de l'Amitié Charles Péguy*, nº 17, 1966, p.37.

투르에 가도록 말과 병사를 마련해준 보드리쿠르(Baudricourt)와 왕의
측근으로서 잔에게 적대적이었던 조르쥬 드 라 트레무이유(Georges
de la Trémouilles)는 등장하지 않는다. 그리고 1429년 3월 6일 경 이루
어졌던 시농에서의 왕과의 만남이나 렝스에서의 샤를르 7세의 대관
식 장면도 생략되어 있다.[4] 하지만 전쟁터로 떠나기 전의 잔의 고뇌,
영국과의 전투 및 프랑스 군 내부에서의 잔과 다른 신하들과의 갈등,
그리고 루앙에서의 재판과정은 상세하게 묘사되어 있다. 이것은 페기
가 외적인 사건의 묘사보다는 인물의 내적인 삶에 더 초점을 맞추었
기 때문으로 보인다.[5] 예를 들어 <동레미>에서는 전쟁과 그로 인한
'보편적 불행le Mal universel'의 문제에 대해 고민하는 잔에 초점이
맞추어져 있으며, 마지막 작품 <루앙>에서는 잔의 재판관들이 벌이
는 긴 논쟁이 실제 잔의 재판보다 더 많은 분량을 차지하고 있다. 이
러한 논쟁은 재판관들 사이에서도 잔에 대해 여러 이견들이 존재했
다는 것을 보여주는 것이다. 두 번째 작품 <전투>만이 예외적으로 잔
다르크로 인해 고양된 오를레앙 민중들의 노도와 같은 궐기로부터

---

4) "우리는 페기가 고의적으로 잔 다르크의 승리에 대한 암시를 피하고 있다는 인상을 받는다. 오를레앙 입성
   과 투렐, 파테, 자르조의 복귀는 극에서 아무런 자리도 찾지 못하고 있다. 렝스에서의 샤를르 7세의 대관식
   마저 몽모랑시의 대사에 겨우 언급되었을 뿐이다. 페기는 아마 승리의 시간에도 얼마나 운명이 잔을 시험
   하는지를 보여 주고 싶어 한 것 같다. On a l'impression que Péguy fuit délibérément les allusions aux
   triomphes de Jeanne d'Arc. L'entrée à Orléans, le retour des Tourelles, Patay, Jargeau ne trouvent
   point place dans le drame. Même le sacre de Charles VII à Reims est à peine évoqué dans une
   phrase attribuée à Montmorency. Peut-être Péguy veut-il montrer combien le destin continue
   d'éprouver Jeanne, même à l'heure du triomphe.", Pavel Krylov, "La vérité historique et l'imagination
   poétique dans le drame de Péguy, Jeanne d'Arc", Bulletin de l'Amitié Charles Péguy, n° 82, avril-juin
   1998, p.67.
5) "요컨대 페기는 육체보다는 영혼 쪽에 더 자리를 잡고 있으며, 자신의 작품을 잔 다르크의 '내적인 삶의 이
   야기'라고 규정지음으로써 스스로를 정당화하고 있다. Péguy se place en somme davantage du côté de
   l'âme que de celui du corps, et il s'en justifie en qualifiant son oeuvre de «histoire de la vie intérieure»
   de Jeanne d'Arc.", B. Goldenstein, Trois figures littéraires de Jeanne d'Arc. Péguy, Delteil, Ryner,
   mémoire de maîtrise, Université Paris III, 1997/1998, p.43.

승리한 프랑스 병사의 잔인한 행동 및 파리 공격의 실패에 이르기까지 외적인 사건의 묘사에 보다 많은 부분을 할애하고 있다.

이 방대한 희곡은 운문과 산문이 섞여 있으나 많은 부분이 운문으로 되어 있고 일종의 극시(poème dramatique)와도 같은 성격을 띠고 있다. 또한 시간적 순서를 따른 사건의 나열과 인물들의 긴 독백 혹은 논쟁적인 대사들로 인해 진정한 의미에서의 극작품이라기보다는 역사적인 사건과 내적 독백을 극형식을 통해 표현하고 있다고 할 수 있다.6)

이 극에 나타나는 잔 다르크의 이미지는 세 가지로 구분할 수 있다. 첫째는 신앙심이 깊고 타인들에게 헌신적이며 다른 사람들의 영혼을 구원할 수 있다면 기꺼이 자신을 희생하고자 하는 기독교인으로서의 이미지이며, 둘째는 사회주의적 연대의식을 지니고 일부 선택된 자들만이 아닌 모든 인간의 구원을 추구하는 사회주의자로서의 이미지이고, 셋째는 조국 프랑스를 사랑해서 타국의 침략을 용납하지 못하는 애국자로서의 이미지이다.7) 하지만 이러한 분류는 절대적인 것은 아니며 또 서로 완전히 독립적인 것도 아니다. 이 세 가지 특성은 잔이라는 인물 속에 서로 중첩되어 있기 때문이다. 예를 들면 자

---

6) "연대기적이면서도 극적, 시적, 인쇄상의 예술 작품 형태로 역사를 사용하는 것, 페기가 작가로서의 그의 경력 내내 끊임없이 사용한 『잔 다르크』의 기술은 바로 이렇게 요약될 수 있다. Une mise en oeuvre de l'histoire sous la forme d'une chronique et d'une oeuvre d'art dramatique, poétique et typographique, ainsi peut donc se résumer la technique de la *Jeanne d'Arc* que Péguy, nous l'avons vu, ne cessera d'utiliser tout au long de sa carrière d'écrivain.", Gilbert Zoppi, "La «Jeanne d'Arc» de 1897 et ses résonnances dans l'oeuvre de Péguy", *Bulletin de l'Amitié Charles Péguy*, n° 11, juil.–sept. 1980, pp.138~139.

7) "1897년과 1910년의 두 잔을 더 잘 분별하기 위해서 우리는 1897년의 잔에게 세 가지 성격을 부여할 것이다. 즉 사회주의자 잔, 기독교인 잔, 애국자 잔이다. Pour mieux distinguer entre les deux Jeanne, celle de 1897 et celle de 1910, nous attribuerons trois caractères à la Jeanne de 1897 : Jeanne socialiste, Jeanne chrétienne, Jeanne patriote.", Tjo Jung-Ok, *Jeanne d'Arc dans l'oeuvre de Péguy de 1910 à 1914*, Taegu, Université de Hyosung, 1982, p.13 ; voir aussi, Benoît Chantre, "Les trois Jeanne d'Arc. Nationale, révolutionnaire et chrétienne", *Esprit*, n° 238, déc. 1997, pp.11~16.

기 자신보다는 타인들의 영혼의 구원을 더 우선한다는 점에서 잔은 기독교적이면서 동시에 사회주의적이며8), 행동하는 사회주의적 인간 으로서의 잔은 또한 조국에 대한 사랑을 가슴에 품고 있는 애국자이 기도 하기 때문이다. 이러한 분류가 지닌 불완전함에도 불구하고 우리는 편의상 이 세 가지로 나누어 잔 다르크의 이미지를 분석해 보기로 하겠다.

1. 기독교인으로서의 이미지

잔 다르크를 소재로 한 여러 다른 작가들의 작품에서처럼 페기의 극에서도 자네트 혹은 잔9)은 신실한 기독교인으로 묘사된다. 잔은 우선 기도하는 자이다. 그녀는 종종 교회에 가고 들에서도 멀리서 종 소리가 들리면 무릎을 꿇고 기도한다. 잔이 전쟁을 종식시킬 수 있는 전투지휘자(chef de guerre)를 보내 달라고 기도할 때에도 그 지휘자는 또한 싸우러 가기 전에 먼저 기도하는 자이어야 한다.10) 후에 잔을 이단자로 의심하는 사람들에게 클로데(Vincent Claudet) 신부는 그녀

---

8) Eugène Van Itterbeek는 잔에게 있어 종교는 사회주의적이라고 본다: "종교는 사회주의적이어야 한다. 그 것은 자신의 영혼을 구하는 것이 문제가 아니라 타인들의 영혼을 구하는 것이다. La religion doit être sociale: il ne s'agit pas de sauver sa propre âme, mais d'abord celle des autres.", Eugène Van Itterbeek, "Socialisme et poésie chez Péguy. De la «Jeanne d'Arc» à l'affaire Dreyfus", Cahiers de l'Amitié Charles Péguy, n° 17, 1966, p.75.

9) 천상의 목소리를 들은 뒤부터 자네트는 잔으로 호칭된다: Charles Péguy, Oeuvres poétiques complètes, Paris, Gallimard, 1975 (1957), Bibliothèque de la Pléiade, p.77. 이후 기록된 쪽수는 이 판본에 의한 것임을 밝힌다.

10) "우리에게 있어야 하는 것은 이런 것입니다. 전쟁터에 모욕적인 영국인들을 치러 가기 전에 아침에는 무 릎을 꿇고 기도하는 전투지휘자 말입니다. 하느님, 우리에게 이런 사람을 주세요. Voilà ce qu'il nous faut: c'est un chef de bataille / Qui fasse le matin sa prière à genoux / Comme eux, avant d'aller frapper dans la bataille / Aux Anglais outrageux, Mon Dieu, donnez-le-nous." (p.45)

가 기도하는 모습과 영성체를 하는 모습은 바로 성녀의 모습이라며 그녀를 비난하는 것은 옳지 못하다고 말하기도 한다.

잔의 기독교인으로서의 이미지는 그녀가 구제행위를 많이 하고 병든 자들을 보살피며 슬픔에 처한 자들을 위로한다는 사실에서도 나타난다. 하지만 자신의 구제가 모든 사람을 배부르게 할 수 없고 이 세상에는 여전히 배고픈 자들과 위로받지 못하는 자들, 그리고 위로받으려고 하지 않는 자들이 존재한다는 생각은 그녀를 불행하게 만든다. 게다가 자신이 한두 사람을 구제할지라도 전쟁으로 인해 배고프고 부상당하고 버려지는 사람들은 훨씬 많다는 생각으로 인해 잔에게는 전쟁이야말로 인간에게 고통을 야기하는 가장 강력한 원인이 되고("La guerre est la plus forte à faire la souffrance.", p.31) 나아가 저주의 대상이 된다. 하지만 자신이 평생 전쟁을 저주하며 산다 할지라도 전쟁을 종식시킬 수는 없기 때문에 전쟁을 끝낼 수 있는 누군가가 있어야 한다고 생각한다. 이러한 점에서 잔은 기본적으로 기독교적 사랑을 품고 있으나 악을 물리치는 방법을 기도라는 영적인 방법과 행동하는 인간에게 둔다는 점에서 양면적인 모습을 보인다.

기도하고 구제하는 잔의 보편적 이미지 외에 페기가 묘사하는 잔의 기독교적 이미지는 영혼의 구원에 대한 관심과 신에 대한 반항, 그리고 그리스도의 모방이라는 점을 들 수 있다.

1) 영혼의 구원에 대한 관심

잔의 관심은 무엇보다도 사람들의 영혼이 구원받는 것이다. 그녀는 많은 사람들이 전쟁으로 인해 죄를 지면서 영혼이 저주를 받아 지옥에 가게 되고 신이 영원히 부재하는 지옥에서 영벌(éternelle damnation des âmes)에 처하게 된다는 생각에 고통스러워한다.[11] 또한 비록 자신과 주변사람들이 이웃에게 자선을 베풀지만 불행을 가져오는 보다 근본적인 원인인 전쟁을 종식시키지는 못하기 때문에 자신들 역시 타인들의 육체를 괴롭히며 영혼을 저주하는 자들("les tourmenteuses des corps et les damneuses des âmes", p.36)이라고 생각한다. 결국 자신의 부모도, 형제들도 모두 '보편적 불행le Mal universel'의 공범자들이다. 그들의 영혼을 불행에서 구하지 못하는 것은 그 영혼들뿐만 아니라 자신들 역시 지옥에 떨어지게 하기 때문이다("vous vous damnez vous-mêmes à laisser ainsi damner les âmes de Dieu", p.37). 그래서 그녀는 부모도, 형제도, 자매도 진정으로 사랑할 수 없고 집에서조차 부모 형제 없는 고아처럼 불행하고 외롭게 느껴진다. 이처럼 자신과 자기 주변의 사람들이 모두 보편적 불행의 공범자라는 인식은 잔의 영혼을 고통스럽게 한다.

이러한 신의 '영원한 부재l'Absence éternelle'로 인해 저주받은 자들의 영혼을 구할 수 있다면 잔은 그녀의 몸과 영혼을 영원한 지옥의 불꽃에 내어주고자 한다.

영원한 불꽃으로부터
고통으로 인해 어찌할 바를 모르는 저주받은 망자들의 몸을 구원하기 위해
내 몸을 영원한 불꽃에 내어주어야 한다면
하느님, 내 몸을 영원한 불꽃에 주시옵소서
O s'il faut, pour sauver de la flamme éternelle

---

11) "신의 부재는 이처럼 저주받은 자들의 특성이 된다. 하느님은 영원히 그들에게 부재한 것이다. Ainsi définie, l'absence de Dieu est ce qui caractérise les damnés: *Dieu même est absent de leur éternité.* L'enfer c'est l'absence.", Pie Duployé, *La Religion de Péguy*, Genève, Slatkine, 1978, pp.192~193.

Les corps des morts damnés s'affolant de souffrance,
Abandonner mon corps à la flamme éternelle,
Mon Dieu, donnez mon corps à la flamme éternelle (p.38)

하지만 제르베즈 수녀는 이 땅에서의 고통을 통해 영혼을 구원하는 것은 하느님이 허락할 수 있지만 타인의 영혼을 구원하기 위해 자신을 지옥에 가게 하는 것은 하느님이 원하지 않는다는 사실을 잔에게 상기시킨다. 자신을 지옥에 가게 하면서까지 저주받은 영혼들을 구원하고자 하는 것은 하느님의 뜻과 부합하지 않는다는 것이다. 영혼을 구원하기 위해서 이 땅에서 하는 수고와 기도 그리고 고통으로 충분하다는 것이다. 예수 그리스도도 인간들의 영혼을 구원하기 위해 이 땅에서 고통을 당했지만 지옥에서의 고통은 인간을 구원하지 못한다는 것을 알기 때문에 일부러 죄를 지어 자신을 저주하는 일은 하지 않았기 때문이다. 또한 이미 지옥의 형벌에 처해진 자를 위한 수고와 기도와 고통은 헛된 것이다. 하느님의 아들도 가룟 유다와 같이 저주받은 자들을 구원하지 못해서 죽어 가면서도 눈물을 흘렸으며 죽은 자들로 저희 죽은 자들을 장사 지내게 하라고 하였다는 것이다 ("il faut laisser les morts ensevelir leurs morts", p.41).

자신의 몸을 영원한 지옥의 불꽃에 내어줄지라도 타인의 영혼을 구원하고자 하는 잔은 보편적 불행의 원인인 전쟁을 끝낼 전투지휘자가 결국 자신임을 깨닫게 된다. 후에 전투에 출정하게 된 잔은 프랑스 병사에 의해 잔인하게 죽임을 당한 영국 병사의 머리를 무릎 위에 놓고 신부로 하여금 속죄의 의식을 행하게 한다. 그녀는 비록 적군일지라도 그리고 이미 죽은 자일지라도 그의 영혼을 구하려고 애쓰는 것이다. 그러고는 병사들에게도 전투에 나서기 전에 반드시 고

해성사를 하고 부상자들에게는 사면(absolution)을 제때에 행하도록 명령한다.[12]

잔이 원하는 병사들 역시 몸은 부상을 당할 지라도 영혼은 구원할 수 있는 자, 죽더라도 영원한 지옥의 불꽃에 떨어지지 않고 다른 사람도 지옥에 보내지 않을 자이다. 그들은 기도할 줄 알고 또 비겁하지 않은 자들이며 전투적이면서도 승리했을 때 복수하지 않고 증오심이 없는 자들이다. 하지만 승리에 취한 프랑스군들이 영국군보다 더 잔인한 복수를 행하는 것을 보고 잔은 인간의 전투가 너무 추악하다는 것을 발견하게 된다("la bataille humaine est trop laide", p.162). 전투에서 잔이 경험해야 하는 군인들은 그녀가 이상적으로 생각했던 군인들 즉 자신을 구원할 뿐만 아니라 다른 사람도 지옥에 보내지 않을 그런 사람들이 아니라 약탈과 강간과 잔인한 보복을 일삼는 인간들이다. 이러한 사실은 잔으로 하여금 이상과 현실의 괴리 속에서 실망하고 고뇌하게 한다.

2) 신에 대한 반항

신의 영원한 부재가 인간에게는 최고의 불행(le Mal suprême)이며 지옥은 바로 이 최고의 불행이 있는 곳이다. 잔은 구원받는 자가 있는 반면 영원히 지옥의 형벌에 처해지는 영혼이 있다는 사실에, 그리고 그들에게 신이 영원히 부재한다는 생각에 고통스러워하며 나아가

---

12) "당신의 모든 친구들에게 잘 말하시오. 그리고 당신도 역시, 디디에 씨, 고해성사를 하기 전에는 전쟁터에 절대 가지 마시오. 또 부상자들에게도 사죄할 시간을 주라고 그들에게 말하시오. D'abord dites bien à tous vos amis, et vous aussi, monsieur Didier, qu'on n'aille jamais plus à la bataille avant de s'être bien confessés. Dites-leur aussi qu'on veille bien à donner à temps l'absolution aux blessés." (p.131)

이러한 하느님의 섭리에 대해 반항심을 느끼기까지 한다.13) 잔은 왜 선하신 하느님이 이렇게 많은 고통을 허락하는지 이해할 수 없다 ("pourquoi le bon Dieu permet qu'il y ait tant de souffrance", p.32). 그리고 선한 농부들이 추수의 안전을 위해 기도한 지 50년이나 되고 또 자신이 8년 동안이나 전심전력으로 그것을 위해 기도하고 있음에도 불구하고 하느님은 왜 그 기도를 들어주시지 않는가 하는 의문이 든다. 기도조차도 저주받은 피가 묻어 있는 것 같고 지옥에 떨어지는 자들을 생각하면 잔의 영혼은 어찌할 바를 모르게 된다.

> 자네트: [……] 기도의 말들은 저주받은 피가 묻어 있는 것 같아요, 저주받은 자들을 생각하면 내 영혼은 어찌할 바를 모르고, 저주받은 자들을 생각하면 내 영혼은 반항을 합니다.
> Jeannette: [……] Les paroles de la prière me paraissent ensanglantées du sang maudit, et mon âme s'affole à penser aux damnés; à penser aux damnés mon âme se révolte. (p.43)

자신의 기도에도 불구하고 하느님은 계속 영혼들을 저주하고 있다는 생각이 들면 잔은 자신의 기도가 헛되지 않은가 하는 생각이 들고 나중에는 반항심이 들어서 더 이상 기도할 수조차 없게 된다. 잔은 자신의 이러한 내면적 갈등을 제르베즈 수녀에게 털어놓는다. 이때

---

13) "잔은 실제로 악에 대한 반항심을 갖고 어떤 영혼들에게 지고의 악, 즉 영원한 부재를 유지하고 있는 신에게 반항하기도 한다. [……] 신에 대한 반항에까지 이르는 이러한 반항으로부터 자네트는 지옥의 문제 앞에서 반은 체념한 채 저주받은 자들의 수를 증가시킬 수 있는 모든 것에 대한 반항심을 간직한다. 특히 영혼을 저주하는 커다란 원인이 되는 전쟁에 대해. Jeanne va en effet dans son sentiment de révolte contre le mal, jusqu'à se révolter contre Dieu même qui maintient, pour certaines âmes, le mal suprême: l'absence éternelle. [……] De cette révolte qui va jusqu'à la révolte contre Dieu, Jeannette garde, dans sa demie résignation devant le problème de l'Enfer, une révolte contre tout ce qui pourra augmenter le nombre des damnés, – particulièrement contre la guerre, la grande damneuse d'âme.", Marcel Péguy, *Notes conjointes sur Domrémy, les Batailles et Rouen*, Paris, Desclée de Brouwer, [s. d.], p.33.

제르베즈 수녀는 인간은 자신이 해야 할 일을 할 뿐이라고, 또한 기도가 헛된 것인지도 인간은 결코 알지 못하며 기도에 응답하고 안 하는 것은 전적으로 하느님의 소관이며 누가 지옥에 떨어질지는 오직 하느님만 아는 일이라고 대답한다. 잔과 제르베즈 수녀가 나누는 이와 같은 대화는 잔의 신앙적 갈등뿐만 아니라 타인들의 영혼에 대한 잔의 깊은 사랑을 보여 주고 있다. 그녀는 영원한 신의 부재로부터 저주받은 자들을 구원할 수만 있다면 기꺼이 자신의 몸과 영혼으로 고통받기를 원하는 것이다.

신에게 반항적이던, 그래서 하느님이 계속 영혼들을 저주하고 있다면서 신성모독적인 말도 서슴지 않았었던 잔은 나중엔 천상의 목소리에 대해서도 반항적이 된다. 파리 공격을 앞두고 왕의 공식적인 지원도 받지 못한 채 또 자신을 따르던 자들도 하나 둘 떠나간 가운데 잔은 천상의 성녀들이 자신에게 조언을 해 주러 온다면 기꺼이 환영하지만 오지 않을지라도 그들의 조언 없이 홀로 싸우겠노라고 단언한다.

> 잔: 내 천국의 자매들이 내게 조언해 주길 원한다면 난 그들을 환영해, 하지만 그것이 하느님, 우리 주님의 마음에 들지 않는다면 하늘에서 떠나 버리실, 난 목소리들의 조언 없이 싸우겠어.
> Jeanne: Quand mes soeurs du Paradis voudront me conseiller, elles seront les très bien venues; mais quand il ne plaira pas à Dieu, notre Seigneur, qu'elles s'en aillent du Ciel, je bataillerai sans le conseil de mes voix. (p.213)

그녀의 의지는 이제 왕의 뜻과 상관없이 파리를 공략하겠다는 결심에서 더욱 강하게 나타난다. 잔은 자신이 주체적으로 결정할 것임을 강하게 보여 준다.

잔: [……] 하지만 내가 나의 주인이 된 지금, 장, 당신에게 단언하건대, 난 이젠 더 이상 거짓말을 하지 않겠어! 더 이상! 난 거짓된 말을 하지 않을 거야, 그리고 난 내가 성공할지는 모르겠지만 올바르게 행동하리라는 것은 알아요.

Jeanne: [……] Mais à présent que je serais maîtresse de moi, je vous assure, maître Jean, oui je vous assure que je ne dirai plus de mensonge, à présent! Non! je ne dirai pas la parole menteuse, et je ne sais pas si j'irai loin, mais je sais bien que je marcherai droit. (p.215)

이처럼 신에게 반항하며 자신의 의지를 갖고 주체적으로 행동하는 모습을 볼 때 이 극에 나타나는 잔 다르크는 순전하게 신의 뜻에 순종하는 성녀의 모습을 보이기보다는 신의 섭리에 회의를 가지며 때로는 반항하기도 하고 때로는 자신의 의지에 따라 행동하는 보다 인간적인 모습을 지니고 있다고 할 수 있다. 신성모독적인 말도 서슴지 않고 천상의 목소리에 대해서도 반항하는 잔의 모습은 역사적인 인물로서의 잔에게서는 발견되지 않는 것이다.14) 결국 이것은 작가 자신의 모습이 인물에 투영된 것으로 볼 수 있다.

3) 그리스도의 모방

잔 다르크에게서 그리스도의 이미지를 발견한 것은 미슐레(J. Michelet, 1798~1874)로부터 시작한다. 미슐레는 그의 『프랑스사』에서 15세기에 예수의 모방이 얼마나 중요한 것이었는지를 한 장에 걸쳐 설명하고 있다.15) 그리고 그는 누구보다도 이 오를레앙의 처녀에게

---

14) "그런데 역사적인 인물 잔에게서는 알려져 있지 않은 이러한 반항은, 페기는 자기 자신 속에서가 아니면 어디서 발견했겠는가? Or cette révolte, inconnue de la Jeanne historique, où Péguy l'aurait-il trouvée si ce n'est en lui-même?", Jean Delaporte, *Connaissance de Péguy*, Paris, Plon, 1944, t. I, p.301.

서 예수 그리스도의 모방과 수난이 재현되었다고 보며 그것이 바로 프랑스를 구원한 것이 되었다고 주장한다.16) 미슐레 이후 잔 다르크의 메시아적 이미지는 19세기 후반과 20세기 전반에 걸쳐 프랑스 문단에서 가장 유행하던 주제가 되기도 하였다.17) 예를 들면 레옹 블르와(Léon Bloy)는 장 드 뤽상부르가 잔을 영국인들에게 일만 리브르를 받고 판 것을 유다가 예수를 판 것에 비유하고, 앙드레 쉬아레스(André Suarès)는 잔이 박사들과 사제들 앞에서 재판 받는 광경을 예수가 빌라도 앞에서 재판을 받는 것에 비유하기도 한다. 클로델은 그의 『화형대의 잔 다르크』에서 잔을 사랑의 화신으로 묘사하는 반면 그녀를 재판하던 사제들을 짐승으로 묘사하고 있다. 이 외에도 아누이, 베르나노스, 말로, 몰니에 등도 잔의 수난을 기록하고 있다.18)

---

15) "미슐레는 그의 『프랑스사』 제5권에서 15세기에 있어서 『예수 그리스도의 모방』이 갖는 중요성을 한 장 전체에 걸쳐 강조하고 있다. 이 책의 '정신'은 성직자들에 있어서는 '인내와 수난'이라고 할 수 있는데 이 인내와 수난은 자신의 영혼을 구하고 싶어 하는 자에게 제르베즈 수녀가 충고하는 바로 그것이다. Michelet, dans le tome V de son *Histoire*, consacre un chapitre entier à souligner l'importance, au XVe siècle, du livre de l'*Imitation de Jésus Christ* dont «l'esprit», écrit-il, «fut pour les clercs patience et passion». Patience et passion c'est exactement ce que conseille madame Gervaise à qui veut sauver son âme", Gilbert Zoppi, "La «Jeanne d'Arc» de 1897 et ses résonnances dans l'oeuvre de Péguy", *art. cit.*, p.141.

16) "예수 그리스도의 모방, 즉 동정녀 속에 재생된 그의 수난, 그것은 바로 프랑스의 구속(救贖)이었다. L'imitation de Jésus-Christ, sa Passion reproduite dans la Pucelle, telle fut la rédemption de la France.", Jules Michelet, "L'imitation de Jésus-Christ", *Histoire de France*, liv. X, chap. 1; repris dans *Jeanne d'Arc*, Gallimard, 1974, p.239; cité *in* Simone Fraisse, "Michelet ou l'évangéliste de Jeanne", *Bulletin de l'Amitié Charles Péguy*, n° 82, avril-juin 1998, p.72.

17) "잔 다르크의 메시아적인 모습은 19세기 후반부터 20세기 전반에 걸쳐 가장 많이 묘사된 주제이다. L'aspect messianique de Jeanne d'Arc reste le thème le plus abondamment illustré, de la moitié du XIXe siècle à celle du XXe siècle.", B. Goldenstein, *Trois figures littéraires de Jeanne d'Arc. Péguy, Delteil, Ryner, op. cit.*, p.77; "1842년에 알렉상드르 뒤마는 『동정녀 잔』을 출판하는데 이 작품에서 작가는 주인공을 프랑스의 그리스도로 묘사하고 있다. 1852년에 라마르틴은 그의 시집인 『문명인』에서 '천사이며 여자이고 민중이며 처녀이고 병사이자 순교자인 주인공의 초상을 그린다. [……] 이것은 조국에 대한 성스런 미신에 의해 신성시된 프랑스의 이미지라고 할 수 있다. En 1842, Alexandre Dumas publie une *Jehanne la Pucelle* où il fait de l'héroïne «le Christ de la France». En 1852, La Martine, dans son recueil *Le Civilisateur*, imagine le portrait de celle qui fut «ange, femme, peuple, vierge, soldat, martyr [……], image d'une France divinisée par la sainte superstition de la patrie».", *in* S. Fraisse, "Michelet ou l'évangéliste de Jeanne", *art. cit.*, p.72.

페기에게서도 역시 미슐레의 영향을 발견할 수 있는데 그것은 우선 예수의 모방이라는 점이다. 페기는 잔 다르크가 그리스도의 여러 모방 중에서 가장 뛰어나고, 가장 충실하며, 가장 그리스도에 가까운 인물이라고 보고 있다.[19] 그것은 잔이 누구를 구원해야 하며 어떻게 구원해야 하느냐고 묻자 제르베즈 수녀가 "예수를 모방해서, 예수의 말에 귀 기울임으로써"라고 대답하는 데서 나타난다.

> 자네트: 그렇다면, 제르베즈 수녀님, 도대체 누구를 구원해야 하나요? 또 어떻게 구원해야 하나요?
> 제르베즈 수녀: 예수를 모방해서, 예수의 말에 귀 기울임으로써
> Jeannette: Alors, madame Gervaise, qui donc faut-il sauver? Comment faut-il sauver?
> Madame Gervaise: En imitant Jésus ; en écoutant Jésus (p.40)

즉 예수처럼 복음을 전하고, 기도하고 또 수난을 당하는 것이다. 잔이 자신의 영혼과 몸을 희생시키고서라도 타인들의 영혼을 구원하기를 바라는 것은 인류의 구원을 위한 그리스도의 수난을 닮고 있다고 할 수 있다.[20] 그녀의 원대로 잔은 그리스도처럼 감옥에 갇히고,

---

18) Voir Marco Markovic, "Jeanne d'Arc dans la littérature française", *L'Astrolabe*, n° 70, 1982-III, pp.22~27.

19) "1911년에 『로데』에서 페기는 작품의 방향을 묘사하고 있다: '난 [어떻게 잔이] 예수 그리스도의 모든 모방들 중에서 가장 충실하고 가장 근접해 있는지 보여 줄 것이다. En 1911, dans le *Laudet*, il dessine la ligne de l'ouvrage: «Je montrerai [comment Jeanne] fut et la plus éminente et la plus fidèle et la plus approchée des toutes les imitations de Jésus-Christ» (III, 565).", Simone Fraisse, "Michelet ou l'évangéliste de Jeanne", *art. cit.*, p.73.

20) "우리는 자네트의 고통이 그리스도의 고통에 밀접하게 접근한다고 믿는다. 자네트는 그리스도의 수난에 의해 '유혹을 받은' 것이라고 말할 수 있을 것이다. 그녀는 자신을 무화시키고 영원한 불꽃으로부터 저주받은 자들을 구하기 위해 끝까지 고통 받기를 원한다. Nous croyons que la souffrance de Jeannette se rapporte étroitement à celle du Christ. On pourrait dire que Jeannette est *tentée* par la passion du Christ. Elle veut s'anéantir, souffrir jusqu'à la fin des temps, afin de sauver les damnés de l'enfer des flammes éternelles.", Eugène Van Itterbeek, "Socialisme et poésie chez Péguy. De la «Jeanne d'Arc» à l'affaire Dreyfus", *Cahiers de l'Amitié Charles Péguy*, n° 17, 1966, p.77.

재판을 받고, 죽음에 이름으로써 그리스도의 모방에 충실한 자가 되었던 것이다.21)

2. 사회주의자로서의 이미지

페기가 이 극에서 묘사하는 잔 다르크는 기도하는 자이며, 또 타인들에게 자비를 베풀 뿐만 아니라 그들의 영혼까지도 자신의 목숨보다 더 귀하게 여기는 기독교인이면서 동시에 인본주의적이고 사회주의적인 성향을 가진 모순적이고 양면적인 모습을 지니고 있다. 잔은 많은 구제를 하고 기도를 하면서도 전쟁으로 인한 인간의 고통과 그것을 허락하는 신의 섭리에 대해 회의를 갖는 매우 인간적인 모습을 보인다. 그녀는 때로는 신성모독이라고 할 수 있는 발언도 서슴지 않으며 선택된 소수만이 아닌 모든 인류의 구원을 원한다는 점에서는 사회주의적 연대의식을 보이기도 한다. 주인공의 이러한 인본주의적이고 사회주의적인 특성은 결국 작가의 성향을 반영해 주는 것이다. 극 서두의 헌사는 페기의 이러한 사회주의자로서의 특성을 잘 나타내고 있다.

> 범세계적 사회주의 공화국의 건설을 위해 인간적 죽음으로 죽어
> 갈 모든 이들에게

---

21) "그녀의 성스러움은 부름을 받았다는 데에 있는 것이 아니라 충성스럽게 남아 있는 것이다. 즉 자신의 임무에 충실하고 감옥에 갇히고 재판을 받고 죽기까지 예수 그리스도의 모방에 충실한 것이다. Sa sainteté ne consiste pas à avoir été appelée, mais à demeurer fidèle ; fidèle à sa tâche, fidèle à l'imitation de Jésus-Christ réalisée jusqu'à l'emprisonnement, le procès et la mort.", Jean Delaporte, *Connaissance de Péguy, op. cit.*, p. 311.

이 시를 바친다.
A toutes celles et à tous ceux qui seront morts de leur mort humaine
pour l'établissement de la République socialiste universelle
Ce poème est dédié. (p.27)

　요컨대 그는 이 땅에서 살아갈 모든 인류에게, 특히 범세계적인 사
회주의 공화국의 건설을 위해 헌신할 자들에게 이 작품을 바치고 있
는 것이다.

1) 사회주의적 연대 의식

　잔이 고민하는 것은 무엇보다도 전쟁으로 인해 고통 받는 모든 사
람들을 구원할 수는 없다는 것이다. 그것은 눈에 보이는 현실적이고
물질적인 문제뿐만 아니라 영혼의 구원이라는 영적인 문제까지도 포
함한다. 배고픈 자들에게 먹을 것을 주고 부상자들을 보살필지라도 전
쟁은 훨씬 많은 사람들을 또다시 배고프게 하고 부상자들을 만들어
낼 뿐만 아니라 영혼이 영벌을 받게 하는 원인이 되는 것이다. 그런데
이러한 불행을 보고도 그 불행을 가져오는 전쟁을 종식시키지 못하는
자신과 이웃들은 모두 '보편적 불행의 공범자complices du Mal universel'
라고 생각되기 때문에 잔은 더욱 괴로워한다. 이처럼 타인의 불행을
자기 것으로 여길 뿐만 아니라 스스로를 불행을 가져오는 자와 동류
로 여김으로써 잔은 타자와 세계에 대한 연대의식을 보여 주고 있다.
　잔이 원하는 구원은 모든 이들의 구원이라는 점 역시 사회주의적
연대감을 보여 주는 것이다. 자신이 기도하는 그 순간에도 여전히 저
주받는 영혼들이 있다는 생각을 하면 잔은 더 이상 기도하지 못할 정

도이다. 그녀는 자기 자신의 영혼을 구하는 것보다 먼저 타인들의 영혼을 구하고자 하고, 또 한 사람의 예외도 없이 모든 인류가 구원받을 수 있기를 원한다. 잔은 영원한 지옥의 불꽃에서 그리고 신의 영원한 부재로부터 저주받은 사람들의 영혼을 구할 수만 있다면 기꺼이 자신의 몸과 영혼의 고통을 받아들이고자 한다.

> 영원한 불꽃으로부터
> 고통으로 어찌할 바를 모르는 저주받은 망자들의 몸을 안전하게
> 구해 내기 위해
> 내 몸을 인간적인 고통에 오랫동안 내어놓아야 한다면,
> 하느님, 내 몸을 인간적인 고통에 놓아두소서.
> S'il faut, pour tirer saufs de la flamme éternelle
> Les corps des morts damnés s'affolant de souffrance
> Laisser longtemps mon corps à la souffrance humaine,
> Mon Dieu, gardez mon corps à la souffrance humaine;
>
> 부재로 인해 어찌할 바를 모르는 저주받은 영혼들을
> 영원한 부재로부터 구원하기 위해
> 내 영혼을 인간적인 고통에 내어놓아야 한다면,
> 내 영혼이 인간적인 고통 속에 살아 있게 하소서.
> Et s'il faut, pour sauver de l'Absence éternelle
> Les âmes des damnés s'affolant de l'Absence,
> Laisser longtemps mon âme à la souffrance humaine,
> Qu'elle reste vivante en la souffrance humaine. (pp.38~39)

잔이 보여 주는 이와 같은 연대의식은 페기의 사회주의의 근간을 이루는 것이기도 하다.[22]

---

22) "이러한 보편적 연대성은 페기의 도덕적 사회주의의 근간을 구성한다. Cette solidarité universelle constitue le fond même du socialisme moral de Péguy.", Eugène Van Itterbeek, "Socialisme et poésie chez Péguy. De la «Jeanne d'Arc» à l'affaire Dreyfus", Cahiers de l'Amitié Charles Péguy, n° 17, 1966, p.72.

2) 행동하는 인간

이 극에 나타나는 잔 다르크는 영혼의 구원뿐만 아니라 이 지상에서의 행복도 중요하게 생각하는 매우 양면적인 모습을 보이고 있다. 잔의 고뇌는 지극히 현실적이고 일상적인 것으로부터 시작한다. 그녀는 오랜 전쟁으로 굶주리고 고통받는 이들이 많음에 대하여, 한 번의 구제가 그들을 영원히 배부르게 하지 못함에 대하여, 그리고 전쟁으로 인해 영벌에 처해지는 자들에 대한 자신을 비롯한 주위 사람들의 무력함과 비겁함에 대해 괴로워한다. 또한 적군이 그들의 마을을 포위하고 교회에 무력으로 진입하여 거룩한 장소를 더럽히고 농작물을 불태우며 가축을 약탈해 가는 것을 보고 기도에 대한 회의와 신에 대한 반항심이 싹트는 것이다.

이처럼 잔이 추구하는 영혼의 구원은 현실적인 문제와 밀접하게 관련되어 있다. 결국 잔은 제르베즈 수녀처럼 수도원에서 기도만 하는 것에 만족하지 못하고 이 세상에서 고통받는 이들을 위해 행동하기로 결심한다. 그 가장 급박한 일은 영국의 공격으로 인해 고통당하는 프랑스와 프랑스인들을 구하는 일이다. 구체적인 행동을 통해서 영혼을 구원하는 것, 잔에게는 이처럼 물질적인 것과 정신적인 것이 공존하고 있으며 이것은 페기의 인도주의적이고 사회주의적인 시각이 반영되었기 때문으로 보인다.

제르베즈 수녀처럼 자기 영혼만을 구원하기 위해 수도원에 들어가는 일은 하지 말아야 하며 다른 사람들을 조금은 생각해야 한다("Il faut aussi penser un peu aux autres", p.33)고 말하는 친구 오비에트의 말은 잔의 생각과 일치한다. 이것은 이어지는 제르베즈 수녀와 자네트의 대화에서 알 수 있다. 제르베즈 수녀와 잔은 여러 면에서 서로 상반된 생각을 갖고 있다. 우선 제르베즈 수녀는 전쟁을 해서는 안 된다고 주장하며 타인들의 영혼을 구원하기 위해서는 예수를 본받아서 복음을 전하고 기도하며 또 인간적인 고통을 당해야 한다고 말한다. 예수가 베드로에게 자신을 잡아가려는 로마 병정에게 칼을 빼는 것을 금했던 것처럼 하느님은 무력을 통해서 인간을 구원하기를 원치 않기 때문이다. 또한 제르베즈 수녀는 이 세상에는 어쩔 수 없이 구원할 수 없는 자들이 있다는 숙명론적인 인식을 갖고 있다. 반면 잔은 기도하고 행동하는 인간을 추구한다. 잔은 전쟁을 통해서 전쟁을 종식시킬 수 있다고 생각하는, 그래서 전투지휘자를 보내 달라고 신에게 기도하는 자이고 제르베즈 수녀는 무력에 의한 방법이 아닌 기도와 같은 영적인 방법으로써 해결하고자 한다.23)

잔의 생각은 몽 생 미셸의 전투를 통해 더욱 확고해진다. 그곳 사람들은 아침에는 기도하고 낮에는 열심히 싸워서 결국은 승리했기 때문이다.

> 왜냐하면 성산(聖山)의 선한 수호자들은
> 그곳에서 매일 아침 기도한 후에

---

23) "세계에 질서를 재확립하려는 의지가 진정 효과적이 되기 위해서는 기도로부터 시작해야 한다. - 그것이 바로 잔이 빠트리지 않는 것이다. - 그러나 우리는 단지 기도만 해서는 안 된다. [……] 우리는 우리의 힘이 닿는 대로 이 세계가 갖고 있는 방법에 의해 이 세계 속에 저주를 가져오는 모든 것을 없애야만 한다. '기도해야 합니다'라고 〈동레미〉에서 제르베즈 수녀는 말한다. 잔은 세 개의 극의 처음부터 끝까지 기도만 하는 것에 만족해서는 안 된다라고 생각한다. Pour qu'une volonté de remettre de l'ordre dans le monde soit vraiment efficace, nous devons donc commencer par prier. - C'est ce que ne manque pas de faire Jeanne. - Mais *nous ne devons point simplement prier* [……] Nous devons, dans la mesure de nos forces, supprimer tout ce qui est damneur dans ce monde, *par les moyens mêmes dont ce monde dispose*. «*Il faut prier*», dit madame Gervaise dans *Domrémy*. Il ne faut point se contenter de prier, pense Jeanne, d'un bout à l'autre des trois drames.", Marcel Péguy, *Notes conjointes sur Domrémy, les Batailles et Rouen, op. cit.,* pp.35~36.

전투에 나서 휴식도, 불평도 없이
하루 종일 지휘자와 병사로 남아 있었기 때문이지요.
Car les bons défenseurs de la montagne sainte,
Après avoir prié tous les matins là-bas,
Partaient pour la bataille où sans trêve, et sans plainte,
Ils restaient tout le jour, capitaine et soldats. (p.45)

　잔이 오를레앙에서 묵고 있던 집의 여주인에게 필요하다면 자신이
기도하고 있을 때라도 방해하는 것을 두려워하지 말라고 하면서 행
동하는 것도 기도의 일부라고 말하는 것은 행동하는 인간으로서의
잔의 모습을 잘 보여 주고 있다.

　자크린 부인, 당신의 배려에 매우 감사해요, 하지만 이제는 사람들
이 일 때문에 날 찾아오면 방해할까 봐 두려워하지 않아도 돼요.
왜냐하면 일하는 것은 또한 기도하는 것이니까요, 자크린 부인.
Madame Jacqueline, je vous remercie beaucoup pour tous vos bons
soins, mais à présent, quand on viendra me trouver pour la besogne, il
ne faudra pas avoir peur de me déranger, même dans la prière, parce
que, voyez-vous, travailler à la bonne besogne, c'est encore de la
prière, madame Jacqueline. (p.113)

　잔은 프랑스 민중들 역시 적들이 가하는 고통을 비겁하게 참고만
있지 말고 낫을 들고서라도 싸우기를 바란다. 곡식을 베던 팔 힘을
사용하여 부르고뉴 사람들을 곡식 베듯이 베기를 바라는 것이다.

　아! 만약 농부들이 그들의 잘 드는 낫으로
부르고뉴 사람들을 베어 버리기를 원한다면
그들이 이 새로운 일을 시작하고자 원한다면,
팔의 힘을 사용하고자 원한다면,
이 새로운 추수를 하고자 원한다면······.

Ah! si les paysans voulaient! si de leur faux
Bien coupante ils voulaient faucher les Bourguignons,
S'ils voulaient bien se mettre à ces travaux nouveaux,
S'ils voulaient essayer la force de leurs bras,
S'ils voulaient essayer ces nouvelles moissons……. (p.49)

이처럼 이 극에 나타나는 잔 다르크는 하느님에게 기도하며 그의
도움을 바라면서도 동시에 인간적인 노력을 다하는 자, 즉 기도하면
서 행동하는 양면성을 지닌 자이다.

영국인 헤이튼(Haiton)이 왜 승리를 위해 기도하는 것으로 만족하
지 않았느냐고 물을 때에도 잔은 행동하는 것의 중요성을 역설한다.
즉 하늘은 스스로 돕는 자를 돕기 때문에 프랑스에서는 어떤 일을 해
야 할 때 먼저 스스로 시작한다는 것이다.

> 윌리엄 헤이튼: 하지만 왜 그녀는 자신이 왕이라고 부르는 자의
> 승리를 위해 기도하는 것으로 만족하지 않았지?
> 잔: 프랑스에서는 해야 할 일이 있을 때 먼저 스스로 시도해 보는
> 게 관습이죠. "하늘을 스스로 돕는 자를 돕는다"라는 말이 있어요.
> 윌리엄 헤이튼: 영국인들은 좀 더 공손하지. 그들은 기도한 뒤에
> 기다리거든.
> Maître William Haiton: Mais pourquoi donc ne s'est-elle pas
> contentée de prier Dieu pour la victoire de celui qu'elle appelle son roi?
> Jeanne: C'est une habitude, en France, quand on voit qu'on a du
> travail à faire, de commencer par essayer d'y travailler soi-même :
> «Aide-toi», comme on dit, «le ciel t'aidera.»
> Maître William Haiton: Les Anglais sont plus respectueux: quand
> ils ont fait la prière, ils attendent. (p.269)

반면 헤이튼은 영국인들은 기도하고 기다린다고 대답함으로써 상
반된 태도를 보인다. 이것은 프랑스와 영국인의 사고의 차이를 보여

주면서 동시에 프랑스인은 가만히 앉아서 기도의 응답이 이루어지기만을 바라지 않고 적극적으로 나서서 행동한다는 작가의 의식을 반영하는 것이기도 하다.

제르베즈 수녀와 잔의 두 번째 차이점은 제르베즈 수녀는 영혼의 구원과 지상에서의 삶을 별개로 생각한다는 것이다. 그래서 비록 자신의 어머니가 아무도 돌보아 주는 사람이 없어서 이 땅에서 고통스러운 삶을 영위할지라도 어머니의 영혼을 위해 기도하는 것을 더 중요하게 생각한다. 반면 잔은 눈에 보이는 삶 역시 중요하게 생각한다. 그래서 영국인들을 프랑스 땅에서 쫓아내어 주기를 기도하고 모든 불행의 근원인 전쟁을 끝낼 수 있는 전투지휘자를 보내 주기를 기도하는 것이다. 이처럼 잔에게는 영혼의 구원이 이 지상에서의 삶과 밀접하게 관련되어 있다. 이것은 페기가 영적인 구원과 물질적인 구원을 분리된 것으로 보지 않고 그들이 서로 보충적이라고 생각하기 때문이다. 즉 경제적인 빈곤으로부터 구원하지 않으면 정신적인 빈곤으로부터도 구원할 수 없다는 것이다.

> 1902년의 사회주의자 페기는 기독교인 페기를 예상하는 것이다. 그는 정신적인 것과 물질적인 것이 서로 보완한다는 것을, 물질적인 구원은 영원한 구원의 필요조건이라는 것을 이미 알고 있는 것이다. 왜냐하면 경제적인 빈곤으로부터 구원하지 않는 한 도덕적 혹은 정신적 빈곤으로부터도 구원할 수 없기 때문이다.
> Le Péguy socialiste de 1902 anticipe sur Péguy chrétien; il sait déjà que le spirituel et le temporel sont complémentaires l'un à l'autre, qu'un certain salut temporel constitue une condition nécessaire du salut éternel, car «on ne peut sauver des misères morales ou mentales tant qu'on ne sauve pas de la misère économique.[24)]

한편 페기는 잔을 민중과 동일시하며25) 민중을 이끄는 강력한 힘을 지닌 자로 묘사하기도 한다. 오를레앙의 총독 라울 드 고쿠르(Raoul de Gaucourt)는 군중들이 사령관인 자신의 명령을 듣지 않고 잔의 말만 따르는 것을 보고 군대에 규율이 없어졌다고 렝스의 주교인 르노 드 샤르트르(Regnault de Chartres)에게 불평을 한다. 그는 부르고뉴 문으로 나가는 것을 금하는 자신의 말을 듣지 않고 잔과 그녀를 따르는 흥분한 군중들이 노도와 같이 밀려와서 저항할 수 없었다고 이야기한다. 그는 자신의 일생에서 처음으로 두려움을 느꼈을 정도이다. 그러자 렝스의 주교는 잔을 거칠고 세련되지 못한 '민중을 선동하는 자meneuse d'hommes'로 취급한다. 위기에는 이러한 선동자가 필요할 때가 있다는 것이다.26) 또한 오를레앙의 법대 학생인 디디에가 전투에 문외한이면서 도끼를 들고 친구들과 함께 생 루 전투에 참여하는 것 역시 잔에게는 행동하지 않던 사람도 분연히 일어나게 하는, 병사가 아닌 자로 병사를 만드는 힘이 있음을 보여 주는 것이다.

3. 애국자로서의 이미지

잔 다르크의 신앙심과 분리해서 생각할 수 없는 것이 그녀의 애국심이다. 페기의 이 극에서도 잔은 프랑스인이 영국인에 의해 흘리는

---

24) Jean Delaporte, *Connaissance de Péguy, op. cit.,* p.300.

25) "페기가 미슐레에게 빚지고 있는 두 번째 사항은 잔을 민중과 동일시하고 특히 프랑스 민중과 동일시한다는 것이다. Le second point dont Péguy est redevable à Michelet est l'identification de Jeanne au peuple et singulièrement au peuple français.", S. Fraisse, "Michelet ou l'évangéliste de Jeanne", *art. cit.,* p.74.

26) "Il y a des circonstances graves, messire, où il en faut, pour le peuple" (p.145)

피에 격앙되기도 하고 위기에 빠진 오를레앙과 프랑스를 구하기 위해 여성임에도 불구하고 과감하게 전투에 뛰어든 인물로 묘사되고 있다. 이러한 잔의 이미지는 구제를 많이 하고 사람들의 영혼의 구원에 가장 큰 중요성을 부여하는 기독교인으로서 그리고 모든 이들의 구원을 원하는 사회주의자로서의 모습 외에도 조국의 위기 앞에서 행동하는 애국자의 모습을 보여 주는 것이다.

1) 프랑스의 구원

잔은 프랑스에 전쟁이 있는 것과 그 전쟁으로 인해 많은 불행한 일들이 생기는 것으로 인하여 괴로워한다. 농부들은 수확을 앞두고 있는 농작물을 잃고 아이들은 고아가 되고 마을은 불타고 약탈당한다. 잔은 프랑스 땅에 전쟁을 가져온 자들을 저주하기도 하며, 영국인들을 프랑스에서 몰아낼 수 있는 전투지휘자를 보내 달라고 하느님에게 기도한다. 왜냐하면 프랑스를 구하기 위해서는 그들의 용기를 북돋을 진정한 지도자가 있으면 된다고 믿기 때문이다.

그런데 하느님의 왕국인 프랑스를 구원할 전투지휘자는 결국 자기 자신임을 깨닫게 된 잔은 프랑스를 구할 수 있는 자는 프랑스인 자신이며, 프랑스의 딸이라고 말함으로써("Pour sauver la France, il faut une fille de France." p.62) 하늘의 소명을 받은 자신에 대한 암시를 하게 된다.

하지만 잔이 슬퍼하는 것은 단지 영국과의 전쟁만은 아니다. 잔의 고민은 무엇보다도 프랑스인들끼리의 싸움, 즉 부르고뉴 사람들과 샤를르 왕세자를 중심으로 한 아르마냑 사람들 사이의 싸움이다.[27] 부르고뉴 사람들과 다시 연합하여 영국군을 몰아내고 싶어 하는 잔은

("Comme ils sont à présent, rallier la Bourgogne et chasser les Anglais", p.53) 고향을 떠나며 더 이상 막세(Maxey) 사람들을 미워하지 않는다. 왕세자를 지지하는 동레미 사람들과 부르고뉴에 속한 막세 사람들이 모두 프랑스인이 되는 시간이 가까이 왔다고 생각하기 때문이다.[28)]

나아가 잔의 궁극적인 목적은 이방인들, 즉 비기독교인들과의 십자군 전쟁에서 프랑스가 앞장서는 일이다.[29)] 잔은 사라센 사람들과 싸우러 갔던 롤랑의 시대처럼, 샤를마뉴 대제와 생 루이 시대처럼 영국군을 몰아내고 새롭게 태어난 프랑스 사람들은 모든 기독교인들과 함께 성스런 십자군 전쟁에 나서 이교도들을 성지로부터 모두 몰아내야 한다고 생각한다. 하지만 프랑스 땅에서 영국인들을 몰아낼 뿐만 아니라 이교도들과의 십자군 전쟁에서 프랑스가 앞장서야 한다는 생각은 오를레앙을 구하고 샤를르 왕세자를 프랑스 왕으로 등극시키

---

27) "자네트가 한탄하는 전쟁은 외국과의 전쟁, 영국 도당들의 침략만이 아니라, 내전, 특히 부르고뉴 사람들과 마지막 남은 왕세자의 충신들과의 전쟁이다. 그것은 바로 프랑스 사람들 사이의 전쟁인 것이다. La guerre que déplore Jeannette, ce n'est pas la guerre étrangère seulement, l'invasion des bandes anglaises, c'est aussi, et c'est surtout la guerre civile, la lutte des Bourguignons contre les derniers fidèles du Dauphin. C'est la guerre entre les Français.", Marcel Péguy, *Notes conjointes sur Domrémy, les Batailles et Rouen, op. cit.*, pp.25~26.

28) "부르고뉴 사람들과 우리, 동레미와 막세, 우리 모두 함께 훌륭한 프랑스인이 되는 때 Le temps où les Bourguignons et nous, Domremy et Maxey, nous serons tous de bons Français, pêle-mêle." (p.86)

29) "샤를르 페기는 〈동레미〉 그리고 〈전투〉와 함께 끝없이 이 목표의 문제에 되돌아온다는 것을 여기서 언급해야만 하겠다. [……] 잔 다르크의 행동은 잔이 끊임없이 그녀의 그리고 부하들의 가장 사소한 행위도 멀리 있는 목적에, 그녀가 품을 수 있는 가장 멀리 있는 목적에 충실하도록 요구하기 때문에 두 극에서 효력이 있다. 오를레앙을 구하는 것이 문제가 아니다. 프랑스가 구원받기 위해서, 프랑스에서 전쟁이 그치기 위해서 프랑스를 구하는 것이 아니라, 프랑스가 기독교들의 선두에서 십자군을 다시 일으킬 수 있기 위해서 프랑스를 구해야 하는 것이다. Il faut tout de même que je note ici que Charles Péguy revient, avec *Domrémy* et *Les Batailles* sur cette question du but à l'infini [……] *L'action de Jeanne d'Arc n'apparaît opérante, dans ces deux drames, que parce que Jeanne songe constamment à ordonner ses moindres actions, et à ordonner les moindres actions de ses fidèles aux buts lointains*, aux buts les plus lointains qu'elle puisse concevoir. Il ne s'agit point de sauver Orléans. Il ne s'agit pas de sauver la France pour que la France soit sauve, pour que la guerre cesse en France: il s'agit de sauver la France pour que la France puisse reprendre les croisades à la tête de la chrétienté.", Marcel Péguy, *Notes conjointes sur Domrémy, les Batailles et Rouen, op. cit.*, p.27.

며 영국군을 프랑스 땅에서 몰아낸다는 역사적인 인물로서의 잔의 소명을 초월하는 것이기도 하다. 이와 같은 잔의 꿈은 항상 프랑스를 우선한다는 점에서 민족주의적인 색채를 띤다.

2) 민족주의적 색채

"프랑스인들은 비겁할 수 없다. 단지 그들은 자신이 용감하다는 것을 잊어버린 것일 뿐이기 때문이다. Car il ne se peut pas que les Français soient lâches, Mais ils ont oublié qu'ils étaient courageux."(p.49) 혹은 "프랑스인들은 주인을 섬기는 것과 같은 일은 절대 참지 못한다. 그런 것은 프랑스인들의 피 속에는 없기 때문이다. Les Français ne pourront jamais supporter comme ça des maîtres: ils n'ont pas ça dans le sang, les Français."(p.61) 등과 같은 잔의 말은 프랑스에 대한 자긍심과 민족주의적인 색채를 드러내고 이러한 잔의 태도는 '패배의 평화la paix de la défaite'(p.64)라도 갖고 싶어 하는 오비에트의 태도와 대비되기도 한다.

잔의 기도 역시 민족주의적인 색채를 띤다. 그녀는 프랑스에서 전쟁이 끝나기를 기도하며 프랑스 땅에서 영국인들을 몰아낼 수 있는 전투지휘자를 보내 주기를 기도할 뿐만 아니라 이교도들과의 십자군 전쟁에서 프랑스가 앞장서기를 바라기도 하기 때문이다. 나아가 잔은 이슬람세력과 대항해서 싸웠던 샤를마뉴 대제와 생 루이가 하느님 우편에 앉아 있다고 생각하기도 한다.

역사적인 재판 기록에는 나타나지 않는 잔의 말들이나 십자군 전쟁에서 프랑스가 앞장서는 것과 같은 잔의 민족주의적 의식은 다분히 작가의 의식을 반영하는 것이며 이것은 보불전쟁 이후 독일에 대한 복수심으로 팽배한 프랑스에서 잔 다르크가 다시 프랑스의 상징으로 부각되었던 시대적 배경과 무관하지 않을 것이다.[30] 작가의 민족주의적 의식은 이 삼부작의 두 번째 작품인 <전투>에서 젊은이나 늙은이나 모든 오를레앙 사람들이 잔으로 인해서 용기를 얻고 과감하게 전투에 참여하는 모습에서 더욱 분명하게 나타난다. 이 전투에 대해 오를레앙의 대학생인 디디에는 구약의 이스라엘 사람 다섯 명이 백 명을 쫓고, 백 명이 만 명을 쫓는 것과 같은 이적이 잔 다르크 및 그와 함께 한 프랑스군에 일어난 것이라고 주장한다.

> 너희들은 너희 대적을 쫓고 그들은 너희 앞에서 무더기로 쓰러질 것이다.
> 너희 다섯 명이 백 명을 쫓고, 백 명은 만 명을 쫓을 것이며,
> 너희 대적들은 너희 눈앞에서 칼날 아래 쓰러질 것이다.
> Vous poursuivrez vos ennemis et ils tomberont en foule devant vous. Cinq d'entre vous en poursuivront cent, et cent d'entre vous en poursuivront dix mille: vos ennemis tomberont sous l'épée devant vos yeux. (p.125)

---

30) 페기가 이 극을 썼던 19세기 말에 잔 다르크는 보불 전쟁에서 패배한 프랑스에 복수에 대한 희망을 주는 상징적인 존재였다: "19세기 말부터 20세기 초에 잔은 프랑스인들에게 있어서 보불전쟁(1870~71)으로 상처를 입은 조국과 동일시되었다는 사실을 잊어서는 안 된다. 전쟁에서의 패배는 애국심을 고양시켰으며 잔은 이단적인 원수에게 복수한다는 끈질긴 희망을 구체화해 주는 존재였다. Il ne faut pas oublier non plus que vers la fin du XIXe siècle et au début de notre siècle, Jeanne s'identifie pour les Français à la patrie blessée par la guerre franco-allemande (1870~71) dont la défaite exacerbait le patriotisme et qu'elle concrétisa l'espérance indéracinable de la revanche sur l'ennemi héréditaire.", Tjo Jung-Ok, *Jeanne d'Arc dans l'oeuvre de Péguy de 1910 à 1914, op. cit.*, p.4: "페기는, 알다시피, 많은 그의 동족들과 마찬가지로 1870년의 패배에 깊은 영향을 받았다. 그래서 그녀가 지니고 있는 정신적, 정치적, 민족적 쟁점들에 의해 잔 다르크는 다시 관심의 대상이 되었다. Péguy, on le sait, fut marqué, comme beaucoup de ses compatriotes, par la défaite de 1870. Jeanne d'Arc connaissait alors un regain d'attention, par les enjeux spirituels, politiques et nationaux dont elle était porteuse.", Benoît Chantre, "Les trois Jeanne d'Arc. Nationale, révolutionnaire et chrétienne", *art. cit.*, p.13.

그는 또한 성경이 잔 다르크에 대해 여러 군데서 언급하고 있다고 말하기도 한다("Je persiste à penser, mon père, que c'est d'elle qu'il s'agit en plusieurs endroits des Livres saints.", p.125). 그것은 예를 들면 구약의 여호수아서에서 한 사람의 이스라엘인이 천 명의 적군을 대적한다는 것,31) 또 하느님의 열심은 그의 피조물들을 자신의 무기로 무장시킨다는 것,32) 그리고 예수가 지혜롭고 슬기로운 자들에게는 숨기고 어린아이들에게는 나타냄을 감사하는 구절33) 등이다. 이처럼 프랑스와 잔 다르크를 이스라엘 민족과 동일시하는 선민의식은 프랑스에 대한 애국심을 넘어 작가의 민족주의를 드러내는 것이다.

결 론

잔 다르크의 일반적인 이미지는 기독교의 성녀이자 전사(戰士) 그리고 애국자라는 점이다. 페기는 이러한 잔의 보편적인 이미지에 사회주의자로서의 모습을 추가하였다. 신앙인이면서 동시에 사회주의적 성향을 지닌 행동하는 인간 그리고 애국자로서의 잔은 매우 다면적인 이미지를 지니고 있다. 여성이자 전투지휘자이고, 기도하는 사람이면서 동시에 행동하는 인간이며, 영혼의 구원뿐만 아니라 이 땅

---

31) "Un seul d'entre-vous poursuivra mille de vos ennemis, parce que le Seigneur votre Dieu combattra lui-même pour vous, comme il l'a promis." (p.149; Josué 23:10)

32) "그의 열정은 그의 무기를 덧입게 되고 그는 자신의 피조물들에게 무장을 시켜 그의 적들에게 원수를 갚게 한다. Son zèle se revêtira de ses armes, et il armera ses créatures pour se venger de ses ennemis." (p.149; Sagesse de Salomon 5:17)

33) "천지의 주재이신 아버지여 이것을 지혜롭고 슬기 있는 자들에게는 숨기시고 어린아이들에게는 나타내심을 감사하나이다. Je vous rends grâces, ô Seigneur, de ce que vous avez caché cela aux prudents et aux sages et l'avez révélé aux petits enfants." (p.150; Matthieu 11:25)

에서의 물질적인 삶 또한 중요하게 여기고, 신앙인이면서 동시에 인본주의적 성향을 보이는 잔의 속성들은 서로 이율배반적이고 모순적이며 양립 불가능해 보이기도 한다.

페기의 잔 다르크가 이처럼 모순적인 특성을 보이고 또 다른 작가들이 묘사하는 잔 다르크와 차별성을 갖는 것은 바로 그녀의 기독교적 이미지나 애국자로서의 이미지에 사회주의자의 모습이 투영되어 있고 그것이 순수한 기독교인으로서의 이미지를 변형시키고 있기 때문이다. 예를 들면 모든 인류가 구원받지 못하는 것으로 인한 신에 대한 원망은 본질적으로 그녀의 인본주의를 반영하는 것이며 이것은 진정한 기독교의 구원의 의미와는 거리가 있다. 모든 인간이 구원을 얻지 못하는 것은 하느님이 그 구원을 이룰 수 없거나 이루고 싶지 않아서가 아니라 인간의 의지가 그것을 거부하기도 하기 때문이다. '보편적 불행'이나 신의 '영원한 부재' 혹은 '영벌'과 같은 것에 대한 잔의 고민 역시 페기의 사회주의로부터 오는 것이다. 결국 잔의 인본주의는 이 극을 쓸 당시 열렬한 사회주의자였던 페기의 인본주의적 성향을 반영하는 것이다.

극 서두의 헌사에서 '보편적 불행'을 치유하고 사회주의 공화국의 건설을 위해 인간적인 죽음으로 죽은 자들에게 이 작품을 바친다고 쓰고 있는 페기는 무엇보다도 인간의 삶과 죽음에 관심을 갖고 있는 휴머니스트이자 사회주의 공화국을 꿈꾸는 좌파 지식인의 모습을 띠고 있다. 그리고 그의 관심은 개인의 차원을 넘어 범세계적인 범주에 이르고 있음을 보게 된다.

이러한 페기의 인류애는 그가 창조한 잔 다르크에도 그대로 반영되어 나타난다. 잔의 고민은 우선 전쟁으로 인해 조국 프랑스와 프랑

스 인들이 고통 받고 있다는 데서 출발하지만 그녀의 궁극적인 관심
은 아군이냐 적군이냐를 막론하고 모두의 영혼이 구원에 이르는 것
이다. 이것은 잔이 죽어 가는 적군의 병사의 영혼을 위해 기도하는
모습에서, 그리고 영국인들이 진정한 그리스도인이 되기를 바라는 데
에서,34) 그리고 부상자들에게 적절한 때에 사죄를 행하게 하는 태도
에서 확인할 수 있다. 요컨대 이 극은 잔의 인간에 대한 사랑과 고뇌
가 강조된 작품으로서, 고통에 찬 인간의 목소리와 시선을 사랑하
고35) 나중에는 멀리서도 사랑하는 '부재의 사랑l'étrange amour d'absence'
을 배우는 잔을 보여 주고 있다. 이와 같은 잔의 인간에 대한 사랑은
결국 자신이 가진 것을 아낌없이 주고자 했던 페기의 인간애의 표현
에 다름 아닌 것이다.36)

---

34) "오비에트: 정말이야! 지금 떠난다면 그들은 아주 어리석은 자가 될 거야.
　　잔: 어리석지 않을 거야. 기독교인이 될 거야.
　　오비에트: 그런 식으로는 결코 기독교인이 될 수 없어.
　　잔: 우린 온전히 기독교인이 되어야만 해. 아무것도 부족한 것이 없어야 해. 영국인들도 그렇게 되기를
　　바라자.
　　Hauviette: Dame! pour eux, ils seraient joliment bêtes, à présent, de s'en aller.
　　Jeanne : Ils ne seraient pas bêtes; ils seraient chrétiens.
　　Hauviette: On ne l'est jamais tant que ça.
　　Jeanne: On doit l'être en entier, sans qu'il y manque rien. Espérons que les Anglais le seront ainsi."
　　(p.69)

35) "난 영원히 인간의 목소리를 사랑해 [······] 또 난 인간의 시선을 사랑해. 그것이 날아갈 때에 j'aime à
　　tout jamais la voix humaine [······] Et j'aime le regard humain quand il s'envole" (p.50)

36) 학생시절 페기는 가난했음에도 불구하고 자신이 가진 것을 다 내어주는 사람이었다: "그는 아주 가난했
　　지만 그가 가진 모든 것을 다 주었다. Il est extrêmement pauvre et donne tout ce qu'il a", in Jérôme
　　Gillet, "Charles Péguy et Louis Gillet à l'Ecole Normale Supérieure", Feuillets mensuels, n° 94, juin
　　1962, p.8; cité in Eugène Van Itterbeek, "Socialisme et poésie chez Péguy. De la «Jeanne d'Arc»
　　à l'affaire Dreyfus", Cahiers de l'Amitié Charles Péguy, n° 17, 1966, p.48.

참고문헌

Charles PEGUY, *Oeuvres poétiques complètes*, Paris, Gallimard, 1957, Bibliothèque de la Pléiade.

Christian AMALVI, "Jeanne d'Arc dans la littérature de vulgarisation historique (1871~1914)", *Bulletin de l'Amitié Charles Péguy*, n° 82, avril-juin 1998, pp.75~84.

Renée BALIBAR, "Sur le personnage de Madame Gervaise dans Péguy", *Revue d'Histoire Littéraire de la France*, mars-juin 1973, pp.225~236.

Rachel BESPALOFF, "*L'humanisme de Péguy*", *Bulletin de l'Amitié Charles Péguy*, n° 96, oct.-déc. 2001, pp.511~527.

Benoît CHANTRE, "Les trois Jeanne d'Arc. Nationale, révolutionnaire et chrétienne", *Esprit*, n° 238, déc. 1997, pp.11~16.

Jacques DALARUN, "Naissance d'une sainte", *L'Histoire*, n° 210, mai 1997, pp.50~55.

Claude DAUDIN, "Les voix de Dieu dans la «Jeanne d'Arc» de 1897", *Bulletin de l'Amitié Charles Péguy*, n° 82, avril-juin 1998, pp.101~112.

Jean DELAPORTE, *Connaissance de Péguy*, t. I, Paris, Plon, 1944.

Florence DELAY, "L'idiome de France", *Esprit*, n° 238, déc. 1977, pp.34~43.

Pie DUPLOYÉ, *La Religion de Péguy*, Paris, Klincksieck, 1965,

Alain FINKIELKRAUT, "Dans les misères du présent", *Esprit*, n° 238, déc. 1977, pp.17~25.

Simone FRAISSE, *Péguy*, Paris, Seuil, 1979, coll. écrivains de toujours.

_____, "Michelet ou l'évangéliste de Jeanne", *Bulletin de l'Amitié Charles Péguy*, n° 82, avril-juin 1998, pp.70~74.

Françoise GERBOD, "La poétique de l'incarnation chez Péguy", *Courrier d'Orléans*, juin 1978, pp.3~7.

Blaise GOLDENSTEIN, *Trois figures littéraires de Jeanne d'Arc. Péguy, Delteil, Ryner*, mémoire de maîtrise, Université Paris III, 1997/1998.

Daniel HALÉVY, "Jeanne d'Arc", in *Péguy et les Cahiers de la Quinzaine*, Paris, Grasset, 1941, pp.53~67.

Eugène Van ITTERBEEK, "Socialisme et poésie chez Péguy. De la «Jeanne d'Arc» à l'affaire Dreyfus", *Cahiers de l'Amitié Charles Péguy*, n° 17, 1966.

Pavel KRYLOV, "La vérité historique et l'imagination dans le drame de Péguy

«Jeanne d'Arc», *Bulletin de l'Amitié Charles Péguy*, n° 82, avril-juin 1998, pp.62~69.

_____, "Un parallèle inattendu: les Jeanne d'Arc de Charles Péguy et de Luc Besson", *Le Porche: Bulletin de l'Association des Amis du Centre Jeanne d'Arc – Charles Péguy de Saint Pétersbourg*, n° 8, déc. 2002, pp.5~8.

Géraldi LEROY, "Péguy. L'inclassable", *L'Histoire*, n° 158, sept. 1992, pp.60~63.

_____, "Voltaire, Michelet, Péguy et les autres", *L'Histoire*, n° 210, mai 1997, pp.56~57.

Emil MAAKAROUN, "La passion du salut universel", *Bulletin de l'Amitié Charles Péguy*, n° 87, juil.-sept. 1999, pp.346~357.

Marco MARKOVIC, "Jeanne d'Arc dans la littérature française", *L'Astrolabe*, n° 70, 1982-III.

Thierry MAULNIER, "La place de Charles Péguy", *Heures Nouvelles*, le 7 mai 1946.

Germaine PÉGUY, "Mon père Charles Péguy", *Vivre à Orléans*, n° 55, mai 1995.

Marcel PÉGUY, *Notes conjointes sur Domrémy, les Batailles et Rouen*, Paris, Desclée de Brouwer, [s. d.]

Wanda SARNA, "Péguy en quête du visage du Christ", *Bulletin de l'Amitié de Charles Péguy*, n° 96, oct.-déc. 2001, pp.528~539.

Roger SECRÉTAIN, "Péguy est-il de droite?", *Courrier d'Orléans*, n° 50, oct. 1976, pp.2~5.

Jean-Pierre SUEUR, "La première «Jeanne d'Arc»: genèse d'une écriture", *Bulletin de l'Amitié Charles Péguy*, n° 82, avril-juin 1998, pp.136~144.

Jung-Ok TJO, *Jeanne d'Arc dans l'oeuvre de Péguy de 1910 à 1914*, Taegu, Université de Hyosung, 1982.

Michel WINOCK, "Jeanne d'Arc est-elle extrême droite?", *L'Histoire*, n° 210, mai 1997, pp.60~66.

Léon ZANDER, "Péguy et l'espérance chrétienne", *Bulletin de l'Amitié Charles Péguy*, n° 80, oct.-déc. 1997, pp.211~217.

Gilbert ZOPPI, "La «Jeanne d'Arc» de 1897 et ses résonnances dans l'oeuvre de Péguy", Bulletin de l'Amitié Charles Péguy, n° 11, juil.-sept. 1980, pp.129~146.

_____, "Genèse, sources et composition de la première «Jeanne d'Arc»", *Bulletin de l'Amitié Charles Péguy*, n° 96, oct.-déc. 2001, pp.484~498.

『잔 다르크의 사랑의 신비

Le Mystère de la charité de Jeanne d'Arc』[1]

서 론

본고에서 다루고자 하는 샤를르 페기(1872~1914)의 『잔 다르크의
사랑의 신비』(1910)는 페기의 첫 희곡인 『잔 다르크』(1897)를 구성하
고 있는 삼부작(trilogie) 중 잔이 고향을 떠나기 전의 상황을 다루고
있는 첫 번째 극 <동레미>를 더욱 발전시킨 것이다. 전 작품 『잔 다
르크』에서는 전투에 참여한 잔의 행적과 그녀의 재판 장면 등 역사적
인 사건을 연대기적인 순서로 다루고 있지만 이 극에서는 그러한 사
건들은 모두 배제시키고 고향 동레미에서 아직 하늘의 음성을 듣기
이전에 잔이 느끼는 인간적·신앙적 갈등에 초점을 맞추고 있다. 이
극에서 인물들은 전쟁의 고통 속에 있는 현 상황을 가톨릭 신앙과의
관련 속에서, 그리고 예수의 생애와 수난과 같은 성경 속 사건과의
관련 속에서 그 의미와 해결책을 찾고자 한다. 즉 물질적이고 세속적

---

1) 『한국프랑스학논집』, 제54집, 2006년 5월, pp.245~268.

인(le temporel) 이 지상의 사건이 정신적이고 영원한 것(l'éternel)과의 관련 속에서 조명되고 있는 것이다. 이것은 이 작품을 쓸 당시에 작가가 어린 시절의 신앙을 되찾은 것과도 무관하지 않을 것이다.[2]

또한 많은 인물들이 등장했던 전 작품 『잔 다르크』에서와는 달리 이 극에는 오직 세 명의 여성인물들만 등장한다. 즉 잔과 잔의 친구 오비에트 그리고 제르베즈 수녀이다. 작가는 인물들의 나이를 극의 모두(冒頭)에 명시하고 있다. 자네트(잔의 애칭)는 열세 살 반이고, 그녀의 친구 오비에트는 열 살을 조금 넘겼다. 그리고 잔이 그로부터 조언을 얻고자 하는 제르베즈 수녀는 스물다섯 살이다. 나이 차이만큼이나 제르베즈 수녀에 비해 잔은 보다 감정적이고 눈에 보이는 현실에 집착하며 자기주장이 강하다. 잔은 왜 하느님이 그토록 많은 고통을 허락하시는지 제르베즈 수녀에게 물어보고 싶어서 삼촌을 통해 그녀의 방문을 요청하였고 극의 서두에 잔은 그녀를 기다리는 중이다.

이 극은 막과 장의 구분이 없이 잔의 독백(pp.369~373)[3], 잔과 친구 오비에트와의 대화(pp.373~399), 다시 잔의 독백(pp.399~412) 그리고 잔과 제르베즈 수녀와의 대화(pp.412~525)로 구성되어 있다. 이 중 잔

---

2) "1904년부터 페기는 잔 다르크를 연구해 보고자 시도하였다. 시간이 무르익지 않았다. 주인공이 페기의 작품을 다시 지배한 것은 단지 1910년에서이다. 그 사이에 1908년에 페기는 조젭 로트에게 그가 기독교로 회귀하였음을 고백한 바 있다. 이러한 의식을 갖게 된 것은 분명 잔 다르크라는 인물을 통해서이다. Dès 1904, Péguy avait tenté de mettre en chantier une Jeanne d'Arc. Les temps n'étaient pas mûrs. C'est seulement en 1910 que l'héroïne domine à nouveau l'oeuvre de Péguy. Entre-temps, en 1908, Péguy avait confié à Joseph Lotte son retour à la foi chrétienne. Incontestablement, c'est à travers la figure de Jeanne que s'est opérée sa prise de conscience.", Françoise Gerbod, "Le Mystère de la charité de Jeanne d'Arc. Péguy: une vie régie par Jeanne d'Arc", Comédie-Française, n° 119, mai-juin 1983, p.19; "Je ne t'ai pas tout dit……, j'ai retrouvé la foi……, je suis catholique", cité in Tjo Jung-Ok, Jeanne d'Arc dans l'oeuvre de Péguy de 1910 à 1914, Taegu, Université de Hyosung, 1982, p.26.

3) 본문의 쪽수는 Charles Péguy, Oeuvres poétiques complètes, Paris, Gallimard, 1975, Bibliothèque de la Pléiade 판에 의거함.

과 제르베즈 수녀의 대화가 3분의 2 이상을 차지하며 특히 그리스도의 수난에 대한 묘사(le récit de la Passion, pp.439~488)를 비롯한 제르베즈 수녀의 대사는 잔의 대사보다 더 큰 비중을 차지하고 있다. 반면 잔은 오히려 그녀의 말에 짧게 대꾸할 뿐이어서 전 작품인『잔 다르크』에서와는 달리 이 극에서의 잔은 보다 명상적이고 관조적인 인물이 되었다고 볼 수 있다.4) 이처럼 행동하는 사회주의자라기보다는 기도하고 묵상하는 그리스도인으로서의 잔의 성격은 전 작품에서처럼 전투지휘자가 아닌 성자 혹은 성녀 혹은 목자(牧者)를 보내 달라고 기도하는 데서도 나타난다.

이 극에서 작가는 잔의 독백 및 잔과 오비에트 그리고 잔과 제르베즈 수녀의 대화를 통해 세 인물의 서로 다른 성격과 시각의 차이를 드러내고 있다. 특히 현실을 바라보는 시각과 그것에 대한 해결책의 제시에 있어, 또 성경에 나타나 있는 사건들에 대한 서로 다른 시각의 차이로 인해 세 인물의 견해는 종종 대립하고 있다. 제르베즈 수녀가 전통적인 가톨릭 정신을 구현하고 있다면, 오비에트는 현재의 일상적인 삶에서 자신의 최선을 다하는 다분히 현실적이고 소박한 신앙인의 모습을 보여 준다. 본고에서는 잔의 독백 및 다른 두 인물과의 대비를 통해 페기가 드러내고자 하는 잔 다르크의 이미지에 대해 고찰해 보고자 한다.

---

4) "[……] 「사랑의 신비」, 그것은 극을 명상으로 이끈 것이다. [……] Mystère de Jeanne d'Arc: c'était orienter le drame vers la méditation", Jean Onimus, Introduction aux "Trois Mystères" de Péguy, Cahiers de l'Amitié Charles Péguy, n° 15, 1962, p.26.

1. 반항적인 성격

이 극에서의 잔은 『잔 다르크』에서 보여 주었던 성격을 대부분 답습하고 있다. 우선 제르베즈 수녀가 "넌 저항하고, 추론하고, 반항하고 있어. Tu résistes. Tu raisonnes. Tu te rebelles."(p.507)라고 말하듯이 잔은 여전히 반항적인 기독교인(protestante)의 모습을 보인다. 자네트는 고향 동레미에서 전쟁으로 인해 고통받는 사람들을 보며 이 전쟁을 가져온 자들을 물리칠 성자 혹은 성녀를 보내 달라고 하느님께 기도하는 한편, 또 프랑스에게 끝없는 패배만을 당하게 함으로써 수많은 영혼들을 저주 속에 빠뜨리는 신을 원망하기도 한다. 그녀는 주기도문을 외우며 깊은 회의와 신에 대한 반항심을 표현한다.

> 하늘에 계신 우리 아버지, 당신의 이름이 거룩히 여김을 받기 위하여 얼마나 많은 시간이 필요한 것인가요; 당신의 나라가 임하기 위하여 얼마나 많은 시간이 필요한 것인가요. [……] 오 하느님 당신의 나라가 임하는 것의 시초라도 볼 수 있다면. 당신 나라의 태양이 떠오르는 것을 볼 수만 있다면.
> Notre père, notre père qui êtes aux cieux, de combien il s'en faut que votre nom soit sanctifié; de combien il s'en faut que votre règne arrive. [……] O mon Dieu si on voyait seulement le commencement de votre règne. Si on voyait seulement se lever le soleil de votre règne.
> (pp.369~370)

잔은 하느님의 아들이 이 땅에 왔고 또 성자와 성녀들을 차례로 보냈지만 아무것도 이루어지지 않았다며 원망한다. 하느님의 아들이 우리 영혼을 대속한 지 1400여 년이 흘렀지만 아무것도 이루어지지 않고 오직 배은망덕과 멸망의 물결만이 있었으며, 지난 40년 동안에도 사람들은 영혼과 육체의 상실만을 일삼고 있다고 탄식한다. 잔은 하느님이 그의 백성을 위해 아무것도 하지 않고 있는 것에 대해 원망한다. 그렇다면 하느님은 헛되이 그 아들을 보낸 것인지, 예수의 죽음은 헛된 것이었는지 잔은 신에게 묻고 있다.

> 당신은 이 백성을, 당신의 기독교인 백성을 어떻게 했나요. 당신이 헛되이 당신 아들을 보냈다는 것입니까 그리고 예수는 헛되이 죽었다는 것입니까, 우리를 위해 죽은 당신의 아들 말입니다. 프랑스 왕국에서의 큰 불행을 그치게 하기 위해 당신은 아무것도 하지 않을 것입니까.
> Qu'avez-vous fait de ce peuple, de votre peuple chrétien. Faudra-t-il que vous ayez envoyé votre fils en vain et sera-t-il dit que Jésus sera mort en vain, votre fils qui est mort pour nous. Sera-t-il dit que vous n'aurez point fait cesser la grande pitié qui est au royaume de France. (p.399)

신성모독적인 이러한 잔의 반항심과 회의는 보다 가톨릭 신앙에 입각해 있는 제르베즈 수녀의 견해와 충돌을 일으키게 된다.

2. 기도와 구제

기도와 구제를 열심히 하는 기독교인으로서의 잔의 모습 역시 전 작품에서와 같다. 잔의 친구 오비에트에 의하면 자신은 아침저녁으로 정해진 삼종기도 시간에 주기도문과 성모송을 하는 것으로 만족하지만 잔은 수시로 기도하고 길가의 십자가가 보일 때마다 기도하는 등 때와 장소를 가리지 않고 끊임없이 기도하는 자이다. 또 오비에트에게 일요일과 평일은 구별되어야 한다. 즉 평일은 일하는 날이지 기도

하는 날이 아니며 또 일하는 것 자체가 기도하는 것이기도 하다. 하지만 잔에게는 모든 날이 일요일이고 또 그 이상이다. 이 점이 잔이 다른 사람들과 다른 점이라고 오비에트는 지적한다. 보통 사람들은 하루 종일 먹지 않듯이 하루 종일 기도하지도 않는다는 것이다.

잔은 또 이웃의 고통에 민감하다. 그녀는 구제 행위를 하고 병자들을 돌보고 슬픔에 빠져 있는 자들을 위로하면서 항상 고통당하는 자들과 함께한다. 그래서 사람들은 잔이 행복하리라고 생각한다.

> 교구 사람들은 네가 네 삶에 행복해한다고 생각하지. 왜냐하면 넌 구제를 하고 병든 자들을 돌보고 슬픔에 빠져 있는 자들을 위로하니까. 넌 항상 고통을 당하는 자들과 함께 있으니까.
> On s'imagine ici, dans la paroisse, que tu es heureuse de ta vie parce que tu fais la charité, parce que tu soignes les malades et que tu consoles ceux qui sont affligés; et que tu es toujours là avec ceux qui ont de la peine. (p.378)

하지만 오비에트는 잔이 불행하다는 사실을 안다. 왜냐하면 구제를 하면서도 잔은 다른 모든 배고픈 자, 모든 불행한 자들에 대해 생각하기 때문이다. 제르베즈 수녀 또한 이 사실을 알고 있다. 제르베즈 수녀는 잔이 불행하리라고 생각하지만 사람들은 잔이 행복하다고 여긴다는 것을 안다. 왜냐하면 잔은 훌륭한 그리스도인이며, 경건하고, 첫 영성체를 했으며, 미사와 저녁기도회에 참석하고, 성당에 자주 가며, 들에서도 종소리가 들리면 무릎을 꿇고 기도하는 자이기 때문이다. 하지만 잔은 사람들이 불행할 때도 불행하고 그들이 행복할 때도 불행하다. 왜냐하면 그녀는 구제 활동의 한계를 인식하기 때문이다. 하루의 수고나 한 번의 구제가 영원히 사람들을 구제할 수 없기 때문이다. 그렇다고 매일 줄 수도, 모든 것을 줄 수도, 모든 이에게 줄 수도 없는 것이다. 이것이 바로 잔의 딜레마이자 잔의 사랑(charité)이다.

> 우리의 한 날의 수고가 무슨 가치가 있단 말인가? 우리의 사랑이 무슨 가치가 있단 말인가? 난 항상 줄 수가 없는데. 난 다 줄 수가 없는데. 난 모든 이들에게 줄 수가 없는데. 난 지나가는 사람에게 아버지의 모든 빵을 다 먹게 할 수도 없는데. [……] 우리의 모든 수고는 헛된 거야, 우리의 모든 사랑도 헛되고. 전쟁은 고통을 가져오는 가장 큰 원인이야.
> Qu'importent nos efforts d'un jour? qu'importent nos charités? Je ne peux pourtant pas donner toujours. Je ne peux pas donner tout. Je ne peux pas donner à tout le monde. Je ne peux pas faire manger aux passants tout le pain de mon père. [……] Tous nos efforts sont vains; nos charités sont vaines. La guerre est la plus forte à faire la souffrance. (pp.382~383)

결국 전쟁이 이러한 고통을 가져오는 가장 큰 이유이다. 한 명의 부상자를 구하고, 한 명의 배고픈 아이에게 빵을 주어도 전쟁은 훨씬 많은 부상자와 배고픈 자를 만들어 내기 때문이다. 그런데 전쟁은 배고픈 자들, 부상자들, 부모를 잃고 고아가 된 자들을 만들어 내기도 하지만 전쟁이 특히 나쁜 것은 그것이 영혼을 저주받게 하기 때문이다. 죽이는 자들은 죽이기 때문에 영혼을 상실하는 것이고, 죽임을 당하는 자들은 죽임을 당하기 때문에 영혼을 상실한다는 것이다. 어느 쪽을 보나 구원은 없고 멸망뿐이다. 전쟁은 영혼을 영원한 저주에 처하게 하는 악(le Mal)의 근원이다. 그래서 잔은 이 악으로부터의 구원을 위해 더 많은 성자와 성녀들을 보내 달라고 간구하는 것이다.

성부와 성자와 성령의 이름으로, 하느님 우리를 악으로부터 구해 주십시오, 우리를 악으로부터 구해 주십시오. 만약 아직까지 성자나 성녀가 충분치 않았다면 다른 성자들을 보내주십시오. 필요한 만큼 의 성자와 성녀들을 보내 주십시오 [……] 결국 우리에게 필요한 것은, 하느님, 성녀를, 성공하는 성녀를 보내 주셔야 한다는 것입니다. Au nom du Père, et du Fils, et du Saint-Esprit, mon Dieu délivrez-nous du mal, délivrez-nous du mal. S'il n'y a pas eu encore assez de saintes et assez de saints, envoyez-nous en d'autres, envoyez-nous en autant qu'il en faudra [……] Enfin ce qu'il nous faudrait, mon Dieu, il faudrait nous envoyer une sainte……qui réussisse. (p.372)

잔은 일시적인 구제는 헛될 뿐이며 이 모든 고통, 즉 악을 가져오 는 원인은 바로 전쟁인데 자신을 포함한 주변 사람들은 전쟁을 종식 시키려고 하지 않으니까 결국 그 악의 공범자라고 여긴다. 악이 만연 하도록 내버려 두는 비겁한 자신들 역시 영혼과 육체를 고통스럽게 하고 저주하는 자들이라는 것이다. 잔은 다른 사람들의 영혼이 저주 받게 내버려 두는 것은 스스로의 영혼 또한 저주받게 하는 것이라고 생각한다.

당신들은 아무것도 하지 않음으로써 그들을 저주받게 내버려 두고 있어요, 그리고 하느님의 영혼들을 저주받게 내버려 둠으로써 당신 자신들을 저주하고 있어요
vous les laissez damner sans rien faire, et vous vous damner vous-mêmes à laisser ainsi damner les âmes de Dieu (p.421)

결국 자신들은 모두 보편적 악의 공범들(complice du Mal universel) 이라는 것이다

우리는 악의 공범들이에요. 우리가 그 악을 만들어 낸 자들이에요. 육신을 고통스럽게 하고 영혼을 저주하는 자들이라고요.

Nous en sommes les complices, nous en sommes les auteurs. [……] les tourmenteuses des corps et les damneuses des âmes (p.419)

그래서 제르베즈 수녀는 자신의 영혼뿐만 아니라 타인의 영혼까지 저주받게 하는 전쟁을 없애지 못하는 부모와 형제를 잔이 사랑할 수 없고 사랑하는 척할 뿐이라는 것을 안다. 그래서 그 사랑은 왜곡된 사랑이고, 거짓된 사랑이며, 배반당한 사랑이다(l'amour faussée, l'amour mentie, l'amour trahie). 그들을 진정으로 사랑할 수 없으므로 집에서도 잔은 마치 완전히 혼자인 것같이 느껴지고 고아처럼 불행하다. 그래서 잔은 "내가 사랑하는 모든 이들이 이제 내게서 부재한다. Tous ceux-là que j'aimais sont absents de moi-même."(p.424)고 말한다. 거기에는 하느님도 포함된다. 잔은 극도의 절망 속에 있는 것이다.

3. 영혼의 구원에 대한 관심

잔은 영혼이 인간에게 가장 커다란 보물, 유일한 보물이라는 것을 안다("Hélas, hélas pourtant c'est le plus grand trésor. c'est le seul trésor.", p.392). 그래서 잔에게 있어 세상에서 가장 불행한 자는 위로에 염증이 난 자들, 하느님의 선하심에 대해 절망하기 때문에 구원에 대해서도 절망하는 자들이다("alors les malheureux ils désespèrent de leur salut, car ils désespèrent de la bonté de Dieu", p.384). 계속되는 고통으로 인하여 더 이상 희망을 상실해 버린 그들은 마치 위로에 구멍이 뚫린 것처럼, 벌레가 먹은 것처럼 더 이상 아무 위로도 받아들이려고 하지 않는다. 이처럼 아무런 구원의 희망이 없는 자들을 가장 불행한 자로 여기는 것은 바로 그녀가 영혼의 구원을 가장 궁극적인 목표로 여긴 다는 것을 말해 준다. 잔이 사람들에게 육신의 빵뿐만 아니라 영혼의 양식도 부족하다고 말하는 것은 이러한 태도를 잘 보여 준다.

> 우리에게는 또 다른 빵이 부족합니다. 즉 우리 영혼의 양식 말입니 다. 우린 또 다른 배고픔에 굶주려 있습니다. 우리의 배에 불멸의 구멍을 뚫어 놓는 유일한 배고픔에 굶주려 있습니다; 예수여, 예수 여, 예수여, 오늘 당신의 백성은 배가 고픕니다. 그런데 당신은 그 들의 배고픔을 채워 주지 않습니다. [……] 그들에겐 모든 것이 부 족합니다. 육신의 빵도 부족하고 영혼의 양식도 부족합니다.
> mais un autre pain nous manque; le pain de la nourriture de nos âmes; et nous sommes affamés d'une autre faim; de la seule faim qui laisse dans le ventre un creux impérissable (p.371); "Jésus, Jésus, Jésus, aujourd'hui votre peuple a faim et vous ne rassasiez pas votre peuple. [……] Il manque de tout. Il manque du pain charnel. Il manque du pain spirituel. (p.400)

제르베즈 수녀 역시 잔이 영원한 영혼의 저주를 볼 때 죽도록 괴로 워한다는 사실을 안다.

> 네가 영원한, 점점 늘어나는 영혼들의 영원한 저주를 볼 때 네 영 혼이 죽도록 괴로워한다는 사실을 난 알아.
> Et je sais que ton âme est douleureuse à mort, quand tu vois l'éternelle, la croissante éternelle damnation des âmes. (p.418)

또한 잔은 자기 한 사람의 구원이 아니라 모든 사람의 구원을 바란 다. "한 영혼의 가치는 무한하다."는 제르베즈 수녀의 말에 잔은 "그렇 다면 무한히 많은 영혼들의 가치는 얼마인가? **Quel sera donc le prix de**

tout un peuple d'âmes; quel sera donc le prix d'une infinité d'âmes."(p.521)
라고 되묻는데 잔의 이 질문에서 우리는 모든 영혼들의 구원을 원하는 사회주의적 연대의식을 발견할 수 있다. 이 점에서 잔의 생각은 오비에트의 생각과 일치한다. 오비에트 역시 혼자만의 구원이 아닌 모두의 구원을 원하기 때문이다.

> 마치 보물을 잃듯이 영혼을 구해야 하지. 영혼을 소비하면서. 서로 구원해야 하는 거야. 선하신 하느님의 집에 함께 도착해야 해. 함께 나타나야 해.
> Il faut donc la sauver comme on perd un trésor. En la dépensant. Il faut se sauver ensemble. Il faut arriver ensemble chez le bon Dieu. Il faut se présenter ensemble. (pp.391~392)

그래서 그녀는 어머니를 홀로 두고 수도원으로 도망치듯 가 버린 제르베즈 수녀를 좋아하지 않고 또 마주치려고 하지도 않는다. 자기 영혼만을 구하기 위해 수도원으로 도망쳐서는 안 되며 마치 보물을 구하듯이 자기 영혼을 구해서도 안 된다는 것이다. 그녀는 예수의 예를 들며 예수는 부모님과 함께 있었고 홀로 칩거하지 않았으며 오히려 3년 동안 대중 앞에서 설교를 하였다고 말한다. 결국 오비에트는 수녀가 도착하기 전에 자리를 뜨고 만다.

그런데 영혼을 구원하는 방법에 있어서 잔과 제르베즈 수녀는 차이를 보인다. 잔은 자신의 몸과 영혼을 지옥에 빠뜨릴지라도 저주받은 영혼들을 영원한 지옥의 불꽃에서, 영원한 부재(l'Absence éternelle)로부터 구할 수 있다면 기꺼이 그렇게 하고자 한다.

만약 영원한 지옥의 불꽃으로 인해

고통으로 몸부림치는 저주받은 자들의 몸을 구하기 위해
내 몸을 영원한 불꽃 속에 내버려 두어야 한다면
[······]
영원한 부재로부터
부재로 인해 몸부림치는 저주받은 영혼들을 구하기 위해
내 영혼을 영원한 부재에 내버려 두어야 한다면
[······]
내 몸을 인간적인 고통 속에 오랫동안 내버려 두어야 한다면
하느님, 내 몸을 인간적인 고통 속에 놓아두십시오
O s'il faut donc, pour sauver de la flamme éternelle
Les corps des morts damnés s'affolant de souffrance,
Abandonner mon corps à la flamme éternelle
[······]
Et s'il faut, pour sauver de l'Absence éternelle
Les âmes des damnés s'affolant de l'Absence
Abandonner mon âme à l'Absence éternelle
[······]
Laisser longtemps mon corps à la souffrance humaine
Mon Dieu, gardez mon corps à la souffrance humaine (pp.426~432)

이처럼 잔은 자신의 몸과 영혼을 희생시키면서까지 타인들의 영혼
을 구하고자 한다. 하지만 제르베즈 수녀는 자신의 영혼을 지옥에 보
내면서까지 타인을 구원하는 것은 하느님이 원치 않는다고 말한다.

그분은 위험에 처한 영혼을 구하기 위한 이 땅에서의 우리의 고통
은 기꺼이 받아들이시지만 지옥의 고통이 영혼을 구원하는 데 쓰
임받는 것은 원치 않으셨어.
Il veut bien accepter nos souffrances d'ici-bas pour sauver les âmes en
danger. Mais il n'a pas voulu que la souffrance infernale servît à
sauver les âmes. (p.430)

즉 영혼을 구하기 위한 지상에서의 고통만이 의미가 있다는 것이

다. 살아 있는 자만이 예수를 본받을 수 있고 또 그를 따라 고통을 받을 수가 있는 것이다. 하느님의 아들도 이미 저주받은 영혼을 구원할 수 없기 때문에 십자가에서 죽어 가면서 유다의 죽음을 애통해하며 울었다는 것이다.

> 하느님의 아들은 인자의 고통이 저주받은 자들을
> 구원하지 못한다는 사실을 알았기 때문에
> 예수는 그들보다 더 절망으로 어쩔 줄 몰라 하며
> 그 버려진 자들을 위해 죽어 가며 울었다
>   [……]
> 십자가 아래에서 고통에 겨워 울고 있는 자신의 어머니도
> 요한도, 막달라 마리아도 바라보지 않은 채
> 죽어 가는 예수는 유다의 죽음에 대해 울었다
> C'est que le Fils de Dieu savait que la souffrance
> Du fils de l'homme est vaine à sauver les damnés,
> Et s'affolant plus qu'eux de la désespérance,
> Jésus mourant pleura sur les abandonnés.
>   [……]
> Sans voir sa mère en pleur et douloureuse en bas,
> Droite au pied de la croix, ni Jean, ni Madeleine,
> Jésus mourant pleura sur la mort de Judas. (p.485)

예수는 인자의 고통이 저주받은 자를 구원할 수 없다는 것을 알고 있었기 때문에 절망으로 이 버려진 자를 위해 울었지만 인간을 구하기 위해 죄를 지어 지옥에 가지는 않았다. 따라서 하느님의 아들 예수도 이미 저주받은 영혼을 구원하지 못하였으므로 인간이 그들을 위해 기도하고 고통을 당하는 것은 헛된 일이라는 것이다. 그래서 예수는 죽은 자들로 하여금 죽은 자들을 장사하라고 하였다.

만약 하느님이 그 영혼을 영원한 지옥에 처하게 했다면 우리의 노
력은 그 영혼에는 아무런 도움이 되지 못하지. [……] 살아 있는 우
리의 수고와 기도와 고통을 이미 저주받은 영혼을 위해 헛되게 쓰
지 맙시다. 죽은 자들로 하여금 죽은 자들을 장사하게 해야 해.
si Dieu l'a condamnée à l'Enfer éternel, nos oeuvres ne valent pas
pour elle [……] Ne donnons pas pour elle, ne donnons pas en vain
pour elle nos oeuvres vivantes, nos prières vivantes, nos souffrances
vivantes: il faut laisser les morts ensevelir leurs morts. (p.523)

제르베즈 수녀는 예수도 저주받은 자를 구원하지 못했는데 잔이
왜 예수보다 더 잘 구원하고자 하느냐고 묻는다. 그러자 잔은 그렇다
면 누구를 구원해야 하며, 어떻게 구원해야 하느냐고 묻는다("qui
faut-il donc sauver? Comment faut-il sauver?"). 제르베즈 수녀는 예수를
모방해야 한다고 대답한다("En imitant Jésus; en écoutant Jésus", p.489).
즉 예수의 복음 전파와 기도 그리고 고난을 모방해야 한다("Jésus a
prêché; Jésus a prié; Jésus a souffert." p.519)는 것이다.

4. 현세적인 것과 영원한 것의 결합

페기에게 있어서 현세적인 것과 영원한 것(le temporel et l'éternel),
물질적인 것과 정신적인 것(le charnel et le spirituel)은 서로 밀접하게
관련되어 있다. 페기에게 있어 영적이고 영원한 것은 결코 이 지상의
것, 즉 물질적이고 현세적인 것과 분리되지 않기 때문이다. 페기는 이
지상의 교회, 즉 투쟁하는 교회(Eglise militante)로부터 천상의 교회,
즉 승리하는 교회(Eglise triomphante)를 보는 자이다.[5] 하늘은 이 지

상의 변형이며 따라서 이 땅 위에서 하늘은 시작하는 것이다. 이 땅은 마치 교회의 계단과 같으며 이 지상에서의 삶은 천국으로 들어가는 문턱과 같은 것이다.6) 페기는 1910년 『청년시절Notre jeunesse』에서 영원한 구원을 위해 교회가 경제적, 사회적, 산업적 혁명, 즉 이 땅에서의 현세적 혁명을 위해 애쓰지 않는 한 민중들에게 다시 열리지 않을 것이라고 말하고 있다.7) 이처럼 지상의 것과 천상의 것을, 현세적인 것과 영원한 것과의 조화를 꿈꾸는 페기의 사상은 이 극에서 잔을 통해 표현되고 있다.

　　자네트: 일용할 양식이 너무 부족한 자는 영원한 양식, 즉 예수
　그리스도의 양식에 대해서도 전혀 관심이 없어.
　　Jeannette: Celui qui manque trop du pain quotidien n'a plus aucun
　goût au pain éternel, au pain de Jésus-Christ (p.384)

---

5) "그는 투쟁하는 교회의 현실로부터 승리하는 교회를 본다. 하늘, 그것은 지상의, 이 땅의 변형이고 결과적으로 이 땅에서 하늘이 시작되는 것을 보아야만 한다. Il voit l'Eglise triomphante à partir de la réalité de l'Eglise militante. Le ciel, c'est la transfiguration de la terre, de cette terre, et, en conséquence, il doit y voir, ici-bas, une inauguration du ciel sur la terre.", Pie Duployé, *La Religion de Péguy*, Paris, Klincksieck, 1965, p.217.

6) "지상은 교회로 들어가는 계단과 같다. 교회의 계단이 그것을 올라가서 교회로 들어가기 위해 있는 것처럼 들 지상은 하늘로 올라가기 위해 있는 것이다. 우리는 지상이 하늘의 문턱이 되는 권리를 지니고 있다. La terre est comme les marches de l'église. Elle est pour monter au ciel comme les marches de l'église sont aussi pour monter et entrer dans l'église. Nous avons le droit que la terre soit le seuil de votre ciel.", *ibid*, p.219.

7) "……만약 교회가 '영원한' 구원을 위해 모든 이들처럼 경제적 혁명, 사회적 혁명, 산업혁명, 즉 '일시적' 혁명을 위한 '희생'을 하지 않는다면 교회는 민중들에게 다시 열리지 않을 것이다. [……] 만약 예수가 세상으로부터 벗어나고자 했다면 그는, 아주 간단하게도, 오지 않았으면 되었다. elle [l'Eglise] ne se rouvrira point le peuple à moins que de faire, elle aussi, elle comme tout le monde, à moins que de *faire les frais* d'une révolution économique, d'une révolution sociale, d'une révolution industrielle, pour dire le mot, d'une révolution *temporelle* pour le salut *éternel*. [……] Si Jésus avait voulu se retirer du monde, c'est bien simple, il n'avait qu'à ne pas y venir.", Charles Péguy, *Notre jeunesse*, in *Oeuvres en prose (1909~1914)*, Gallimard, 1961, Bibliothèque de la Pléiade, p.597: cité in Jean Bastaire, "Péguy aux Thermes de Cluny. «Le Mystère de la charité de Jeanne d'Arc»", *Comédie-Française*, n° 119, 10 mai-10 juin, 1983, p.16.

이처럼 지상의 것은 페기에게 있어 그리고 페기의 사상을 대변하는 잔에게 있어 매우 커다란 비중을 차지하고 있다. 잔이 제르베즈 수녀를 만나고자 하는 것도 바로 이러한 문제와 관련이 있다. 추수의 안전을 위해 8년 전부터 기도해 왔는데 왜 하느님이 선한 기도에 응답하시지 않는지 제르베즈 수녀에게 물어보고 싶어 하는 것이다. 이처럼 잔은 현실의 문제를 하늘의 것과 관련시키고 신의 손길이 현실 속에서 구체적으로 나타나기를 바라고 있다.

잔이 성자 중의 성자인 예수가 프랑스의 어느 마을에서 태어나지 않고 유대 베들레헴에서 태어난 것을 애석해하는 것 역시 이 지상에서의 삶의 중요성을 말해 준다. 프랑스의 어느 교구가 성인을 탄생시키는 것을 늦추고 있을 때 예수는 이 작은 마을, 눈에 잘 띄지도 않는 작은 마을에서 태어났던 것이다. 그래서 잔은 유대인들이 복이 있다고 생각한다. 왜냐하면 그들은 예수를 직접 본 자들이기 때문이다. 아기 예수를 직접 안아 본 시메온(Siméon) 노인은 바로 그 예이다. 또한 잔이 예수에게 향유를 부어 준 여인을 부러워하고, 예수가 지나가는 것을 본 자들을 부러워하는 것 역시 같은 맥락에 속한다. 그들은 시간이 존재하지 않는 이 땅에서 예수를 보았던 것이다. 반면 잔과 같이 예수 이후에 태어난 자들은 11시에 온 일꾼들로서[8] 그들은 영원 속에서만 예수를 볼 수 있으며 이 영원 속에서는 오히려 시간이 존재한다.

왜냐하면 그들은 시간이 존재하는 영원 속에서만 그를 보는 것이

---

[8] 11시는 오후 5시를 의미하는 것으로서 성경의 마태복음 20장에 나오는 비유이다. 즉 포도원 주인이 품군을 쓰는데 11시, 즉 오후 5시에 온 품군들은 한 시간밖에 일하지 아니하였으나 그들에게도 먼저 온 일꾼들과 똑같은 품삯을 주었다. 이에 먼저 온 자들이 원망하자 주인은 자신이 그들에게 약속한 품삯을 주었으면 된 것이며, 나중 온 자들에게 그들과 똑같은 품삯을 주는 것도 주인의 뜻이라고 하였다.

며, 당신들 역시 영원 속에서 그를 보고 있지만 시간이 존재하지 않는 이 땅에서 그를 보았던 것이다.

Car ils ne le voient que dans l'éternité, où on a le temps, et vous le voyez aussi dans l'éternité; et vous l'avez vu, vous l'avez vu sur la terre, où on n'a pas le temps. (pp.404~405)

여기에서 페기의 논리는 역설적으로 보인다. 일반적으로 영원(éternel)이라는 것은 시간을 초월한 개념이고 이 땅의 것은 시간 속에 있는 것(temporel)이기 때문이다. 이러한 전통적인 시간관은 제르베즈 수녀를 통해 표현된다. 제르베즈 수녀는 영원 속에서 이 세상의 물리적인 시간은 아주 하찮은 것임을 이야기한다.

영원 앞에서 수 세기의 시간의 무게는 얼마나 되겠는가.
Que pèsent des siècles de siècles du temps en face de l'éternité. (p.525)

즉 영원이라는 시간 속에서 이 땅에서의 시간은 극히 미미한 것이며 점과 같은 것일 뿐이라는 뜻이다. 따라서 이 찰나의 시간 속에 있는 먼지 같은 존재인 인간은 모두 신의 손 안에 있는 것이며 신의 길은 측량할 수 없다("Nous sommes dans la main de Dieu. Les voies de Dieu sont insondables", p.525)는 것이다. 하지만 잔, 즉 페기는 이 땅이 오히려 시간이 존재하지 않는 영원한 때라고 보고 있으며 영원 속에는 오히려 시간이 존재한다고 생각한다. 왜냐하면 예수가 이 땅에 온 것은 한 번뿐이며 이제 더 이상 그러한 일은 없을 것이기 때문이다("Histoire unique, histoire terrestre", p.405). 페기는 예수를 이 땅에서 본 사건은 오직 한 번 있었을 뿐이고 그 이전에도 그 이후에도 없을 전무후무한 사건이기 때문에 영원한 것이라고 보는 것이다. 이 또한 페기가 이 지상에서의 삶에 얼마나 큰 의미를 부여하는지 알게 하는 대목이다. 페기는 유대인들이 예수를 이 땅의 비참함 가운데에서 보았으며 유한한 시간 속에서 그를 보았기 때문에 더 의미가 있다고 보는 것이다.

> 왜냐하면 당신들, 기독교의 성자들, 기독교의 위대한 성자들은 당신들의 영원 속에서 오직 영광 속에 있는 예수를 보고 있는 것이며, 당신들 유대인들은 [……] 그의 비참함 속에서 그를 보았던 것이오. 당신들은 그를 한 번 보았으나 그 한 번이 중요한 것이었소. [……] 당신들은 사람들이 '난 그를 옛날에 알았어.'라고 말하듯이 그를 알았던 것이오.
> car vous autres, saints chrétiens, grands saints de la chrétienté, dans votre éternité vous ne contemplez Jésus que dans sa gloire; et vous autres Juifs, [……] vous l'avez considéré dans sa misère. Vous l'avez considéré une fois pour toutes, la fois qui comptait. [……] Vous l'avez connu comme on dit d'un homme: Je l'ai connu dans le temps. (p.411)

페기는 유대인들이 가난한 목수의 아들로 온 예수, 십자가의 고통을 당하고 사람들에게 조롱당하는 비참함 속에서의 예수를 보았기 때문에 그것이 더 영원하다고 보는 것이다.

잔은 유대인들을 온정을 갖고 바라보고 또 그들을 그의 선함으로 보호해 주었을 예수가 프랑스에는 있지 않다고 불만이다. 그가 있다면 일이 이런 식으로 진행되지는 않았으리라는 것이다("Si vous étiez là, Dieu, ça ne se passerait tout de même pas comme ça.", p.412). 잔은 유대 땅에서의 예수의 사역을 현세적이고 물질적인 차원으로 보고 있기 때문에 프랑스의 현실 속에 예수가 있지 않다고 원망하는 것이다. 하지만 제르베즈 수녀가 등장하면서 하는 첫 마디는 예수는 첫날처럼 영원히 우리와 함께 있다는 것이다.

그는 여기 계셔요. 그는 첫날처럼 여기 계셔요. 그가 죽던 날처럼 여기 계셔요. 그는 첫날처럼 우리 가운데 영원히 계셔요. 영원히 매일같이. 그는 그의 영원 속에 매일매일 우리와 함께 계셔요.
Il est là. Il est là comme au premier jour. Il est là parmi nous comme au jour de sa mort. Eternellement il est là parmi nous autant qu'au premier jour. Eternellement tous les jours. Il est là parmi nous dans tous les jours de son éternité. (p.412)

그렇기 때문에 현재의 상황이 어떠하든 간에 제르베즈 수녀는 믿는 자들은 예수 당시의 유대인들과 똑같은 행복을 지니고 있다고 믿는다.

하지만 당신들 기독교인들 역시, 당신들도 당신의 행복을 알지 못하고 있어요, 당신의 현재의 행복을, 그것은 똑같은 행복이에요. 당신의 영원한 행복이지요.
mais vous aussi, chrétiens, vous ne connaissez pas aussi votre bonheur; votre bonheur présent; qui est le même bonheur. Votre bonheur éternel.
(p.413)

제르베즈 수녀에 의하면 베들레헴만 영원한 빛으로 빛나는 것이 아니라 모든 교구가 영원히 빛난다. 왜냐하면 거기에는 모두 예수의 몸이 있기 때문이다. 영원한 존재가 시간 속에 임재한 것이다.[9] 하지만 잔은 여전히 현실적이고 눈에 보이는 문제들로 제르베즈 수녀를 공격한다. 즉 적군이 마을을 공격하고 교회에 강제로 들어와 십자가에 달린 예수의 뺨을 때리기도 한다는 것이다. 이에 대해 제르베즈 수녀는 우리의 죄는 여전히 그를 모욕하고 그의 뺨을 때린다고 대답

---

9) "페기는 이렇게 하여 영원이라는 존재를 인간의 삶 속에 다시 들어가게 한다. 그는 영원한 것의 물질적인 현존의 신비를 매일매일의 삶 속에서 분석한다. Péguy fait ainsi rentrer la présence de l'Eternel dans la vie humaine. Il résout le mystère de la présence temporelle de l'éternel dans la vie de tous les jours", Tjo Jung-Ok, *Jeanne d'Arc dans l'oeuvre de Péguy de 1910 à 1914*, op. cit., p.47.

한다("Nos péchés l'outragent et le soufflètent tous les jours.", p.415). 요컨대 잔은 현실적이고 눈에 보이는 죄에 대해 말하는 반면 제르베즈 수녀는 눈에 보이지 않는 것, 즉 영혼의 죄에 대해 이야기하는 것이다. 적들이 무너뜨리는 하느님의 집(maisons temporelles)에 대해 잔이 말할 때 제르베즈 수녀는 적들이 결코 무너뜨릴 수 없는 영원한 집(maisons éternelles)이 있다는 것을, 예수는 우리에게 영원한 거처를 마련해 주었으며("Jésus nous a gagné des demeures éternelles") 하늘에는 적이 결코 닿을 수 없는 영원한 교회가 있다는 것을("Il y a une Eglise dans le ciel, dans le ciel de Dieu. Il y a une Eglise éternelle. Qu'ils n'atteindront jamais.", p.417) 이야기하는 것이다.

또 잔이 첫 영성체를 통해 전쟁이라는 악으로부터 벗어날 수 있으리라고 기대한 것 역시 현실의 문제를 영적인 것을 통해 해결하고자 하는 생각을 보여 주는 것이다. 예수의 몸과 피를 먹는 이 의식으로 잔은 모든 악을 고친다고 생각하였지만("la communication du corps de Notre-Seigneur guérit tous les maux", p.423) 영성체를 한 뒤 잔은 더욱 큰 고통에 빠지게 되었다. 왜냐하면 가장 훌륭한 의사가 다녀갔는데도 아무것도 나아진 것이 없었기 때문이다.

> 그런데 저녁에 넌 같은 상황에 다시 처하게 된 거지. 하지만 그것은 같은 상황이 아니라 한없이 더 나쁜 것이었어. 넌 똑같은 고통 속에 다시 처하게 된 것이 아니었지 [······] 왜냐하면 세상의 가장 훌륭한 의사가 다녀갔지만 그는 아무것도 하지 않았기 때문이지.
> le soir tu te retrouvas dans la même situation; mais elle n'était pas la même, elle était infiniment pire; tu te retrouvas dans la même souffrance [······] car le plus grand médecin du monde était passé, et il n'y avait rien fait. (p.423)

이처럼 잔의 시각은 항상 이 지상의 것, 눈에 보이는 것에서 떠나지 않는다. 잔은 이 땅의 문제를 항상 천상의 것과 연결시켜서 보고 있는 것이다. 그래서 기도의 응답이 곧장 현실로서 나타나지 않으므로 기도도 헛되다고 생각하는 것이다.

　피 뒤플루아이에(Pie Duployé)는 페기에게 있어서 성체(l'Eucharistie)와 같은 거룩한 것은 우선 현세적이며 물질적인 것이어야 하며 거룩함은 그것을 수긍할 수 있게 하는 구체적인 표현을 발견해야 한다고 말한다.[10] 그래서 잔이 기도와 구제에 열심인 진정한 그리스도인의 모습을 보이면서도 이 지상의 행복에 대해서도 커다란 중요성을 부여하는 것은 바로 사회주의자 페기의 모습을 반영하는 것이다.

> 　완전한 기독교인이자 정통 '가톨릭교도'인 잔은 그럼에도 불구하고 완전한 사회주의자로 보인다. 즉 전적으로 이 지상의 임무에 소명을 부여받은 자이다
> Jeanne, chrétienne intégrale et «catholique» orthodoxe, n'en reste pas moins intégralement socialiste, c'est-à-dire vouée à une tâche exclusivement temporelle.[11]

　이 극과 같은 해에 발표한 『청년시절』에서 페기가 "일시적인 것 속에 영원한 것을 새겨 넣기l'inscription de l'éternel même dans le temporel"라고 말하고 있는 것은 이 두 가지를 분리하지 않는 사회주의자로서의

---

10) "페기는 잔에게 물질적인 것과 영원한 것이 갖는 관계에 대한 이론을 잔에게 적용한다. 모든 종교의식처럼, 성찬식이 무엇보다도 먼저 물질적이고 현세적인 것처럼, 성스러움은 그것을 평화적으로 만드는 표현을 발견해야 한다.", Péguy prête donc à Jeanne sa théorie des rapports du charnel et de l'éternel. La sainteté, comme tout l'ordre sacramentel, comme l'Eucharistie au premier chef, doit elle-même être temporelle-charnelle, elle doit trouver des expressions qui la rendent plausible.", Pie Duployé, *La Religion de Péguy, op. cit.,* p.209.

11) *Ibid.,* p.252.

기독교인의 모습을 보여 주는 것이다.12)

5. 전쟁으로 전쟁을 물리치기

잔은 복을 주는 일이 신의 일이지만("Votre métier, vous mon Dieu, c'est la bénédiction." p.384) 이제 자신들은 신에게 저주를 요구하는 것이 숙명처럼 느껴진다. 그녀는 자신이 평생 전쟁을 저주하면서 지낼 수도 있으며 예수 또한 전쟁을 저주했다고 말한다.

> 전쟁은 예수의 저주를 받았어. 그렇다고 해서 그 거지(전쟁)가 더 잘못되지도 않지. 끔찍한 일이야. 전쟁은 예수의 저주와 부인을 당했어. 성 베드로와 말고의 칼을 봐.
> Elle a eu la malédiction de Jésus et la gueuse elle ne s'en porte pas plus mal, c'est effrayant. Elle a eu sur elle la malédiction, la réprobation de Jésus même, saint Pierre et l'épée de Malchus. (p.386)

잔은 예수를 잡으러 온 로마병정 중의 한 사람이었던 말고(Malchus)의 귀를 베드로가 칼로 베어 떨어뜨렸을 때 예수가 베드로를 나무라며 병사의 귀를 고쳐 준 사실을 상기한다. 그래서 예수는 전쟁을 저주한다고 말하는 것이다. 그런데 이처럼 전쟁에 대한 적개심을 보이는 잔은 오히려 전쟁으로 전쟁을 물리치고자 하는 모순된 태도를 보인다. 잔은 평화로써 전쟁을 없앨 수 있다고 생각하지 않는 것이다

---

12) "우리의 사회주의가 그렇게 어리석지 않고 심히 기독교적인 것은 그것 때문이다. C'est pour cela que notre socialisme n'était pas si bête, et qu'il était profondément chrétien.", Charles Péguy, *Oeuvres en prose (1909~1914), op. cit.*, p.598.

("Et la guerre ne se tue pas par la paix." p.393). 그래서 잔은 그 '거지',
즉 전쟁을 죽일 수 있는, 살인자를 살해할 수 있는 누군가를 원한다.

> 그 거지를 죽일 수 있는, 살인을 살해할 수 있는, 그리고 이 백성을
> 구할 수 있는 누군가가 있지 않는 한, 전쟁을 죽일 수 있는 누군가
> 가 있지 않는 한
> Tant qu'il n'y aura pas eu quelqu'un pour tuer la gueuse, pour
> meurtrir le meurtre et pour sauver ce peuple, tant qu'il n'y aura eu
> quelqu'un pour tuer la guerre (p.387)

오비에트 역시 잔의 말에 동조하며 전쟁을 없애기 위해 전쟁을 해
야 하며 또 전쟁을 없애기 위해서는 전투지휘자가 있어야 한다고 생
각한다. 그러면서 그 사람이 바로 자신들이 아니겠느냐고 하면서 스
스로도 못 믿어 하는 듯이 크게 웃는다.

> 전쟁을 죽이기 위해서는 전쟁을 해야 해. 전쟁을 죽이기 위해서는
> 전투지휘자가 있어야 해. (가장 대단한 농담을 한 것처럼, 가장 있
> 음직하지 않은 상상을 한 것처럼 웃으면서) 그런데 전쟁을 할 그
> 사람은 바로 우리가 아니겠어? 그렇지 않을까?
> Mais pour tuer la guerre, il faut faire la guerre; pour tuer la guerre, il
> faut un chef de guerre *(riant comme de la plaisanterie la plus énorme,*
> *comme de l'imagination la plus invraisemblable)*; et ce n'est pas nous?
> n'est-ce pas? qui ferons la guerre? (p.393)

오비에트의 이 말은 앞으로의 잔의 운명을 암시하는 말이기도 하
다. 잔이 현실의 악, 즉 전쟁이 가져오는 모든 불행을 없애기 위해 성
녀를 보내 달라고 하는 것도 전쟁을 종식시키기 위해서이다.

> 성녀들이 있어야 해, 새로운 방식을 발견할 새로운 성녀들이 있어야 해.

il faudrait des saintes; il faudrait des nouvelles saintes, qui inventeraient
des nouvelles sortes (p.381)

전 작품 『잔 다르크』에서 잔은 전투지휘자를 보내 달라고 기도했
었다. 그녀가 요구하는 대상이 전투지휘자로부터 성녀 혹은 성자로
변화한 것은 잔이 행동하는 사회주의자에서 보다 종교적인 성찰에
침잠해 있는 그리스도인이 되었음을 말해 준다. 하지만 전투지휘자나
성자 모두 전쟁을 없애기 위한 존재라는 점에서는 동일하다. 잔이 성
자를 보내 달라고 하는 것은 전쟁으로 전쟁을 없애야 한다는 근본적
인 생각의 변화를 의미하는 것은 아니기 때문이다. 왜냐하면 잔은 평
화적인 방법으로 전쟁을 물리칠 수 있다고는 생각하지 않기 때문이
다. 뒤플루아이에 역시 이 점을 지적하고 있다.

> 그녀는 단순히 인간적인 방법으로 신성한 임무를 완수하였다.
> [……] 전쟁의 사용에 대항하기 위해 그녀는 오직 전쟁의 사용만이
> 있을 뿐이었다.
> Elle accomplit une tâche divine par des moyens simplement humains.
> [……] Pour se défendre contre l'usage de la guerre elle n'avait que
> l'usage de la guerre.[13]

반면 제르베즈 수녀는 베드로의 예를 들며 예수가 제자에게 무력
을 사용하지 못하게 했음을 상기시킨다("Il ne faut pas faire la guerre",
p.490). 칼을 취하는 자는 칼로 망한다("tous ceux qui auront pris l'épée,
périront par l'épée", p.490)는 것이다. 나아가 그녀는 수도원에서 영혼
의 구원을 위해 기도하는 영적인 방법을 통해 문제를 해결하려는 대

---

13) Pie Duployé, *La Religion de Péguy, op. cit.,* p.252.

조적인 자세를 보인다. 그렇기 때문에 남들의 비방에도 불구하고 제르베즈 수녀는 어머니를 홀로 두고 수도원으로 들어간 것이며 비록 그들에게는 수도원으로 도망친 것 같지만 그 영혼을 구원하기 위해 몸과 영혼으로 많은 눈물과 피를 흘렸던 것이다("si tu savais par combien de larmes, et du sang de mon corps et du sang de mon âme j'ai voulu sauver cette âme-là!", p.523). 제르베즈 수녀에게는 이 지상의 눈에 보이는 현실보다는 눈에 보이지 않는 영혼의 문제가 더 중요한 것이다.

6. 애국심 혹은 민족주의

잔은 예수의 제자들이 그의 수난 때 예수를 저버린 사실을 상기하며 예수를 두고 도망간 제자들을 배신자 혹은 겁쟁이로 취급한다. 제자들은 프랑스 사람들이 아니었기 때문에 예수를 버린 것이지만 자신을 포함한 프랑스인들은 절대 그렇지 않았으리라고 주장함으로써 프랑스인들에 대한 절대적인 애착과 감정을 보인다. 이것은 애국심의 발로일 수 있으나 지나치면 민족주의로 비칠 수 있을 것이다.

> 그들은 프랑스인들이 아니었어요. [……] 프랑스의 기사들, 프랑스의 농부들, 결코 우리나라 사람들은 그를 버리지 않았을 거예요. 프랑스 사람들은. 로렌 사람들은.
> Ce n'étaient pas des Français. [……] Des chevaliers français, des paysans français, jamais des gens de chez nous ne l'auraient pas abandonné. Des gens du pays français. Des gens du pays lorrain. (p.492)

반면 제르베즈 수녀는 프랑스인들도 예수의 제자들과 마찬가지로 예수를 배반했을 것이라며 보다 객관적이고 겸손한 입장을 취한다.

> 만약 우리가 그들과 함께 있었다면, 만약 우리가 그들 중에 있었다면, 만약 우리가 그들에게 속한 자들이었다면, 만약 우리가 그들이었다면, 우리도 그들처럼 했을 거야. [……] 우리가 타인들보다 더 낫지 않아.
> Si nous avions été avec eux, si nous avions été parmi eux, si nous avions été d'eux, d'entre eux, si nous avions été eux, nous aurions fait comme eux. [……] Nous ne valons pas mieux que les autres. (p.491)

또한 예수의 제자들은 이 땅의 더러움을 씻은 자들이며 아무것도 없는 곳에서 모든 것을 시작한 자들임을 주장한다. 하지만 잔이 또 베드로가 세 번이나 예수를 부인했다는 사실을 상기시킬 때 제르베즈 수녀는 화가 나서 말을 더듬으며 사람들은 자신의 부인(否認)을 숨기기 위해 베드로가 부인한 사실을 말하는 것이라고 대답한다.

> (분노로 말을 우물우물하며, 거의 더듬거리며) 사람들은 이 부인(否認)에 대해 말하지. 자신의 부인을 숨기고, 감추고 변명하기 위해서 그 얘길 하는 것이지.
> Balbutiant, bafouillant presque. De colère. On allègue ça, ce reniement, on dit ça pour masquer, pour cacher, pour excuser nos propres reniements. (p.498)

그럼에도 불구하고 잔의 고집은 계속된다. 잔은 이제 샤를마뉴 대제나 롤랑과 같은 프랑스의 왕들과 성인들의 이름을 대며 그들은 예수를 버리지 않았을 것이며 이 프랑스의 성인들은 로마군보다 훨씬 많은 그리고 훨씬 야만적인 이방인들을 상대로 싸웠다고 주장한다. 이처럼 프랑스인의 의리와 용기를 고집스럽게 주장하는 잔에게 제르베즈 수녀는 오직 하나의 영원한 인종이 있을 뿐이라고 말한다.

여러 종류의 성인들이 있는 것이 아니야. 성 유대인, 성 그리스인,
성 라틴인, 성 로마인, 성 프랑스인, 성 영국인, 성 부르고뉴인 등,
오직 한 종류의 영원한 성인들만이 있을 뿐이지.
il n'y a pas quatre races de saints. Saints juifs, saints grecs, saints
latins et romains, saints français; saints anglais et saints bourguignons,
il n'y en a qu'une race qui en est la race éternelle. (p.503)

마침내 제르베즈 수녀는 잔의 교만에 대해 경고한다. 교만은 천사
도 타락하게 만든 것이며 교만은 밤낮을 가리지 않고 인간을, 성자들
까지도 노리고 있는 것이다. 교만은 마귀가 만들어 낸 것 중 가장 중
요한 발명품이라는 것이다. 그럼에도 불구하고 프랑스인들은 예수를
버리지 않았을 것이라고 잔은 계속 고집한다. 결국에는 제르베즈 수
녀를 똑바로 쳐다보며 수녀 역시 예수를 버리지 않았을 것이라고 말
한다. 그러자 수녀는 잔의 공격에 갑자기 휘청거리고 얼굴이 붉어진
다. 하지만 속에 차오르는 분노를 가라앉히며 자신 역시 다른 사람들
과 마찬가지일 뿐이라고 앞의 주장을 반복한다.

이 직접적인 습격에, 이 공격에, 이 반격에, 이 가장 은밀한 생각의
폭로로 인해 갑자기 휘청거리며. 그녀는 몸을 떤다. 갑자기 얼굴이
붉어진다. 눈에 섬광이 지나간다. 그러고는 자신을 추스르기 위해
말을 한다. 그녀는 천천히, 겸허하게 이 모든 것을 가라앉힌다.
Chancelant soudain sous cette poussée, sous cette invasion, sous cette
attaque; directe; sous cette révélation de la pensée la plus secrète. Elle
tremble. Elle rougit brusquement. Un éclair dans les yeux. Puis elle parle
pour se rassurer. Elle éteint lentement, modestement tout cela. (p.513)

마지막으로 잔은 자신은 그를 버리지 않았을 것이라고 주장한다
("Moi je suis sûre que je ne l'aurais pas abandonné.", p.513). 하지만 제

르베즈 수녀는 우리 자신은 예수를 수백 번, 수천 번 버리고, 배신하고 부인했을 것이라고 대답한다. 이처럼 예수의 제자들의 행동에 대해 잔과 제르베즈 수녀의 시각은 좁혀지지 않으며 그들의 대화는 평행선을 달리고 있다. 잔은 프랑스인들은 예수를 버리지 않았을 것이라는 점을 놀랍도록 집요하게 주장하고 있어서 위에서도 언급한 바와 같이 이러한 프랑스 민족에 대한 지나친 집착과 다른 민족과의 차이에 대한 주장은 자칫하면 애국심을 넘어 지나친 민족주의로 비칠 수가 있을 것이다.

결 론

페기의 전 작품 『잔 다르크』와 비교할 때 이 극은 외적인 사건은 모두 배제하고 오직 주인공 잔의 내적 갈등과 신앙에 대한 회의, 그리고 그에 대한 해결책의 모색으로서의 제르베즈 수녀와의 대화로 이루어져 있다고 할 수 있다. 따라서 이 극은 전체적으로 주인공의 내면세계를 심도 있게 그려 내고 있으며 그것을 대화라고 하는 연극 고유의 형식을 빌려 표현하고 있다. 또한 특징적인 것은 주인공의 내면세계가 주인공 자신의 말보다는 상대방의 말에 대한 반응을 통해 제시된다는 것이다. 이 극에서 잔은 보다 조용히 상대방의 말을 경청하고 비교적 짧게 반응하는 모습을 보이기 때문이다. 인물들의 행동이나 특정한 사건이 없이 길고 장황한 대화나 독백으로 이루어진 이 극은 일반적인 극의 형식을 따르고 있지는 않지만 페기는 그가 인물의 '내면의 삶la vie intérieure'을 묘사하기에 적절하다고 생각한 극형식을 빌려 인물의 내적 갈등을 잘 보여 주고 있다.

주인공이 고민하는 것은 한 마디로 하느님은 왜 하느님의 백성인 프랑스인들을 이토록 오랫동안 전쟁으로 고통받게 하는가 하는 것이다. 이러한 회의는 그녀가 수시로 기도하며 신에게 간구하였기 때문에 더욱 크고 고통스러운 것이다. 전쟁은 물리적으로 인간을 피폐하게 할 뿐만 아니라 영혼까지도 지옥에 처하게 하는 것이기에 더욱 무서운 악인 것이다. 잔은 무엇보다도 영혼의 소중함을 아는 자이다. 그렇기 때문에 자신의 영혼을 희생해서라도 타인들의 영혼을 구하고자 하는 것이다.

기도와 구제에 열심이면서도 동시에 신에게 반항하는 그리스도인의 모습, 타인들의 영혼을 구원하기 위해서 자신의 몸과 영혼마저도 희생하고자 하는 태도, 전쟁에 대한 적대감, 절대적인 애국심 등은 페기의 전 작품『잔 다르크』에서와 같은 모습이다. 그런데 이 극『잔 다르크의 사랑의 신비』에서 이전의 작품에 비해 보다 두드러지게 나타나는 점은 주인공이 현세적인 삶, 즉 이 지상의 것을 천상의 것만큼이나 중요하게 생각한다는 것이다. 그렇기 때문에 예수를 직접 보았던 유대인들을 부러워하는 동시에 예수가 프랑스 땅에 임재하지 않으므로 인해 이런 커다란 고통이 따른다고 탄식하는 것이다. 이러한 잔의 생각은 예수의 사역을 현세적인 것으로 이해하는 것으로서 제르베즈 수녀의 견해와 정면으로 대립하고 있다. 그래서 뒤플루아이에는 잔의 임무가 본질적으로 이 지상의 것이며 정치적이라고 보는 것이다.[14] 이것이 잔과 예수가 다른 점이다. 예수의 공생애는 정치적인

---

14) "요컨대 잔의 성스러움은 본질적으로 그녀의 '사명'이며, 이 사명은 현세적이며 정치적이다. 이것이 그녀의 공생애이다. Bref, pour tout dire, la sainteté de Jeanne, essentiellement, c'est sa «mission» et cette

것 혹은 이 지상의 것을 위한 것이 아닌 천상의 것, 영원한 것을 위한 것이었기 때문이다.

이것은 결국 페기의 사회주의적 사상의 반영이라고 할 수 있는데 페기는 결코 지상의 것과 천상의 것을 분리시키지 않고 그것들을 함께 결합시키고 있기 때문이다. 즉 그는 현세적인 것 속에서 영원한 것을 발견하는 자이다. 예수의 이 땅에서의 삶이 영원한 것이 된 것은 바로 그 예이다. 페기는 이 모순적인 역설을 주장하고 싶어 하는 것이다. 이러한 사상은 결국 페기의 사회주의를 반영하는 것으로서 비록 그가 20대처럼 열렬한 사회주의자는 아닐지라도 또 어린 시절의 종교인 가톨릭으로 다시 귀의했음에도 불구하고 페기에게는 이처럼 이 땅에서의 행복을 추구하는 현실주의적 사회주의자의 모습이 남아 있는 것이다.

한편 페기에게 있어 모순적으로 나타나는 또 한 요소는 그가 만인의 구원을 원하는 사회주의적 연대의식을 표현하면서도 프랑스와 프랑스 민족에 대한 절대적인 애착을 보인다는 것이다. 그것은 그의 애국심의 발로일 수 있겠으나 자칫 지나친 민족주의로 비칠 수가 있는 것이다. 잔 다르크가 프랑스의 좌파와 우파 모두의 표상이 되었듯이 페기 역시 이러한 양면적인 요소를 갖고 있음으로 해서 그의 주인공만큼이나 모호함을 남기고 있는 인물이 되었다.

---

mission est temporelle et politique. C'est sa vie publique.", *ibid.*, p.253.

참고문헌

Charles PÉGUY, *Oeuvres poétiques complètes*, Paris, Gallimard, 1975, Bibliothèque de la Pléiade.

_____, *Notre jeunesse*, in *Oeuvres en prose (1909~1914)*, Paris, Gallimard, 1961, Bibliothèques de la Pléiade, pp.501~655.

Michel AUTRAND, "Le Mystère de la charité de Jeanne d'Arc. A propos de la mise en scène de Jean-Paul Lucet", *Comédie-Française*, n° 119, mai-juin 1983, p.21.

_____, "La dramaturgie du Mystère de la Charité de Jeanne d'Arc", in *Péguy. Homme du dialogue*, Actes du colloque organisé par l'Amitié Charles Péguy et l'Université Paris X, 27-28 mai 1983; publié in *Cahiers de l'Amitié Charles* Péguy, n° 28, 1983, pp.121~145.

Renée BALIBAR, "Sur le personnage de Madame Gervaise dans Péguy", *Revue d'Histoire Littéraire de la France*, mars-juin 1973, pp.225~236.

Jean BASTAIRE, "Péguy aux Thermes de Cluny. Le Mystère de la charité de Jeanne d'Arc", *Comédie-Française*, n° 119, mai-juin 1983, pp.15~16.

_____, "«Jeanne à Domrémy» par le Centre théâtral de Wallonie", *Bulletin de l'Amitié Charles Péguy*, n° 36, oct.-déc. 1986, pp.262~266.

_____, "La «passion» de Péguy interprétée par Jean-Paul Billecocq", *Bulletin de l'Amitié Charles Péguy*, n° 51, juil.-sept. 1990, pp.181~183.

Jean DELAPORTE, *Connaissance de Péguy*, t. I, Paris, Plon, 1944.

Pie DUPLOYÉ, *La Religion de Péguy*, Paris, Klincksieck, 1965.

Henri-Marie FÉRET, «Sur une représentation du "Mystère de la charité"», *Bulletin de l'Amitié Charles Péguy*, n° 18, avril-juin 1982, pp.111~113.

Simone FRAISSE, "Le Mystère de la charité de Jeanne d'Arc. Qu'est-ce qu'un «mystère»?", in *Comédie-Française*, n° 119, mai-juin 1983, pp.17~18.

Françoise GERBOD, "Le Mystère de la charité de Jeanne d'Arc. Péguy: Une vie régie par Jeanne d'Arc", *Comédie-Française*, n° 119, mai-juin 1983, pp.19~20.

Henri de LUBAC et Jean BASTAIRE, *Claudel et Péguy*, Paris, Aubier-Montaigne, 1974.

Jean ONIMUS, *Introduction aux "Trois Mystères" de Péguy*/avant-propos par Auguste Martin, *Cahiers de l'Amitié Charles Péguy*, n° 15, 1962, pp.17~45.

Roger SECRÉTAIN, "Péguy est-il de droite?", *Courrier d'Orléans*, n° 50, oct. 1976, pp.2~5.

Jung-Ok TJO, *Jeanne d'Arc dans l'oeuvre de Péguy de 1910 à 1914*, Taegu, Université de Hyosung, 1982.

졸고, 「샤를르 페기의 『잔 다르크Jeanne d'Arc』에 나타나는 잔 다르크 이미지」, 『불어불문학연구』, 제62집, 2005년 여름, pp.213~240.

Part 04

모리스 메테르링크의
『잔 다르크 Jeanne d'Arc』

작가소개 ● ● ●

모리스 메테르링크(Maurice Maeterlinck, 1862~1949)

  벨기에 플랑드르의 겐트 출신인 모리스 메테르링크(Maurice Maeterlinck, 1862~1949)는 상징주의
를 대표하는 작가이자 침묵과 죽음 및 불안의 극작가로 불리기도 한다. 그는 부유한 부르주아 가문
출신으로, 겐트의 자연 속에서 행복한 어린 시절을 보냈다. 프랑스어가 모국어였고 가정교사에게 영어
와 독일어를 배웠으며, 여덟 살 때 셰익스피어를 접했다고 한다. 하지만 이후 7년 동안의 생트 바르브
(Sainte-Barbe) 기숙학교 생활은 그에게는 매우 고통스러운 시간이었으며, 그곳에서 발견한 신은 사랑
의 신이 아니라 공포로 군림하는 독재자였다. 반면 그곳에서 르 루아(G. Le Roy), 반 레르베르그(Ch.
Van Lerberghe), 로덴바흐(G. Rodenbach) 등의 친구들을 만난 것은 행운이었다. 이 외에도 상징주의
시인이었던 베르하렌(E. Verhaeren) 역시 이 학교 출신이다. 생트 바르브 중·고등학교를 졸업한 뒤
에는 아버지의 권유로 대학에서 법률을 전공했으나 글쓰기를 계속했고, 당시 유명 시인들의 작품을
실었던 평론지 「젊은 벨기에La Jeune Belgique」에 시를 기고하기도 했다.
  메테르링크가 변호사 생활을 접고 본격적으로 문학의 길로 접어들게 된 것은 몇 달 동안의 파리
체류(1885년 가을~1886년 봄)와 그곳에서 만난 빌리에 드 릴라당(Villiers de l'Isle-Adam)의 영향 때
문이다. 특히 빌리에와의 만남은 가장 아름다운 추억이고 가장 커다란 충격이었다고 고백한 바 있다.
빌리에를 통해 메테르링크는 신비(le mystérieux)와 운명(le fatal)과 저세상(l'au-delà)에 눈을 뜨게 되
었으며, 말렌 공주, 멜리장드, 아스톨렌 같은 인물들은 빌리에와의 만남에서 태어난 것이라고 말한다.
같은 시기에 그는 14세기 플랑드르 출신의 신비주의자 뤼스부르크를 발견했고, 또 독일 낭만주의 시
인이자 상징주의의 선구자라고 할 수 있는 노발리스에게 관심을 갖게 되어 후에 이들의 작품을 번역
하게 된다.
  1886년 3월 메테르링크는 파리에서 만난 젊은 시인들과 잡지 「라 플레이아드La Pléiade」를 창간
했고, 여기에 자신의 첫 산문 작품인 『무고한 자들의 학살Le Massacre des Innocents』(1886년 5월)
을 발표한다. 이것은 플랑드르 출신 화가인 브뢰겔의 그림에서 영감을 얻은 것이다. 그는 또 파리에
체류하며 쓴 일련의 시를 모아 『온실Serres chaudes』(1889)을 발표하는데, 메테르링크는 이 시집이
베를렌, 랭보, 라포르그, 휘트먼 등의 영향을 받은 것이라고 고백한다. 이어 그의 첫 희곡 『말렌 공주
La Princesse Maleine』(1889)를 발표했는데, 셰익스피어, 포, 반 레르베르그의 영향을 받은 이 작품은
옥타브 미르보의 「피가로」의 기사를 통해 유명해진다. 1896년에는 수필집 『빈자의 보물Le Trésor
des humbles』을 발표했고, 1908년 스타니슬랍스키가 연출한 『파랑새L'Oiseau bleu』 공연으로 대중
에게 널리 알려지게 된다. 이어 1911년 노벨상을 수상해 그의 작품이 전 세계에 알려지게 된다.

메테르링크는 상징주의가 꿈꾸었던 일종의 영혼의 연극을 창조한다. 이 새로운 형태 속에는 세 가지 개념이 들어 있다. 첫째는 움직이지 않고 수동적이며 미지의 것에 예민한 인물들이 있는 정적인 극이라는 점, 둘째는 숭고한 인물(종종 죽음과 동일시되는 이 숭고한 인물은 운명 혹은 숙명이며 죽음보다 더 잔인한 어떤 것이다)의 존재, 셋째는 일상의 비극, 즉 산다는 일 자체가 비극적이라는 것이다. 그리하여 극 사건은 배우들의 양식화된 연기를 통해 운명과 마주한 영혼의 태도 및 숙명에 천천히 눈떠 가는 것을 암시해야만 한다.

메테르링크가 인형극(théâtre pour marionnettes)이라고 부른 그의 초기작들은 사실주의 극의 대척점에 있는 것으로, 뤼네 포(Lugné-Poe)와 같은 상징주의자들에 의해 무대화되었다. 신비, 보이지 않는 운명의 힘, 그리고 현실 너머의 세계를 느끼게 하는 그의 극은 뒤에 오는 초현실주의자들 및 아르토와 베케트에게 영향을 끼치게 된다. 특히 침묵이 많고 대사와 대사가 때로는 논리적으로 이어지지 않는 베케트의 부조리극은 메테르링크의 작품과 닮아 있음을 발견하게 된다.

서 론[1]

『말렌 공주』(1889), 『침입자』(1890), 『맹인들』(1890), 『펠레아스와 멜리장드』(1892), 『아글라벤과 셀리제트』(1896) 등과 같은 작품을 쓴 상징주의의 대표적인 극작가 모리스 메테르링크가 『잔 다르크』(1940)를 쓴 사실은 별로 알려져 있지 않다. 그것은 아마도 위에 언급한 그의 초기작품이 메테르링크의 대표작을 이루고 있고 공연 역시 주로 이 작품들을 위주로 이루어지기 때문일 것이다.

이 극 『잔 다르크』는 작가가 세상을 뜨기 9년 전인 1940년 망명생활을 하던 뉴욕에서 쓴 작품으로 출판된 것은 그가 프랑스로 돌아온 뒤인 1948년이다. 메테르링크의 작품 경향이 많이 변화한 노년기의 작품이기도 하고 또 역사적인 인물을 소재로 하였기 때문인지 이 극은 그의 초기작품에서와 같은 상징주의적 색채나 침묵 그리고 신비

---

1) 『불어불문학연구』, 제60집, 2004년 겨울, pp.313~338.

스러우면서도 깊은 울림을 주는 대화들은 많지 않다. 하지만 잔 다르크라는 신화적인 인물과 또 그녀가 들었다고 하는 천상의 목소리와 같은 신비한 요소는 평생 보이지 않는 세계와 보이지 않는 존재들[2]에 이끌렸던 메테르링크의 작품세계와 맞닿아 있다. 또한 재판관들에게는 들리나 잔과 서기에게는 들리지 않는 '미지의 목소리la Voix invisible'를 상상하여 재판관들과 이 목소리와의 대화를 거의 한 장에 걸쳐 할애한 것 역시 이러한 보이지 않는 신비한 존재 및 세계에 대한 작가의 관심을 반영하는 것으로 볼 수 있다.

이 극은 잔이 왕이 있는 시농에 도착하는 시점에서부터 시작하여 시간적인 순서를 따라 진행된다. 즉 오를레앙에서의 전투와 렝스로의 진격, 대관식, 포로생활, 재판, 포기각서 서명, 포기각서의 번복과 화형대 순으로 진행된다. 그런데 전투장면과 대관식 장면은 영화적인 기법을 사용하여 매우 빠르게 진행되는 반면[3] 그녀가 포로로 갇혀 있던 보르부아르 성에서의 뤽상부르 가족과의 일과 잔의 자살 소동은 매우 자세하게 세 장(6, 7, 8장)에 걸쳐 묘사되어 있다. 즉 뤽상부

---

2) "난 사실주의가 나의 장기가 아니라는 것을 깨달았다. 말렌은 태어나기 위해 이러한 만남을 기다렸다. 말렌과 또 내가 강조하였듯이 멜리장드, 아스톨렌, 셀리제트 그리고 이어서 나타나는 여러 유령들……. 유령들……. 거기에서 난 비밀을 포착할 수 있도록 하였다. J'ai compris que le réalisme n'était pas mon fait. Maleine attendait cette rencontre pour naître, Maleine, et, comme je l'ai souligné, Mélisande, Astolaine, Sélysette et les fantômes qui suivirent……. Les fantômes……. Là, je laisse peut-être percer un secret.", Gaston Compère, *Maurice Maeterlinck*, Besançon, La Manufacture, 1992, p.55.

3) 이러한 점이 1940년에 잔 다르크를 다루는 것이 시기적으로는 적절했음에도 불구하고 대중의 큰 호응을 얻지 못한 이유가 된 것으로 보인다: "그가 그의 희곡 『잔 다르크』를 공연하고자 했을 때 답변은 부정적이었다. 비록 1940년에 - 참혹한 시기였고 그처럼 뛰어난 영웅은 사기를 북돋는 사람이었을 것이다 - 그 주제가 비록 적절했을지라도 메테르링크는 운이 없게도 잔 다르크의 군사적 승리나 그녀의 환영을 극화한 것이 아니라 그녀의 재판이나 화형대에서의 모습을 극화하였다. The reply was negative when he attempted to have his play Jeanne d'Arc ("Joan of Arc") produced. Although the subject was appropriate in 1940 - the times were harrowing and a heroine of such caliber would have been a morale-raiser - Maeterlinck unfortunately did not dramatize Joan of Arc's military victories nor her vision, but rather her trial and burning at the stake.", Bettina Knapp, *Maurice Maeterlinck*, Boston, Twayne Publishers, 1975, pp.170~171.

르가의 여인들이 외투를 만들어 주자 매우 기뻐하는 장면4) 혹은 천상의 목소리의 만류에도 불구하고 탑 위에서 떨어져 자살을 시도하는 장면, 부상당한 잔을 둘러싸고 진행되는 장면 등이다. 이것은 미지의 목소리와 같은 신비한 힘이 개입하도록 하기 위해서, 그리고 천상의 목소리가 들리지 않았을 때의 잔의 절망과 다시 듣게 된 그 목소리로 인해 잔이 자신의 실수를 깨닫고 죽음을 받아들이는 순교의 과정을 부각시키기 위한 것으로 보인다.

그런데 메테르링크가 묘사하는 잔 다르크는 서로 모순되는 양면성을 지니고 있으며 그것은 또한 역사적인 자료를 통해 알려져 있는 잔 다르크의 이미지와 상충하기도 한다. 우선 메테르링크의 잔 다르크는 신이 부여한 소명에 순종하여 전쟁에 참여하고 또 죽음에까지 이르는 성녀의 모습을 지니면서 동시에 샤를르 7세와 연인 관계에 있는 것으로 나타나고 있다. 그런데 성녀(sainte)와 정부(maîtresse)는 양립하기 어려운 신분이지 않은가? 또한 잔은 보르부아르의 탑에서 뛰어내리고자 할 때 그것을 막는 천상의 목소리에게 왜 자신이 원할 때 죽을 수 없는지, 그리고 자신이 지금까지 신에게 순종하였음에도 불구하고 왜 화형을 당해야만 하는지 원망하며 신의 뜻에 반항하기도 한다.

이 외에도 메테르링크의 잔 다르크가 지닌 모순성은 타인들에게 매우 관대한 모습을 보이면서 동시에 화형대에 오르기 전 코숑 주교를 원망하는 양면적인 모습에서, 그리고 자신 및 타인의 운명을 예감

---

4) 기록에 의하면 잔은 아직 하늘의 허락을 받지 않았다고 하며 뤽상부르가의 여인들이 만들어 준 여자 옷을 거절하였다: "La demoiselle de Luxembourg et la dame de Beaurevoir m'offrirent habit de femme ou drap à le faire, et me requirent que je le portasse. Et je répondis que je n'en avais pas le congé de Notre Seigneur, et qu'il n'en était pas encore temps.", Robert Brasillach, *Le Procès de Jeanne d'Arc*, Paris, Librairie de la Revue Française, 1932, p.64.

하는 뛰어난 초월적 능력을 지녔음에도 불구하고 하늘의 음성이 들리지 않자 깊은 절망에 빠지는 태도에서 발견하게 된다.

이러한 모순에도 불구하고 또 역사적인 자료를 통해 알려져 있는 잔 다르크라는 인물과는 거리가 있음에도 불구하고 메테르링크는 하늘의 뜻에 순종함으로써 평생 감옥에서 지내기보다는 영광스러운 죽음을 택했던 잔 다르크를 프랑스의 영혼으로 부활시키고 있다. 왜냐하면 메테르링크는 비록 육신은 소멸했을지라도 영혼은 불멸하며 잔의 이름은 영원히 사람들의 기억 속에 남아 있을 것을 믿기 때문이다. 메테르링크가 이 극을 2차 대전 중인 1940년에 집필한 것은 아마도 독일의 위협을 받고 있는 프랑스를 염두에 둔 것으로 여겨지며 잔 다르크가 프랑스를 지켜 주는 불멸의 영혼으로, 희망의 상징으로 묘사되고 있는 것도 이러한 시대적인 상황을 반영하는 것으로 볼 수 있다.

우리는 본고를 통해 메테르링크가 묘사하는 잔 다르크라는 인물의 양면성 혹은 모순성과 그녀를 이끌어 간 운명과도 같은 보이지 않는 힘 그리고 죽음은 새로운 탄생이라고 하는 메테르링크의 사상이 잔 다르크라는 인물을 통해서 어떻게 구현되어 있는지 설명해 보고자 한다.

1. 잔 다르크: 인물의 모순성

1) 순결한 성녀이자 샤를르 7세의 정부

메테르링크의 잔이 지니는 모순성은 먼저 잔의 순결함이 강조되고 있는 한편 잔과 샤를르 7세가 연인 관계에 있는 것으로 설정함으로써

발생한다. 잔의 성스러움(sainteté)이나 순결함(innocence)은 메테르링
크가 그의 초기 극에서 많이 사용했던 상징에 의한 암시나 혹은 잔의
말과 행동을 통한 간접적인 묘사보다는 잔을 둘러싸고 있는 주변 인
물들의 직접적인 대사를 통해 강조되고 있다. 예를 들면 그녀를 에스
코트하며 시농까지 함께 갔던 풀랑지(Poulengy)가 잔을 성녀라고 직
접적으로 지칭한다든가("C'est une sainte…….", p.5)[5] 혹은 잔이 애정
문제에 있어서 특별히 고백할 만한 것이 없다고 말하자 왕이 그녀의
순결함에 탄복하고("Que c'est beau l'innocence!…….", p.22) 또 잔이 지
나치게 착하고 성스럽다고 직접적으로 명시하는 것("Parce que tu es
trop bonne et trop sainte, tu ne comprends pas encore les hommes et tu
les crois plus méchants qu'ils ne sont.", p.44), 혹은 탑에서 떨어진 잔이
침대 위에 누워 있는 모습을 보고 룩상부르가의 한 여인이 자고 있는
아이 같다, 혹은 기도하는 성녀 같다("On dirai une enfant qui dort……";
"On dirait une sainte qui prie……", p.74)라고 하는 것을 들 수 있다. 영
국인들조차 화형대의 불꽃 속에 사라져 가는 잔을 보면서 잔의 성스
러움을 인정하게 된다. 영국왕의 비서인 장 트레사르(Jean Tressart)는
자신들이 한 성녀를 죽였다("Nous avons brûlé une sainte!……", pp.135~136)
고 외치며, 어떤 목소리는 가장 위대한 성녀 중의 한 사람이 하늘로
올라간다("La plus grande de nos saintes s'élève vers le Ciel……", p.136)
고 말하기도 한다. 이 외에도 미지의 목소리는 잔과 같은 순결한 자
를 죽이는 재판관들이 바로 악령들("Il n'est ici d'autres démons que
vous qui tuez l'innocence……", p.103)이라고 말함으로써 선과 악의 구

---

5) 본고에 표시된 쪽수는 Maurice Maeterlinck, *Jeanne d'Arc*, Monaco, éd. du Rocher, 1948의 판본에 의거
한 것임을 밝힌다.

분을 뚜렷이 하고 있다. 그런데 '성녀sainte' 혹은 '순결한 자innocente' 와 같은 직설적인 묘사는 역설적으로 인물의 성스러움이나 신비를 제대로 전달하지 못한다는 모순을 지닌다. 말하지 않는 침묵이 더 많은 말을 할 때가 있는 것처럼 이와 같은 직접적인 호칭은 간접적인 묘사나 상징에 의한 암시보다 감동을 주지 못하기 때문이다. 요컨대 잔의 성스러움을 부각시키고자 하는 작가의 의도는 큰 성공을 거두지 못하고 있는 것으로 보인다.

잔을 둘러싼 등장인물들의 대사에 의한 직접적인 언급 외에도 작가의 개입을 드러내는 지문을 통한 표현이 있다. 이 지문을 통한 표현은 드물긴 하지만 예를 들면 재판관들이 자신에게는 들리지 않는 목소리와 계속 이상한 대화를 나누자 어리둥절한 잔은 순진무구한 목소리로 물어본다.

> 잔(순진무구한 목소리로): 뭘 하는 거죠! 누구와 얘기하는 거죠? 난 아무것도 이해하지 못하겠어요 또 피곤해요……
> Jeanne (*d'une voix innocente*): Que faites-vous? Avec qui parlez-vous? Je n'y comprends plus rien et je suis fatiguée……. (p.113)

이와 같은 직접적인 묘사는 작가가 인물의 순결함을 노골적으로 강조하고 있음을 다시 한번 확인하게 해 준다.

이처럼 잔의 순결함과 성스러움은 주로 인물들의 대사 혹은 지문을 통해 직설적으로 표현되고 있지만 잔 자신의 말과 행위를 통해 간접적으로 나타나기도 한다. 예를 들면 잔이 라 이르(La Hire)에게 욕하는 것을 금지하면서 그가 참는 욕마다 기도가 된다는 것을 잊지 말라("Mais n'oublie pas que chaque juron que tu retiens, devient une prière

……", p.35)고 하는 말에서, 혹은 병사들을 따라다니는 여인이 잡혀 왔을 때 자신은 아직 죄를 짓지 않았기 때문에 ("Parce que je n'ai pas encore péché……", p.40) 그녀를 때릴 권리가 없다 ("Je n'ai pas le droit de la battre.", p.39)고 말하는 것에서 잔의 경건함과 순결함을 느낄 수 있다. 하지만 잔의 말과 행동에서 느껴지는 신앙심이나 경건함에도 불구하고 이보다 더 큰 비중을 차지하고 있는 직설적인 표현으로 인해 잔의 성녀의 이미지는 인위적이며 과장되고 미화된 느낌을 준다. 이제껏 죄를 한 번도 진 적이 없다는 잔의 고백 역시 지나친 과장과 미화로 보인다.

그런데 이 극이 갖고 있는 독특함 중의 하나는 작가가 잔과 샤를르 7세 사이에 애정이 개입하고 있는 것처럼 묘사하고 있다는 점이다. 그것은 한 제작자가 잔 다르크 신화를 보다 새롭게 하고 또 대중의 흥미를 끌기 위해 잔을 샤를르 7세의 정부(情婦)로 만들 것을 권유하였기 때문으로 보인다.

> 게다가 난 덜 의미 없는 것들을 썼다. 여러 개의 시나리오 프로젝트들. 몇 편의 희곡을 썼는데 그중 하나는 로베르 고팽과 공동으로 쓴 것이다. 그 중 하나가 『잔 다르크』이며 로셰 출판사가 1948년에 출판하게 된다. 한 '제작자'가 그것을 '그리 나쁘지 않다'고 여겼지만 나에게 주인공을 샤를르 7세의 정부로 만들 것을 권하였다. 그렇다면 주제를 쇄신해야 하였다. 그럼 한번 해 봅시다.
> Mais par ailleurs j'écrivis encore des choses moins vaines. Des projets de scénarios. Quelques pièces de théâtre, dont une en collaboration avec Robert Goffin. L'une d'elles est *Jeanne d'Arc*, que les éditions du Rocher publieront en 1948. Un «producer» ne la trouva pas «trop mauvaise» mais me conseilla de faire de l'héroïne la maîtresse de Charles VII: il fallait, paraît-il, renouveler le sujet. Tirons l'échelle.[6]

그래서 이 극에서는 잔과 샤를르의 특별한 관계를 짐작하게 하는 대사와 행동을 발견하게 된다. 예를 들면 2장에서 잔이 시농에 도착해서 자신의 신분을 숨긴 채 무리 중에 섞여 있는 왕을 찾아내자 왕은 곧 잔을 작은 예배당으로 데리고 가서 자신이 꿈속에서 본대로 만들어서 비밀금고에 보관해 놓은 왕관과 천사의 조각상을 보여준다. 그런데 둘만이 있던 이 작은 예배당에서 왕과 잔이 나누는 행위는 둘 사이의 관계를 의심하게 한다. 자신이 적법한 왕위 계승자임을 단언해 주는 잔을 왕이 포옹하고자 하고("Je voudrais t'embrasser et je respire enfin…….", p.17), 반대로 잔이 왕에게 포옹하자고 제안하기도 한다("Maintenant, à genoux et prions en silence après nous être embrassés…….", p.26). 또 두 사람은 서로 말을 놓으며 사랑한다고 말하고 손에 입을 맞추기도 한다.

> 잔: 당신은 나의 왕이고 내가 사랑하는 사람은 나의 왕이에요…….
> 왕: 당신은 나의 성녀고 내가 사랑하는 사람은 나의 성녀요…….
> 잔(손을 빼며): 아니에요, 내가 당신 손에 입을 맞추어야 해요…….
> Jeanne: Tu es mon roi, et c'est mon roi que j'aime…….
> Le Roi: Tu es ma sainte et c'est ma sainte que j'aime…….
> Jeanne (*retirant ses mains*).: Non, c'est à moi de baiser les tiennes…….
> (p.23)

다음 장면 역시 샤를르 7세와 잔의 긴밀한 관계를 말해 주고 있다. 영국과 휴전을 하고자 하는 왕을 설득하기 위해 그와 대면한 잔은 자신은 왕을 위해서만 태어났고 왕을 위해서만 살며, 왕이 그녀를 버리면 하느님도 자신을 버릴 것이라고 말하며 휴전하지 말 것을 왕에게

---

6) Cité in Gaston Compère, *Maurice Maeterlinck*, *op. cit.*, p.75.

간청한다.

> 잔: 난 당신을 위해 태어났어요······. 난 당신에 의해서만 살고,
> 당신을 위해서만 살아요······. 나에게는 아무것도 남지 않았고 당신
> 이 날 부인한다면 난 이 세상에서 혼자예요······. 당신이 날 버리면
> 하느님도 날 버리실 거예요······.
>> (그녀는 왕의 발밑에 무릎을 꿇고 울음을 터뜨린다.)
> 왕(그녀를 일으키며 이마에 키스를 한다): 또 울지 말아요, 시간
> 이 되지 않았소······.
>
> Jeanne: Je ne suis née que pour vous······. Je ne vis que par vous,
> je ne vis que pour vous······. Il ne me reste rien et je suis seule au
> monde si vous me reniez······. Dieu m'abandonne aussi si vous
> m'abandonnez······.
> (*Elle tombe à genoux aux pieds de son roi et éclate en sanglots.*)
> Le Roi (*la relevant et lui donnant un baiser sur le front.*): Ne pleure
> pas encore, l'heure n'est pas venue······. (p.49)

그런데 하늘의 왕보다 지상의 왕을 더 우선하고 있는 듯한 잔의 말
은 그녀의 소명을 의심케 하며 성녀의 이미지와도 거리를 느끼게 한
다. 또 울음을 터뜨리는 잔의 이마에 입을 맞추며 왕이 위로하는 것
과 같은 두 사람의 애정 표현은 앞에서 잔에 대해 언급된 '성스러움'
이나 '순결함'의 이미지와는 분명 상충하는 것이다. 이와 같은 인물의
모순성과 일관성의 결여는 이 극의 설득력을 약화시키고 인물의 성
격을 희석시키는 요소가 된다.

2) 순종과 반항

메테르링크의 잔 다르크가 지닌 모순성은 성녀이자 샤를르 7세의
정부라는 양면성 외에도 신에게 순종하면서도 한편으로는 반항하는

모습을 보인다는 점이다. 신이 부여한 소명에 따라 지금까지 행동했음에도 불구하고 자신은 왕을 위해서만 산다고 말하며 하느님보다 왕을 더 우선했던 잔은 결정적인 순간에는 왕의 뜻보다는 하늘의 뜻에 순종하는 모습을 보인다. 알랑송 공작이 왕의 총애를 받는 라 트레무이유(La Trémouille)의 정적 아르튀르 드 리슈몽을 왕의 명령에 따라 전투에 참가시키지 말아야 할지 혹은 그것을 무시하고 리슈몽을 받아들여야 할지 갈등할 때 잔은 단호히 왕보다는 하느님께 복종해야한다고 말한다("Mon beau duc, il faut désobéir au roi, pour obéir à Dieu.", p.32). 또한 왕 앞에서도 자신이 신에게 복종하는 것이 왕을 구하는 것이며 왕에게 복종하는 것은 결국은 왕을 멸망시키는 것일 뿐임을("A qui me faudra-t-il obéir? A Dieu qui veut que je vous sauve ou à vous qui voulez vous perdre?", p.47) 이야기한다.

그런데 자신의 삶의 의미를 왕에게 두면서도 결정적인 일에 있어서는 신의 뜻을 우선했던 잔은 때로는 그 뜻에 반항하는 모습을 보이기도 한다. 부르고뉴군의 장 드 뤽상부르에게 포로가 되어 보르부아르 성에 갇혀 있던 잔은 자신이 영국군에 팔렸다는 소식을 듣고 스스로 죽음을 선택하고자 한다. 이때 잔과 미지의 목소리가 나누는 대화는 잔의 또 다른 모습을 보여 준다.

> 잔 다르크: [……] 난 산 채로 화형당하고 싶지는 않아요. 내가 죽어야만 하기 때문에 난 내가 죽고 싶을 때 죽을 권리가 있어요…….
> 미지의 목소리: 당신은 하느님이 명령하기 전에는 죽을 수가 없어요…….
> 잔: 하느님은 내가 죽기를 원하시면서 왜 지금 그것을 명하시지 않으시죠?
> 목소리: 하느님은 당신이 여기서 죽기를 원하시지 않기 때문이지.
> 잔 다르크: 하느님은 그럼 내가 산 채로 화형당하기를 원하시나요?

(목소리는 대답하지 않는다)

잔 다르크: 내가 도대체 선하신 하느님께 무슨 짓을 했기에 하느님이 절 이렇게 벌하시는 거죠?

목소리: 예수 그리스도는 무엇을 하셨지?

잔 다르크: 난 그분이 원하는 것을 다 했어요, 난 결코 불순종한 적이 없어요……. 난 더 이상 아무것도 이해하지 못하겠어요…….

Jeanne of Arc : [……] Je ne veux pas être brûlée vivante. Puisque je dois mourir, j'ai le droit de mourir quand je veux…….

Une Voix invisible: Tu ne peux pas mourir avant que Dieu l'ordonne…….

Jeanne: Mais pourquoi ne l'ordonne-t-il pas maintenant, puisqu'il veut que je meure?

La Voix: Parce qu'il ne veut pas que tu meures ici.

Jeanne d'Arc: Il veut donc que je sois brûlée vive?

(*La Voix ne répond pas.*)

Jeanne d'Arc: Qu'ai-je fait au bon Dieu pour qu'il me punisse de la sorte?

La Voix: Qu'avait fait Jésus-Christ?

Jeanne d'Arc: J'ai fait tout ce qu'Il a voulu, je n'ai jamais désobéi……. Je n'y comprends plus rien……. (pp.68~69)

자신은 영국군에 의해 화형을 당하고 싶지 않으며 또 이왕 죽어야 한다면 그녀가 원할 때 죽을 수 있는 권리가 있다고 생각하는 잔에게 미지의 목소리는 하느님이 명령하기 전에는 죽을 수 없다고 말한다. 그러자 잔은 왜 자신이 원할 때 죽으라고 명하지 않느냐고 되묻는다. 그러고는 자신은 신이 원하는 모든 것을 했고 또 신의 뜻에 순종했음에도 불구하고 자신이 원할 때 죽게 하지 않고 오히려 화형 당해 죽기를 원하는 하느님을 원망하며 왜 자신이 이런 일을 당해야 하는지 묻는다.

결국 그녀의 자살을 막는 천상의 음성을 거역하고 보르부아르의 탑 위에서 뛰어내리며 잔은 신에게 용서를 비는 것이 아니라 왕에게 용서를 빈다("Que mon roi me pardonne!……", p.70). 이 에피소드는 잔 다르크가 천상의 목소리들의 명령에도 불구하고 어쩔 수 없이 그러한 행동을 하였다는 법정에서의 고백[7]을 토대로 작가가 상상한 장면에 해당하지만 메테르링크는 이것을 좀 더 발전시켜서 하늘의 뜻에 회의를 품고 반항하는 잔의 모습을 부각시키고 있다.

이러한 잔의 태도에서 우리는 순종과 반항이라는 서로 모순된 모습을 발견하게 되며 또 미지의 목소리가 환기시키는 예수 그리스도와 비교하게 된다. 예수 역시 그가 십자가에 달려 죽기 전 가능하면 자신이 곧 겪게 될 고통과 죽음을 피하게 해 달라고 하늘의 아버지께 간구하면서도 동시에 아버지의 뜻대로 할 것을 원하였다. 예수야말로 죄 없이 십자가의 형벌을 받아야 했으나 그는 자신의 고통보다도 아버지의 뜻을 더 우선한 것이다. 그런데 자신이 원할 때 죽게 하지 않고 오히려 화형당하기를 원하는 것 같은 하느님을 원망하고 있는 잔의 태도는 고난을 피하고 싶었으면서도 아버지의 그 뜻에 순종했던 예수와는 달리 그녀의 인간적인 연약함을 드러내는 것이다. 하지만 천상의 목소리들이 다시 나타나 잔이 포기각서에 서명한 것을 나무라며 그것은 배신이고 또 잔이 자신의 목숨을 구하기 위해 스스로를 저주한 꼴이 되었다고 비난할 때("그녀들은 나의 포기각서 서명은 배

---

7) 1431년 3월 15일의 심문에서 천상의 음성의 명령에 거역한 적은 없는가 묻는 장 드 라퐁텐느에게 잔은 보르부아르의 탑에서 뛰어내린 것은 하늘의 성녀들의 명령에 반하는 것이었다고 고백한다: "내가 할 수 있었고 할 줄 알았던 것을 나는 내 힘으로 했고 완수한 것이오. 보르부아르의 종탑에서 뛰어내린 것은 또 그들의 명령에 반하여 그렇게 한 것은 난 나 자신을 억제할 수가 없었기 때문이오. 그녀들이 그 필요성을 보았을 때 그리고 내가 어찌해야 할지 몰랐을 때 그녀들은 내 생명을 구해 주었고 죽지 못하게 하였소. Ce que j'ai pu et su faire, je l'ai fait et accompli à mon pouvoir. Et quant à ce qui est du saut du donjon de Beaurevoir, que je fis contre leur commandement, je ne m'en pus tenir. Quand elles virent sa nécessité, et que je ne m'en savais ni pouvais tenir, elles me secoururent la vie, et me gardèrent de me tuer.", cité in Robert Brasillach, *Le Procès de Jeanne d'Arc, op. cit.*, p.116.

신행위였고 내 생명을 구하기 위해 나 자신을 저주하는 것이라고 말했어요. **Elles m'ont dit que mon abjuration était une trahison et que je me damnais pour sauver ma vie.", p.126)** 잔은 자신의 실수를 깨닫고 순종하기로 결심한다. 그래서 이전의 포기각서에 서명한 자신의 행위는 단지 죽음이 두려워서 그랬을 뿐이라며 번복하고 당당하게 죽음을 받아들인다. 결국 자신의 의지를 하늘의 뜻에 복종시켜 화형대 위에서의 죽음을 받아들이는 잔은 그리스도처럼 만물의 주재자인 신의 뜻에 순종하는 성녀의 모습을 보인다.

3) 관용과 원망

이것은 주로 대인 관계에 있어서의 잔의 태도와 관계된다. 잔은 왕이나 자신을 재판하는 재판관들 그리고 군대에 잠입한 여인에 대해서 관대함을 표한다. 포로가 된 뒤에 왕이 자신을 구하고자 하는 아무런 노력도 하지 않음에도 불구하고 잔은 끝까지 왕에 대한 신의를 지킨다. 그녀는 재판정에서 왕이 자신에게 매우 친절하며("Il est très bon pour moi…….", p.61), 신하들 때문에 왕이 자신의 뜻대로 하지 못하는 것일 뿐이라며 그를 옹호한다("Il ne fait pas ce qu'il veut…….", p.62). 그리고 왕이 자신을 찾지 않는 것은 자신을 버려서가 아니라 자신이 어디 있는지 모르기 때문이라고 말한다.

> 그는 날 버리지 않았어요, 그는 내가 어디 있는지 알지 못하는 거예요……. 왕은 그를 속이는 나쁜 신하들에 둘러싸여 있어요. 그는 너무 좋은 사람이예요……. 내가 범할수 있었던 모든 실수들은 오직 나 때문이예요. 난 그가 이 세상에서 가장 숭고한 기독교인이라

고, 그리고 당신들이 내게 비난하는 그러한 잘못을 저지르지 않았다는 것을 내 목숨을 두고 맹세해요.

Il ne m'a pas abandonnée, mais il ne sait pas où je suis... Il est entouré de mauvais conseillers qui le trompent. Il est trop bon……. Mais toutes les fautes que j'ai pu commettre n'appartiennent qu'à moi. Je jure sur ma vie qu'il est le plus noble chrétien du monde et n'a jamais pris part aux erreurs que vous me reprochez. (p.119)

또한 군대에 잠입한 창녀에 대한 잔의 태도는 관용 그 자체라고 할 수 있다. 그녀는 자신이 죄를 범할 때는 치명적인 죄가 되지만 타인이 죄를 범할 때 그것은 또 다른 문제라고 말하며 자신에게는 엄격하나 타인에게는 관대한 모습을 보인다.

알랑송: 당신이 창녀들로 하여금 군대를 따라가지 못하게 한 것은 아주 현명한 일이었소. [……] 그 하사는 엄하게 처벌을 받을 것이오, 그런데 그 여자는 어떻게 할까요?
잔: 나도 모르겠어요……. 그 여자는 불행한 모습이에요……. 그것을 범할 때는 죽음에 이르는 죄가 되지만 그것을 범하는 자들이 타인일 경우에는 똑같은 게 아니에요…….

D'Alençon: Vous avez très sagement interdit aux filles de joie de suivre l'armée. [……] Le sergent sera sévèrement puni, mais que faut-il faire de la fille?
Jeanne: Je ne sais pas……. Elle a l'air malheureuse……. C'est un péché mortel quand on le commet, mais quand ce sont les autres qui le font, ce n'est pas la même chose……. (p.38)[8]

---

8) 이것은 실제 잔의 태도와는 다른 것으로 보인다. 전쟁으로 인하여 순진한 시골처녀에서 전사가 된 잔 다르크는 군인들을 따라다니는 여인들을 호되게 꾸짖고 쫓아내었다: "그녀는 특히 병사들이 데리고 다녔던 몸 파는 여인들에게 가차없었다. 어느 날 그녀는 카트린 성녀의 칼로, 단지 칼의 납작한 부분으로, 이 여인들 중 한 명을 때렸다. 이 처음 사용한 칼은 그 충격을 견디지 못하고 부러졌고, 재주조되지 않았다." Elle était surtout impitoyable pour les femmes de mauvaise vie qu'ils traînaient après eux. Un jour, elle frappa de l'épée de sainte Catherine, du plat de l'épée seulement, une de ces malheureuses. Mais la virginale épée ne soutint pas le contact; elle se brisa, et ne se laissa reforger jamais.", Jules Michelet, *Jeanne d'Arc*, Paris, Gallimard, 1974, p.86.

50대를 때리자는 알랑송 공작에게 잔은 자신은 그 여인을 때릴 권리가 없다고 말하며 거부한다("Parce que je n'ai pas le droit de la battre.", p.39). 왜냐하면 잔 자신이 아직 한 번도 죄를 짓지 않았기 때문이다("Parce que je n'ai pas encore péché……", p.40). 결국 여인은 아무런 벌도 받지 않고 가 버린다. 그런데 잔의 이러한 관용적이고 비폭력적인 태도는 휴전보다는 전투를 원했던 그녀의 모습과 대조를 이룬다("훌륭한 조약은 오직 창끝으로만 이루어진다. Un bon traité ne se fait qu'à la pointe de la lance.", p.47). 무력만이 평화를 가져온다는 믿음은 그녀의 비폭력적인 태도와 모순을 이루기 때문이다. 사람을 때리는 것조차 죄라면 많은 사람을 죽이게 되는 전투야말로 더 큰 죄를 짓는 것이 아닐까? 비록 전쟁은 나라를 지키기 위해서라는 대의명분이 있지만 그녀의 태도가 전쟁과 사소한 일상의 일에 따라 변하는 것은 일관성을 결여하는 것으로 보인다.

이 외에도 평소에 보여 주었던 잔의 관대한 행동은 마지막 순간에 코숑 주교에게 보여 주는 그녀의 태도와 대조를 이룬다. 포기각서에 서명하고 더 이상 남자 옷을 입지 않겠다고 맹세한 잔은 어느 날 다시 남자 옷을 입고 있다. 감옥으로 찾아온 성직자들에게 잔은 아침에 깨어 보니 여자 옷이 없어지고 남자 옷만 있어서 어쩔 수 없이 남자 옷을 다시 입게 되었다고 말한다. 그러자 성직자들은 그것을 코숑 주교의 짓으로 의심하지만("C'est un tour de Cauchon……", p.127) 잔은 아무도 비난하고 싶지 않다고 말한다("Je ne veux accuser personne ……", p.128). 하지만 화형장에서의 마지막 순간에 잔은 코숑 주교를 원망함으로써 앞의 태도와 모순된 모습을 보인다("주교, 난 당신에 의해 죽는 것이오. Evêque, c'est par toi que je meurs.", p.134).

4) 초월적 능력과 절망

메테르링크의 잔 다르크가 지니는 또 다른 모순성은 이 극에서 더욱 크게 부각되고 있는 그녀의 초월적 능력과 그에 대조되는 절망이다. 이 극에서 잔은 매우 예언의 능력이 많은 것으로 나타나고 있으며 그것은 또한 역사적인 기록과 크게 다른 것은 아니다. 하지만 메테르링크는 역사적인 사실보다 더욱 잔의 초자연적인 능력을 강조하고 있으며 이 점은 역설적으로 천상의 목소리가 들리지 않을 때의 절망하는 그녀의 모습과 대조를 이룬다.

잔은 처음 왕이 있는 시농에 도착하여 왕좌에 있는 가짜 왕 대신 허술하게 입고 반쯤 졸고 있는 진짜 왕을 찾아내고, 또 왕관과 푸른 날개가 달린 천사의 조각상이 작은 예배당 깊숙한 곳에 있다는 사실을 이미 알고 있다. 잔은 또한 왕의 비밀한 세 가지 기도도 알고 있다. 즉 그의 후계자로서의 적법성, 백성의 고통과 불행이 자신의 죄 탓이라면 자신만을 벌해 달라는 것, 만약 백성의 불행이 그들의 죄에 대한 벌이라면 그들을 용서해 달라는 것 등이다. 왕이 잔을 믿기 시작한 것도 그녀의 이와 같은 놀라운 능력을 경험하고부터이다.

이 외에도 보쿨뢰르에서 시농으로 오던 중 영국군을 만났을 때 잔이 아무 말도 없이 바라보기만 해도 적이 물러간 일("Jeanne s'approche de l'officier, le regarde sans rien dire. Il s'incline et s'éloigne.", p.6), 자신을 상스럽게 욕하던 영국 군인에게 "죽음이 가까운 자는 그렇게 말하지 않는다. On ne parle pas ainsi quand on est si près de la mort."고 잔이 말했는데 바로 그날 저녁 그 군인이 우물에 빠져 죽은 사건은 잔의 신비한 힘과 예언의 능력을 말해 준다. 그래서 사람들은 잔을

'기적의 처녀la Vierge du miracle'라고 부르기도 하였다. 이 외에도 포탄에 맞을 뻔한 알랑송 공작을 밀어내어 그의 죽음을 막은 일 역시 잔의 초월적인 직감을 보여 주는 것이다. 그녀는 또 남자 옷을 다시 입은 뒤에는 자신이 이틀 후 시장 광장에서 화형당하리라는 사실을 정확하게 알고 있기도 하다. 이러한 사실들은 역사적인 기록이 보여 주고 있는 실제 잔 다르크보다도 더 뛰어난 예언의 능력을 말해 주는 것이다.

그런데 천상의 음성을 듣지 못할 때 깊은 절망에 빠지는 잔의 모습은 초월적인 예언의 능력이 넘치던 그녀의 모습과는 매우 대조적이다. 천상의 음성을 듣지 못할 때 그녀의 행동은 절망적이고 어찌할 바를 모르는 사람의 모습을 보여 준다. 생 투앙의 묘지에서 포기각서에 서명하기 일주일 전부터 하늘의 음성을 듣지 못하고 있던 잔은 화형대의 타오르는 불꽃을 보면서 갑자기 두려움에 싸여 마르그리트 성녀와 카트린 성녀가 자신을 버리고 약속을 지키지 않았다고 원망한다("Elles m'ont oubliée……. Elles n'ont pas tenu leurs promesses! …….", p.120). 결국 잔은 절망과 혼돈 상태에서 포기각서에 서명하게 된다. 그래서 후에 포기각서를 번복할 때 그녀는 하늘의 음성을 듣지 못해서 자신이 무슨 일을 하는지 알지 못하였노라고 고백한다("Je ne savais plus ce que je faisais, puisque mes voix n'étaient pas là.", p.127). 이전에도 잔은 뤽상부르가의 여인들에게 하늘의 음성을 더 이상 들을 수 없어서 생 드니에게 자신의 칼과 갑옷을 헌납하였다고("Je l'ai donnée à Saint-Denis, ainsi que ma cuirasse d'argent. [……] Parce que j'étais découragée……. […….] Parce que mes voix ne me parlaient plus …….", pp.59~60) 고백한 바 있다. 이것은 하늘의 음성이 들리지 않았을 때 그녀가 전의(戰意)를 상실할 정도로 낙심하였음을 말해 주는 것이다.

이와 같이 뛰어난 초월적 능력의 소유자였던 잔이 하늘의 음성이 들리지 않을 때 극단적인 절망에 빠지는 것은 인물의 일관성을 잃게 하고 있다. 물론 잔의 초월적인 능력은 하늘의 신비한 목소리들이 조언해 주었기 때문이고 따라서 그 목소리가 들리지 않을 때는 불안과 절망에 빠질 수 있었을 것이다. 그러나 이 극에 묘사된 그녀의 예언의 능력은 역사적인 기록에 나타나는 사실을 훨씬 넘어서는 것이어서 그녀의 절망조차도 낯선 것으로 만들고 모순적으로 보이게까지 한다. 기록에 의하면 잔 다르크는 천상의 목소리가 들리지 않아서 포기각서에 서명한 것이 아니라 단순히 화형대의 불꽃이 두려워서였노라고 말하고 있다.9)

이상에서 본 바와 같이 잔 다르크라는 인물이 보여 주는 모순성 및 양면성은 인물의 통일성을 잃게 하고 작품의 설득력을 떨어뜨린다. 이러한 모순은 한편으로는 역사적인 사실에 충실하면서도 한편으로는 작가 자신의 상상력에 의해 새로운 사실을 덧붙였으나 이 두 가지를 잘 조화시키지 못하였기 때문에 생기는 것으로 보인다. 다시 말하면 역사적 사실과 작가가 표현하고자 하는 인물의 성격이 서로 충돌하고 있기 때문이다.

---

9) 잔은 포기각서에 서명하던 날에 대해 이야기하며 하늘의 음성이 화형대에서도 담대하라고 말했음에도 불구하고 죽음이 두려워 그렇게 하였노라고 밝힌다. 따라서 이 극에서 천상의 목소리를 듣지 못해 잔이 포기각서에 서명하였다는 것은 작가 스스로의 상상에 의한 것으로 보인다: "목요일 전에 나의 목소리들이 그날 내가 할 일을 말해 주었고 난 그렇게 하였소. 나의 목소리들은 내가 화형대 위에 있고 재판정이 백성들 앞에 있을 때 설교를 하던 사제에게 담대하게 대답하라고 말했소. [……] 이 목요일에 내가 말하고 취소한 모든 것은 단지 불에 대한 두려움 때문에 그렇게 한 것이오. Avant jeudi mes voix m'avaient dit ce que j'allais faire ce jour-là, et ce que j'ai fait alors. Mes voix me dirent, quand j'étais sur l'échafaud et la tribune devant le peuple, que je réponde hardiment à ce prédicateur qui alors prêchait. [……] Tout ce que j'ai dit et révoqué ce jeudi, je l'ai fait seulement à cause de la peur du feu.", Régine Pernoud, *Jeanne d'Arc par elle-même et par ses témoins*, Paris, Seuil, 1962, pp.262~263.

2. 운명의 힘

메테르링크는 어린 시절 예수교회의 학교를 다닌 것에 의해 그리고 청년시절 뤼스부르크(Ruysbroeck), 드니 라레오파지트(Denis l'Aréopagite), 스웨덴보르그(Swedenborg), 보엠(Boehme), 노발리스(Novalis) 등과 같은 신비주의자들 및 플라톤과 신플라톤주의자들, 그리고 카알라일, 에머슨, 쇼펜하우어 등의 영향과[10] 또 상징주의자 빌리에 드 릴 아당(Villiers de l'Isle-Adam)[11] 등의 영향을 받아 그의 극에는 눈에 보이지 않는 신비의 세계에 대한 관심 및 죽음과 그것을 가져오는 운명에 대한 강박관념이 강하게 나타나 있다.

1) 운명과 순결함의 만남

메테르링크는 인간의 힘으로 어찌할 수 없는 불가항력적인 운명의 힘을 그의 초기 극에서 표현해 왔다.[12] 그런데 잔 다르크 역시 프랑스를 구하라는 천상의 목소리를 듣고 시골 처녀로서 돌연 전쟁에 참여하였다가 영국인들에 의해 화형대의 불꽃 속에 사라져 간 인물이라는 점에서 그녀 역시 신비한 운명의 힘에 의해 이끌려 간 존재라고

---

10) Voir Marcel Postic, *Maeterlinck et le symbolisme*, Paris, Nizet, 1970, pp.163~181.

11) "그(빌리에 드 릴 아당)가 나에게 가르쳐 준 것? 그것은 바로 로덴바흐가 1886년 「젊은 벨기에」라는 잡지에 쓴 '신비, 운명, 저 세상에 대한 관심'이라는 기사에서 말하고 있는 것이오. Ce qu'il [Villers de l'Isle-Adam] m'a appris? Cela que Rodenbach rapporte dans un article de 1886, paru dans *La Jeune Belgique*: «la préoccupation du mystérieux, du fatal, de l'au-delà».", *ibid.*, p.55.

12) "메테르링크는 그의 초기 희곡의 중심에, 그가 발걸음을 인도하거나 멈추게 한 사람들의 주변과 심장 속에 운명을 위치시켜 놓았다. Maeterlinck a placé le destin au centre de son premier théâtre, autour et dans le coeur d'êtres dont il menait ou suspendait les pas.", Gaston Compère, *Maurice Maeterlinck*, *op. cit.*, p.113.

할 수 있다. 특히 잔에게 영향을 끼친 신비한 힘은 마르그리트나 카트린 성녀 그리고 미가엘 천사 등과 같은 천상의 인물들이라는 점에서 신의 손길을 느끼게 한다. 잔 다르크를 포로로 잡은 뤽상부르가 여인 중 한 사람인 잔 드 뤽상부르는 아무리 기도를 해도 운명의 힘을 무력화시킬 수는 없다고 체념한다("Il faut trop de prières pour désarmer le sort……", p.64). 『맹인들』에서 노인이 누구보다 지혜롭고 운명을 내다보는 힘을 지니고 있듯이,[13] 그리고 『펠레아스와 멜리장드』에서 늙은 왕 아르켈이 비극적인 운명을 일찍부터 예감하고 있듯이 메테르링크는 여기서도 역시 나이든 여인을 통해서 불가항력적인 운명의 힘을 이야기하고 있다.

메테르링크는 눈에는 보이지 않으나 사람들에게 영향을 끼치는 이 운명(le destin)을 '숭고한 인물personnage sublime'이라고 부르며 이를 시인이 우주에 대해 품고 있는 무의식적인 관념으로 설명한다.

> 보이지 않지만 어디에나 존재하는 이 수수께끼 같은 제3의 인물이 오늘날에는 거의 항상 부재한다, 우리는 이 인물을 숭고한 인물이라고 부를 수 있을 것이며 그것은 바로 시인이 우주에 대해 품고 있는 것이자 작품에 보다 큰 영향력을 부여해 주며, 다른 것들이 죽은 뒤에도 그곳에 살기를 계속하는 것이며 그의 아름다움을 결코 고갈시키지 않으면서 그곳으로 다시 돌아오게 하는, 나도 알지 못하는 무의식적이면서도 강력한 관념이다.
>
> Aujourd'hui, il y manque presque toujours ce troisième personnage, énigmatique, invisible mais partout présent qu'on pourrait appeler le

---

13) "그것의 존재를 의심하는 등장인물은 드물다. '정통한 자들'인 아이들, 예를 들어 이뇰드와 같은 아이들은 놀라운 직관을 지니고 있어 불행을 예감한다. 삶과 죽음에 대한 오랜 경험을 갖고 있는 노인들도 민감하여 운명의 걸음을 신속하게 포착한다. Rares sont les personnages qui soupçonnent sa présence: les enfants, les «avertis», Yniold par exemple, ont des intuitions troublantes et pressentent le malheur; les vieillards aussi, ceux qui ont une longue expérience de la vie et de la mort, sont sensibles et prompts à saisir la marche du destin", Marcel Postic, *Maeterlinck et le symbolisme*, op. cit., p.113.

personnage sublime, qui, peut-être, n'est que l'idée inconsciente mais
forte que le poète se fait de l'univers et qui donne à l'oeuvre une
portée plus grande, je ne sais quoi qui continue d'y vivre après la
mort du reste et permet d'y revenir sans jamais épuiser sa beauté.14)

그에 의하면 눈에 보이지 않는 거대한 힘인 이 운명은 그 의도는
알 수 없지만 인간의 삶이나 평화 그리고 행복에 적대적이며 주로 죽
음이라는 형태를 띠고 온다.15)『펠레아스와 멜리장드』에서 두 젊은
이들의 죽음은 그 대표적이며,『맹인들』에서 죽음은 사제라는 실제
존재하는 인물로 무대 위에 현현되어 있기도 하다. 그리고『침입자』
에서는 죽음이라는 이 '숭고한 인물'이 집안에 침입해 들어오나 그것
은 오직 눈 먼 할아버지에게만 보이고 다른 눈 뜬 가족들에게는 보이
지 않는다.

그런데 메테르링크는 운명의 비극적인 힘이 아이러니하게도 죄 없
는 순진무구한 자에게 닥쳐온다는 사실을 깨닫는다. 특히 그는 자신의
고향인 플랑드르 출신의 화가 브뤼겔이 스페인 병사들에 의해 학살되
는 플랑드르 어린이들을 그린 그림『무고한 자들의 학살Le Massacre
des Innocents』을 보고 운명 앞에서 무력한 순진무구한 존재들에 대해
생각하게 된다. 그래서 그의 극『펠레아스와 멜리장드』에서 순수한
젊은이들이 비극적이고도 제어할 수 없는 운명의 희생자가 된 것처

---

14) M. Maeterlinck, «Préface» au *Théâtre*, t. I, Paris, Slatkine, 1979, p. xvi.
15) "우리는 아무도 그 의도를 알지 못하는 보이지 않는 운명적인 거대한 힘을 믿고 있다. 그러나 이 극의 정
     신은 그 힘이 우리의 모든 행동에 대해 악의적이고 주의를 기울이고 있으며, 미소와 삶과 평화와 행복에
     적대적이라고 추측한다. [……] 이 미지의 존재는 가장 흔하게 죽음이라는 형태를 띤다. On y a foi à
     d'énormes puissances, invisibles et fatales, dont nul ne sait les intentions, mais que l'esprit du drame
     suppose malveillantes, attentives à toutes nos actions, hostiles au sourire, à la vie, à la paix, au
     bonheur. [……] Cet inconnu prend le plus souvent la forme de la mort.", *ibid.*, pp. iii-iv.

럼 이 극『잔 다르크』에서도 "운명과 순결함의 만남la rencontre du destin et de l'innocence"16)이 이루어지고 있다. 우리가 앞에서 보았듯 이 작가가 잔의 순결함을 인물들의 직접적인 대사를 통해 매우 강조 하고 있는 것도 바로 이러한 주제를 표현하기 위한 것으로 보인다. 비록 그것이 샤를르 7세와의 관계로 인해서 그리고 직설적인 화법에 의해 희석되고 있기는 하지만, 메테르링크에게 있어 잔 다르크는 예수를 배반한 유다처럼 이해할 수 없는 신의 뜻의 희생자인 것이다.17) 그러나 유다는 죄가 있는 인간이지만 잔은 그녀가 말했듯이 아직 죄를 범하지 않았으므로 죄가 없음에도 불구하고 아버지의 뜻을 이루기 위해 자신을 내어주었던 예수 그리스도에 더 가깝다고 할 수 있다. 여기에서 우리는 작가가 잔 다르크를 그리스도와 같은 성스러움을 지닌 존재로 그리고자 하고 있음을 볼 수 있다.

이 극에서 잔은 줄곧 자신의 죽음을 의식하고 있으며 한창 영국군 과의 전투에서 승리를 구가할 당시에도 자신의 목숨이 1년여밖에 남지 않았음을 알고 있다("Je n'ai qu'un an et quelques jours pour accomplir ma mission.", p.36). 또 영국과의 휴전을 원하는 왕에게 잔은 자신에게 남은 시간이 많지 않음을, 그리고 죽음이 자신을 기다려 주겠느냐며 왕을 설득시키고자 노력한다.

잔: 당신은 당신을 다시 구하기 위해 또 다른 잔을 보내리라고

---

16) "Déjà apparaît, chez Maeterlinck, la tragique et absurde rencontre du destin et de l'innocence.", Marcel Postic, *Maeterlinck et le symbolisme*, *op. cit.*, p.19.

17) "C'est toujours une victime de la volonté incompréhensible de Dieu. Mais cette fois-ci, le vecteur est renversé: il ne s'agit pas d'un pécheur, mais d'une innocente qui ne fait qu'accomplir la volonté des cieux. Si Juda était victime par son péché, Jeanne l'est par son innocence.", 윤정선, *La Hantise du divin dans l'oeuvre de Maurice Maeterlinck*, thèse, Montpellier, Univ. Paul Valéry, 1978, p.274.

믿으세요? 더 이상 또 다른 잔은 찾지 못할 것이오……. 아무도 더 이상 당신에게 손을 내밀기 위해 내려오려고 하지 않을 것이오……. 난 더 이상 여기 없을 것이오…….

  왕: 나한테 생각할 시간을 줘요, 기다려야만 해…….

  잔: 기다리라고, 여전히 기다리라고!……. 당신은 나의 죽음이 기다려 줄거라고 믿으세요?

  왕: 죽음은 당신이 원하는 모든 것을 할 거야…….

  잔: 죽음은 오직 우리가 원하지 않는 것만 해요. 나한테는 시간이 정말 얼마 남지 않았어요!…….

  Jeanne: Croyez-vous qu'on vous enverra une autre Jeanne pour vous sauver encore? On n'en trouvera plus……. Personne ne voudra plus descendre afin de vous tendre la main……. Je ne serai plus là…….

  Le Roi: Donne-moi le temps de réfléchir……. Il faut attendre…….

  Jeanne: Attendre, toujours attendre!……. Croyez-vous que ma mort attendra?

  Le Roi: Elle fera tout ce que tu voudras…….

  Jeanne: Elle ne fait que ce qu'on ne veut pas……. Il me reste si peu de temps!……. (p.48)

  하지만 더 이상 시간을 지체해서는 안 된다는 잔의 간청에도 불구하고 샤를르는 라 트레무이유와 같은 관료들의 말을 따라 영국과의 전투보다는 휴전을 택함으로써 그들에게 군대를 재정비할 기회를 주게 된다.

  이처럼 자신의 죽음을 예감하고 또 천상의 음성의 명령에 따라 움직였던 잔은 펠레아스와 멜리장드 그리고 죽은 사제를 가운데 두고 그를 찾아 헤매었던 맹인들의 경우처럼 하늘의 뜻에 의해, 일종의 운명에 의해 이끌려 간 것이라고 볼 수 있다. 메테르링크는 이와 같이 순결함과 운명의 만남을 그리고 있으나 잔의 순결함을 지나치게 노골적이고 또 인위적인 수법으로 묘사함으로써 초기작에서와 같은 신비한 느낌은 주지 못하고 있다.

2) 미지의 목소리

메테르링크가 잔 다르크 신화를 새롭게 변형한 것 중의 하나는 법정에서 재판관들이 미지의 목소리(la Voix invisible)로부터 호된 경고를 받는다는 사실이다. 잔이나 법정의 서기에게는 들리지 않는 이 목소리는 오직 코숑 주교나 종교재판관, 검사와 같은 사제들만 듣게 되고 이들에게 이 미지의 목소리는 마치 벼락처럼 떨어진다.

> 미지의 목소리가 위에서부터 법정 전체를 채우고 커다란 비명을 지른다. [……] 이 말이 마치 벼락처럼 군중 속에 떨어진다.
> Une voix invisible qui de haut remplit toute la salle, pousse un grand cri. [……] Cette parole tombe comme un coup de foudre dans la foule. (p.102)

이 미지의 목소리는 저주받은 자들만이 그 소리를 듣는다("Seuls les damnés entendent.", p.103)고 하며 잔은 무고한 자(l'innocente)이고 재판관들은 악령이라고("Il n'est ici d'autres démons que vous qui tuez l'innonence.", p.103) 직설적으로 비난한다. 또한 죽음은 잔에게 있는 것이 아니라 오히려 그들 안에 있음을 상기시킨다("Vous ne savez pas que la mort est en vous?", p.109). 이 말은 신 앞에서의 잔의 정당성과 재판관들의 불의를 말해 주는 것이며 진정한 죽음은 이미 그들 재판관들에게 있음을, 그래서 그들의 영혼이 멸망에 이를 것을 이야기하는 것이다. 이 미지의 목소리의 개입으로 재판은 마치 이 목소리와 재판관들 사이의 공방처럼 변화한다. 재판관들을 악령이라고 비난하는 이 목소리는 하느님이 코숑 주교를 낙원에 받아들이면 자신들은 그곳에 들어가지 않겠노라고 선언하기까지 한다("Si Dieu vous recevait dans son Paradis, nous refuserions d'y entrer.", p.111).

하지만 잔을 재판하던 사제들을 모두 저주받은 자들로 보는 것은 잔을 살리려고 애쓰는 코숑 주교에게는 합당치 않아 보인다.

> 코숑: 단 한 가지가 우리에게는 중요하오, 왜냐하면 우리는 관용과 사랑의 종교 사제들이기 때문이오, 단 한 가지가 중요해요, 그것은 바로 영혼의 구원이오.
> Cauchon: Une seule chose nous importe, car nous sommes les prêtres d'une religion d'indulgence et d'amour, une seule chose nous importe, c'est le salut de l'âme. (p.79)

성직자들에게 중요한 것은 영혼의 구원이라고 말하는 주교는 신에게 잔을 용서해 달라고 기도하자고 제안하기도 한다. 그렇다면 코숑 주교는 진정 잔을 살리려고 한 것일까? 아니면 이것조차도 하나의 계략일까? 사실 주교의 태도는 모호한 데가 있어서 진정 그가 잔을 살리고자 한 것인지 아니면 잔을 종교 재판으로 정당하게 처형하기 위한 빌미를 잡기 위한 것인지 의문점이 있다. 메테르링크는 여기서 주교를 의심하고 있는 것으로 보인다. 왜냐하면 잔이 결국 화형당한 것은 그녀가 다시 남자 옷을 입었기 때문인데 이 남자 옷은 잔의 의지와 상관없이 주어졌기 때문이다. 그래서 이장바르 신부(Frère Ysambard)가 그것을 코숑의 간계로 보고 있는 것은("C'est un tour de Cauchon.", p.127) 작가의 생각을 대변해 준다고 볼 수 있다. 그녀가 이전의 죄를 다시 범해야 '재범자Relapse'라는 명목으로 정당하게 화형에 처할 수 있기 때문에 일단 잔으로 하여금 포기각서에 서명하도록 종용한 뒤 남자 옷을 다시 입게 함으로써 죽음을 면치 못하게 하였다는 생각이다.[18] 어쨌든 코숑의 잘못이 크다고 보는 것이 타당해 보이는 이유는 잔 역시 마지막 순간에 자신이 그로 인해 죽는다고 주교를 원망하였기 때문이다("Evêque, c'est par toi que je meurs.", p.134).

한편 여기에서 나타나는 잔에 대한 호의적인 견해와 재판관들에 대한 비판적인 견해는 전형적인 이분법적 시각으로 보인다. 이것은 클로델이 그의 극『화형대의 잔 다르크』에서 선과 악의 구분을 분명하게 하고 있는 것과 같은 관점인데 반해,『종달새』및『잔과 재판관들』에서 재판관들이 잔에게 인간적인 호감을 갖고 있는 것으로 묘사하고 있는 아누이나 티에리 몰니에의 시각과는 대조적이다. 아누이가 그의『안티고네』에서 크레온을 두둔한 것처럼 영국에 우호적이었던 코숑의 태도는 역설적이게도 프랑스의 이익을 위한 것이었다고 생각하기 때문이다. 풍랑 속에서도 배를 이끌고 가는 사람이 필요한 것처럼 모두가 멸망의 길을 가는 대신 누군가는 위기에 처한 나라를 이끌고 가야 하는 것이며 그러한 역할을 크레온이나 코숑과 같은 인물이 맡았다고 아누이는 생각한다. 그들의 행동은 자신의 유익을 구하기 위해서라기보다는 적과의 우호적인 관계를 통해 조국에 유리하게 하기 위해서라고 보는 것이다. 반면 클로델과 마찬가지로 메테르링크는 선과 악의 구분을 뚜렷이 함으로써 잔의 성녀다움을 강조하고 있다.

---

18) 레진 페르누는 변호사이기도 했던 코숑이 재범자들(relaps)만이 화형에 처해진다는 사실을 알고 있었다고 주장한다. 그리고 곧 잔이 남자 옷을 다시 입는 죄를 범할 것을 예상하고 있었으리라고 추측한다: "게다가 코숑은 법률에 익숙한 변호사로서 종교재판정의 규칙에 의하면 재범자들, 즉 그들의 잘못을 한 번 자백한 후에 다신 죄를 범하는 자들만이 화형에 처해질 수 있다는 사실을 알고 있었다. 남자 옷으로 [······] 잔이 교회에 순종하는지 안하는지에 대한 표시가 되게 하는 데 성공한 그는 잔이 곧 이 재범에 처할 것이라는 사실을 짐작할 수 있었다. 곧 사건은 그가 옳다는 것을 보여 주게 된다. D'ailleurs, Cauchon, en sa qualité d'avocat rompu au maniement du droit, savait que, selon les règles des tribunaux d'Inquisition, ne pouvaient être condamnés à la peine de feu que les relaps, c'est-à-dire ceux qui, ayant une première fois abjuré leurs fautes, y retombaient ensuite. Et, ayant réussi à faire de l'habit d'homme [······] le signe même de la soumission de Jeanne à l'Eglise, il pouvait se douter qu'elle allait, sans tarder, se mettre dans un cas de relapse. Très tôt, les événements allaient lui donner raison.", Régine Pernoud, *Jeanne d'Arc par elle-même et par ses témoins, op. cit.,* p.259.

3. 잔의 불멸성

1) 프랑스의 영혼

메테르링크는 젊은 시절 14세기 플랑드르의 신비주의자 뤼스부르크에 의해 많은 영향을 받은 바 있다. 뤼스부르크가 인간의 영혼은 신성을 소유하고 있으며 신의 영원한 이미지가 각인되어 있다고 믿은 것처럼[19] 메테르링크 역시 영혼은 인간에게 영원한 것이며 절대와 연결시켜 주는 것이라고 믿었다.[20] 이 극에서 잔은 죽음은 단지 잠을 자는 것일 뿐이며 자신은 곧 하늘에서 하느님 곁에 있을 것이라고 말하는데 이것은 결국 작가의 생각을 반영하는 것이라고 볼 수 있다.

> 마침내 난 하늘에서 하느님 곁에 있게 될 거야……. 그동안 죽은 자들로 하여금 잠자게 내버려 두고 우리는 그들을 위해 기도합시다…….
> Mais enfin, je serai près de Dieu dans le ciel……. En attendant, laissons dormir les morts et prions pour eux……. (p.37)

또한 재판정에 갑자기 벼락처럼 떨어지는 미지의 목소리가 재판관들이 비록 잔을 죽일지라도 그녀는 죽지 않으리라고 단언하는 것은

---

19) "모든 것이 그로부터 나오는 존재의 무엇인가를 알기 위해서는 유출(流出)을 연구해야만 한다. 신은 영적인 존재이기 때문에 영혼은 가장 넓은 탐구의 장이다. 왜냐하면 정신은 끊임없이 그것의 영원한 이미지의 흔적을 부여받고 그것을 간직하기 때문이다. Pour savoir quelque chose de l'Etre d'où tout découle, il en faut étudier les émanations. Dieu étant de l'ordre spirituel, l'âme est notre champ d'investigation de plus large. Car l'esprit reçoit et porte l'empreinte de son image éternelle, sans interruption.", Jan Van Ruybroeck l'Admirable, *L'Ornement des Noces spirituelles*, livre II, chap. LVII; cité in Wautier d'Aygalliers, *Ruysbroeck l'Admirable*, p.267; cité in Marcel Postic, *Maeterlinck et le symbolisme, op. cit.*, pp.164~165.

20) "마찬가지로 메테르링크에게 있어서 영혼은 인간에게 영원한 것이면 절대와 연결시켜주는 것이다. De même, pour Maeterlinck, l'âme est ce qu'il y a de permanent dans l'homme et est le lien avec l'absolu.", Marcel Postic, *Maeterlinck et le symbolisme, op. cit.*, p.165.

육체적인 죽음에도 불구하고 그녀의 영혼은 죽지 않으리라는 작가의
영혼 불멸 의식을 반영한다.

> 미지의 목소리: 너희들은 그녀를 죽일 수는 있겠지만 그녀는 죽
> 지 않을 거야.
> La Voix invisible: Vous pourrez la tuez, mais elle ne mourra pas.(p.104)

이 외에도 보르부아르의 탑에서 뛰어내려 죽으려는 잔을 만류하며
하늘의 음성이 잔이 곧 자신들과 함께 하느님 곁에 있게 될 것임을
예고하는 것에서도 육체의 죽음 이후에 있을 영혼의 삶에 대한 암시
가 나타나 있다.

> 목소리: 후에 우리와 함께 있을 때 알게 될 것이오.
> 잔 다르크: 어디에서요?
> 목소리: 하느님 곁에서.
> 잔: 언제요?
>   (목소리는 대답하지 않는다.)
> La Voix: Tu comprendras plus tard, quand tu seras avec nous.
> Jeanne d'Arc: Où?
> La Voix: Près de Dieu.
> Jeanne: Quand?
>   *La Voix ne répond pas.* (p.69)

지금 죽지 않을 지라도 잔은 곧 죽어서 하늘나라에 있게 될 것이나
그 시기는 잔이 선택하는 것이 아니라 하느님이 원할 때이다. 하지만
하늘의 뜻을 이해하지 못하고 반항하던 잔은 천상의 목소리의 만류
에도 불구하고 탑에서 뛰어내려 자살을 시도하고 만다.

그런데 메테르링크는 잔을 프랑스의 영혼으로 보고 있으며 또 영

혼은 죽지 않기 때문에 잔은 영원히 하늘에서 프랑스를 지켜 주리라고 믿는다.

> 목소리: 그녀는 우리를 위해 살 것이고 우리를 지켜 줄 것이오……. 그녀는 프랑스의 영혼이었고 영혼은 죽지 않아요.
> La Voix: Elle y vivra pour nous et veillera sur nous……. Elle était l'âme de la France et l'âme ne meurt pas. (p.136)

여기에서 우리는 메테르링크가 지상에서의 삶을 초월하는 영혼의 삶을 인식하고 있음을 분명하게 발견하게 된다. 비록 그가 기독교적인 신앙에 끝까지 충실하지 않았을지라도 메테르링크는 최소한 육체와 영혼의 분리 그리고 육체의 죽음 이후에 시작되는 영혼의 삶을 믿고 있는 것이다.

2) 새로운 탄생으로서의 죽음

이 극에서 잔은 항상 자신의 죽음을 의식하고 있으며("Croyez-vous que ma mort attendra?", p.48), 그 이후에는 하늘에서 그녀의 하느님 곁에 있으리라는 것을 믿는다("Mais enfin, je serai près de Dieu dans le ciel…….", p.37). 그러한 그녀도 화형대의 불꽃을 보고 마음이 약해져 포기각서에 서명하였지만 다시 듣게 된 천상의 목소리들이 자신을 꾸짖는 것을 듣고 다시 마음을 바꾸게 된다. 그래서 비록 그녀가 이전에 수감되고 싶었던 여자 수도원일지라도 이제는 그곳에서 평생 갇혀 지내는 것보다는 죽음을 선택하고자 한다.

잔: 다섯 달 동안 내가 썩고 있는 이 악취 나는 감옥에서 더 오래 머물기보다는 차라리 곧장 끝내고 싶어요…….

이장바르 신부: 당신은 더 이상 독방에 있지 않고, 아름다운 감옥에, 여인들의 수도원에 있게 될 것이오…….

잔: 얼마 동안이나?

이장바르 신부: 평생 동안……. 하지만 매우 편안한 삶이오…….

잔: 차라리 당신 발치에서 당장 죽는 게 몇 배 나아요……. 난 감옥에서 태어나지 않았고 무덤에서 살 수도 없어요. 난 차라리 거기서 죽고 싶어요…….

Jeanne: J'aime mieux en finir tout de suite que de rester plus longtemps dans le cachot fétide……. Où je pourris depuis cinq mois…….

Frère Ysambard: Tu ne seras plus dans un cachot, mais dans une belle prison, dans un couvent de femmes…….

Jeanne: Combien de temps?

Frère Ysambard: Toute ta vie……. Mais c'est une vie très douce…….

Jeanne: J'aime mieux mourir trois fois, tout de suite, à vos pieds ……. Je ne suis pas née dans une prison, je ne peux pas vivre dans un tombeau. J'aime mieux y mourir……. (pp.129~130)

무덤과도 같은 감옥에서 평생을 지내기보다는 죽는 것이 낫다고 하는 잔의 태도는 버나드 쇼의 잔 다르크와 유사하다. 이 영국 작가의 극에서 잔은 평생 수도원에 갇혀 있기보다는 죽음을 원하는데 그것은 자유롭게 햇빛과 들판과 꽃을 볼 수 없고 말을 탈 수도, 언덕을 오를 수도 없으며, 나무를 스치고 지나가는 바람소리와 종달새 소리 그리고 교회의 종소리를 들을 수 없기 때문이다.[21]

---

21) "하지만 하늘의 빛으로부터 멀리 나를 가두고, 들판과 꽃들을 보지 못하도록 하는 것을, 내 발을 묶어서 내가 더 이상 병사들과 함께 말을 타지도 못하고 언덕을 오르지도 못하게 하는 것을 [……] 트럼펫과 불꽃과 기사들과 병사들이 내 앞을 지나가고 나와 또 다른 여자들을 데려가지 않는 것을 난 참을 수 있을 것이오. 아직 나무들 속에 부는 바람 소리와, 태양 아래 있는 종달새들의 소리와, 서리 속에서 울고 있는 어린 양들의 소리와, 특히 바람 속에 떠다니는 내 천사들의 목소리를 내게 가져다주는 교회의 축복받은 성스런 종소리를 들을 수 있을 때에는. Mais m'enfermer loin de la lumière du ciel, m'empêcher de voir les champs et les fleurs; m'enchaîner les pieds si bien que je ne pourrais jamais plus chevaucher avec les soldats ni gravir les collines [……] Je supporterais que les trompettes, les flammes, les

잔은 화형대의 불꽃 속에 있게 될 지라도 하늘의 음성들이 자신을 구해 주리라는 것을 믿는다. 하지만 그것은 육신의 구원이 아님을 잔은 이제 알고 있다. 왜냐하면 그 목소리들과 함께 죽는 것은 다시 사는 것임을 믿기 때문이다("Mourir avec elles [les voix] c'est revivre ……", p.130). 즉 이 지상에서의 죽음은 저 세상에서의 새로운 탄생인 것이다. 저 세상에서 그녀는 행복하리라고 말하는 이장바르 신부에게("Tu seras peut-être heureuse ailleurs.", p.131) 잔은 자신은 불행하지 않다고 대답하는데("Je ne suis pas malheureuse……") 이것은 사랑하지도 않는 골로와 살면서 불행하다고 외치는 멜리장드와는 매우 다른 것이다. 잔과 멜리장드 모두 비극적인 운명을 맞이했지만 그것을 받아들이는 두 사람의 태도는 매우 다르다. 잔은 비록 한때는 하늘의 뜻에 반항하고 절망에 빠지기도 하였지만 결국엔 그 뜻에 순종함으로써 영원한 삶을 소유하게 되고 지상에서의 비극적인 운명을 초월하게 되기 때문이다. 이것은 또한 운명은 그 자체가 불행한 것이라고 믿었던[22] 작가의 사고의 변화를 말해 주는 것이기도 하다. 다시 말하면 작가는 죽음과 밤의 세계로부터 낮의 세계로 옮겨 왔다고 말할 수 있을 것이다.[23]

---

chevaliers et les soldats passent devant moi et ne m'emmènent pas, ainsi que les autres femmes: du moment que je peux encore écouter le vent dans les arbres, les alouettes au soleil, les jeunes agneaux pleurant dans la saine gelée, et surtout, le tintement des saintes cloches bénies de l'Eglise qui m'envoient les voix de mes anges, flottant dans le vent.", Bernard Shaw, *Sainte Jeanne*, Paris, L'Arche, 1992, p.195.

22) "불행은 유일하게 흥미로운 사건이 된다. 왜냐하면 그것은 그것을 준비하거나 혹은 그것으로부터 파생하는 모든 다른 사건들을 지배하기 때문이다. 운명은 불행을 통해 말을 하고 특히 메테르링크에게서는 특별한 목소리로 말하기 때문에 그가 이 두 단어를 혼동하는 것을 보는 것은 드물지 않은 일이다. 특히 불행이 죽음의 얼굴을 취할 때에는. Le malheur en devient le seul événement intéressant parce qu'il domine tous les autres, qui le préparent ou en découlent: il semble que par lui parle le destin, et, chez Maeterlinck, d'une telle voix qu'il n'est pas rare de le voir confondre les deux termes, notamment quand le malheur prend le visage de la mort.", Gaston Compère, *Maurice Maeterlinck*, op. cit., p.115.

23) 윤정선, 「신의 몽상가, 모리스 메떼를링크」, 『불어불문학연구』, 제16집, 1981, p.223.

잔 다르크의 죽음은 인간적인 차원에서 볼 때 하느님의 아들 예수 그리스도의 죽음처럼 이해할 수 없는 측면이 있다. 하지만 메테르링크는 이 죽음을 새로운 탄생이라고 보고 있으며 그래서 죽음은 오히려 잔을 불멸의 존재로 만들어 주고 있다고 생각한다. 마치 예수 그리스도가 죽음으로 인해 부활을 맛보고 영원히 살아 있는 존재가 된 것과 같은 이치라고 할 수 있다.

메테르링크가 자신의 묘비명을 위해 남긴 구절은 화형당하는 잔 다르크의 모습과 우연히도 일치하고 있다.

불에 의해 정화된 추억은 아름다운 사상처럼 푸른 창공에서 살고 죽음은 불꽃의 요람 속에 있는 불멸의 탄생일 뿐이다. Purifié par le feu, le souvenir vit dans l'azur comme une belle idée et la mort n'est plus qu'une naissance immortelle dans un berceau de flamme.[24]

그의 죽음뿐만 아니라 잔의 죽음 역시 불꽃의 요람 속에서 불멸로 다시 태어나는 것일 뿐이다.

결 론

지금까지 우리는 메테르링크의 『잔 다르크』에 나타나는 인물의 모순성과 잔 다르크를 이끌어 간 운명의 힘, 그리고 잔의 불멸성에 대해 살펴보았다. 순결한 성녀의 이미지가 강조되면서도 샤를르 7세의

---

24) Cité in Gaston Compère, *Maurice Maeterlinck, op. cit.*, p.76.

정부라는 인물의 설정은 양립하기 어려운 모순성을 드러내는 것이며, 잔의 순종과 반항 역시 신과 왕 사이에서 일관성을 결여하고 있는 것으로 보인다. 또한 주인공의 관용적인 태도는 다시 누군가를 원망하는 행위와 대조를 이루고, 그녀의 뛰어난 초월적 능력은 천상의 목소리가 들리지 않을 때의 절망을 낯설게 하고 있다. 요컨대 메테르링크는 잔의 성스러움과 순결함 그리고 초월적인 능력을 지나치게 강조함으로써 인물의 모순성과 일관성의 결여를 낳고 있다.

또한 극의 뒷부분에서 왕에 대한 언급이 거의 없는 것은 잔이 왕의 정부라는 초기의 설정과 제대로 부합하지 않으며 극의 앞부분에서 보인 왕과 잔 사이의 친밀한 관계와 균형을 이루지 못하고 있다. 이 점은 잔 다르크라는 인물의 양면성 혹은 모순성과 함께 극이 전체적으로 치밀하게 짜이지 못했다는 느낌을 준다.

작가의 후기 작품에 속하는 것으로서 그의 초기작들과는 분명 다른 분위기를 지니고 있음에도 불구하고 이 극은 불가항력적인 운명 혹은 하늘의 뜻에 의해 이끌리는 순결한 존재를 그린다는 점에 있어서 초기작들과 공통점을 지니기도 하다. 특히 이 극에서 메테르링크는 운명과 순결함의 만남을 주제로 하고 있으며 그것은 그가 주인공의 순결함을 등장인물들의 대사를 통해 노골적이고 인위적으로 강조하고 있는 이유이다. 나아가 메테르링크는 잔 다르크를 죄 없는 자로 묘사함으로써 죄 없이 십자가의 형을 당해야만 했던 예수 그리스도에게까지 근접시키기도 한다.

인물의 일관성을 결여하고 있고 구성이 치밀하지 못하다는 단점을 지니고 있지만, 또 잔을 샤를르 7세의 정부로 설정함으로써 잔의 성녀다움이 퇴색된 감도 있지만 메테르링크는 잔 다르크가 죽음에 대한 두려움을 극복하고 하늘의 뜻에 순종함으로써 영원히 살아 있게 되었음을 이야기하고자 한다. 비록 육신은 이 땅에서 사라질지라도 영혼은 죽지 않고 영원히 살아 있다고 믿는 작가는 잔 다르크를 프랑스의 영혼으로 간주하며 그 영혼이 하늘에서도 여전히 프랑스를 지켜 주고 있을 것이라고 믿는다. 이 극이 2차 대전 중인 1940년에 쓰인 것은 당시 독일의 위협 속에 있는 프랑스인들에게 용기와 희망을 주려고 한 것으로 보인다.

잔 다르크의 불멸을 노래한 작가와 작품은 많다. 그녀와 동시대인이었던 크리스틴 드 피장(Christine de Pisan)으로부터 현대에 이르기까지 잔 다르크에 대한 문학과 예술 작품이 끊임없이 생산되고 있는 것 또한 그녀의 불멸을 보여 주는 것이다. 나아가 잔 다르크는 프랑스라는 지역적 한계를 넘어서서 모든 억압당하는 자, 그리고 그 억압을 벗어나고자 투쟁하는 자의 표상이기도 하다. 브레히트가 쓴 『도살장의 성 요한나』에서 주인공이 가난한 노동자들을 위하여 노동조합 운동을 벌이는 것이 그 좋은 예라고 할 수 있다.

참고문헌

Maurice MAETERLINCK, *Jeanne d'Arc*, Monaco, éd. du Rocher, 1948.

_____, «Préface» au *Théâtre*, t. I, Paris, Slatkine, 1979.

Robert BRASILLACH, *Le Procès de Jeanne d'Arc*, Paris, Librairie de la Revue Française, 1932.

Gaston COMPÈRE, *Maurice Maeterlinck*, Besançon, La Manufacture, 1992.

Bettina KNAPP, *Maurice Maeterlinck*, Boston, Twayne Publishers, 1975.

Jules MICHELET, *Jeanne d'Arc*, Paris, Gallimard, 1974.

Régine PERNOUD, *Jeanne d'Arc par elle-même et par ses témoins*, Paris, Seuil, 1962.

Marcel POSTIC, *Maeterlinck et le symbolisme*, Paris, Nizet, 1970.

Nobel Prize Library, t. 3, New York, Alexis Gregory & Califonia CRM Publishing, 1971, pp.208~218.

윤정선, *La Hantise du divin dans l'oeuvre de Maurice Maeterlinck*, thèse à l'Université de Paul Valéry, Montpellier, 1978, pp.270~276.

_____, 「신의 몽상가, 모리스 메떼를링크」, 『불어불문학연구』, 제16집, 1981, pp.213~234.

Part 05

티에리 몰니에의
『잔과 재판관들 Jeanne et les Juges』
−신의 침묵 앞에 선 고독한 인간의
선택−

작가소개 ● ● ●

티에리 몰니에(본명: Jacques Talagrand, 1909~1988)

  1909년 10월 1일 남프랑스의 알레스(Alès)에서 교사의 아들로 태어난 티에리 몰니에(본명: Jacques Talagrand, 1909~1988)는 알레스와 니스에서 학교를 다니고 루미 르그랑 고등학교를 거쳐 고등사범학교에 들어간다. 1930년 초에 앙리 마시스와의 만남 후에 몰니에는 기자직에 뛰어들게 되어 우파적 성격의 잡지인 「La Revue universelle」이나 「L'Action française」 등에 글을 쓴다. 광범위한 고전적 교양을 지닌 수필가로서 그는 비순응주의자들(les non-conformistes)의 운동에 참여하여 젊은 우파들 사이에 니체적인 영감을 지닌 불가지론적 감수성을 구현하였다. 이러한 감수성은 그의 가장 유명한 수필인 『위기는 인간에게 있다』(1932)에 나타나 있다. 이 시절에 그는 『니체』(1933), 『라신』(1934), 『사회주의 신화』(1938), 『민족주의를 넘어』(1938), 『프랑스 시 입문』(1939) 등을 쓴다.

  1936년 장-피에르 막상스(Jean-Pierre Maxence)와 함께 참여적인 성격의 주간지인 「반란자 L'Insurgé」를 창간하여 민족주의적이면서 동시에 사회주의적 입장을 옹호한다. 2차 대전 중에는 「L'Action française」에 규칙적으로 글을 기고했으나 연합군이 북아프리카에 상륙한 뒤에는 정치적 성격의 기사는 쓰지 않는다. 이와 병행하여 1941년부터는 「피가로Figaro」에도 글을 쓰기 시작하였으며, 「리베라시옹Libération」에서도 기자직을 계속한다.

  1945년부터는 정치적 투쟁으로부터 멀어지고 작가로서의 일에 더 몰두한다. 「Combat」, 「La Revue de Paris」의 연극 비평가였던 그는 프랑수아 모리악과 함께 「La Table ronde」라는 잡지를 창간하였고 『왕들의 주행La Course des rois』(1947), 『신성모독자Le Profanateur』(1950), 『밤의 집La Maison de la nuit』(1951), 『잔과 재판관들Jeanne et ses juges』(1952), 『해저도시La Ville au fond de la mer』(1953), 『한니발의 패배La Défaite d'hannibal』(1968), 『정복자의 저녁Le Soir du conquérant』(1970) 등의 희곡을 썼다.

  수필집으로는 『폭력과 양심Violence et conscience』(1945), 『막스주의 사상La Pensée marxiste』(1948), 『공산주의의 메두사 얼굴La Face de méduse du communisme』(1952), 『우리가 태어난 이 그리스Cette Grèce où nous sommes nés』(1965), 『유럽이 세계를 만들었다L'Europe a fait le monde』(1966), 『미국인에게 보내는 편지Lettre aux Américains』(1968), 『단어의 의미Le Sens des mots』(1976), 『신성한 소Les Vaches sacrées』(1977) 등이 유명하다.

  몰니에는 1964년 아카데미 프랑세즈 회원으로 선출되었다.

서 론[1]

티에리 몰니에의 『잔과 재판관들Jeanne et les Juges』은 잔 다르크가 루앙의 시장 광장에서 화형을 당한 5월 30일(1431년)을 기념하는 연례행사의 일환으로 1949년 5월 29일 루앙의 성당 앞 광장에서 모리스 카즈뇌브(Maurice Cazeneuve)의 연출로 초연되었고, 1950년 5월 16일에는 파리의 비외 콜롱비에 극장(Théâtre du Vieux Colombier)에서 공연되었다. 두 공연의 주연은 모두 자크린 모란(Jacqueline Morane)이 맡았다. 극의 서문에서 작가는 이 작품이 잔 다르크 축제를 3, 4개월 앞두고 주문을 받아 급하게 쓰인 것임을 밝히고 또 축제 때의 관객만 대상으로 한 것이 아니라 라디오 방송으로도 전파될 것이었기에 공연적인 요소는 최소한의 것으로 하였음을 밝히고 있다. 그래서 희곡에는 무대장치나 배우들의 움직임 그리고 의상이나 음향과 같은 공

---

1) 『불어불문학연구』, 제59집, 2004년 가을, pp.205~224.

연적 요소에 대한 언급이 매우 드문 편이다.

잔 다르크의 일생 중 잔의 재판장면을 선택한 이유로서 작가는 우선 재정적인 형편상 중세의 성사극이나 혹은 역사극이 요구하는 많은 배우들을 쓸 수 없다는 점을 들고 있다. 그래서 70여 명의 배심원들은 생략한 채 단지 세 명의 재판관들만 상징적으로 등장시키고 있다. 그러나 여기에는 또 다른 이유도 있다. 그것은 작가가 역사적 사실의 정확한 재현보다는 인간의 보편성을 그리고자 노력하였다는 것이다. 만약 역사적 사실을 정확하게 재현하는 것을 원하였다면 그래서 무대 위에 70명이나 되는 배심원들을 포함하는 재판 장면을 그대로 재현했다면 현재의 우리로부터 멀어졌을 것이며, 또한 부수적인 일화 속에 숨이 막히고 또 관습적이고 닳아빠진 이미지 속에 고정되었을 것이라고 몰니에는 서문에서 밝히고 있다. 반면 시간적인 배경을 정확하게 하지 않음으로써 영원한 현재성을 부여할 수 있고, 15세기 종교적 정의의 메커니즘보다는 정의 혹은 불의 그 자체를 적나라한 모습으로 보여 줄 수 있다고 말하고 있다.2)

시간적인 배경을 정확하게 하지 않고 인간의 보편성을 그리고자 하는 작가의 의도는 중세 프랑스어가 아닌 20세기 현대어를 사용하고 있는 데서도 나타나고 있다. 몰니에는 실제 잔의 재판 기록에서 인용한 대사3)라 할지라도 현대의 관객들이 이해하기 쉽게 풀어서 보다 간략하고 현대화하였다. 예를 들면 다음과 같은 대사들이다.

---

2) Thierry Maulnier, "Un procès d'abjuration", préface de *Jeanne et les Juges*, Gallimard, 1951, pp.18~19. 이하 본고에 인용된 텍스트의 쪽수는 이 판본에 의거함을 밝힌다.

3) 로베르 브라지약이 편집한 실제 잔의 재판 기록에는 다음과 같이 나와 있다: "난 전에 쉽게 도망갈 수 없는 장소에 수감되어 있었다. Je fus oncques prisonnière en un lieu que je ne m'en échappasse volontiers.", Robert Brasillach, *Le Procès de Jeanne d'Arc*, Paris, Librairie de la Revue Française, 1932, p.112.

두 번째 재판관: 당신은 묶여 있소, 왜냐하면 이미 여러 번 달아
나려고 했기 때문이지.
잔: 난 달아나려고 했고 지금도 달아나고 싶어요. 달아나는 것은
모든 수감자들의 권리요.
Deuxième Juge: Tu es liée parce que plusieurs fois déjà tu as voulu
t'échapper.
Jeanne: Je l'ai voulu et le voudrai encore. C'est le droit de tout
prisonnier de s'échapper. (p.82)

작가가 세 명의 재판관들의 국적도 이름도 명시하지 않고 단지 첫
번째 재판관, 두 번째 재판관, 세 번째 재판관이라고만 명명한 것도
특정인물에 한정시키지 않고 시대를 초월한 보편적인 인물상을 추구
하고자 하는 작가의 의도를 반영한다. 몰니에는 이 세 명의 얼굴 없
는 인물들은 경찰 조사관 혹은 비굴한 하인들일 수도 있고, 혹은 자
신들의 신앙을 지키는 데 있어 다소간 성실한 종교재판관, 혹은 지루
한 업무를 수행하는 관리들, 혹은 무기를 빼앗긴 어린아이 앞에서 권
력의 남용이 주는 음험한 쾌락을 즐기는 권력자들, 혹은 패배자로부
터 그가 죄인이라는 고백을 얻어 내고자 애쓰는 승리자들, 혹은 정치
선전을 위해 필요한 요소들을 모으는 데 열중하고 있는 정치 요원들,
요컨대 포승에 묶인 고독한 존재를 짓밟기 위해 혹은 그로부터 스스
로를 부인하는 말을 얻어 내기 위해 동원된 모든 사회적 권력의 이상
적 이미지라고 설명하고 있다.[4]
이처럼 작가가 인물의 보편성을 추구하는 이유는 이 공연이 현대
의 관객들 앞에서 보이는 것이기 때문이다. 작가는 이것이 잔의 재판
일 수도 있고 안티고네의 재판, 소크라테스의 재판, 예수의 재판일 수

4) *Ibid.*, p.19.

도 있다고 말한다. 이러한 재판에서는 거대한 사회적 기계가 개인 속에서 자유와 자비, 양심, 용기, 혹은 사랑의 빛을 억누르고자 가동하며, 그래서 잔은 단지 '그녀의 재판관들ses juges' 앞에 나타난 것이 아니라 반항으로부터 복종의 고백을, 명예로부터 비존엄의 고백을, 무죄로부터 죄의 고백을, 진실로부터 거짓의 고백을 강요하는 우리 시대의, 우리 주변에 있는 '재판관들' 앞에 나타난 것이다. 그래서 작가는 그 어린아이의 비명이 우리가 편안한 침묵 속에 졸고 있을 때 그 침묵이 그리 편안한 것이 아니라는 것을, 그러한 일은 우리와 가까운 곳에서 일어난다는 것을, 잔의 재판과 잔의 저항 그리고 잔의 고통은 우리와 관련된다는 것을—마치 누군가가 그녀를 오늘 밤 우리들의 집 창문 아래서 죽이듯이—상기시키는 것이어야 한다고 말한다.[5]

잔의 재판 장면이 중심을 이루고 있는 이 극『잔과 재판관들』은 두 파트(Parties)로 나뉘어져 있으나 장(scène)은 연속되어 있어서 두 번째 파트는 8장으로부터 시작한다. 극의 형식에 있어 특이한 것은 지상의 재판 장면[6]과 미가엘 천사와 성녀들이 대화하는 천상의 장면이 교대

---

5) *Ibid.*, pp.19~20.

6) 지상의 장면에 해당하는 잔의 재판정에서는 실제 잔의 재판 기록 중에서 주로 재판관들이 집요하게 물었던 질문 혹은 우스꽝스런 질문들과 이에 대한 잔의 재치 있는 대답을 인용하고 있다. 예를 들면 "미가엘 천사가 옷을 벗고 있었는가? Saint Michel, quand tu le vis, était-il nu?"라는 질문에, "하느님이 그에게 옷을 입힐 수 조차 없을 정도로 가난하다고 생각합니까? Pensez-vous que Dieu soit trop pauvre pour le vêtir?"라고 대답한 것. 또 "어떤 표시에서 당신이 왕이라고 부르는 자를 알아보았는가? A quel signe as-tu reconnu celui que tu appelles ton roi?" 또는 "당신이 왕이라고 부르는 자가 어떤 표시에서 당신이 (하느님이 보낸 자임을) 알아보았는가? A quel signe celui que tu nommes ton roi t'a-t-il reconnue?" 혹은 "부모 허락 없이 그들을 떠날 때 죄의식이 없었는가? Quand tu es partie de ton village, sans le congé de tes père et mère, ne croyais-tu point pécher?"라는 질문에 "백 명의 아버지가 있고 백 명의 어머니가 있을 지라도 또 왕의 딸이었을지라도 떠났을 것이오. Quand j'aurais eu cent pères et cent mères, et quand j'aurais été fille de roi, je serais partie."라고 대답한 것, 또는 "은총을 받고 있다고 믿는가? Crois-tu en état de grâce?"라는 질문에 "만약 은총을 받고 있지 않다면 하느님이 그 은총 가운데 있게 해 주시길 원하며, 만약 은총을 받고 있다면 계속 그 상태에 머물게 해 주시길 원한다. Si je n'y suis, Dieu veuille m'y mettre, Si j'y suis, Dieu veuille m'y garder."라고 대답한 것 등이다.

로 진행된다는 것이다. 몰니에는 잔이 목소리를 듣고 또 직접 눈으로 보았다고 주장한 카트린과 마르그리트 성녀 그리고 미가엘 천사가 나타나 그들끼리 서로 대화를 주고받는 장면들을 설정함으로써 비가 시적인 인물들을 형상화하였다. 그들은 단지 주인공의 눈에만 혹은 기억 속에만 존재하는 인물들이거나 혹은 배경 인물이 아니라 극행동을 이끌어 가고 있는 등장인물들이다. 그들은 잔이 판사들 앞에서 하는 대답을 듣고 자신들의 의견을 교환한다. 전체 13장 중 천상의 인물들이 나오는 장은 2장, 4장, 6장, 8장에 해당한다. 하지만 9장 이후부터 이들 천상의 인물들은 등장하지 않는다. 그것은 잔이 하늘의 음성을 오랫동안 듣지 못하고 있는 데다 화형당하는 것에 대한 두려움 때문에 포기각서에 서명하는 시간으로부터이다. 그 이후로 잔은 또 다른 잔, 즉 내면의 자아와 대면하게 되고 결국 예전의 자신, 영광의 절정에 있었을 당시의 자신의 모습을 재발견하고 다시 당당하게 죽음을 선택하게 된다.

어떤 역사적 인물에 대한 평가나 견해는 사람에 따라 다를 수 있다. 종교적 시각으로 보는 사람도 있고, 정치적 혹은 인본주의적 시각으로 보는 사람도 있다. 그리고 그들의 시각은 긍정적이기도 하고 부정적이기도 하다. 예를 들면 볼테르와 같은 작가는 잔 다르크를 단지 정치적으로 이용당한 미치광이 정도로 보았고 반대로 클로델은 더없이 숭고한 성녀로 보고 있다. 그런데 이 극을 쓴 몰니에는 다분히 인본주의적 시각으로 잔 다르크를 그리고 있으며 나아가 그녀의 존재를 시대를 초월하여 무고하게 핍박받는 자의 표상으로 확장시키고 있다. 또한 스스로의 선택에 의해 자신의 운명을 선택해 나간다는 의미에서 실존주의적 시각을 지니고 있기도 하다. 본고에서는 이 역사적 인물에 대한 작가의 시각을 잔의 수난과 죽음이라는 측면에서 분석하고자 하며 또한 서문과 희곡 텍스트에 반영되어 있는 작가의 인본주의적이고 실존주의적인 시각에 대해 고찰해 보고자 한다.

1. 잔의 수난

1) 들리지 않는 목소리

작가는 "잔이 루앙에서의 재판 동안, 그리고 그 이전의 포로생활동안 천상의 음성을 더 이상 듣지 못했다는 기록을 어떤 책에선가 읽지 않았던가?" 하고 기억을 되살리고자 한다.[7] 재판정에서 했던 잔의 대답을 모두 사실로 받아들이지 않는 몰니에는 두 성녀와 미가엘 천사가 감옥에서 그녀 옆에 있었다고 잔이 여러 번 고백하였지만 그것은 자신의 당황한 모습을 보여 주지 않기 위해, 혹은 신이 자신으로부터 돌아섰다는 의심을 주지 않기 위해 일부러 그 목소리들을 여전히 듣고 있다고 하지 않았을까 라고 추측한다. 만일 그들이 그녀 옆에서 조언을 하고 용기를 주었다면 잔은 왜 생 투앙의 묘지에서 그렇게 절망스러워하고 또 포기각서에 서명하였던가? 그래서 어디서 읽었는지는 모르지만 작가의 기억 속에서 맴돌고 있는, "그녀는 그 목소리들을 더 이상 듣지 못하게 되었다. **Elle avait cessé d'entendre ses voix.**"

---

7) "루앙의 재판 중 그리고 아마도 포로가 되었던 재판 전의 몇 달 동안 '잔은 그녀의 목소리들을 더 이상 듣지 못했다'라는 것을 어느 역사학자의 책에서 읽지 않았던가? Dans quel ouvrage d'historien ai-je lu qu'au cours du procès de Rouen, et peut-être même au cours des mois de captivité qui avaient précédé le procès, «Jeanne avait cessé d'entendre ses voix»?", *Jeanne et les Juges, op. cit.*, p.40.

라는 문장은 작가가 이 극을 쓰게 된 열쇠가 되었다.[8]

이 극에서 요즘도 천상의 인물들을 보고 듣고 하느냐는 재판관들의 질문에 잔은 하루도 그들을 보고 듣지 않는 날이 없다고 대답한다. 그리고 그들은 재판관들 앞에서 자신이 무슨 대답을 해야 할지 가르쳐 준다고 말한다. 그 목소리들은 자신을 떠나지 않는다는 것이다.

> 세 번째 재판관: 최근에 당신은 당신이 말하는 성녀들을 보고 또 들었소?
> 잔: 내가 그들의 목소리를 듣지 않고 보지 않는 날이나 밤은 없어요. [……] 성녀님들로부터 난 당신들에게 대답해야 할 것과 대답해서는 안 될 것을 알아요. [……] 그녀들은 여기 있고 나를 떠나지 않아요.
> Troisième Juge: Ces derniers jours, as-tu vu et entendu les saintes dont tu parles?
> Jeanne: Il ne se passe pas de jour ou de nuit que je ne les entende et ne les voie. [……] D'elles, je sais ce qu'il faut vous répondre et ce qu'il ne faut pas vous répondre. [……] Elles sont là. Elles ne me quittent pas. (p.81)

하지만 잔의 이 대답은 사실이 아님이 드러난다. 2장에서 천상의 인물들은 90일 전부터 자신들이 더 이상 그녀에게 나타나지 않음에도 불구하고 그들이 매일 밤 감옥으로 찾아와 무슨 대답을 할지 자신에게 말해 준다고 증언하는 잔의 말을 들으며 잔이 거짓말을 한다고 말한다. 마치 죽은 아이를 안고 있는 어머니가 아이의 시신이 너무 빨리 차가워지지 않도록 품에 안고 있는 것처럼, 자신의 말이 사실이 아님에도 불구하고 재판관들로 하여금 믿게 하려고 하다 보니 잔 자신도 거의 그렇게 믿는다는 것이다.

---

8) *Ibid.*, pp.40~42.

마르그리트: 그녀는 싸우고 있어요. 용감하게 싸우고 있어요. 그녀는 용감하게 거짓말을 하고 있어요. 그녀의 말을 들어 보세요. "그래요, 난 성녀들의 목소리를 들어요. 그래요, 그녀들은 매일 밤 감옥으로 날 찾아와요. 난 당신들에게 대답하기 위해서 오늘 저녁 그녀들의 조언을 들을 거예요." 그들에게 믿게 하기 위해 그녀 스스로 그것을 믿고, 마치 죽은 아이가 너무 빨리 차가워지지 않도록 어머니가 아이를 품에 안고 있듯이 이 거짓말을 가슴에 안고 있어요. "난 그들의 소리를 들어요, 거의 매 시마다."

Marguerite: Elle lutte. Elle lutte vaillamment. Elle ment vaillamment. Ecoutez-la: «Oui, j'entends mes saintes. Oui, elles viennent à moi chaque nuit dans ma prison. Je prendrai leur conseil ce soir pour vous répondre». A le leur faire croire, elle le croit presque elle-même, elle porte ce mensonge contre son coeur comme une mère son enfant mort pour que le froid ne le glace pas trop vite: «Je les entends. Je les entends presque à chaque heure.» (p.115)

이처럼 잔이 천상의 음성을 몇 달 동안 듣지 못했다는 몰니에의 설정은 실제 재판 기록과는 다른 것으로서 로베르 브라지약이 수집한 재판 기록에 의하면 1431년 2월 24일 잔은 그 전날 천사들의 목소리에 의해 잠이 깨었다고 고백하였으며,9) 또 그날 아침에는 천사들이 왕의 안녕을 위해 많은 이야기를 했다고도 하였다.10) 또 스스로 대답하기 곤란한 것에 대해서는 천상의 인물들에게 물어보기 위해서 시간을 달라고 요청하기도 하였다.11) 또 그녀가 화형을 당하기 90일 전

---

9) "난 자고 있었고 목소리가 나를 깨웠소. Je dormais, et la voix m'a réveillée.", "난 누군가가 날 건드린 것이 아니라 목소리에 의해 잠이 깨었소. J'ai été éveillée par la voix, sans toucher.", in Robert Brasillach, *Le Procès de Jeanne d' Arc, op. cit.*, p.22; voir aussi Georges et Andrée Duby, *Les Procès de Jeanne d'Arc*, Paris, Gallimard/Julliard, 1973, coll. folio/histoire, p.46.

10) "오늘 밤에도 그 목소리는 나에게 왕의 안녕을 위해 많은 것들을 말해 주었소. 난 왕이 이제부터 알기를 바라오. 부활절까지 내가 포도주를 마시지 않아야 할지라도. Cette nuit même, la voix m'a dit moult de choses pour le bien de mon Roi, que je voudrais qu'il sût dès maintenant, dussé-je ne pas boire de vin jusqu'à Pâques.", Robert Brasillach, *Le Procès de Jeanne d'Arc, op. cit.*, p.24; voir aussi Georges et Andrée Duby, *Les Procès de Jeanne d'Arc, op. cit.*, p.47.

11) "Jeanne. - [……] Et quant à cette question, je vous prie de me donner un délai.", Robert Brasillach,

쯤인 3월 1일에는 이 극에서처럼 천상의 음성을 듣지 않는 날이 하루도 없다는 말을 하기도 하였다.12) 또한 잔이 포기각서에 서명한 지 4일 뒤인 5월 28일에는 자신의 목숨을 구하기 위해 포기각서에 서명한 것에 대해 하나님이 큰 연민을 전한다는 말을 천상의 인물들을 통해 들었다고 고백한 바 있다.13) 이 외에도 미슐레가 수집한 자료 역시 5월 3일에 가브리엘 천사가 찾아와 힘을 북돋아 주었다고 한 잔의 주장을 기록하고 있다.14)

하지만 어딘 가에서 잔이 천상의 목소리들을 더 이상 듣지 못했다는 글을 읽은 적이 있다고 믿는 몰니에는 잔의 호소에도 불구하고 이들이 침묵을 지키는 장면을 상상해 내었다. 특히 세 명의 천상의 인물들 중 미가엘 천사는 다른 두 성녀들과 달리 천상의 음성의 도움을 얻고자 하는 잔의 외침에도 불구하고 냉정하게 침묵할 것을 다른 두 성녀에게 요구한다. 잔이 악의 한가운데에서 어찌할 바를 모르고 있는 지상의 한 어린아이에 불과하다고 하는 마르그리트 성녀에게 미가엘 천사는 하느님의 아들도 이 땅의 어린아이였으나 하느님은 그를 병사들에게 붙들려 고난받게 하고 또 못 박히게 하였다는 것, 그

Le Procès de Jeanne d'Arc, op. cit., p.24.

12) "Il n'est jour que je ne l'entende.", Robert Brasillach, *Le Procès de Jeanne d'Arc, op. cit.,* p.53.

13) 주교: 목소리는 당신에게 뭐라고 했소?
잔: 카트린과 마르그리트 성녀는 하느님께서 내가 목숨을 구하기 위해서 이전의 신앙을 포기하고 취소한 배신행위에 대해 큰 연민을 느끼신다고 말씀하였소. 그리고 나는 내 목숨을 구하기 위해 스스로를 저주하였다는 것을.
L'Evêque. – Que vous ont-elles dit?
Jeanne: Elles m'ont dit que Dieu m'a mandé, par saintes Catherine et Marguerite, la grande pitié de la trahison que j'ai consenti en faisant abjuration et révocation pour sauver ma vie; et que je me damnais pour sauver ma vie.", Robert Brasillach, *Le Procès de Jeanne d'Arc, op. cit.,* p.251; voir aussi Georges et Andrée Duby, *Les Procès de Jeanne d'Arc, op. cit.,* p.172.

14) "L'ange Gabriel est venu me visiter le 3 mai pour me fortifier.", in Jules Michelet, *Jeanne d'Arc,* Paris, Gallimard, 1974, p.127.

리고 그를 위해 기적을 베풀지는 않았지만 하느님은 그의 아들을 사
랑하였다는 것을 말한다.

> 마르그리트: 악의 한가운데서 어찌할 바를 모르는 이 땅의 어린
> 아이일 뿐이오, 그리고 우린 그녀를 사랑해요.
> 미가엘: 신의 아들이었던 이 땅의 아이도 있었소. 하느님은 그를
> 군인들에게 붙잡히게 하였고 고난을 당하게 하였고 사지를 하나씩
> 못 박게 하였소, 하느님은 아무런 표시도 하지 않았소, 하지만 하
> 느님은 그를 사랑했소.
>
> Marguerite: Ce n'est qu'une enfant de la terre, éperdue au milieu du
> mal, et nous l'aimons.
> Michel : Il y a eu un enfant de la terre qui était aussi le Fils de
> Dieu: et Dieu l'a laissé prendre par les soldats, et mener au supplice,
> et clouer membre après membre: et il n'a pas fait un signe; et il
> l'aimait. (p.116)

이 말은 비록 잔도 그리스도처럼 가장 위기의 순간에 하늘로부터
아무런 지원을 받지 않았지만 그것은 천상의 인물들이 그녀를 사랑
하지 않아서가 아니라는 것이다. 미가엘 천사는 동레미, 오를레앙, 대
관식에 이르기까지는 그들이 함께하였지만 이제는 잔이 혼자의 힘으
로 결정하고 자신의 운명을 꿋꿋하게 선택하기를 바란다. 이 전쟁을
관장하는 천사는 잔혹할 정도로 냉정해서 잔이 아무리 불러도 대답
을 듣지 못해야 하며 독사의 혀와 같은 불꽃에 물려 죽어야 한다고까
지 말한다. 그는 이미 잔의 죽음을 필연적인 것으로 생각하고 있는
것이다. 또한 그는 끌과 망치로써만이 인간을 신에게 합당한 모습으
로 만들 수 있다고 생각하는데[15] 이것은 고통만이 인간을 성화시킨

---

15) *Jeanne et les Juges, op. cit.*, pp.117~118.

다는 뜻으로 해석할 수 있을 것이다. 요컨대 미가엘 천사는 비록 인도해 주는 자가 없어 어둠 속에서 비틀거릴 지라도 잔이 스스로 자신의 길을 발견하기를 바란다.

미가엘: 그녀가 어둠 속에서 비틀거리면서도 자신의 길을 발견하기를.
[……]
카트린: 하늘의 도움이 없이 피조물인 인간이 무엇을 할 수 있단 말이오?
미가엘: 만약 그걸 절대 사용해서는 안 된다면 왜 자유가 인간에게 주어졌단 말이오? 모든 인간의 삶에서는 신의 침묵 속에서 자신이 스스로 선택해야 할 때가 있는 것이오, 그런데 그는 알지 못하지만 신은 그의 진가를 평가하는 것이오.

Michel: Qu'elle trouve son chemin en trébuchant dans les ténèbres.
[……]
Catherine: Que peut, sans aucun secours du ciel, une créature humaine?
Michel: Pourquoi la liberté aurait-elle été donnée à l'homme s'il n'en avait jamais l'usage? Il y a des moments dans la vie de tout homme où [……] et qu'il fasse son choix dans le silence de Dieu: et il ne le sait pas, mais c'est alors que Dieu prend sa mesure.

(pp.149~150)

그래서 "인간이 하늘의 도움 없이 무엇을 할 수 있을까?"라고 묻는 카트린 성녀에게 미가엘 천사는 "만약 그걸 절대 사용해서는 안 된다면 왜 자유가 인간에게 주어졌단 말이오?"라고 되묻는다. 그는 인생의 어느 순간에는 모든 것이 전적으로 인간의 자유의지에 달려 있으며 신의 침묵 가운데 인간이 스스로 선택할 때 신은 그 사람의 진가를 알아본다고 주장한다. 이제 잔이 완수해야 할 일은 그녀 스스로 책임져야 하며, 이러한 신의 침묵 속에서, 신에게서 버려진 것만 같은 완전한 고독의 상태(déréliction)에서 인간 스스로 선택해야 할 때 "신은 이제 관객일 뿐이다 Dieu est maintenant spectateur". 인간의 자유의지를 강조하는 미가엘 천사의 태도는 결국 작가의 생각을 대변해 주는 것이라고 할 때 몰니에는 인본주의적 입장에서 신을 묘사하고, 잔다르크 역시 연약함을 지닌 매우 인간적인 모습으로 그리고 있음을 알 수 있다.

여기에서 우리는 실존주의적이자 인본주의적인 작가의 시각을 발견하게 된다. 실존은 본질에 우선하며 각자의 선택이 자신을 만들어 나간다는 사르트르의 영향을 읽을 수가 있는 것이다.16) 몰니에가 잔으로 하여금 완전한 고독 속에서 스스로의 운명을 선택하는 것으로 극을 구상한 것은 이러한 실존주의적 시각을 반영하는 것이다. 그리고 인간의 행동을 인간의 자유의 산물로서 바라보는 것 역시 "선의의 인간의 행위는 그 자체로서의 자유의 모색을 그 궁극적 의미로 삼는다."17)고 한 사르트르의 견해와 크게 다르지 않다.

2) 겟세마네의 밤

천상의 목소리를 더 이상 듣지 못하여 깊은 절망 속에 빠져 있는 잔은 예수 그리스도의 고난을 상기한다. 즉 자신이 영국인들에게 넘겨진 것처럼 그리스도도 유대인들에게 넘겨진 것과, 자신이 재판을

---

16) "인간은 만들어지는 것이다. 그는 처음부터 다 만들어진 것이 아니고 자신의 모랄을 선택함으로써 스스로를 만들어 간다. 상황의 압박으로 인해 인간은 어떤 한 가지를 선택할 수밖에 없다. L'homme se fait; il n'est pas tout fait d'abord, il se fait en choisissant sa morale, et la pression de circonstances est telle qu'il ne peut pas ne pas en choisir une.", in *L'Existentialisme est un humanisme*, 서울, 신아사, 1976, p.46.

17) "Cela veut dire simplement que les actes des hommes de bonne foi ont comme ultime signification la recherche de la liberté en tant que telle.", *ibid.*, p.48.

받은 것처럼 그리스도 역시 재판을 받고 육체의 고통을 알았음을 떠올리며 그리스도와 하늘의 천사들 그리고 성녀들의 이름을 간절히 부른다.

　　잔(홀로 무릎을 꿇고): [……] 내가 넘겨진 것처럼 넘겨진 그리스도, 내가 재판을 받은 것처럼 재판을 받은 그리스도, 당신의 육신 속에서 우리의 고통을 알고 있는 그리스도. 미가엘, 가브리엘, 신의 군사들, 카트린 성녀, 하늘에 있는 나의 자매, 마르그리트 성녀, 하늘에 있는 나의 자매, 내가 당신들을 부릅니다, 내가 당신들을 부릅니다.
　　목소리(부드럽게): 절망하라.
　　잔: 말씀하세요. 말씀하세요, 나에게 그렇게 오랫동안 말했었잖아요. 나에게 말씀하세요. 난 이 세상에서 혼자인가요? 말씀하세요. 왕이 날 버렸어요.

　　　　　　　　　　　[……]

　　같은 목소리: 네 목소리들이 너를 버린다. 네 하느님이 너를 버린다. 절망하라.
　　잔: 한 말씀만! 한 말씀만!
같은 목소리: 절망하라, 절망하라, 절망하라, 절망하라.
　　잔: 난 끝났어.
　　Jeanne, *reste seule, tombe à genoux*: [……] Christ, qui fûtes livré comme je suis livrée, Christ, qui fûtes jugé comme je suis jugée, et qui savez notre douleur dans votre chair. Michel, Gabriel, soldats de Dieu, sainte Catherine, ma soeur dans le ciel, sainte Marguerite, ma soeur dans le ciel, je vous appelle, je vous appelle.
　　Une Voix, *doucement*: Désespère.
　　Jeanne: Parlez-moi. Parlez-moi, qui m'avez si longtemps parlé. Parlez-moi. Suis-je seule au monde? Parlez-moi. Mon roi m'abandonne.

　　　　　　　　　　　[……]

　　La Voix, *de même.*: Tes voix t'abandonnent. Ton Dieu t'abandonne. Désespère.
　　Jeanne: Un mot de vous! Un mot de vous!
　　La Voix, *de même.*: Désespère, désespère, désespère, désespère.
　　Jeanne: Je suis perdue. (pp.145~146)

하지만 그녀에게 들리는 것은 오히려 '절망하라'는 말뿐이다. 그녀의 목소리들이 그녀를 버리고 그녀의 하느님이 그녀를 버렸으니 절망하라는 것이다. 네 번씩이나 판사들의 질문에는 대답하지 않고 하늘을 향하여 자신을 홀로 내버려 두지 말라고 하는 간절한 호소에도 불구하고 하늘로부터 아무런 소리도 듣지 못하자 잔은 교회가 명령하는 것에 복종하게 되고 포기각서에 서명하게 된다. 신에게만 순종한다던 그녀는 이제 로마 공회(concile)와 교회의 뜻에 따르겠다고 말한다. 자신을 완전히 상실해 버린 잔은 화형 당하기보다는 포기각서에 서명하는 쪽을 택하는 것이다.

그리스도가 겟세마네 동산에서 가능하면 이 잔(coupe)을 그에게서 지나가게 해 달라고 간절하게 기도하였음에도 불구하고 결국은 십자가의 고난을 당했듯이 오를레앙의 처녀 역시 그가 마셔야 할 잔이 있었던 것이다. 그러나 그녀가 받은 수난이 오히려 잔 다르크를 불멸의 존재로 만들어 준 것은 그리스도의 예처럼 매우 역설적인 하늘의 섭리라고 할 수 있을 것이다. 결국 몰니에가 생각하는 인간의 위대함은 그가 완전한 고독과 절망 속에서 누구의ㅡ그가 창조주이고 전능자인 신일지라도ㅡ도움도 받지 않고 스스로 자신의 길을 선택하는 데 있다. 그래서 잔이 간절하게 하늘에 도움을 요청할 때 한 음성이 절망하라고 하는 것은 완전한 고독 속에서 스스로의 힘으로 다시 일어설 것을 기대하는 것이다.

몰니에는 신이 모든 것을, 무엇보다도 인간을 대신할 수는 없으며, 신이 인간에게 올 때는 모든 어려움을 해결해 주는, 확신과 힘을 주는 전령으로서가 아니라 보다 우회적이고 이해할 수 없는 방식으로 온다고 생각한다.[18] 그래서 그는 천상의 사자들이 감옥으로 찾아와 그녀의 포기각서 서명을 비난하고 용기를 북돋아 주는 것으로 결론을 맺기보다는 잔 스스로 일어설 힘을 되찾는 것으로 하였다. 작가는 잔이 초자연적인 그녀의 후원자들에게서가 아닌 자기 자신 속에서 다시 일어날 힘을 발견하기를 더 선호하고 있기 때문이다.

> 핵심을 잊지 않도록 합시다. 만약 잔의 수난 가운데 신이 부재하지 않았다면 그보다 더 부족한 것은 없었을 것이오.
> N'oublions pas ce qui est le point principal: si dans la passion de Jeanne, Dieu ne faisait pas défaut, rien ne faisait défaut. (p.59)

"잔의 수난에 있어 신이 부재하지 않았더라면 그보다 더 부족한 것은 없었을 것이오."라는 위의 말은 결국 잔의 수난에서 신의 부재는 꼭 필요한 것이며 이 신의 부재는 오히려 그녀의 선택을 영웅적인 것으로 만들어 주었다는 것을 의미한다. 만약 시간 시간마다 천상의 친절한 목소리에 의해 잔이 힘을 얻었더라면 그녀에게는 더 이상 문제가 없었을 것이고 그만큼 그녀의 행위는 그 가치를 발하지 못하게 된다는 생각이다.

몰니에는 이처럼 신의 침묵 속에서 개개의 인간은 겟세마네의 밤에 살고 죽어야만 한다고 생각한다. 그는 만약 잔에게 그녀의 운명의 무게를 덜어 줄, 결정의 부담을 덜어 줄 누군가가 옆에 있었다면 잔은 영웅이라든가 혹은 성녀라는 칭호를 받을 자격이 없다고 생각한다. 또한 죽음 앞에서 잔이 보여 준 확신과 기쁨은 회의를 극복한 것이어야 하며, 또 그것이 영웅적인 선택일 때에야 그녀의 위대함을 보

---

18) *Jeanne et les Juges*, op. cit., p.57.

여 주는 증거가 된다고 주장한다. 즉 고독과 불안과 회의 속에 내려진 결정이기에 그것이 더욱 가치가 있다는 것이다.[19]

미가엘 천사가 진실이 진실 되게 하는 것은 전적으로 잔에게 달려 있으며 그 증거는 피의 언어로써만 쓰인다고 말할 때[20] 이것은 그가 잔의 죽음을 피치 못할 숙명으로 여기고 있으며 죽음만이 그녀의 진실됨을 증명할 수 있음을 암시하는 것이다. 마치 예수 그리스도가 흘린 피와 죽음이 결과적으로 그의 부활을 가져오고 인류에게는 영원한 생명을 가져왔듯이 잔의 죽음도 결국 그녀가 다시 살기 위한 길이라는 암시와도 같다. 이처럼 인간 의지에 대한 찬양을 하고자 하는 몰니에의 구상은 매우 인본주의적이다.

2. 승리로서의 죽음

1) 잔과 또 다른 잔

작가는 만약 신이 있다면 신이 잔을 택한 것은 프랑스를 구하기 위해서가 아니라 인간의 연약함과 고독 속에서도 굽힐 수 없는 어떤 것

---

19) *Ibid.*, pp.60~61.

20) "미가엘: 우리는 그녀에게 말했소. 우리의 말은 그저 말일 뿐이었소. 그것에 무게를, 신성한 무게를 부여하는 것은 그녀에게 달린 것이오. 사실인 것을 사실로 만드는 것은 그녀에게 달려 있소.
카트린: 어떻게 그녀가 증명을 할 수 있을까요?
미가엘: 갈보리에서는 어떻게 증명이 되었지요? 증거는 피의 언어로만 쓰일 것이오.
Michel: Nous lui avons parlé. Nos paroles n'étaient que des paroles. C'est à elle de leur donner leur poids, leur poids divin. C'est à elle de faire que ce qui est vrai soit vrai.
Catherine: Comment pourrait-elle donner la preuve?
Michael: Comment la preuve a-t-elle été donnée sur le Calvaire? La preuve ne s'écrit qu'avec des mots de sang." (p.129)

을 발견하는 임무를 그녀에게 지우기 위해서라고 말한다. 따라서 잔은 홀로 그리고 스스로의 힘으로 선택해야만 한다.[21] 신에게 합당한 기적은 먼저 피조물의 기적이 있을 때 또 피조물이 누군가의 도움 없이 홀로 그가 내려간 길을 다시 올라갈 때에야 가능하다는 것이다.[22] 결국 자신의 파멸이라고 할 수 있는 목숨을 구하는 것과 자신에 대한 유일한 긍정이라고 할 수 있는 자기 파괴 사이에서 선택해야 할 때 어떤 확신이 진정한 힘과 자유로 영웅을 도취시킨다. 그것이 바로 순교자들의 도취이다.

> 난 게다가 한 인간에게 자신의 진정한 파괴로 느껴지지만 결국은 스스로를 구원하는 방식과 자신에 대한 유일한 긍정, 갑작스럽게 느껴진 확신이기도 한 스스로를 상실하는 방식 사이에서 선택해야만 하는 상황에서, 이 선택은 열려 있으며 그것은 또한 순교자의 것이기도 한 진정한 힘과 자유의 도취로 영웅을 고양시킴에 틀림없다고 상상한다.
> J'imagine d'ailleurs que dans les circonstances où il est imposé à un être humain de choisir entre une certaine manière de se sauver qui est ressentie comme la véritable destruction de soi, et une certaine manière de se perdre qui est la seule affirmation de soi possible, la certitude même, soudain ressentie, que ce choix reste ouvert, doit soulever le héros d'une véritable ivresse de force et de liberté, qui est celle des martyrs. (p.70)

작가는 이러한 도취를 '외적인 지지 효과l'effet de supports extérieurs' 로 설명한다. 즉 "사람들이 그를 바라보니까." 혹은 "사람들이 이러 저러하게 말하도록 하지 않기 위해서"와 같은 이유들이다. 또한 많은 사

---

21) *Ibid.*, p.62.
22) *Ibid.*, p.67.

람들이 고난을 받으면서도 그것을 잘 감당할 수 있었던 것은 그들이 동료들의 기대에 대한 책임감을 느꼈기 때문이다. 마찬가지로 포기각 서에의 동의로부터 잔을 구할 수 있었던 것은 잔이 자신의 현재의 모습과 사람들이 기억하고 있는 모습 사이에 있는 심연을 발견했기 때문이라고 생각한다.[23]

> 결국 잔을 포기각서로 부터가 아니라 ─ 그녀는 이전의 주장을 철회했다 ─ 모든 것을 완수했을 때, 즉 아무것도 하지 않는 것 외에 더 이상 할 일이 없었을 때 이 포기각서에 동의하는 것으로부터 잔을 구한 것은 그녀의 실제 모습과 사람들의 기억과 믿음 그리고 정신 속에 존재하는 그녀의 모습 사이에는 현기증을 일으킬 정도의 깊은 심연이 있다는 것을 발견했기 때문이었다는 것을 믿어도 된다. Il est permis de croire que ce qui en fin de compte sauva Jeanne non de l'abdication, ─ elle avait abdiqué, ─ mais du consentement à cette abdication au moment où tout était accompli, où il n'y avait plus pour elle qu'à *ne rien faire*, ce put être la découverte vertigineuse de l'abîme entre ce qu'elle était devenue réellement et ce qu'elle continuait d'être dans le souvenir, dans la foi, dans l'espoir d'un peuple. (p.71)

그래서 이 극의 11장에서는 잔이 또 다른 잔(l'Autre Jeanne)과 대면 한다. 자신을 과거의 잔이자 현재의 잔이라고 말하는 또 다른 잔은 잔에게 그녀의 영광스러운 과거를 상기시킴으로써 그녀 자신을 다시 일으키도록 용기를 북돋는다. 잔이 자기 자신을 어리석고 혐오스러운 존재로 원망하자("Corps stupide, corps détestable!") 또 다른 잔은 오를

---

23) 반면 Marco Markovic은 다른 사람이 그녀에 대해 품고 있는 이미지 때문에 잔이 다시 일어섰다면 그것은 허영심과 자만에 의한 것이라고 말하기도 한다: "On ne peut pas approuver Maulnier lorsqu'il prétend que Jeanne s'est ressaisie au dernier moment pour rétablir l'image que les autres se faisaient d'elle. C'eût été mourir par vanité et par orgueil. Jeanne est morte pour reconstituer l'image que Dieu se faisait d'elle, pour être vraiment Jeanne que Dieu voulait.", «Jeanne d'Arc dans la littérature française». *L'Astrolabe*. n° 70. 1982 ─ III. p.30.

레앙에서의 전투와 렝스로 대관식을 하러 가면서 도시들을 점령했던 일과 같은 잔의 혁혁했던 과거를 상기시키며 그녀에게 새로운 용기를 북돋아 준다. 또 다른 잔은 잔이 십자가에 달린 프랑스를 구하고 부활시킨 존재라고 말한다.

> 또 다른 잔: [……] 날 바라봐. 난 십자가에 달린 프랑스를 발견해서 그것을 십자가에서 떼어 낸 사람이야. 그리고 바로 그녀에 의해 프랑스의 부활의 날이 온 거야. 난 바로 너야.
> 잔: 난 어찌할 바를 모르고 또 피곤해서 그리고 화형대의 불길이 두려워서 부인한 거야. 모든 게 끝났어.
> 또 다른 잔: 사람들의 가슴속에 있는 너의 모습을 닮아야 할 때가 왔어. 날 닮아야 할 때가 온 거야. 일어서!
> L'Autre Jeanne: [……] Regarde-moi. Je suis celle qui a trouvé la France sur sa croix et qui l'a déclouée, et par qui est venu pour elle le jour de la Résurrection. Je suis celle que tu es.
> Jeanne: Celle-là, je l'ai reniée par désarroi, par fatigue et par peur du feu. Tout est fini.
> L'Autre Jeanne: [……] Le moment est venu de ressembler à celle que tu es dans le coeur des hommes. Le moment est venu de me ressembler. Debout! (p.179)

자신의 분신 혹은 내면의 자아라고 할 수 있는 또 다른 잔과의 대화를 통해 잔은 자신의 영광스러웠던 모습을 상기하게 되고 다시 일어서게 된다. 또 다른 잔은 백성들뿐만 아니라 자기 자신의 눈에 비쳤던 또한 역사의 눈에 비추어질 모습으로서의 잔이며, 동레미의 환상가(visionnaire), 오를레앙의 해방자, 대관식을 향해 행진한 천사 같은 기사(cavalière), 포로가 되어 재판을 받는 피고이자 고난받는 자로서 잔보다 더욱 진실한 잔의 모습이다.24) 결국 사람들의 마음속에 살아 있는 잔을 되찾는 것이 이제 그녀가 할 '마지막 전투'이다. 왜냐하면 목숨을 잃는 것이 목숨을 얻는 것이며 목숨을 구하는 것이 결국 잃는 것이라는 사실을 깨달았기 때문이다.25)

그런데 타인이 우리에 대해 생각하고 기대하는 것을 하는 것 그것 이 바로 우리 자신이 아닌가라고 반문하는 작가의 말에서, 그리고 영 웅주의, 희생, 순교라고 부르는 것의 진정한 문제는 자기 자신을 선택 할 줄 아는 것이며 진실은 우리에게 주어진 것이 아니라 우리가 그것 을 만들어 가도록 주어진 것이라는 작가의 견해에서26) 우리는 사르 트르의 그림자를 다시 한번 발견하게 된다. 그것은 인간이 날 때부터 어떤 본질을 갖고 태어나는 것이 아니라 스스로의 선택으로 만들어 간다는 실존주의 사상을 반영하는 것이기 때문이다. 또한 내면의 자 기 자신과의 대화를 통한 주체적 선택에 의해 자신에 대한 타인의 기 대를 저버리지 않고 스스로를 내어 던진 잔의 행동에서 우리는 초월 적인 목적, 즉 개인적인 차원을 넘어서는 더 높은 이상을 추구함으로 써 인간이 존재할 수 있다고 하는 실존주의적 휴머니즘을 발견하게 된다.27) 잔의 희생적 행위는 인간은 개인적 주체인 동시에 자신을 넘 어서고 초월해야만 한다는 실존주의적 휴머니즘을 설명해 주는 것이

---

24) *Jeanne et les Juges, op. cit.,* p.71.

25) "잔: 나의 목소리들은 당신들에 의해 내가 구원받는 것은 나를 잃어버리는 것이라고 말했소. Jeanne: Mes voix m'ont dit que c'était me perdre que me laisser sauver par vous." (p.187)

26) *Ibid.,* p.72.

27) "인본주의의 또 다른 의미가 있는데 그것은 다음과 같다. 즉 인간은 끊임없이 자기 자신의 밖에 있다는 것이며, 인간을 존재하게 하는 것은 자신의 밖으로 스스로를 투사하고 스스로를 상실함으로써이다. 또 그 가 존재 할 수 있는 것은, 또 다른 한편으로는, 그가 초월적인 목적을 추구함으로써이다. 인간은 이 초월 자체이며 이 초월과 관련해서 사물을 포착함으로써만 인간은 초월의 심장부에, 한가운데에 있게 된다. Mais il y a un autre sens de l'humanisme, qui signifie au fond ceci: l'homme est constamment hors de lui-même, c'est en se projetant et en se perdant hors de lui qu'il fait exister l'homme et, d'autre part, c'est en poursuivant des buts transcendants qu'il peut exister; l'homme étant ce dépassement et ne saisissant les objets que par rapport à ce dépassement, est au coeur, au centre de ce dépassement.", in *L'Existentialisme est un humanisme, op. cit,* p.54.

기 때문이다. 요컨대 잔이 자기 자신뿐만 아니라 타인들의 기대에 부응하기 위해 죽음을 선택하는 행동은, 스스로를 선택하는 것은 모든 사람들을 선택하는 것이며 인간은 자신에 대한 책임뿐만 아니라 모든 타인에 대해 책임이 있다고 했던 사르트르의 실존주의적 휴머니즘과 부합하고 있다.28)

2) 시대를 초월한 자유와 희망의 표상

왕에게 자신이 왕이라는 사실을 인정하게 한 것처럼 잔도 역시 또 다른 잔에 의해 자기 자신을 다시 알아보게 되고 스스로를 인정하게 된다. 이제 잔은 그녀가 왕을 렝스로 데리고 가서 대관식을 한 것처럼 그녀의 대관식을 치러야 한다. 그러나 렝스가 아닌 루앙에서, 그리고 화려한 성당이 아닌 화형대 위에서이다. 결국 또 다른 잔은 잔을 '마지막 전투'에 임하도록 격려한다. 그러고는 전투에 적합한 옷, 즉 남자 옷을 다시 입으라고 말한다.29)

병사들이 여자 옷을 숨기고 남자 옷만 남겨 두었다고 말하라거나, 혹은 병사들이 접근해서 그녀를 겁탈하려고 했기 때문에 안전을 위해 다시 남자 옷을 입었다고 말하라는 제1재판관의 호의적인 권유에도 불구하고30) 잔은 "스스로의 의지로, 어떠한 구속도 없이" 그것을

---

28) "우리가 인간은 자기 자신에게 책임이 있다고 할 때, 그것은 인간이 그의 엄밀한 개성에 책임을 진다는 것이 아니라, 모든 인간에 책임이 있다는 것이다. Et, quand nous disons que l'homme est responsable de lui–même, nous ne voulons pas dire que l'homme est responsable de sa stricte individualité, mais qu'il est responsable de tous les hommes.": "우리가 인간은 스스로를 선택한다고 말할 때, 그것은 우리들 각자가 스스로를 선택하지만 스스로를 선택함으로써 모든 인간을 선택한다는 뜻이기도 하다. Quand nous disons que l'homme se choisit, nous entendons que chacun d'entre nous se choisit, mais par là nous voulons dire aussi qu'en se choisissant il choisit tous les hommes." *ibid.*, pp.16&17.

29) *Jeanne et les Juges, op. cit.*, p.184.

입었다고 주장한다. 왜냐하면 이 옷을 입고 왕과 백성들과 영국 사람들 앞에 나타났으며 이제는 그 옷을 입고 재판관들 앞에 섰기 때문에 그것은 자신의 옷이고 이제는 무슨 일이 있어도 그 옷을 간직하겠다는 것이다. 자신의 약속을 번복하고 남자 옷을 다시 입고 또 자신의 임무가 하늘이 부여한 임무라는 것을 다시 주장할 때 잔은 재판관들을 이긴 승리자이다.[31] 작가는 비록 어쩔 수 없는 상황에서 잔이 남자 옷을 다시 입었을지라도 상황을 초월해서 자신의 자유의지로 그렇게 할 수 있었을 것이라고 생각한다.

결국 인간의 위대함은 그가 스스로 자신의 운명을 선택해 나가는 데 있다는 극의 주제에서 실존주의적 휴머니즘을 발견할 수 있으나 몰니에는 나아가 그 위대함은 동시에 연약함을 포함하고 있다고 생각한다. 몰니에는 기본적으로 잔을 인간적인 연약함을 지닌 인물로 보기 때문이다. 그래서 진정한 잔은 흔들리지 않고 동요되지 않는 불굴의 의지를 지닌 냉정한 사람이 아니라 자기모순에 빠지고, 꾀를 부리기도 하고 비탄과 피로의 눈물을 흘리기도 하는 나약한 인간이다. 자신을 추슬렀다가는 다시 연약해져서 재판관들에게 살려 달라고 애원하다가 다시 그들에게 대항하고 또 다시 두려움에 빠지는 나약한 인간일 뿐이다.[32] 하지만 완전한 절망 속에서 잔은 다시 일어서게 되고 그리하여 화형대의 불꽃 속에서 자신이 포기했던 것을 되찾게 된다. 따라서 죽음은 그녀의 승리이기도 하다. 만일 이러한 흔들림이 없

---

30) 재판관들에 대한 작가의 호의적인 시각은 아누이가 그의 『종달새』(1953)에서 보여 주고 있는 시각과 공통점을 이루기도 한다.

31) *Ibid.*, p.55.

32) *Ibid.*, p.44.

고, 이러한 재도약이 없었다면 잔의 모험은 초인간적인 것이 되었을 것이다.33)

그런데 작가는 잔의 죽음의 의미를 좀 더 확장시키고 있다. 즉 그녀는 단지 영국과 프랑스의 백년전쟁 당시 정치적 이해관계가 개입한 편협한 종교 재판의 희생자일 뿐만 아니라 부당하게 죽임을 당하는 자들, 모든 억압당하는 자들의 여왕이며, 또 자유와 희망의 여왕이다.34) 저자가 재판관들의 이름을 명시하지 않고 또 의상이나 언어에 있어서도 가능한 한 시대적인 특징을 드러내지 않은 것도 이러한 이유 때문이다. 앙드레 말로가 잔 다르크라는 인물이 프랑스 국가를 상징할 뿐만 아니라 범세계적 보편성에까지 이른다고 한 것도 이러한 맥락에서일 것이다.35)

결 론

지금까지 티에리 몰니에의 『잔과 재판관들』에 묘사된 잔 다르크의 수난과 죽음을 통해 작가의 실존주의적 휴머니즘을 발견할 수 있었다. "휴머니즘이란 인간의 가치와 존엄성을 인식하고 인간을 만물의 척도로 생각하거나 그 주제, 관심, 범주에 있어 인간성을 다른 어떤 것에 앞서 다루는 철학이다."36)라고 하는 휴머니즘의 정의가 보여주

---

33) *Ibid.*, p.47.

34) *Ibid.*, pp.183~184.

35) "Bien qu'elle symbolise la Patrie, Jeanne d'Arc, en devenant vivante, accède à l'universalité.", cité in Marco Markovic, «Jeanne d'Arc dans la littérature française», *L'Astrolabe*, n° 70, *art. cit.*, p.29.

36) *The Encyclopedia of Philosophy*, N.Y., The Macmillan Company, 1978; 오생근 외, 『휴머니즘 연구』, 서

듯이 휴머니즘은 무엇보다도 인간성을 중시하고 인간의 가능성과 자유를 추구하는 태도이다. 이 극에서 몰니에는 잔 다르크 신화를 완전히 부인하지 않으면서도 신의 개입에 의한 기적보다는 주인공 자신의 회의와 결단을 부각시킴으로써 인간 스스로의 선택을 강조하고 있다. "하나님은 회의하지 않는 자를 사랑하지 않는다. Dieu n'aime pas ceux [qui] n'ont jamais douté."는 그의 주장 역시 진정한 기독교적 가치보다는 그의 휴머니즘을 드러낼 뿐이다. 왜냐하면 기독교의 하나님이 요구하는 것은 회의가 아니라 믿음이기 때문이다. 이러한 점에서 몰니에는 그가 신을 믿든 믿지 않든 휴머니스트라고 할 수 있으며, 특히 자신을 선택하는 것이 전 인간을 선택하는 것이며, 인간은 개인적인 자유 속에 머물지 않고 자신을 초월하는 목표를 향해 스스로를 내어 던져야 한다는 실존주의적 휴머니즘을 보여 주고 있다. 결국 이 작품은 잔 다르크의 신앙보다는 작가 자신의 주관적 사상이 더 부각되어 있는 극이라고 할 수 있다.

극의 구조 자체는 매우 단순하다. 이 극은 잔 다르크의 전기 중에서도 그녀가 콩피에뉴 전투에서 포로가 된 뒤 루앙에서 재판을 받는 상황을 극화한 것이며 극의 내용은 주로 실제 재판기록을 인용한 것이다. 하지만 몰니에의 독창성은 천상의 인물들을 무대 위에 등장시키고 현실적으로는 인간이 상상만 할 수 있는 부분을 구체화하여 보여줌으로써 하늘의 뜻을 독자나 관객으로 하여금 깨닫게 한다는 것이다. 특히 이 극의 출발점이 된 것은 잔이 더 이상 천상의 음성을 듣지 못했다고 말한 것을 저자가 어딘 가에서 읽은 기억이다. 그래서

울대학교출판부, 1988, p.1.

저자는 실제 재판 기록에서 보여 주고 있는 내용과는 달리, 잔이 몇 달 동안이나 천상의 목소리들을 듣지 못하고 있음에도 불구하고 재판정에서는 마치 여전히 그 음성을 듣는 것처럼 거짓말을 하는 것으로 상상하였다. 그리고 죽음에 대한 두려움과 같은 인간적인 약점을 통해 잔이 연약한 인간일 뿐이며 초자연적인 존재가 아니라는 것을 강조하고, 또 절망적인 상황 속에서도 과감하게 죽음을 선택하는 모습을 통해 잔의 위대함을 동시에 보여 주고 있다. 몰니에는 인간의 위대함이란 회의와 고민을 통해 자기를 버리는 선택을 하는 데 있다는 것을 말하고자 하는 것이다. 요컨대 몰니에의 잔은 하늘의 음성을 들으려고 몸부림치지만 그것을 듣지 못해 고뇌하고 절망하는 연약한 존재이면서 동시에 신의 침묵 속에서 스스로의 운명을 선택하는 주체적 존재이다.

나아가 몰니에는 잔 다르크의 의미를 시·공간적으로 확대시키고 있다. 그가 서문에서 밝히고 있듯이 시간적 배경이나 등장인물들의 이름을 명확하게 하지 않음으로써 역사적인 사건과 인물에 영원한 현재성을 부여하고 있다. 잔 다르크는 단지 백년전쟁 당시 프랑스를 구하기 위해 싸우다가 종교적·정치적 이해관계에 의해 희생된 여성이 아니라 부당하게 죽임을 당하거나 압제 당하는 모든 자들을 대표하며 그러한 압제에 당당하게 맞서는 용기 있는 자들을 대표한다. 이 점 역시 작가의 휴머니스트적인 시각을 드러내는 것이다.

참고문헌

Thierry MAULNIER, *Jeanne et les Juges*, Paris, Gallimard, 1951.

Jean ANOUILH, *L'Alouette*, Paris, La Table Ronde, 1953.

Robert BRASILLACH, *Le Procès de Jeanne d'Arc*, Paris, Librairie de la Revue Française, 1932.

Georges et Andrée DUBY, *Les Procès de Jeanne d'Arc*, Paris, Gallimard/Julliard, 1973, coll. folio/histoire.

Marco MARKOVIC, «Jeanne d'Arc dans la littérature française», *L'Astrolabe*, n° 70, 1982 - III.

Jules MICHELET, *Jeanne d'Arc*, Paris, Gallimard, 1974.

Charles MOELLER, *Littérature du XXe siècle et christianisme*, v. 3, Tournai, Casterman, 1953, pp.382~416.

Régine PERNOUD, *Jeanne d'Arc par elle-même et par ses témoins*, Paris, Seuil, 1962.

Jean-Paul SARTRE, *L'Existentialisme est un humanisme* / annotés par Bang Gonie, 서울, 신아사, 1976, p.46.

Images de Jeanne d'Arc / s.l.d. de Jean Maurice et Daniel Couty, Actes du Colloque de Rouen, mai 1999, Paris, PUF, 2000.

김붕구, 「실존주의 문학」, 『사상계』, 제61호, 1958. 8월, pp.71~81.

오생근 외, 『휴머니즘 연구』, 서울대학교출판부, 1988.

이철범, 「실존주의와 휴매니즘의 관계. 사르트르의 경우」, 『문학예술』, 4권 11호, 1957. 12월, pp.189~196.

Part 06

자크 오디베르티의 『동정녀Pucelle』
－뫼비우스의 띠로 연결된 현실과
허구－

작가소개 ● ● ●

자크 오디베르티(Jacques Audiberti, 1899~1965)

　자크 오디베르티(Jacques Audiberti, 1899~1965)는 지중해 연안의 앙티브에서 초등교육과 중등교육을 받는다. 하지만 건강상의 문제로 학업을 중단하고 시를 쓰기 시작해서 지역 신문에 싣기도 하고 에드몽 로스탕에게 보내기도 한다. 파리로 올라온 그는 「Le Journal」, 「Le Petit Parisien」 등의 신문에 글을 쓰며, 「Le Petit Parisien」에서 함께 일하던 벵자멩 페레(Benjamin Péret)를 통해 초현실주의 그룹과 가까워지지만 결코 거기에 합류하지는 않는다.

　1930년 아버지의 재정지원을 받아 첫 시집 『제국과 트라피스트 수도원』이라는 시집을 발간한다. 장 폴랑과 교분이 있던 그는 1937년 NRF(la Nouvelle Revue Française)에서 시집 『인간의 종족』을 발간하고 이것으로 그다음 해에 말라르메 협회 상을 받는다. 이때 그는 폴 발레리, 장 콕토 등을 알게 된다. 스페인 내전이 일어나자 오디베르티는 「Le Petit Parisien」의 기자로 스페인 국경에 파견되어 취재를 한다. 그러나 이 신문이 독일의 검열을 받게 되면서 신문사의 일을 그만두고 영화 비평을 시작한다. 2차 대전 중인 1941~43년 사이에 「Comoedia」라는 잡지에 기고한 그의 영화 비평은 독일 점령 당시의 영화에 대한 흥미로운 시각을 보여 준다. 1946년부터 1956년 사이에 소설과 희곡 등을 발표하며 왕성한 창작활동을 펼치고 조르주 비탈리, 쉬잔 플롱, 마셀 피콜리, 앙드레 바르삭과 같은 연출가, 배우들을 알게 된다.

　그가 발표한 14편의 소설 중 대표적인 작품은 『아브락사스Abraxas』(1938), 『밀라노의 스승』(1950), 『인형』(1956) 등이며, 1962년 친구인 자크 바라티에가 『인형』을 영화로 각색한다. 그는 또 23편의 희곡을 썼으며 그중 대표적인 것은 『악이 만연하다』(1947), 『검은 제전』(1948)이다. 1964년 오디베르티는 프랑스 문화부에서 수여하는 문학대상과 비평가상을 받으나 이듬해 암으로 세상을 떠난다.

　오디베르티는 50년대 부조리 극작가들이 언어에 대한 불신을 가졌던 것과는 달리 오히려 단어들 속에서 즐거움과 도취와 쾌락을 이끌어 내고자 하였다. 그가 만들어 낸 사건들과 인물들은 우선 그의 전 작품에 스며 있는 선과 악의 문제 특히 악의 존재 이유를 카니발적인 무대에 표현하기 위한 것이다.

서 론[1])

오디베르티의 작품은 환상, 변신, 가장(假裝)과 같은 바로크 적인
요소뿐만 아니라 19세기 후반의 자리와 20세기 초반의 다다・초현실
주의와 같은 전위적인 예술 운동, 그리고 40년대의 사르트르의 실존
주의 등과 같은 다양한 예술 및 철학적 흐름에 영향을 받은 것으로
보인다. 오디베르티는 1952년 이탈리아 작가인 베냐미노 조폴로와 화
가 카미유 브리앙과 함께 반인문주의(abhumanisme)라는 이론을 성립
한다. 반인문주의는 악의 지배를 받는 이 세상의 틀 안에서 만들어진
인문주의적 가치나 규범은 더 이상 인간을 선의 세계로 인도할 수 없
다고 보는 것이며,[2]) 따라서 이성과 합리 그리고 일체의 절대적 진리
를 거부하고 대신 회의주의와 세계의 신비 그리고 모순을 긍정하는

---

1) 『불어불문학연구』, 제67집, 2006년 가을, pp.263~296.
2) 심경은, 「Jacques Audiberti의 극작품에 나타난 철학사상: 선악이원론과 반인문주의(Le Mal court, Opéra
   parlé, La Fourmi dans le corps를 중심으로)」, 『불어불문학연구』, 제33집, 1996, p.519.

태도라고 할 수 있다.[3]

본고에서 다루게 될 『동정녀Pucelle』는 잔 다르크를 소재로 한 희곡으로서 1950년 파리 위셰트 극장(Théâtre de la Huchette)에서 조르주 비탈리(G. Vitaly)에 의해 초연되었다. 현재는 주로 이오네스코의 작품을 공연하는 이 극장에서 공연이 되었다는 점부터 이 작품이 전통적인 극작품과 다르다는 것을 암시해 준다. 사실 이 극은 역사적인 기록이나 관습적으로 알려져 있는 잔 다르크의 이미지와는 매우 상이한 인물을 제시하고 있다.

이 극에서 사용된 언어와 인물들은 다분히 자리와 그의 『위뷔왕』을 상기시키고 있으며,[4] 또한 다다이스트들에게서처럼 청각적 이미지(음악, 소리, 비명, 웃음이나 울음 등)[5]의 추구, 초현실주의의 영향을 상기시키는 꿈과 환상의 세계로의 도피, 사르트르가 말한 바처럼 타인의 시선과 판단에서 자유롭지 못한 인간의 정체성에 대한 문제 제기 등을 발견할 수가 있다. 또한 극중극 구조 및 현실과 허구를 혼동하는 인물 등은 후에 주네의 『발코니』(1956)와 같은 작품에 영향을 끼친 것으로 보인다.

이 극은 조아닌과 자네트라는 한 인물의 두 모습이 공존하는 비현

---

3) 다음과 같은 등장인물의 대사는 긍정 혹은 부정으로 단정적으로 말할 수 없는 모순적인 일들이 세상에는 많이 있다는 것을 말해 준다: "우리는 이 지상의 그리고 영국의 모순적인 수수께끼들을 예 혹은 아니오 속에 가둘 수가 없다. On ne peut enfermer dans un oui, dans un non, les contradictoires énigmes de la terre et de l'Angleterre, admettons", Jacques Audiberti, *Pucelle* in *Théâtre*, t. II, Gallimard, 1980(1952), 1er tableau, p.110.

4) 예를 들면 'merdoiement', 'ventre de diantre' 등의 신조어나 자리의 '신체 막대기bâton à physique'를 상기시키는 '씨 뿌리는 기계encemençoir automatique', 위뷔 부부를 상기시키는 물욕과 성욕으로 가득 차 있는 조아닌의 부모 등과 같은 인물 등을 들 수 있다.

5) 예를 들면 다음과 같은 지문을 들 수 있다: "무대 뒤쪽에서는 부르는 소리, 소음, 비명소리 등 다양한 형태의 소리로 이루어진 코러스가 있다……. A la cantonade, le choeur, multiforme, modulé en forme d'appels, de bruits, de cris……", Jacques Audiberti, *Théâtre*, t. II, *op. cit.*, p.163.

실적인 구성, 극중 현실의 인물인 자네트가 극중극에 참여함으로 인하여 발생하는 현실과 허구의 혼돈, 특히 극중극의 주인공, 즉 동정녀 잔과 극중 현실의 인물인 조아닌과 자네트가 중첩됨으로 인하여 발생하는 정체성의 혼돈 등으로 극은 매우 혼란스러운 양상을 띠고 있다.6) 질베르 역시 현재와 과거에서 유랑 극단의 작가와 의사지망생이라는 직업의 차이를 보여 주고, 육체적인 사랑을 추구하던 자가 정신적인 것을 추구하는 자로 변모하는 등 이 극의 등장인물들은 끊임없는 변화를 보여 준다. 이것은 바로 변신, 변화, 역동성 등과 같은 바로크적인 특성을 보여 주는 것이다. 이와 같은 구성의 이중성 및 등장인물의 이중의 정체성 외에도 이 극에는 연극 속의 연극, 거울놀이, 즉흥연기 등과 같은 연극성이 또한 매우 풍부하게 나타나고 있다. 본고에서는 극중 현실과 극중극이라는 구성의 이중성 및 이로 인한 등장인물들의 이중의 정체성 그리고 이러한 이중성을 동반하는 연극성에 대해 연구해 보고자 한다.

1. 구성의 이중성

1) 극중 현실

이 극은 전체 3장으로 이루어져 있으나 현재와 과거, 현실과 허구

---

6) "[……] 오디베르티가 고의적으로 현재와 과거를, 현실과 상상의 세계를 뒤섞고 있기 때문에 극은 극히 혼란스럽다. [……] la pièce demeure extrêmement confuse du fait qu'Audiberti a volontairement mêlé le présent et le passé, le réel et l'imaginaire", Jean-Yves Guérin, *Le Théâtre d'Audiberti et le baroque*, Paris, Klincksieck, 1976, p.110.

(극중극)가 뒤섞여 있어 매우 복잡한 형태를 띠고 있다. 1장은 이 극의 극중 현실, 즉 성사극을 준비하고 그 공연을 기다리는 장면이다. 2장은 잔의 과거에 해당하며 마치 영화의 플래시 백 수법처럼 극은 10년 전으로 되돌아간다. 3장은 다시 1장의 시간과 공간으로 되돌아오는 극중 현실과 잔의 화형장면에 해당하는 극중극이 교차한다.

극중 현실에 해당하는 1장은 성사극이 펼쳐질 공원에서 성사극의 작가인 질베르7)가 공작부인과 공연을 기다리며 대화를 나누는 장면이다. 극중 현실의 배경은 중세 15세기 초엽 동정녀, 즉 잔 다르크가 화형당한 지 10년이 지난 시점이다. 질베르는 10년 전에 화형에 처해진 잔 다르크에 대한 성사극을 써서 중세의 배우들인 음유시인들(jongleurs)과 함께 이 공원에서 공연을 하고 있다. 이 공연을 보기 위해 공작부인은 부르주아로 가장(假裝)한 채 공원으로 나왔으며 또한 이 공연을 위해 자기 집의 벽걸이들(tapisseries)을 빌려 주고 목수들을 동원하여 그것들을 무대 위에 설치하게 하기도 하였다.

질베르는 마을에서 마을로 극단을 끌고 다니며 연극을 공연한다. 그는 10년 전 어느 농부 부부의 딸로부터 영감을 받아 전쟁의 여신 미네르바를 닮은 인물을 창조해 내었다고 공작부인에게 고백한다.

> 질베르: 전 마을에서 마을로 극단을 끌고 다녀요. 매 공연 때마다 전 제가 10년 전 어느 농부부부의 딸로부터 만들어 낸, 전쟁과 치료의 여신의 모형을 다시 듣고 또 보게 되지요.
> Gilbert: [······] De ville en ville, je me traîne avec la troupe

---

7) 현재 40대이며 유랑극단의 작가인 질베르는 10년 전의 과거에 해당하는 2장에서는 마을 사제인 동 푸케(dom Fouquet)의 사촌으로서 아버지는 의사이고 그도 역시 의사가 되고자 한다. 하지만 그가 필기도구(écritoire)를 들고 등장한 것은 10년 후의 그의 모습을 암시하는 것이다. 등장인물의 이러한 이중의 정체성은 극을 복잡하게 만드는 요소가 된다.

théâtrale. A chaque récitation, j'entends et je revois le simulacre de cette déesse guerrière et guérissante que, moi-même, voici dix ans, j'ai tirée de la fillette d'un couple de cultivateurs. (3e tableau, p.171)

질베르는 연극을 통해 자신이 사랑하던 조아닌을 부활시키고자 한다. 화형대의 불길을 견딜 수 있는 것은 '시화된 추억souvenir poétisé' 뿐이기 때문이다. 질베르에게 과거는 다시 살아나야 하고 그것을 지금 현재 소유할 줄 알아야 한다. 그에게는 지금 현재가 중요하다. 왜냐하면 그가 '메도르Médor'8)라고 부르는 과거는 이제는 더 이상 존재하지 않기 때문이다. 질베르, 즉 오디베르티에게 있어 과거에 있어났던 사건은 지금 이 순간의 행위, 특히 연극이라는 허구적 장치를 통해서 존재할 뿐이다.

> 질베르: 지나간 일이 진정으로 지나간 일이 되기 위해서는 그것이 다시 일어나야 하고 연극 무대 위에서 일어나야 해요. 무대는 하나의 미사와 같아요, 하지만 공연이 끝나면 난 의심하기 시작해요.
> Gilbert: [……] Pour que cela qui s'est passé se soit, pour de bon, passé, il faut que cela, de nouveau, se passe, et cela se passe sur le théâtre. La scène est une messe, mais une fois le spectacle replié, moi, je me mets à douter. (3e tableau, p.173)

어떤 사건이 과거에 일어난 일이 되기 위해서는 현재에도 그것이 다시 일어나야 하며 특히 무대 위에서 일어나야 한다는 질베르의 대사를 통해 볼 때 꿈과 몽상의 세계를 현실보다 더욱 진실한 것으로 여겼던 초현실주의자들처럼 오디베르티 역시 꿈과 환상 속에서 현실

---

8) 'Médor'는 비트락의 『Médor』(1939)에서 영감을 받은 것으로 보인다. 이 극에서 서로 다투는 자크와 뤼시엔 부부에게 그들이 키우는 개인 메도르가 "Mais dors"라고 하면서 부부의 화해를 촉구한다. 오디베르티는 여기서 과거는 "잠이나 자라"는 뜻으로 사용한 것 같다.

을 발견한 작가라고 할 수 있을 것이다.9)

　하지만 공연을 하지 않을 때 질베르는 다시 의심하기 시작한다. 그가 공작부인에게 파란 재킷을 입은 잔은 과연 존재했는지 묻는 것은 그의 근본적인 회의를 드러내는 것이다. 그러자 공작부인은 세상은 답을 주는 것이 아니라 수수께끼만을 줄 뿐이라고 대답한다. 이것은 결국 작가 자신의 회의주의를 나타내는 것이며 오디베르티는 이 세상에 있어 절대적이고 유일한 진리는 없으며 세상에는 이성이나 논리로 다 설명할 수 없는 신비로움이 존재한다고 믿었다.

　1장의 마지막 장면에서 질베르와 공작부인이 이야기한대로 2장에서는 10년 전의 조아닌의 집이 펼쳐진다. 즉 불을 피우는 아궁이와 수평으로 긴 창문이 있고 탁자 위에 사슬이 묶인 물동이가 있으며 2층에 갤러리가 있다. 여기에서 조아닌의 부모, 질베르, 조아닌, 그리고 공작 부부의 대화가 이어지며 이것은 조아닌이 전쟁터로 떠나기 직전의 사건이다. 처음 조아닌의 부모는 밖에 나간 그들의 딸을 기다리고 있다. 딸은 마튜의 수레를 타고 공작의 영지로 떠났던 것이다. 딸이 얌전하게 집에서 바느질이나 집안일은 하지 않고 밖으로 나돌아 다니는 것이 부모는 매우 불만이다. 한편 공작부부는 늙은 공작의 병을 치료하기 위해 조아닌의 집을 방문한다.

　한편 2장에서 조아닌의 분신으로 나오는 자네트는 1장과 3장에서는 성사극을 보러온 구경꾼으로 등장한다. 이미 결혼한 지 10년이 지난 자네트는 남편 마튜와 함께 사람들이 10년 전에 화형시킨 성녀에

---

9) 오디베르티는 삶이 환상으로 되어 있으며 이 환상이 현실을 만드는 것이라고 보았다: "삶은 환상으로 되어 있다. 이 환상들 중에 어떤 것들은 성공하기도 한다. 바로 그것들이 현실을 구성하는 것이다. La vie est faite d'illusions. Parmi ces illusions, certaines réussissent. Ce sont celles qui constituent la réalité.", L'Effet Glapion, p.141: cité in Jean-Yves Guérin, Le Théâtre d'Audiberti et le baroque, op. cit., p.157.

대한 연극을 구경하기 위해 공원에 나온 것이다. 그런데 성사극의 여주인공이 갑자기 다른 극단에 팔려 갔다며 유랑극단의 배우들은 자네트에게 주인공 역을 맡으라고 제안한다. 처음엔 사양하던 자네트는 그녀의 동생 피에르를 사형집행인으로 한다는 조건으로 승낙한다. 자네트는 잔 다르크가 밤에는 마녀이고 닭이 울고 난 뒤에는 성녀였다는 사실을 알고 있다고 말하며 자신도 역시 하늘과 직접 교통한다는 사실을 알린다.

> 자네트: 내가 아는 모든 것은, 가련한 내 신세, 그것은 바로 (하늘을 가리키며) 내가 저곳과 직접 이야기한다는 것이오!
> **Jeannette**: Tout ce que je sais, pauvre de moi, c'est qu'avec *(elle montre le ciel)* là-haut, je m'entretiens direct, voilà! (3e tableau, p.167)

그녀는 은근히 자신이 잔 다르크 역에 적합하다는 것을 내비치는 것이다. 하지만 주교(역할을 하는 배우)로부터 신성모독이라는 비난을 듣는다. 그러자 자네트는 역사적인 인물 잔 다르크가 법정에서 한 말을 모방하여 독실한 기독교인처럼 대답한다.

> 자네트: 내가 만일 정신이 온전치 못하다면 주께서 나를 온전하게 해 주시기를. 만일 온전하다면 그 상태에 계속 있게 해 주시기를.
> **Jeannette**: Si je suis pas dans mon bon sens, que le Seigneur m'y mette. Si j'y suis, qu'il m'y laisse.[10] (3e tableau, pp.167~168)

---

10) 자네트의 이 대답은 잔 다르크가 재판정에서 하느님의 은총 가운데 있다고 믿느냐는 말에 만일 은총 가운데 있지 못하다면 은총 가운데 있게 해 주시기를, 만일 은총 가운데 있다면 계속 그렇게 있도록 해 주시길 바란다고 대답 한 것을 모방한 것이다.
"Jean Beaupère: Savez-vous si vous êtes en la grâce de Dieu?
Jeanne: Si je n'y suis, Dieu m'y mette, et si j'y suis, Dieu m'y garde."
(Régine Pernoud, *Jeanne d'Arc par elle-même et par ses témoins*, Paris, Seuil, 1962, p.217)

이렇게 하여 자네트는 성사극의 배우가 되고 따라서 극중 현실의 인물에서 극중극의 인물로 이동해 간다. 이처럼 이 극은 등장인물들이 극중 현실과 극중극 속에 모두 등장함으로써 등장인물의 정체성에 혼란을 가져오고 현실과 허구가 잘 구분되지 않는 뫼비우스의 띠의 구조를 띠게 된다.

2) 극중극

등장인물의 대사에 의하면 극중극, 즉 질베르의 성사극은 모두 15 장(tableaux)으로 되어 있으며 10년 전 화형당한 성녀 잔 다르크에 대한 이야기이다. 주요 등장인물들로서는 왕, 주교(실제 이름은 Nicolas), 장군 즉 베트포르트(Bêteforte) 자작[11] 그리고 잔 다르크가 있으며 전투장면, 포로생활 및 화형장면이 언급되고 있다. 3장 서두에 성사극이 공연되는 무대의 모습이 설명되고 있다.

> 평지 위에 성사극이 공연될 무대가 서 있고 그 위로 막이 올라간다.
> Le rideau se lève sur le terre-plein où se trouve dressé l'échafaudage du théâtre où sera joué le mystère. (3e tableau, p.162)

주교는 검은색과 자주색으로 된 주교복을 입고 있고 머리에는 삼각관을 쓰고 있으며 손에는 홀을 쥐고 있다. 왕은 흰 망토와 프랑스 왕을 상징하는 파란 의상을 입고 종이로 만든 금색 왕관을 쓰고 있다. 자작은 붉은 군복을 입고 있으며 그의 가슴에는 표범이 그려져 있어

---

11) 베트포르트(Bêteforte) 자작은 영국인 베드포드(Bedford) 공작을 지칭하는 것으로서 오디베르티는 '짐승'을 뜻하는 'Bête'와 '강하다'라는 의미의 'forte'를 합성하여 'vicomte Bêteforte'라고 하였다. 이처럼 이 영국인을 짐승과 동일시함으로써 과거 프랑스의 적이었던 영국에 대한 작가의 반감을 표현하고 있다.

그가 영국인임을 암시한다.

그런데 3장에는 전적으로 극중극만 있는 것이 아니라 극중 현실 속의 인물들, 즉 극중극의 관객들이 극중극에 대한 묘사를 하고 있는 경우가 더 많다. 이것은 지문이나 등장인물들의 대사를 통해 이루어지고 있다. 예를 들면 전쟁을 상기시키는 음악을 통해 전투장면임을 알 수 있으며("Musique à la rigueur guerrière") 공작부인의 대사를 통해 이제 잔이 포로가 되어 수감되어 있는 것과 재판을 받고 있음을 알게 된다.

> 공작부인: 그녀는 감옥에 있어요. 네 개의 막대 위에 서 있는, 허공에 그려진 철창으로 된 천장 없는 감옥에; 심문 장면이오. 주교가 앉아 있고 그 앞에 그녀가 서 있어요.
> La Duchesse: Elle est en prison. Une prison à ciel ouvert avec un grillage dessiné en l'air qui tient sur quatre bâtons. (p.175); L'interrogatoire. Elle se tient debout devant l'évêque assis. (p.176)

또 다음과 같은 지문은 잔 다르크(자네트)가 형장으로 가는 행렬을 묘사한다.

> 질베르는 공작부인을 이끌고 무대 왼쪽 끝으로 피한다. 장송곡이 울리는 가운데 형장으로 가는 행렬이 무대 위를 지나간다. 등에 지그재그로 노란 십자가가 그려진 회색 망토를 입은 사형집행인 피에르가 허리에는 도끼를 차고 밧줄에 묶인 자네트를 왼손에 쥔 끈으로 끌고 간다. 오른손에는 횃불을 들고 있다. 자네트 뒤에는 검은 옷을 입은 주교가 따른다.
> Gilbert entraîne la Duchesse, se réfugie à l'extrémité gauche de la scène. Alors, au son d'une musique funèbre, pénètre et sinue sur l'esplanade un bizarre cortège. Le bourreau, Pierre donc, camisole et capuchon gris, avec une croix jaune en zigzag dans le dos tissée, la hache dans la ceinture, mène Jeannette en laisse au moyen d'une corde qu'il tient de

la main gauche. Sa main droite brandit une torche allumée. − Derrière
Jeannette marche l'Evêque, dans un vêtement noir. (3e tableau, p.177)

　여기서 작가는 극중극의 인물들과 극중 현실의 인물들을 분명하게
대립시켜 보여 주고 있다. 즉 질베르와 공작부인은 극중극을 바라보
는 관객이며 자네트와 피에르 그리고 주교 등은 극중극 속의 인물,
연극 속의 연극을 하는 배우이다. 그런데 자네트는 2장에서 조아닌의
분신이었으며 피에르는 조아닌의 동생이었던 점을 생각할 때 이 극에
서 극중 현실과 극중극, 즉 현실과 허구는 뒤섞여 있어 서로 구분하기
어려운 뫼비우스의 띠의 구조를 띠고 있음을 다시 한번 확인하게 된다.

2. 등장인물의 이중성

1) 등장인물의 양분: 조아닌과 자네트

　이 극의 중요한 특징 중의 하나는 한 인물이 두 사람으로 양분
(dédoublement)되어 나타난다는 것이며, 또 그 인물들이 동시에 함께
공존한다는 사실이다. 조아닌과 자네트는 한 인물의 두 모습으로서
조아닌은 건장한 체격의 남성적인 전사(guerrière)의 모습이고 자네트
는 몸집도 작고 땅딸막하며 순종적이고 보다 여성적인 인물이다. 그
들의 키에 있어서도 조아닌과 자네트는 머리 하나 정도의 차이가 있
다. 조아닌의 부모는 그녀가 16세부터 반항적인 성격을 드러내기 시
작하였다고 하는데 그렇다면 자네트는 16세 이전의 조아닌의 모습이

라고 할 수 있을 것이다. 즉 자네트는 과거의 잔이고 조아닌은 현재의 잔이라고 할 수 있다. 한편 이 두 인물들이 똑같은 의상을 입고 있는 것은 이들이 같은 인물임을 말해 주는 것이다.[12] 또한 조아닌의 부모가 그들의 자녀로서 조아닌과 피에르만 있다고 공작에게 말하는 것도 자네트와 조아닌이 한 인물임을 알게 한다. 그래서 2장에서 자네트는 질베르와 조아닌 외에는 아무에게도 보이지 않는다. 즉 조아닌의 부모나 공작부부 그리고 조아닌의 동생 피에르는 자네트를 보지 못하는 것이다.

조아닌과 자네트의 특징을 비교해 보면 다음과 같다.

(1) 조아닌

10년 전의 과거에 해당하는 2장에서 조아닌은 나이가 18세이며 남자처럼 매우 건장하고 키가 커서(5pieds 7pouces, 즉 약 1m 80cm) 아버지보다 머리 하나 반이 더 크다. 파란 눈과 금발의 전형적인 미인의 조건을 갖추고 있으면서 동시에 그녀의 몸은 남자처럼 근육질로 잘 단련되어 있다. 나무 위에 올라가는 등 장난을 좋아하며 숲 속에서 며칠씩 혼자 지내기도 하고 지나가는 군인들의 어깨를 툭툭 치기도 하는 등 남자 같은 성격을 지니고 있다. 하지만 남성적인 면모가 우세한 가운데서도 건장한 팔뚝에 달린 가늘고 긴 손가락처럼 매우 여성적인 모습을 지니고 있기도 하다. 이러한 조아닌을 질베르는 자연의 완성(perfection du naturel)으로 여긴다. 질베르에게 조아닌은 그녀의 아버

---

12) "그녀의 옷차림은 여러 가지 특성으로 볼 때 인물들 주변에서 생기 없이 사람들 눈에 띄지 않고 있는 수수한 소녀의 옷차림과 같다. Son vêtement, par maintes caractéristiques, est le même que celui de la fille humble et terne, invisible à l'entour des personnages." (2e tableau, p.132)

지가 네덜란드까지 가서 본 바다와 같다. 바다를 어떻게 풍구 앞에 묶어 놓을 수 있으며 작은 어항 속에 집어넣을 수가 있을까? 조아닌을 집에 묶어 놓기 위해서는 집안에 그녀를 위한 실내정구장을 만들고, 경주마를 사고, 또 차가운 물을 담아 놓는 연못을 파야 할 것이다.

한편 역사적으로 알려져 있는 인물 잔 다르크의 이미지와 다른 조아닌의 특성은 무엇보다도 그녀가 라블레의 주인공처럼 거인이며 대식가라는 점이다. 조아닌은 공작의 집을 방문했을 때 공작이 4개월 동안 먹을 양의 음식을 한꺼번에 먹어 치웠다고 한다. 조아닌의 아버지 역시 그녀가 다림질이나 바느질은 하지 않아도 자기 먹을 오믈렛은 만든다고 딸을 비난한다. 조아닌이 좋아하는 음식은 후추를 친 돼지고기, 응고시킨 우유, 크림을 넣은 케이크, 기름진 비둘기 요리, 소의 내장 등 기름진 고기요리들로서 금욕적이고 자신의 먹을 것을 다른 사람들에게 나눠 주는 성녀의 이미지하고는 거리가 멀다. 이처럼 오디베르티는 잔 다르크라는 인물의 일반적인 이미지와는 매우 상이한 인물을 창조함으로서 관습적인 이미지를 타파하고자 한다.

이와 같은 신체적인 특성 외에도 조아닌은 다음과 같은 특징들이 있다.

① 반인문주의적 인간

공작에 의하면 조아닌은 환상을 보는 자(visionnaire)이다. 이것은 역사적 인물인 잔 다르크가 사람들에게 신비한 존재로 여겨졌던 것을 상기시키면서 동시에 오디베르티가 말하는 '반인문주의적 인간 l'être abhumain'을 의미하는 것이기도 하다. 왜냐하면 오디베르티는 조아닌을 높이 뛰어오르기도 하고, 또 새들과 교제하기도 하며, 나무와 동일시하고, 타는 듯한 손으로 병자들을 치료하는 초자연적인 능력의 소유자로 묘사하기 때문이다. 조아닌의 집을 방문한 공작은 그녀가 이미 근방에서 유명한 존재임을 말한다.

> 공작: 그녀의 영광은 벌써 시작되었소. 환상가! 챔피언! 새들과 사귀는 여자. 불타는 듯한 손으로 병을 치료하는 자요.
> Le Duc: [……] Sa gloire a déjà commencé. Une visionnaire! Une championne! Fréquentatrice d'oiseaux. Guérisseuse à la main brûlante.
>
> (2e tableau, p.136)

공작은 주문을 외고 불타는 듯한 손으로 병을 치료하는 등 초자연적인 능력을 소유하고 있는 조아닌을 마녀로 취급하기도 한다.[13] 공작은 조아닌이 쇠스랑 막대를 타고 날아다니고 늑대 가죽 각반과 뼛가루가 든 가방을 가지고 다닌다고 생각하는 것이다. 질베르가 조아닌의 특성 중의 하나를 인간성의 상실(perte de la race humaine)로 묘사하는 것은 그녀가 인간성을 초월하는 '반인문주의적 인간'임을 의미하는 것이다. 오디베르티는 악이 만연한 이 세상을 초월하는 곳, 즉 '다른 곳ailleurs'을 꿈꾸었으며 이것은 바로 상상과 꿈, 그리고 마법을 통해서이다.[14] 조아닌이 이 세상을 초월하는 우주공간을 꿈꾸는 것은 작가의 이러한 성향을 대변해주는 것이다. 조아닌은 병을 치료해 준 데 대한 대가로 공작이 돈으로 사례하고자 하는 것을 거부하고 대신 통행증을 요구한다. 조아닌은 전투가 있는 곳으로 떠나고자 하는

---

13) 사실 역사적인 인물 잔 다르크는 마녀 혹은 이단자로 몰려 죽임을 당한 자이다. 그런데 오디베르티는 오히려 이 극에서 조아닌을 초자연적인 능력을 지닌 자, 나아가 마녀와 같은 인물로 묘사하고 있으며 이것은 신들이나 자연과 교감한다는 골족의 제사장 드루이드(druide)의 특성을 부여한 것이다. 요컨대 작가는 이 인물을 기독교의 성녀로서가 아니라 자신이 추구하는 초월적인 존재, 즉 반인문주의적 인간으로서 제시하고 있는 것이다.

14) 심경은, 「Jacques Audiberti의 극작품에 나타난 철학사상: 선악이원론과 반인문주의(Le Mal court, Opéra parlé, La Fourmi dans le corps를 중심으로)」, 『불어불문학연구』, op. cit., pp.520 & 524.

것이다. 하지만 그녀가 가리키는 곳은 프랑스와 영국이 싸우는 곳이 아니라 저 우주 공간이다("Elle montre une direction de l'espace.", p.143). 조아닌, 즉 오디베르티가 추구하는 곳은 바로 '다른 곳ailleurs' 혹은 '이 세상을 초월한 공간'au-delà'이기 때문이다.

② 육체로 인한 고통으로부터의 구원자

조아닌은 프랑스와 영국의 싸움에서 조국을 구하는 것이 아니라 육체를 지니고 있기 때문에 생기는 모든 고통(전쟁, 남녀 간의 갈등, 노화 등)으로부터 인간을 구원하는 자이다.[15] 조아닌을 흠모하는 남자들은 그녀가 이 슬픈 세상에서 전쟁의 포화소리를, 이 세계의 악을 가려 주는 자가 되기를 원한다.

난 여기 있겠다고 동의해요	je consens que j'y persiste
우리는 여기 있었다는 데 동의해요	et que là nous persistions
이 슬픈 대지 위에	tant que, sur la plaine triste,
당신 이빨의 하얀 등대가,	le phare blanc de tes dents,
당신의 금발머리의 포도주가	le vin de ta mèche blonde
포효하는 대포소리와	masquent les canons grondants
이 세상의 메마른 독약을 감추어 주는 한	et le sec poison du monde
	(2e tableau, pp.128~129)

또한 성사극의 작가 질베르가 그리는 이상적인 모습의 조아닌, 즉

---

15) "애국심과 종교, 역사를 뒤섞어놓는 미술레와는 반대로 오디베르티는 그리스도의 신화를 다른 관점에서 사용한다. 수잔은 이제 프랑스를 구원하는데 있는 것이 아니라 인류를 육신의 고통으로부터 구원하는데 있다. Mais, contrairement à Michelet qui amalgame patriotisme, religion et sens de l'Histoire, Audiberti utilise le mythe christique dans une perspective autre. La Passion ne consiste plus dès lors à délivrer la France mais à délivrer l'humanité des affres de la chair.", Gérard-Denis Farcy, *Les théâtres d'Audiberti*, Paris, PUF, 1988, p.186.

잔 역시 영국과의 전쟁에서 고통받는 프랑스 인을 구원하는 자가 아
니라 육체의 정욕에 휩싸여 있는 인간들을 구원하는 자이다. 그것은
바로 질베르의 대사에서 나타난다.

> 질베르: 그녀가 칼을 빼 들고 있는 모습에서, 금속성의 방어 장
> 치 아래, 그녀는 나에게 희망이었고, 보다 응집된, 보다 고양된 인
> 간의 이념이었소, 거기에서 남자는 더 이상 여자의 재앙이 아니고
> 여자는 더 이상 남자의 문둥병이 아니오. 눈부신 그녀는 기름진 키
> 스에, 옹색한 사랑에 웃었소.
>   (떠들썩한 웃음소리.)
> 공작부인: 사람들은 더 이상 소리칠 힘도 없어, 너무 웃고 있기
> 때문에.
>   (질베르는 통곡을 한다.)
> Gilbert: Dans sa dégaine de fer, sous son vérouillage minéral, elle
> était pour moi l'espérance, l'idée d'une race des hommes plus rassemblée,
> plus élevée, dans quoi l'homme ne serait plus le fléau de la femme, ni
> la femme la lèpre de l'homme. Eclatante, elle riait du baisage graisseux,
> de l'amour besogneux.
>   *Rumeurs d'hilarité.*
> La Duchesse: Les gens n'ont plus la force de crier, tant ils rient.
>   *Gilbert sanglote.* (3e tableau, pp.175~176)

질베르는 성사극의 인물 잔이 싸우는 모습에서, 그리고 철창 아래
서의 잔의 모습에서 희망을 발견하는 것이다. 그는 남녀 사이에 화해
를 가져다주는 인물로서의 조아닌, 즉 잔을 꿈꾸기 때문이다. 한편 극
의 마지막 장면에서 조아닌의 어머니가 자신의 노화한 몸을 보여 주
자 질베르가 이것이 바로 인류라고 말하는 데서도 잔 다르크가 육체
의 퇴화로 인해 고통받는 인류의 구원자가 되기를 원하는 질베르의
이상이 드러난다.

질베르: 이리 오세요, 어머니……. 가만히……. 나와 함께……. 지
팡이를 잊지 마세요. 그녀가 당신의 비참한 모습을 보도록! 필요한
마음을 가지도록! (그는 우주공간의 여러 곳을 향해 머리를 돌린
다.) 잔, 당신이 어디 있든 당신 어머니를 바라봐요. 인류를 바라봐
요. 보이지요. 당신 어머니요. 우리의 어머니, 모두에게 공통된 우
리의 물질이요. 잔! 잔! 이제 변신의 천사의 검이 당신 갑옷에 부딪
혀 소리를 내야만 하겠소.

Gilbert: Venez, maman……. Doucement……. Avec moi……. N'oubliez
pas votre bâton. Qu'elle vous voie dans votre misère! Qu'elle ait le
coeur nécessaire! *(Il tourne la tête vers divers points de l'espace.)*
Jeanne, où que tu sois, regarde ta mère. Regarde l'humanité. Tu la
vois. C'est ta mère. C'est notre mère, c'est notre matière à tous.
Jeanne! Jeanne! Il faut maintenant que résonne contre ta cuirasse le
glaive de l'ange des métamorphoses. (3e tableau, pp.188~189)

질베르가 꿈꾸는 것은 이처럼 인간의 육체의 한계를 초월하는 존
재로서의 잔이다. 잔은 아직 육체의 욕망을 소유하고 있던 조아닌의
정화된 모습이다. 하지만 잔 역시 질베르의 상상 속의 인물, 즉 연극
속의 인물이라는 점을 고려할 때, 그리고 질베르의 태도와 관객들의
반응이 상반되는 것을 볼 때 결국 잔이라는 인물은 작가 질베르의 환
상(fantasme)의 산물일 뿐임을 알게 된다.

③ 조아닌의 웃음

조아닌의 또 하나의 특징은 그녀의 커다란 웃음소리이다. 조아닌
이 공작의 저택을 방문했을 때 그녀는 그 커다란 웃음으로 자신의 존
재를 알렸던 것이다.

공작: 그녀가 그 커다란 저택에서 아주 잘 또 크게 웃었기 때문
에 그녀의 웃음은 (공작부인에게) 당신도 기억해요, 여보? 그녀의

웃음은 문이란 문들은 모두 통과해서 마침내 방에 있는 우리에게
까지 들렸지.
　　Le Duc: Elle riait si bien et si haut dans ce vaste palais que son
rire (*à la Duchesse*) vous vous souvenez, ma chérie? son rire transperça
toutes les portes pour nous atteindre au bout du compte nous-mêmes
dans notre appartement. (2e tableau, p.136)

　그런데 이 웃음은 마치 다다이스트들의 웃음처럼 질서, 규범, 이성,
진지함과 위선에 대한 조롱의 뉘앙스를 띠고 있다.16) 그녀의 웃음은
아버지가 공작 앞에서 자신의 집이 가난하다고 짐짓 거짓말을 할 때
마치 그 말을 비웃듯이 터져 나오고, 어머니가 딸이 집안일을 전혀
돕지 않는다고 비난할 때 "엄마는 매우 사교적이야. Maman est très
mondaine."라고 하며 마치 놀리듯이 말할 때 터져 나온다. 호의와 조
롱이 반반씩 섞인 조아닌의 말과 웃음으로 인해 놀림을 당하는 듯한
느낌이 든 공작부인은 계속 그런 식으로 말하면 이빨로 물어뜯겠다
고 위협하기도 한다. 그러자 조아닌은 공작부인을 권투선수처럼 반쯤
넘어뜨리는 시늉을 한다.
　한편 그녀의 떠들썩한 웃음에는 약간의 광기가 엿보이기도 한다.

　　그녀는 떠들썩하고, 폭포처럼 요란하며, 약간 광기가 깃든 웃음을
　　터트리고 이러한 웃음이 작품 내내 지배하게 될 것이다.
　　Elle pousse le rire éclatant, cascadé, un peu démentiel qui régnera tout
　　le long de l'ouvrage. (2e tableau, p.132)

　이러한 떠들썩한 웃음과 광기는 역시 광기와 꿈의 세계를 추구했던

---

16) 예를 들면 비트락의 다다·초현실주의 극에서 웃음은 종종 냉소나 조롱의 뉘앙스를 띠고 있으며 이것은
종교나 맹목적인 애국심, 부르주아적 질서와 같은 기존 가치에 대한 부정과 파괴 의식을 반영한다.

초현실주의를 상기시킨다. 조아닌의 광기는 그녀가 이성과 합리를 추구하는 자가 아니라는 것을 의미한다. 즉 그녀는 엄청난 대식가이며 공중에 날아오르기도 하고 불타는 듯한 손으로 병을 치료하며 새들과 교제하고 며칠씩 숲 속에 가서 혼자 있다 오는 등 합리적인 설명을 벗어나는 행동을 하는 자이다. 조아닌의 부모 역시 그녀의 광기를 눈치 채고 있어서 공작에게 광기를 보이는 자기 딸을 용서하라고 당부한다 ("Monseigneur, daignez pardonner à notre fille lunaire.", p.134). 하지만 공작은 그녀의 웃음이 오히려 전쟁의 광기를 생각나게 한다고 좋아한다. 죽음에 의해 위협받는 그와 같은 늙은이는 광기와 불의를 지닌 전쟁("la guerre avec sa folie et son injustice")에 의해 오히려 위로를 받는다는 것이다.

지금까지 살펴본 조아닌의 특성은 남성적인 전사의 모습을 지니고, 자연과 교감하며, 초월적인 능력을 소유하고, 또 그 커다란 웃음으로 이성과 질서, 규범, 위선을 비웃는 자라는 것이다. 반면 자네트는 훨씬 여성적이고 온순하며 평범한 농부의 모습을 보여 준다.

(2) 자네트

2장은 조아닌의 집에서 진행된다. 그런데 벽난로 근처의 구석에서 한 땅딸막한 소녀가 움직이지 않고 웅크리고 앉아 있다. 그녀가 바로 자네트이다. 자네트는 조아닌이 되기 이전의 모습이라고 할 수 있으며 따라서 두 사람은 한 인물의 두 모습, 즉 이중의 자아를 의미한다. 다른 인물들이 말할 때 구석에서 움직이지 않고 있던 자네트는 조아닌의 부모가 공작부부에게 딸이 돼지를 돌보지도 않고 바느질이나 요리 등 집안일은 하나도 하지 않는다고 딸을 비난할 때 자리에서 일어나 서랍에서 옷감을 꺼내 들고 바느질을 하기 시작하고 또 식탁을 차리지도 않는다고 불평할 때는 조아닌 대신 식탁을 준비한다.

> 키가 작고 땅딸막하며 수수한 차림의, 한없이 자신을 드러내지 않
> 는 소녀가 찬장의 서랍에서 천 조각을 꺼내 바느질을 하기 시작한
> 다; 다른 소녀가 슬며시 식탁보와 그릇을 정리한다; 하지만 수수하
> 고 생기 없는 소녀가 식탁을 차린다; 수수하고 생기 없는 소녀는
> 소리 없이 식탁 위에 잔과 포도주병과 수프 그릇을 차려 놓았다.
> La jeune fille courte, trapue, d'apparence modeste, infiniment effacée,
> prend dans le tiroir du buffet une pièce d'étoffe et commence à coudre;
> L'autre fille, discrètement, s'affaire aux nappes et à la vaisselle (p.132);
> Cependant la fille humble et terne met le couvert (p.134); La fille
> humble et terne, sans bruit, a disposé sur la table verres, cruchons,
> soupière. (p.135)

이 지문을 통해 자네트는 매우 순종적이고 집안일을 잘하는, 보다
여성적인 인물임을 알 수 있다.

질베르는 2년 전, 즉 극의 현재시점으로부터 12년 전 자네트를 마
을 무도회에서 나무 주위를 돌며 춤을 출 때 처음 만났다. 질베르는
조아닌과 자네트를 대면시키면서 그가 처음 조아닌을 만날 때의 모
습이 자네트였음을 말한다.

> 질베르: (그는 벽난로 근처의 후미진 구석에 앉아 있는 수수하고
> 생기 없는 소녀를 팔로 거칠게 잡아서 조아닌 앞에 세운다.) 기억
> 해, 과거의 너, 내가 너를 만나기 전, 마을 무도회가 있던 날 저녁
> 비를 맞으며 나무 주위를 돌며 춤을 출 때의 너의 모습을.
> Gilbert: [……] (Il va prendre rudement, par le bras, la fille humble
> et terne assise au recoin de la cheminée et la met devant Joannine.)
> Ce que tu étais, tu t'en souviens, ce que tu étais avant que je tombe
> sur toi, le soir d'un bal dans le village, quand on dansait autour de
> l'arbre sous une petite pluie. Toi, regarde. Toi, c'était ça! (2e tableau,
> p.150)

질베르는 자네트에게 라틴어와 숫자, 법률뿐만 아니라 활쏘기와 말타기도 가르쳤다. 평범한 시골 소녀였던 자네트는 질베르에 의해 지적이면서도 동시에 남자처럼 건장한 몸을 지닌 전사(戰士)의 모습으로, 투구 쓴 미네르바의 대리석상처럼 크고 강건한 모습으로 변화된 것이다. 반면 자네트는 무식하고 외모도 변변치 못한 모습으로 마치 타고 남은 재와 같은 삶을 살아가고 있다.

오디베르티의 극에서 흔히 나타나는 이와 같은 변신 혹은 변형은 그가 환상과 꿈 그리고 마법 속에서 악이 지배하는 현실의 탈출구를 찾았다는 것을 의미한다. 3장에서 질베르가 잔 다르크 역을 맡아 화형에 처해진 자네트의 변신인 조아닌을 보고 인간과 세계의 육체적 저주가 마침내 거부되었다고 말하는 것은 이 변신의 힘 때문이다.

> 질베르: 우린 스스로를 받아들이고 스스로를 만들어 나가는 변신의 금속성의 울림 속에 사로잡힌 것이오. 인간과 세계의 육체적 저주, 육식을 즐기는 이 저주는 마침내 거절당한 것이오, 마침내⋯⋯.
> Gilbert: Nous sommes pris dans le tintement minéral de la métamorphose qui s'accepte et s'élabore. La condamnation charnelle et carnassière de l'homme et du monde est enfin rebutée, enfin⋯⋯.
> (3e tableau, p.189)

그리고 그는 이제 정신의 지배가 시작될 것을 이야기한다.

> 질베르: 마치 반짝반짝 빛나는 물고기들처럼 인간들은 서로 싸우지 않고 당신의 통치 속에서, 제3의 통치, 즉 정신의 통치 속에서 돌아다니게 될 것이오. 정신이 웃어요.
> (멀리서 들리는 조아닌의 웃음소리.)
> 잔의 모(눈짓을 하며): 어떤 기사가 발에 키스하기 위해 그 애를

부르고 있어요.

(질베르는 잔의 모의 입을 손으로 막는다. 우주 공간을 향해 외친다.)

질베르: 잔 다르크! 철의 잔이여! 불의 잔이여! 난 이제 당신을 사랑하게 될 자들이 당신의 철갑보다 더 단단하고 더 순수한 육체를 요구하기를 바라요.

Gilbert: Comme de brillants poissons les hommes sans se battre circuleront dans ton règne, le troisième, celui de l'esprit. L'esprit rit.

Rire lointain de Joannine.

La Mère, *avec un clin d'oeil.*: Un cavalier l'appelle pour lui baiser le pied.

Gilbert met la main sur la bouche de la Mère. Vers l'espace, il clame.

Gilbert: Jeanne d'Arc! Jeanne de fer! Jeanne de feu! ceux qui désormais t'aimeront, je voudrais qu'ils aiment, je voudrais qu'ils exigent la chair encore plus dure, encore plus pure que ton armure de fer.

(3e tableau, p.189)

결국 그가 꿈꾸는 잔은 육체의 정욕을 벗어난, 강철처럼 단단하고 불로 정화된 육체를 지닌 자이며 이 세상을 초월하여 우주적인 공간에 있는 존재이다. 하지만 그의 말을 비웃는 듯한 조아닌의 웃음소리와 잔의 모친의 말은 그것이 성사극 작가로서의 질베르 혼자의 소망일 뿐임을 암시한다. 즉 그가 꿈꾸는 동정녀, 군인 그리고 정신의 상징으로서의 이상화된 잔 다르크의 이미지일 뿐이다.

2) 이미지

오디베르티는 일반적으로 알려져 있는 잔 다르크와 같은 신화적·역사적 인물의 이미지는 질베르와 같은 작가나 예술가들, 혹은 군인들과 사제들에 의해 미화되고 승화된 것임을 말하고자 한다. 조아닌의 집을 배경으로 펼쳐지는 2장에서 문을 두드리는 소리에 조아닌의 모친이 받아 온 그림에는 파란 옷을 입은 백마 탄 기사가 있다. 기사의 손에는 작은 깃발이 들려 있다. 아버지는 이것이 조아닌의 초상화라는 것을 안다. 이것은 바로 그림책에서 볼 수 있는 잔 다르크 이미지인 것이다. 또한 3장의 서두에서 한 행상인이 팔고 있는 동정녀의 초상화 역시 잔 다르크의 정형화된 이미지(image d'Epinal)이다.

(한 행상인이 지나간다. 그는 팔 끝에 흰색, 파란색, 그리고 금색으로 채색된, 말을 타고 있는 동정녀의 커다란 초상화들을 들고 있다.)
  행상인: 위대한 동, 위대한 동정녀의 채색 초상화 사세요, 타라라, 타라라, 타타타, 브짐, 붐, 붐, 모두 한꺼번에 요구하지는 마시고.
Un camelot passe. Il tient à bout de bras de grandes images blanc, bleu et or de la Pucelle à cheval.

Le Camelot: Demandez l'effigie coloriée de la grande pu, de la grande pucelle, tarara, tarara, tatata, bzim, boum, boum, pas tous à la fois, demandez. (3e tableau, pp.163~164)

오디베르티는 동정녀이자 영웅적인 전사(戰士)라는 잔 다르크의 이미지는 사람들이 만들어 낸 것이라고 보는 것이다. 조아닌의 다음 대사는 그것을 분명히 말해 주고 있다.

조아닌: 난 떠나요. 당신, 질베르 그리고 장교들, 도미니크파 수사들, 예술가들, 당신들이 말로 나를 핥았어요. 당신들은 날 이미지로 만들어 놓았어요. 난 더 이상 저항하지 않아요. 난 나를 닮기 위해 떠나요. 난 당신들이 내가 되기를 원하도록 다그치는 파랗고 금빛을 띤 그 성대한 미친 짓거리를 위해 영광 속에 떠나는 거예요.
Joannine: Je pars. Vous, Gilbert, et puis les officiers, les dominicains, les artistes, vous m'avez léchée de paroles. D'images, vous m'avez composée. Je ne résiste plus. Je pars me ressembler. Dans la gloire, je pars être cette espèce de grande saloperie bleue et or que vous me harcelez à vouloir que je sois. (2e tableau, p.147)

그리고 이렇게 사람들에 의해 만들어진 이미지에 부합하기 위해 조아닌은 전사(戰士)가 되기로 결심하는 것이다. 사람들은 그녀가 파란 재킷을 입고 무서운 칼을 든 빛나는 지성의 소유자이기를 원했던 것이다.

> 조아닌: [……] 그들은 내가 반짝반짝 빛나는 지성과, 파란 재킷과, 무서운 칼을 지니고 있기를 원했지. 그들은 내가 뻣뻣한 긴 머리카락을 늘어뜨린 채 말을 타고 세계의 연대기 속으로 걸어가기를 원했소, 타타라 라타타 치지지비움－비움!
> Joannine: [……] Ils ont voulu que j'aie une intelligence luisante, une jaquette bleue, une farouche épée. Ils ont voulu que je marche dans la chronique mondiale à cheval sous les rudes langues de ma chevelure, tatara ratata, tzizizibioum－bioum! (2e tableau, p.153)

결국 잔 자신은 일군(一群)의 사람들이 만들어 낸 꼭두각시라는 것이다("Je ne suis qu'un pantin forgé par une meute.", p.153).

조아닌의 동생 피에르가 동정녀, 즉 잔 다르크가 죽은 뒤 잔의 이미지만을 사랑한다고 말하는 것 역시 그 인물에 대한 허상(虛像)을 사랑한다는 의미를 띠고 있다.

> 자네트: [……] 그는 내 동생예요, 하지만 날 전혀 좋아하지 않아요. 이 애는 단지 이 빌어먹을 잡년의 초상화만 좋아해요. 10년 전부터 이 빌어먹을 동정녀의 초상화를 자기 방에 놓아두고 있어요.
> Jeannette: [……] Il est mon frère, mais point ne m'aime. Il n'aime que l'image de cette sacrée garce. Depuis dix ans, il garde dans sa chambre l'image de cette sacrée brute garce pucelle! (3e tableau, p.169)

또한 성사극이 끝나 갈 때 조아닌의 아버지가 나타나 이제 조아닌은 갑옷일 뿐이라고 말하는 것("Tu n'es désormais qu'une panoplie.", p.185)은 그녀가 이제 상징적인 이미지로 존재할 뿐이라는 것을 말해 주는 것이다.

한편 조아닌이 자신의 투쟁이 조각가를 위해 포즈를 취한다든가 혹은 리본을 파는 행위를 통해서가 아니라 전쟁을 통해서 이루어져야 한다는 것, 혹은 전쟁이 거룩함을 만들어 낸다는 것은 매우 잘 알려진 사실이다("Et puis, la guerre, c'est tout à fait fameux pour la sainteté.", p.148)고 말하는 것, 혹은 이 세상의 주님이 칼을 휘두르는 성녀를 만들어 낸다고 하는 표현은 거룩함과 무력의 결합에 대한 작가의 냉소적 어조와 함께 사람들이 만들어 놓은 이미지에 부합한다는 뜻을 담고 있다.

> 조아닌: [……] 친구여, 고대 제신(諸神)들의 생각을 취해서 남자들 속에서 칼을 휘두르는 성녀를 만들어 내는 것은 이 세상의 주님, 그분에게 어울리는 일이지. 누가 칼을 쥘까? 나지.
> Joannine: [……] Le Seigneur du monde, ça peut lui aller, mon cher garçon, de reprendre l'idée des anciens dieux et de fabriquer une sainte à coups d'épée dans les hommes. Qui, l'épée, à la tenir? Moi.
> (2e tableau, p.148)

사람들이 만들어 놓은 자신의 이미지에 부합하기 위해 조아닌이 전사가 된다거나 혹은 성사극의 작가 질베르가 잔 다르크에 대한 이미지를 품고 그 환상 속에 사는 것, 피에르가 조아닌의 이미지를 떠나지 못하는 것, 공작부인이 상상하는 권위와 충성, 순결과 같은 잔의 이미지("L'autorité, la fidélité, la chasteté prospéreront sous ton exemple, ainsi que la fiscalité.", pp.182~183), 이 모두를 통해 작가는 타인들이 우리에 대해 품고 있는 이미지로부터 우리가 자유로울 수 없음을 이야기한다. 조아닌이 자작에게 적은 타인이라고 하는 것, 자신을 정의하기 위해 타인이 필요하다고 말하는 것은("L'ennemi, c'est l'autre…… . L'on a besoin de l'autre pour se définir, pour finir.", p.183) 타인의 판단에 의해 나의 정체성이 결정된다는 것을 말해 주는 것이다. 이것은 바로 사르트르가 "지옥, 그것은 타인이다 L'enfer, c'est les autres"라고 하는 것과 일맥상통하는 것이며 인간은 타인의 판단과 시선으로부터 자유로울 수 없음을 이야기하는 것이다. 잔 다르크의 이미지 또한 이처럼 사람들이 상상하고 미화시킨 모습에 다름 아니며 그것은 실체적 진실에 의한 것이라기보다는 사람들에 의해 이상화된 모습일 뿐이라는 것이다.

3. 이중성에서 드러나는 연극성

이 극에는 역사적·신화적 인물의 이상화된 이미지에 대한 작가의 철학적 성찰뿐만 아니라 연극성이 매우 풍부하게 나타나고 있다. 이것은 앞에서 살펴본 구성 및 등장인물의 이중성과도 관계가 있다. 거울놀이와 즉흥연기는 조아닌과 자네트라는 이중의 인물이 존재하기 때문에 이루어지고 있으며 또 극중극은 전형적인 연극놀이에 해당하기 때문이다. 게다가 연극을 하고 있음을 노골적으로 드러내는 지문이나 대사 등은 이 극의 연극성을 더욱 강화하는 것이기도 하다.

1) 거울놀이와 즉흥연기

조아닌과 자네트의 연극놀이 혹은 거울놀이는 상대방에게서 자신의 또 다른 정체성을 찾는 놀이이다. 마치 거울 속에서 자신의 이미지를 발견하듯이 상대방을 바라보며 자신의 숨겨진 자아를 발견하는 것이다. 이것은 결국 자아의 이중성 혹은 다중성을 말해 주는 것이기도 하다.[17] 조아닌과 자네트는 서로 상대방에게 숨겨진 정체성을 상기시킨다. 즉 자네트는 조아닌이 시골 농부의 딸이며 돼지를 키우고[18] 설거지를 하고 짚더미 속에 있는 시골 처녀임을 상기시킨다. 그리고 결혼한 뒤에는 40주르노(journaux)[19]의 땅과, 3층 농가와 벽으로 둘러싸인 네모난 마당과 암소들을 소유하고 있다고 말해 준다. 반대로 조아닌은 자네트가 말을 타고 전쟁터에 나가 공작들을 깜짝 놀라게 한다는(zestomaquer) 사실과 자네트의 핏속에는 원래의 피보다 더 붉은 피가 있어서 그것이 광기를 휘두르게 한다는 사실을 상기시킨다.

> 조아닌: [……] 하지만 네 피는 그 속에 그것보다 더 붉은 피를 만들어 내고 있지, 천사 같은 우레와 영웅적인 소리를 퍼트리는 피를.
> Joannine: [……] mais ton sang produit en lui un sang plus sanglant que lui, un sang retentissant de tonnère angélique, de charivari héroïque
> (2e tableau, p.154)

---

17) "자기자신인 사람은 아무도 없으며 여러 허약한 이미지들이 합해져 있는 것이다. 몸과 정신에 대한 유일하고도 분리할 수 없는 진실이란 존재하지 않는다. Il n'y a pas de personnes en soi, mais une multiplicité d'images fragiles. Il n'existe pas de vérité une et indivisible sur les corps et les esprits.", Jean-Yves Guérin, *Le Théâtre d'Audiberti et le baroque*, *op. cit*, p.115.

18) 여기서 양 대신 돼지를 등장시킨 것은 풍자적인 성격이 강하다.

19) journal(복수 : journaux) 이란 하루 동안에 경작할 수 있는 면적을 의미하는 단위로서 매우 모호한 개념이다.

또한 동정녀로서 매우 강인한 인물이며("Tu es toute de fer par-dessus ton pucelage.", p.157) 오벨리스크를 기어 올라가고, 아이들을 축복하고, 장군들의 배와 엉덩이를 두드리기도 한다. 하지만 때때로 군용침대에 혼자 누워 있을 때는 이성의 사랑을 그리워하기도 한다.

> 조아닌: [……] 혼자 군용 침대에 누워 있을 때는 때때로 애무를 잘 그리고 많이 받는 것도 기분 좋은 일이라고 혼잣말을 하기도 하지.
> Joannine: [……] Seule sur ton lit militaire tu te dis, parfois, qu'il serait bon, qu'il serait doux d'être bien et beaucoup caressée. (2e tableau, p.157)

조아닌이 이처럼 육체적인 쾌락을 추구하는 자로 묘사되는 것은 '동정녀 잔Jeanne la Pucelle'이라는 관습적인 이미지와는 대조적인 것이다. 이것은 동정녀라는 잔의 이미지가 자신이 원해서라기보다는 사람들에 의해 이상화된 이미지일 뿐이라는 것을 의미한다. 또한 조아닌에게 질베르와 마튜 외에도 구애하는 자가 많았으나(조아닌의 아버지에 의하면 부르군트 대위, 이태리 화가, 영국 함대의 탈영병, 아르마냑인 신부 등이 연애편지를 보내기도 하였다)[20] 이들을 다 물리치고, 또 조아닌이 고향을 떠나기 전 질베르의 마지막 부탁, 즉 그녀를 완전히 소유하고 싶다는 요구를 거절하는 것 역시 사람들이 만들어 놓은 자신의 이미지에 충실해야 한다는 의미가 담겨 있다.

상대방에게서 또 하나의 자신을 발견하는 조아닌과 자네트는 자신의 진정한 모습은 어떤 것인지 의문을 갖게 된다. 그래서 그들은 미

---

20) 이것은 실제로 알려진 사실과는 다른 것이다. 사실 잔 다르크에게 약혼설이 있기는 하였다. 고향에서 잔에게 청혼자가 있었으나 잔이 거절하자 그 사람은 잔을 툴(Toul)의 법정에 고소하였다. 하지만 잔은 혼인약속을 한 적이 없음을 분명히 하였다. Régine Pernoud, *Jeanne d'Arc par elle-même et par ses témoins, op. cit.*, p.23 참조.

라벨 나무에게 물어보고자 한다. 그들은 어디에서 자신이 진정 자기 자신인지 나무에게 알려 달라고 한다. 전쟁터에 있는 것이 진정한 자신인지 혹은 시골에서 부모와 남편 옆에서 송아지와 우유통과 함께 있는 것이 진정한 자신인지 나무에게 묻는다.[21]

> Joannine: Moi, Joannine, sur la guerre.
> 조아닌: 나, 조아닌, 전쟁터에 있는.
> Jeannette: Moi, Jeannette, dans la terre…….
> 자네트: 나, 자네트, 밭에 있는.
> Joannine: Laquelle...
> 조아닌: 어떤 자가…….
> Jeannette: ……. des deux…….
> 자네트: ……. 둘 중에…….
> Jeannette et Joannine: ……. sera…… moi?
> 자네트와 조아닌: ……. 나……일까?
> Joannine: L'arbre... L'arbre répond.
> 조아닌: 나무가…… 나무가 대답해.
> Jeannette: Il jase quoi?
> 자네트: 뭐라고 재잘대? (2e tableau, p.158)

이때 질베르가 창문으로 모습을 나타낸다. 그런데 그는 조아닌도 자네트도 아닌 '잔'을 부르며 그녀는 오직 전쟁터에서 진정한 자신이 된다고 말한다("Jeanne, tu n'es que toi-même que là-bas, dans ton combat.", p.158). 그러자 조아닌은 돼지들의 하녀인 자네트를 죽여야 만 하겠다고 말한다. 그러고는 낫을 들어 올리는 척한다. 하지만 자네

---

21) 이처럼 나무에게 묻는 것은 잔을 기독교의 성녀로서가 아니라 이교도적인 인물이자 동시에 자연과 교감 하는 인간으로 묘사하는 것이다. 실제 잔 다르크는 재판정에서 어린 시절 동네의 나무 주변에서 노래하고 춤을 추며 놀았던 것이 마치 우상을 숭배한 것과 같은 이단적인 행위로 종교재판관들에 의해 의심을 받기 도 하였다. 이처럼 오디베르티는 잔을 기독교적 성녀로서 제시하지 않고 반대로 이교도적이며 초자연적인 능력을 지닌 반인문주의적 존재로 묘사하고 있는 것이다.

트는 만약 돼지와 닭을 키우는 농부인 자네트가 없다면 조아닌은 전쟁에서 질 것이라며 조아닌의 육체이자 정상적인 이성인 자신을 죽이지 말라고 애원한다("N'assassine pas ta viande humaine. Ne massacre pas ta raison normale.", p.159). 전쟁터에서 조아닌을 지탱하고 있는 것은 시골스러움과 술책이기 때문이다. 자네트의 대사로부터 우리는 자네트가 육체와 계산하고 추론하는 이성을 상징한다는 것을 알게 된다. 반면 조아닌은 정신과 광기, 격정을 상징한다. 이처럼 조아닌과 자네트는 겉으로는 각기 존재하는 것처럼 보이지만("Tu n'es toi-même qu'une apparence.", p.153) 내면에는 상대방의 모습을 함께 가지고 있는, 이중적인 존재인 것이다("Je suis toi. Et toi tu es moi.", p.154). 즉 두 사람은 한 인물의 두 모습인 것이다.

거울놀이 외에도 조아닌과 자네트는 즉흥연기를 시도해 본다. 만약 전쟁터에 나갔던 조아닌이 어느 날 갑자기 돌아온다면 어떻게 될까? 조아닌과 자네트는 추수철의 어느 저녁 무렵을 재현해 보자고 말한다. 더운 여름날이다. 소들을 외양간에 들인다. 자네트의 남편은 낫을 어깨에 메고 느리게 걷는다. 그리고 자네트는 남편 옆구리에서 천천히 걷는다. 그러던 중 전쟁터로 떠났던 조아닌이 나무 둥치 위로 몸을 드러내고 자네트를 만나러 온다. 조아닌과 자네트는 서로 마주서서 그 때에 일어날 장면을 즉흥적으로 연기해 본다.

> 조아닌과 자네트는 같은 장소에, 같은 의상을 입고 있다, 하지만 그녀들은 다른 장소에서 이후에 일어날 장면을 연기한다.
> Joannine et Jeannette demeurent dans le même lieu, le même costume, mais elles jouent la scène qui doit se passer ailleurs et plus tard.
> (2e tableau, p.157)

앞에서와 똑같은 의상을 입고 있는데도 불구하고 자네트는 조아닌을 파란색 재킷을 입고 날카로운 무기를 든 전사의 모습으로 묘사한다.

> 자네트: 안녕. 너에게 잘 어울리는데, 이런, 이 파란 재킷, 이 강철 같은 커다란 다리, 이 빛나는 쇠장갑! 그리고 사람을 찌르는 너의 칼, 이것은 얼마나 반짝거리는지!
> Jeannette: Je te salue, moi. Ça te va bien, dis donc, cette jaquette bleue, ces grandes jambes de fer, ces gantelets qui brillent tant! Et ta lardoire à piquer l'homme, qu'est-ce qu'elle flamboie!(2e tableau, p.157)

자네트가 묘사하는 조아닌의 모습은 그림책에서 우리가 흔히 볼 수 있는 잔 다르크의 모습에 다름 아니다. 요컨대 작가는 이 인물의 상투적이고 관습적인 이미지를 풍자하고 있는 것이다.

이처럼 이들 두 인물들은 각기 상대방의 정체성을 지니고 있다("Je sommes toi. Et toi, tu es moi.", p.154). 그래서 성사극을 구경하러 온 자네트가 "시골은 날 소모시켜."라고 말하는 것은 이중의 뉘앙스를 띤다.

> 자네트 (마튜에게): 시골은 날 소모시켜, 으! 마튜! 내 삶을 생각해보면, 난 아직 콜마와 베르덩에 가지 않은거야. 당신은 달라붙는 빈대에 대해 얘기하지! 난 마치 낫처럼 휘어져서 올거야. 그리고 내일 토요일엔 삶이 다시 그렇게 돌아오겠지.
> 마튜: 당신에게 무슨 말을 할 수 있을까? 만족할 줄 알아야 해. 모든 사람들이 다 군인이 될 수는 없어. 그럼 누가 땅을 경작하겠어? 누가 송아지 고기와 파와 콩을 만들겠어?
> Jeannette, *à Mathieu*: La campagne, elle me bouffe, eh! Mathieu! Quand je pense de ma vie je suis pas encore été à Colmar ni même à Verdun. Tu parles d'une punaise cramponnée! Je viendrai tortue comme une faucille et c'est comme ça demain samedi qu'elle s'en retourne, la vie.
> Mathieu: Je peux quoi te dire? Faut s'acontenter. Tout le monde

peuvent pas être capitaine. Qui ça serait qui s'occuperait de la terre? Qui ça serait qui fabriquerait poitrine de veau, poireaux, pois cassés?

(1er tableau, p.115)

왜냐하면 불어로 'campagne'라는 단어는 '시골'이라는 뜻과 '원정'이라는 두 가지 의미가 있으며 따라서 이 단어는 자네트와 조아닌이라는 두 인물의 성격을 모두 포함하기 때문이다. 먼저 '시골'이라는 뜻으로 해석하면 이때는 자네트가 시골 생활에 답답증을 느끼는 것으로 이해할 수 있다. 반면 '원정'이라고 해석하면 전쟁이 자신을 소모시킨다는 뜻으로 이해할 수 있는 것이다. 그런데 마튜는 모두가 군인이 될 수 없다고 대답함으로써 그가 '시골'이라는 의미로 해석하고 있음을 말해 주지만 자네트가 나중에 극단의 배우들에 의해 성사극의 주인공으로 캐스팅됨으로써 전사(戰士)가 되는 것을 생각하면 이 대화는 매우 이중적인 뉘앙스를 띠고 있음을 확인하게 된다. 게다가 이 극단이 바로 전에 콜마에서 공연을 하였다는 사실은("Ils ont jonglé à Colmar avant-hier.", p.113) 더욱 더 등장인물의 정체성을 모호하게 만든다. 이처럼 인물들의 이중의 정체성이 뫼비우스의 띠처럼 연결되어 있는 것은 조아닌과 자네트를, 나아가 이들과 성사극의 주인공 잔을 엄격하게 구분할 수 없게 만드는 요인이 된다.

2) 현실과 허구의 혼돈

앞에서도 언급한 바와 같이 이 극에서는 현실과 허구가 뫼비우스의 띠처럼 서로 연결되어 있다. 질베르는 각 공연 때마다 잔의 모형(simulacre)을 다시 들고 보았는데 이제 자네트가 직접 잔 다르크의 역을 하게 됨으로써 질베르에게 영감을 주었던 여인이 직접 자신의 삶을 보여 주게 되어 매우 기뻐한다. 허구가 현실이 되는 순간이다.

> 질베르: 오늘은 그녀가 몸소, 내 앞에서 자기 자신의 역할을 맡아서 대중들에게 그녀의 삶을 보여 주겠군.
> Gilbert.: [……] Aujourd'hui, elle, en personne, devant moi, elle va tenir sa propre partie, à la populace présenter sa vie. (3e tableau, p.171)

하지만 질베르는 공연을 바라보지 않는다.

> 그는 성사극이 진행된다고 여겨지는 곳을 향해 등을 돌리고 머리를 손으로 깊숙이 감싼다.
> Il enferme profondément sa tête dans ses mains en tournant le dos à la partie de l'espace où le mystère est censé se dérouler. (3e tableau, p.174)

그는 머릿속에서 자신이 그리고 있는 잔 다르크의 모습을 상상하기 때문이다. 그는 실제 공연하는 배우를 바라보는 것이 아니라 그의 머릿속에서 상상하고 있는 이미지에 집착하고 있는 것이다.

> 질베르: [……] 파란 재킷의 물결에 의해 흥분한 우리 유료 관객들은 연극 무대 위의 여배우만을 환호한다고 생각하지요, 하지만 그들은 거대한 춤의 주인공, 신성(神性), 그리고 전쟁의 현실에 환호하는 것이오. 그래요, 지금 이 순간 그들 앞에서 거대한 춤이, 전쟁이 일어나고 있는 것이오.
> 공작부인: 불쌍한 사람……. 좀 더 잘 들어 봐요.
> 관객 목소리: 저 것 좀 봐, 울긋불긋하게 칠을 한 어릿광대 지팡이를! 저거 얼마에 파나요? 도둑 새들을 겁주기 위해 저게 필요한데!
> Gilbert: [……] Transportés par le flot de la jaquette bleue, nos clients payeurs pensent n'acclamer qu'une actrice sur les planches du théâtre, mais ils acclament en personne l'héroïne de la grande danse, la

divinité, la réalité de la guerre. Oui, c'est en ce moment, c'est devant eux que la grande danse, que la guerre a lieu.

La Duchesse: Mon pauvre petit······. Ecoutez mieux.

Voix du public.: Vise-la donc, la marmotte peinturlurée! Combien que vous la vendez? J'en ai besoin pour faire frousse à mes oiseaux voleur! (3e tableau, p.175).

하지만 그가 묘사하는 것과 관객의 반응은 상반된다. 관객들은 자네트의 모습과 연기가 전혀 영웅적이지 못하다고 야유하는 것이다. 그러자 질베르는 자네트가 멋진 군인의 모습으로 다시 부활할 것이라고 말한다("Mais elle va ressusciter dans sa militaire splendeur.", p.175). 그의 말처럼 자네트를 사라지게 한 화형대의 연기 속에서 갑자기 조아닌이 나타나자 질베르는 소리를 지른다. 조아닌이 파란 재킷을 입고 철갑 장화를 신고 칼을 손에 든 채 화형대를 내려온다. 젊고, 전설적이며, 눈부시게, 당당하고 아름다운 모습으로 나아온다. 10년 전에 죽었다고 하는 잔 다르크가 다시 나타난 것이다.

반면 공작부인은 자네트에게서 조아닌을 발견하지 못하고 농부로서의 모습만 보게 된다. 그녀는 자네트가 잔의 역할을 하는 것을 받아들이지 못한다. 자신의 농가를 전혀 떠난 적이 없던 이 농부가 어떻게 오를레앙의 전사 역을 할 수 있으며 또 10년 전에 화형시킨 사람을 어떻게 생생하게 살아 있는 모습으로 볼 수 있는가 하는 것이다.

공작부인: 하지만 모든 것이 보여 주듯이 그녀가 결코 자신의 오두막을 떠나지 않았다면 어떻게 오두막에 있는 동시에 오두막에서 멀리 떨어져 존재할 수 있었지? 게다가 10년 전에 화형당한 그녀를 우리가 왜 생생하게 살아 있는 채로 보게 되는 거지?

La Duchesse.: [······] et que, comme tout l'indique, elle n'a cependant jamais quitté son hameau, comment lui fut-il possible d'exister en même temps dans son hameau et loin du hameau. En outre, pourquoi, brûlée que voici dix ans, la voyons-nous toute fraîche céans? (3e tableau, p.171)

그녀는 허구를 허구로서 받아들이지 못하고 허구 속에서 현실의 인물을 보기 때문이다. 그녀는 잔 다르크를 연기하는 자네트를 계속 허리가 구부러진 농부("Selon moi, elle est toujours petite, trapue······.", p.174), 마튜의 아내 프리코 부인으로 여긴다.

> 공작부인: 감옥 장면 이후에는 셔츠 장면. 프리코 부인은 지금 양피지로 만든 삼각관을 쓴 채 셔츠 차림이오. 셔츠 밑자락이 땅에 끌리고 있어요.
> La Duchesse.: Après la prison, la chemise. Madame Fricot, maintenant, est en chemise, sous une tiare de parchemin. Le bas de la chemise traîne sur le chemin. (3e tableau, p.177)

게다가 공작부인은 자네트의 연기가 전혀 마음에 들지 않는다. 발을 움직이고 콧구멍을 후비는 등 아주 형편없는 배우라는 것이다. 공작부인은 자네트의 발을 개구리 같다고 하고, 질베르는 오리 같다고 한다. 공작부인은 자네트를 현실 그대로의 모습으로 보는 것이며 질베르는 연극은 바라보지 않고 단지 자신의 머릿속에 그리고 있는 이상화된 인물 잔 다르크를 보는 것이다. 공작부인은 질베르가 한 여자를 둘로 나누는데 피가 나는 것은 자기라고 말한다.

> 공작부인: 그가 한 여자를 둘로 나누는데 피가 나는 것은 나야.
> La Duchesse: [······] Lui coupe une femme en deux, mais c'est moi qui saigne. (3e tableau, p.190)

그녀는 연극이라는 환상을 받아들이지 못하는 것이다. 막이 내리면 흥분한 공작부인이 질베르를 찾으며 들어온다. 그녀는 이제야 모든 것이 코미디라는 것을 깨닫는다.

> 공작부인: [······] 끝에서 끝까지, 코미디야. 불꽃도 한통속이고······. 그리고 이 비는······. 이 비도 역시, 한통속이 아닐 이유도 없지. 난, 알지 못한 채, 아무것도 모르는 채, 아마 이 성사극에 속해 있는지도 모르지.
> La Duchesse: [······] D'un bout à l'autre, comédie. Les flammes étaient de mèche······. Et cette pluie······. Cette pluie est aussi, pourquoi pas de la bande. Moi-même, sans le savoir, sans rien savoir, j'appartiens sans doute au mystère. (3e tableau, p.190)

결국 모든 것이 허구일 뿐이다. 극중 현실과 극중극의 모든 인물들이 다 작가인 질베르, 즉 오디베르티가 짜놓은 각본대로 움직인 것일 뿐이다. 연극은 결국 작가의 환상(fantasme)의 산물일 뿐이다.

한편 자네트의 남편 마튜는 반대로 허구(연극)를 현실로 착각한다. 자네트를 감옥에 가두고 그녀를 밧줄로 묶고 있는 데에 화가 나서 소리를 지르고 횃불을 자네트에게 너무 가깝게 대지 말라고 피에르에게 소리친다. 왜냐하면 그녀가 진짜 불에 탈 수 있기 때문이다. 그는 결국 화형대 위로 올라가 피에르를 밑으로 끌고 내려오고 그의 도끼를 빼앗는다. 그러고는 질베르에게 도끼를 휘두른다. 이 모든 것을 고안해 낸 자가 질베르이기 때문에 그의 머릿속을 뒤져서 자네트를 다시 찾고자 하는 것이다.

그런데 현실과 연극을 분간하지 못하는 마튜로 인하여 허구가 현실이 되자 질베르는 광기를 띠며 소리 지른다. 마튜가 실제 사건을 만들어 내었기 때문이다. 마튜로 인하여 질베르는 형장의 고난이 자기 앞에서 일어나고 있다는 착각을 하게 되는 것이다.

> 질베르(광란하여): 그 자가 찾았어! 그 자가 실제 사건을 만들어 내있어! 전설이 역사에서 나왔다가 갑자기 역사 속으로 다시 들어 가고 있어. 형장의 고통이 내 앞에서, 나를 위해 일어나고 있어.
> Gilbert, *fou*.: Il a trouvé! Il a fabriqué l'action réelle! La légende sort de l'Histoire, mais elle y rentre tout à coup. Le supplice a lieu devant moi, pour moi. (3e tableau, p.180)

한편 남편과 함께 구경하러 왔다가 갑자기 성사극의 배우로 캐스팅이 된 자네트는 자신이 이런 우스꽝스런 일에 끼게 된 것이 불만이다. 이제 자신은 마을 전체에서 화형당한 자가 되었기 때문이다("Dans tous le pays [sic], maintenant, comme négociante, je suis brûlée.", p.178). 이것 또한 현실과 허구를 마을 사람들이 혼동하게 될지도 모른다는 우려를 표하는 것이다.

이 외에도 자신이 왕관을 잃어버릴까 봐 두렵다고 말하는 왕의 역할을 하는 배우("J'ai peur de perdre ma couronne", p.168) 역시 현실과 허구를 혼동하고 있다. 그는 자네트에게 성사극의 주인공 역을 맡아 자신을 구해 달라고 말한다. 연극 공연을 하지 못하게 되면 자신이 왕 노릇을 못하게 되기 때문이다. 마치 주네의 극『발코니』에서 등장인물들이 자신의 실제 정체성과 그들의 연극 놀이 속에서의 정체성을 혼동하는 것과 같다. 주네의 극에서 현실과 허구를 분명하게 구분하기 어렵듯이 이 극에서도 현실과 허구는 뫼비우스의 띠처럼 서로 뒤섞여 있다.

3) 연극임을 보여 주는 장치

작가는 등장인물들의 대화를 통해 그들이 연극을 하고 있음을 노골적으로 암시한다. 예를 들면 화형장으로 향하던 도중 자네트가 갑자기 주교에게 자신의 셔츠가 너무 몸에 꼭 낀다고 불평하고("Cette chemise, elle m'épuise sous les bras", p.177), 또 성사극 도중 왕이 국가의 이름으로 조아닌에게 감사하고 있을 때 조아닌이 갑자기 소품담당이 검은 색 이각모과 붉은 모자를 그에게 보여 주고 싶어 한다고 말하는 것을 들 수 있다.

> 왕: 국가는 당신이 그에게 보여 준 열정에 대해 감사하오. 물론 난 일반적인 국가의 개념에 대해 말하는 것이오, 장군!
> 조아닌: 국가들의 유치한 전쟁은 이 세상 주님의 낮잠을 만들어 주는 것이지요. 주님은 인간들이 서로 공격할 때 잠을 잡니다. 그런데 소품 담당이 당신에게 물어봐요. 검은색 이각모와 붉은 모자를 당신에게 보여 주고 싶어 해요.
> 왕: 붉은 모자? 검은색 이각모?
> Le Roi: La nation vous remercie pour ce feu que vous lui avez donné. Je parle de la notion de nation, en général, bien entendu, mon général!
> Joannine: L'enfantine bataille des nations compose la sieste du Seigneur du monde. Il dort, le Seigneur, quand les hommes s'entrechoquent. Mais l'accessoiriste demande après vous. Un bicorne noir et un bonnet rouge, il veut vous montrer.
> Le Roi: Bonnet rouge? Bicorne noir? (3e tableau, p.183)

이것은 연극을 하는 배우로서 물어보는 것으로서 극중극에서 극중 현실로의 갑작스러운 이동이라고 할 수 있다. 또한 왕이 주교에게 하루씩만 주교라는 사실을 잊지 말라고 하는 것과 이 말을 듣고 주교가 삼각관을 벗고 이마의 땀을 닦는 행위("Oublie pas que tu n'es qu'un prélat tant par jour. *L'Evêque enlève sa mitre et s'essuie le front.*", p.168), 그리고 자네트가 가짜 왕이라고 조롱하는 것(roi de carton, p.168), 혹은 공작부인이 이제 연극이 곧 끝나간다며 공연에 끼어드는 마튜를 제지하는 행위 등도 연극을 하고 있음을 알리는 장치들이다.

> 공작부인(계속 공연을 묘사하면서): 조용히 해요, 거기. 난 공작부인이오. 흥분하지 말아요. 이제 다 끝나 가니까.
> La Duchesse, *qui continue à décrire le spectacle*: Silence, Monsieur. Je suis la Duchesse. Ne vous énervez pas. Nous touchons à la fin. (3e tableau, p.177)

또한 왕과 자작, 주교가 번들거리는 싸구려 무대 의상과 장식품들을 질질 끌며 달려 나온다든가(traînant oripeaux, accessoires) 혹은 종이 왕관(couronne en or cartonné)이나 가슴에 그려진 표범 그림과 같은 지문 등도 같은 역할을 한다. 자작의 가슴에 그려진 표범은 대양의 제국, 즉 영국을 상징한다고 자작 스스로 고백하고 있다.

> 자작: 그것은 오를레앙 왕국을 위해 주인공이 싸웠던 대서양 왕국을 상징하는 것이오.
> Le Vicomte: Il symbolise le royaume d'Océan que l'héroïne guerroie pour le compte du royaume d'Orléans. (3e tableau, pp.168~169).

이 외에도 관중들이 빨리 공연을 시작하라고 재촉하는 것, 주교가 자네트에게 어떻게 연기해야할 지 설명해 주는 것, 질베르가 자네트의 가슴에 표지판(écriteau)을 잘 늘어뜨렸는지 묻는 것 등도 그들이 연극을 하고 있음을 알리는 것이다. 리에주에서는 잔에게 표지판을 거는 것을 잊어버렸다는 것이다. 또 조아닌이 피에르에게 빨간 색연

필로 화형대의 불꽃을 잘 그렸다고 칭찬하는 것이나("Quel beau dessin d'enfant, quel fameux incendie tu leur as tortillé avec ton crayon rouge.", p.184), 극중극의 배우들이 무대장치로 쓰인 널빤지를 들고 무대 위를 지나가고 그들이 지나가자 널빤지 뒤에 숨어서 걷던 잔도 사라졌다고 하는 지문 역시 그들의 연극이 끝났음을 암시하는 것이다.

> 유랑극단 배우들은 불꽃이 그려진 무겁고 커다란 판자들을 옮기며 무대를 지나간다. 그들이 무대를 다 지나갔을 때 판자 뒤에 숨어서 걷던 잔도 사라졌다.
> Les compagnons jongleurs, transportant un panneau lourd et grand, qui représente des flammes peintes traversent la scène. Quand ils ont traversé la scène, Jeanne, qui a marché dissimulée par le panneau, a disparu. (3e tableau, p.187)

결국 잔 역시 연극을 공연한 배우였을 뿐이다. 요컨대 이 모든 연극적 장치를 통해 작가는 잔 다르크라는 신화적 인물이 질베르와 같은 사람들에 의해 꿈꾸어지고 이상화된 인물임을 말하고자 하는 것이다.

결 론

이 극은 역사적이며 신화적인 인물 잔 다르크의 이야기를 근간으로 하고 있지만 그 안에 창조된 인물은 전혀 새로운 인물이다. 오디베르티는 잔 다르크 신화의 틀만 원용할 뿐 그가 창조한 인물은 일반적으로 우리에게 알려져 있는 기독교의 성녀 혹은 조국을 위해 자신을 희생한 애국자라는 이미지와는 전혀 다른 인물을 창조해 내었다.

그가 창조한 잔은 공중으로 솟아오르기도 하고 새들과 교제하며 나무와 동일시되기도 하는 등 인간의 한계를 초월하는 존재이다. 그것은 오디베르티가 잔 다르크라는 역사적 인물에 옛 골족의 제사장이라 불리는 드루이드와 다이애나나 미네르바와 같은 이교도의 신화 속의 인물들을 투영시키고 있기 때문이다. 그리하여 오디베르티 고유의 반인문주의적 존재(l'être abhumain)가 탄생한 것이다.

또한 오디베르티는 잔 다르크라는 신화적인 인물이 질베르와 같은 예술가나 성직자들, 군인들과 같은 사람들에 의해 승화된 이미지에 불과하다는 가정 위에 이 극을 쓰고 있다.22) 조아닌이 파란 재킷을 입고 손에 칼을 든 채 말을 타고 있는 잔 다르크의 전형적인 이미지를 구현하고 있는 것과 조아닌 스스로 자신은 다른 사람들이 원하는 모습이 되어야 한다고 말하는 것은 바로 작가의 이러한 생각을 반영하는 것이다. 모형(simulacre) 혹은 이미지라는 표현을 작가가 즐겨 쓰는 것 역시 인물들의 실재성보다는 허구성을 강조하는 것이다.

한편 이 극이 복잡하고 혼란스러운 느낌을 주는 이유는 작가가 현재와 과거를, 현실과 상상의 세계를 의도적으로 뒤섞어 놓고 있기 때문이다. 예를 들면 질베르는 10년 전의 과거에서는 조아닌을 사랑하는 의사지망생이었으나 현재는 작가가 되어 유랑극단과 함께 공연을 하고 있다. 그리고 극중극에서 잔의 역할을 맡은 자네트가 화형에 처해진 뒤 조아닌으로 변신하여 나타나자 질베르가 마치 자신이 꿈꾸고 있던 인물이 현현하여 나타난 것처럼 감탄하며 그녀를 잔이라고

---

22) "전통적으로 역사 및 문학에서 묘사된 주인공은 실제 있었던 사회적 인물을 승화시킨 결과라는 것이 「동정녀」의 주된 사상이다. L'idée maîtresse de *Pucelle*, est que l'héroïne de la tradition historico-littéraire résulte de la sublimation du personnage social qu'elle fut en vérité.", Jean-Yves Guérin, *Le Théâtre d'Audiberti et le baroque, op. cit.,* p.111.

부르는 것은 허구와 현실의 혼돈을 야기한다. 겉모습은 조아닌의 모습을 띤 이 잔은 조아닌도 자네트도 아닌 제3의 인물로서 육체적인 욕망을 극복한, 불로 연단되고 승화된 존재이다. 이처럼 자네트와 조아닌이 다르면서도 같은 인물이라는 것, 서로 분리할 수 없는 존재라는 사실과 이들이 동시에 다른 곳에 존재하는 편재성(ubiquité)을 보인다는 것, 그리고 성사극의 작가 질베르가 꿈꾸는 이상적인 인물 잔이 조아닌과 자네트와 중첩되는 것 등이 이 극을 복잡하게 만드는 요소들이다.

구성 및 등장인물의 이중성 외에도 이 극에 풍부하게 나타나는 연극성은 이와 같은 이중성을 바탕으로 한다. 거울놀이와 즉흥연기는 조아닌과 자네트가 공존하기 때문에 가능한 것이며 또한 연극의 메커니즘을 의도적으로 드러내 보일 수 있는 것은 극중극이라는 구성의 이중성 때문이다. 특히 현실과 허구를 넘나드는 등장인물들은 그들이 연극을 하고 있음을 노골적으로 드러낸다. 나아가 그들은 허구를 현실로 여기고자 하는, 즉 환상으로 도피하고자 하는 경향을 보이는데 이것은 작가의 성향을 반영하는 것이라고 볼 수 있다.

구성 및 등장인물의 이중성을 통해 오디베르티는 잔 다르크라는 기독교의 성녀, 프랑스를 구한 애국자 등의 관습적인 이미지를 전복시키고, 육체로 인해 발생하는 모든 고통으로부터 인간을 구원할 초자연적인 인물로, 이교도적 이미지가 투영된 자신만의 독특한 인물로 창조하고 있다. 그런데 조아닌과 잔이 질베르가 꿈꾸는 이상적인 이미지를 좇아 만들어진 인물임을 상기할 때 잔 다르크와 같은 신화적 인물의 이미지는 그 인물의 실체적 모습이라기보다는 사람들에 의해 미화되고 승화된 이미지라는 것을 작가가 말하고자 한다는 것을 알

게 된다. 또한 이 극에 나타나는 풍부한 연극성은 작가가 말하고자
하는 주제를 부각시켜 주며 이러한 연극 고유의 표현양식에 대한 작
가의 관심은 오디베르티를 자리 이래 발전된 전위극의 반열에 서게
하는 것이다.

참고문헌

Jacques AUDIBERTI, *Théâtre*, t. II, Paris, Gallimard, 1980 (1952).

Gérard-Denis FARCY, *Les théâtres d'Audiberti*, Paris, PUF, 1988.

Jean-Yves GUÉRIN, *Le Théâtre d'Audiberti et le baroque*, Paris, Klincksieck, coll. Théâtre d'aujourd'hui, 1976.

_____, /sous la direction de, *Audiberti le trouble-fête*, colloque de Cerisy (1976), Paris, Jean-Michel Place, 1979.

Paul-Louis MIGNON, *Le Théâtre au XXe siècle*, Paris, Gallimard, 1986 (1978).

Régine PERNOUD, *Jeanne d'Arc par elle-même et par ses témoins*, Paris, Seuil, 1962.

심경은, 「Jacques Audiberti의 극작품에 나타난 철학사상: 선악이원론과 반인문주의(*Le Mal court, Opéra parlé, La Fourmi dans le corps*를 중심으로)」, 『불어불문학연구』, 제33집, 1996, pp.509~527.

이용복

이용복은 숙명여자대학교 불어불문학과 졸업 후 프랑스 스트라스부르 2대학에서 연출가 장 피에르 뱅상(Jean-Pierre Vincent)에 대한 논문으로 불문학 석사 학위를, 파리 3대학에서 로제 비트락의 극작품에 나타나는 비구술 언어(langage non-verbal)에 대한 논문으로 박사 학위를 받았다. 현재 숙명여자대학교에서 강의하고 있으며 비트락, 이오네스코, 장 주네, 야스미나 레자 등에 대한 논문을 썼다. 프랑스 현대극에 관심이 많아서 비트락의『빅토르 혹은 권좌의 아이들』, 메테르링크의『펠레아스와 멜리장드』,『파랑새』,『말렌 공주』, 야스미나 레자의『스페인 연극』 등을 번역하였다.

잔 다르크,
프랑스 희곡에서
그녀를 발견하다

초판인쇄| 2012년 4월 30일
초판발행| 2012년 4월 30일

지 은 이| 이용복
펴 낸 이| 채종준
펴 낸 곳| 한국학술정보㈜
주   소| 경기도 파주시 문발동 파주출판문화정보산업단지 513-5
전   화| 031) 908-3181(대표)
팩   스| 031) 908-3189
홈페이지| http://ebook.kstudy.com
E-mail| 출판사업부 publish@kstudy.com
등   록| 제일산-115호(2000. 6. 19)

ISBN   978-89-268-3273-8 93860 (Paper Book)
        978-89-268-3274-5 98860 (e-Book)

내일을여는지식 ■ 은 시대와 시대의 지식을 이어 갑니다.